바람은 감은 눈 위로

2

한조 장편소설

바람은
감은 눈 위로

2

바람은 감은 눈 위로 **2**

지은이 한조
펴낸이 이형기
펴낸곳 도서출판 가하

초판 1쇄 2020년 3월 10일
초판발행 2020년 3월 17일
출판등록 2008년 10월 15일 제 318-2008-00100호

주소 서울 영등포구 양평로 67, 1209 (당산동5가, 한강포스빌)
전화 02-2631-2846 **팩스** 02-2631-1846

www.ixbook.co.kr

ISBN 979-11-300-4163-6 04810
　　　979-11-300-4161-2 04810(set)

값 11,800원

第五章

나락의 용

一

　천궁(天宮). 모든 아랫것을 굽어살피는 자들의 궁. 그곳에서 내려다보는 지상은 아름다웠다. 소란은 고요하고 다툼조차 잔잔해서 아득한 영겁을 견디기엔 지독히도 무료했다.

　모든 것이 멈추어 더 이상의 탄생도, 변화도 없는 이 천계에 유일하게 어린것이 있다.

　"월선 천존!"

　월선이 멈춰 섰다. 태어난 지 이제 겨우 다섯 해가 된 검은 거북이 헐레벌떡 뛰어오고 있었다. 신수의 역할을 맡기엔 여전히 어리고 작다.

　"한참, 헉, 헉. 한참 찾았습니다."

　"무슨 일로 날 찾았더냐?"

　현무는 무릎에 손을 짚고 허리를 숙인 채 숨을 몰아쉬었다. 잠시 후 겨우 좀 진정되자 현무가 자세를 바르게 했다. 심지 굳은 눈동자가 까만 조약돌처럼 반짝였다.

　"지상에 다녀오셨지요?"

　월선이 가만한 시선으로 현무를 응시했다. 지상에 다녀왔느냐고 묻는 그 저의를 안다.

"백 년은 이르다."

"전 아직 아무 말도 안 했습니다!"

현무가 발끈했다.

"들으나 마나 지상으로 보내달라 억지를 부리려는 것이겠지."

"억지라니요? 월선 천존, 저는 현무입니다! 천계가 아니라 저 아래에 속한 몸이란 말입니다. 저는 현북의 수호수잖아요. 현북을 지키고 그 땅주인을 수호하는 것이 제 임무잖아요. 한데 왜 아니 된다고 하십니까? 아홉 천존 중 오직 월선만이 저의 강하를 반대하고 있습니다. 반대는 합당하지 않아요. 부디 내려가는 것을 허락해주세요."

현무의 간청에도 월선은 고개 저었다.

"아니 돼."

"월선 천존! 이대로라면 현북의 땅주인은······."

현무가 현북의 땅주인 일가를 지극히 아낀다는 것은 안다. 그 아이들은 모두 태초 현북공의 아이들. 그의 다정한 심성을 닮은 그 핏줄들을 월선 또한 아꼈다. 그러나 한낱 인간을 위해 현무를 사지로 내몰 수는 없다.

"내겐 네가 더 중하다."

월선이 냉정히 현무의 말을 잘라냈다. 현무의 두 눈이 흔들렸다.

월선은 태어난 모든 것을 아꼈지만 살다 보면 그녀의 뜻과 무관하게 우선순위를 정해야 하는 순간이 무수히도 찾아왔다. 모두를 똑같이 아끼고자 하는 여린 마음은 수없이도 찢기었다. 이제는 무더질 만도 한데, 선택의 기로 앞에 월선은 늘 마음 아팠다. 그래도 월선은 냉정을 유지하려고 애썼다.

"지난번에 흩어진 네 혼백을 모으는 데만 꼬박 두 해가 걸렸다. 네 찢어진 혼백을 누덕누덕 기워서 겨우 이어 붙였다. 운이 좋아 두 해였지, 조금만 더 늦었더라면 영영 되돌리지 못했을 것이다. 완전히 회복하지 않은 지금 현북행을 고집하다가는 혼육이 갈가리 찢기고, 금수의 삶에 처박히게 될 터. 나는 그것을 좌시할 수 없다."

"그 아이가…… 그 아이가 가엾지도 않으십니까?"

현무가 참지 못한 책망을 내뱉었다. 월선의 아름다운 눈동자가 서글프게 흔들렸다.

"현무 아가."

"전 아가가 아닙니다! 육신이 어리다고 정신마저 어린 것은 아니에요. 죽고 태어나길 거듭하는 와중에도 망각은 허락되지 않았으니 지난 모든 시간을 기억하고 있습니다. 월선 천존께서 염려하는 바는 압니다. 그러나 육신의 나약함은 기억과 경험이 보조할 수 있어요. 저는 월선 천존의 염려만큼 무능하지 않습니다. 현북 공에게는, 섭성에게는 제가 필요해요. 그 아이는 당신의 죄잖아요. 당신의 책임이잖아요. 월선 천존, 날 내려 보내줘요, 제발. 내가 그 아이를 지킬게요. 네?"

현무의 말대로 섭성은 월선의 죄이며 책임이었다. 태초에 이어준 천연이 여태 맺어지지 못한 경우는 그 빼고는 없었다. 방해자는 매번 그를 고통과 죽음으로 내모니, 천계에 갇힌 월선에겐 그를 구해낼 방법이 없었다. 어떻게든 방해자를 따돌리고 천연 맺어지길 기다릴 수밖에.

"현무야, 기억은 기억일 뿐이란다. 현생에는 아무 영향을 미치지 못하지. 모든 전생을 기억하고 있어도 네 성품은 완성된 것이 아니며, 겁의 기억을 가졌어도 네 마음은 아직 아가의 것이지. 쉽게 울고 화내고 겁먹고 실망하지. 그토록 쉬이 평정 흔들리는 네가 어찌 현북공을 지키겠느냐?"

아무리 간청해도 현무의 청은 월선에게 닿지 않았다. 벽에 대고 떠드는 것 같아서 현무는 가슴을 쳤다.

"지키지 않으면? 그냥 두어? 죽을 것이 뻔한데!"

결국 예를 내팽개치고 벌컥 화를 냈다. 현북의 상황은 악화일로를 내달렸다. 지상이 내려다보이는 우물 앞에 앉아 매일 현북공 양섭성의 안위를 살폈는데, 지금의 현북은 풍전등화였다. 겨우 스물두 해를 살아낸 어린 땅주인에게 지난 일곱 해는 아주 녹록지 않았다.

현무는 그 곁에 있고 싶었다. 칠 년 전 양윤계의 죽음에 비분강개해 기해의 도력을 제대로 가늠하지 못했다. 잠깐의 방심이 긴 부재를 불렀으니, 매일 그날을 후회했다. 수없이 회상하며 제 실수를 곱씹었다.

"그래! 마음대로 해! 난 내려갈 거야! 가서 ㄱ 아이를 지킬 거라고!"

내내 냉정하던 월선이 찰나 흔들렸다.

"그랬다간 신수의 자격을 박탈당할 거다."

"상관없어!"

"다신 태초의 현북공을 만나지 못할 텐데."

이번엔 바락바락 화내던 현무가 흔들렸다.

"나는……."

"현무 아가, 내려가는 건 네 선택이란다. 난 그걸 막을 수가 없지. 하지만 그 아이가 천계에 올라왔을 때 지켜줄 이가 있어야 하지 않겠니?"

현무가 입을 꾹 다물었다. 월선의 진의를 가늠하듯 그녀를 빤히 노려보았다.

"천계의 것들은 부패했어. 나락의 청유가 이끌고 오는 요괴의 무게를 견디지 못할 거다. 천계는 무너지고 나락은 솟아나겠지. 태초의 천연이 다시 빛나고 있으니, 그 아이는 필시 늦기 전에 천연 이룰 것이다. 하지만 타락한 천인들이 그 아이를 용납하겠느냐? 어떻게든 저 아래로 처박아버리려 애쓰겠지."

"미쳤어. 다들 미쳤어! 월선, 대체 천계에 무슨 의미가 있어? 영생을 향한 탐욕밖에 남지 않은 치들인데, 그들이 계속 하늘의 격을 유지해도 되는 거야?"

"곧 다 바뀔 것이란다. 그 격변의 틈새에 그 아이가 끼어 희생되지 않도록 네가 지켜주렴."

나락의 것들이 몰려오고, 천계와 지상과 나락의 경계가 허물어진다. 마침내 천하가 뒤바뀐다. 오래전 천계의 것들이 제 자리를 빼앗길까 억지로 세워둔 방벽이 무너진다. 그 혼란의 와중, 어린 땅주인 앞길은 걸음마다 가시가 있다.

❋ ∙ ❋

쩌적! 땅이 크게 갈라지는 소리와 함께 요동쳤다. 해는 급히 어린 후계자를 찾아 땅의 심장에 던져넣었다.

"절대 그 밖으로 나오지 마라! 약해빠진 네 목이 어이없이 떨어지지 않도록 그 안에 얌전히 처박혀 있는 게 너의 최선이다. 알겠느냐?"

해가 단단히 일렀다. 살벌한 그 눈빛에 놀란 유성이 머뭇머뭇 물었다.

"무슨 일인데요?"

"알 필요 없다. 네가 알 것은 네 어미가 죽고, 네 아우들이 비명 질러도 절대, 절대 나와선 아니 된다는 것뿐이다. 네 도력은 양섭성과 그 궤가 무척 비슷하여 살생과는 전혀 연이 없으니, 네가 설령 아주 유능한 술사라 한들 요괴 한 마리 때려잡지 못할 터. 급낮은 요괴에게조차 넌 손쉬운 먹이일 뿐이니, 주제 모르고 날뛰었다간 네 피붙이뿐만 아니라 이 현북의 백성 모두가 죽게 될 것이다. 천하의 명청이가 아니니 내 말뜻을 똑바로 알아들었겠지?"

빠르게 쏟아낸 해의 말에 유성의 두 눈이 커졌다. 깜짝 놀라 입을 벙긋대던 유성이 겨우 정신을 치리고 간곡히 소리쳤다.

"어머니와 동생들도 이곳으로 데려와주세요!"

"어련히 대피하겠지! 네 어미와 아우들까지 챙길 시간이 없다."

해는 왈칵 치미는 짜증을 가까스로 참았다.

저 계집은 현북의 후계자다. 양섭성이 없는 지금 결계를 유지해 낼 자는 저것밖에 없다. 한순간의 답답함으로 저것의 목을 비트는 일은 아니 된다. 인내하여야 한다. 분기를 가라앉히고 침착하게 굴어야 한다.

"잘 들어라. 난 네 다정한 오라버니가 아니야. 네 백부와 그 식솔들을 모두 죽이고, 양섭성을 지금의 이 진창에 처박아버린 철천지원수지. 그러니 감히 내게 지금 이상의 친절을 바라지 마라. 내 인내는 진작 끝장났으니!"

말을 끝마친 해가 바로 돌아섰다. 더는 양유성과 말씨름을 하는 데 쓸 시간이 없다.

상황이 심상치 않았다. 그 굉음과 지진은 평시의 것이 아니다. 게다가 하늘이 지나치게 붉었다. 보름까지는 여유가 남았는데, 보름보다 더 심하게 요괴가 날뛰고 있다. 하늘을 뒤덮은 붉은빛으로 말미암아 추측컨대, 나락의 틈이 걷잡을 수 없이 커지고 있는 게 틀림없다.

'우두머리가 올라오려는 것이야.'

나락에서 정확히 무슨 일이 일어나고 있는지는 모른다. 하지만 요괴들이 무시무시할 정도로 몰려오고 있다는 것만은 느낄 수 있었다. 그 선두는 분명 모든 요괴의 우두머리일 터. 온몸이 크게 전율했다.

'영아.'

장왕 권영을 죽인 것들이 몰려온다. 그 모두를 죽이겠다. 하나하나 잡아 갈가리 찢어 저 나락에 처박아버리겠다. 굳이 찾으러

15

갈 수고를 덜어주니 이보다 고마울까.

'양섭성······.'

다만 그가 마음에 걸렸다. 가시처럼 콕 박혀 빠지지 않는다. 요괴가 이렇게 밀려드는데, 나락의 그는 무사할까. 살아 있기는 할까.

'네 명줄을 믿겠다. 내 손에서도 살아남은 네 끈질김을 믿겠다.'

속으로 중얼거렸다.

요괴의 우두머리가 참가한 상승이다. 요괴가 대규모로 몰려온다. 최상급부터 최하급까지, 모두 나락의 틈으로 기어 올라오느라 양섭성 같은 인간 하나는 아예 잊어버렸을지도 모른다. 제발 그랬기를 바란다.

양섭성은 비록 약해빠졌지만 그 회복력만큼은 발군이다. 이 혼란을 틈타 안전한 곳으로 무사히 피신했을 것이라고 믿자. 한시라도 빨리 지상으로 쳐들어온 것들을 깡그리 없애버리고 양섭성을 찾으러 가자.

머릿속을 정리한 해는 달리는 속도를 높였다. 새하얀 기운이 그녀의 온몸을 감쌌다. 그대로 땅을 접고 바람을 갈랐다. 요력이 집중되는 곳을 향해 내달렸다. 뼈와 피의 시간이다.

백리는 이변을 지켜보았다. 땅이 무너지고, 틈이 갈라지고, 요괴군이 솟아나는 그 무시무시한 광경을 응시했다. 온몸의 비늘이 곤두서 청유의 접근을 경고했다.

백리는 우두커니 서서 평해로 돌아가자는 제 청을 거부하고 현북에 남은 몹쓸 주인을 생각했다. 그 많은 생 중 단 한 번도 저를 택하지 않았던 어리석은 연을 생각했다. 이번에도 결국 또 저는 아닐 텐데도 놓지 못한 부질없는 외사랑을 생각했다.

더 이상 저를 막지 말라는 해의 명은 여전히 유효하니 백리는 못 박힌 듯 그곳에 서 있었다. 해를 방해하지 않는 쪽으로 움직인다면 못 움직일 것도 없겠으나, 그가 지금부터 향할 길은 명백히 해를 방해하는 방향이 될 터였다. 그 복수를 가로채야 할 테니까.

주인의 명은 그대로 강력한 주술 되어 백리의 심장을 옭아매고 있었다. 항명을 떠올릴 때마다 가시덩굴에 칭칭 감긴 듯 따끔했다.

권영이 그녀의 천연인 줄 알았다. 그래서 그 죽음을 방관하였다. 비겁자가 된들 해의 곁을 차지할 수 있기를 바랐다.

그러나 권영은 진짜가 아니었고 해는 여전히 그릇된 자에게 눈멀어 있다. 오직 권영만 생각하고 복수를 향해 직진할 줄밖에 모르는 해는 청유와 겨루어 이기지 못할 것이다. 양섭성에 대한 염려로 평정조차 흐트러진 지금의 해는 손쉽고 맛좋은 먹잇감에 불과한데, 해만 그걸 모른다.

차라리 그 차가운 철옥에 영원히 가둬두었다면 더 나았을까.

백리는 고소했다. 그럴 리가. 가둬둔다고 주인이 얌전히 있을 리 없다.

언제고 이런 날이 올 것을 알고 있었다. 제 심장을 뜯어내 모든 맹약으로부터 벗어나야 할 순간이. 그녀와 제가 이어져 있다는 이 미약한 증좌조차 스스로 버려야 할 때가.

"해야."

황금색 이무기의 눈동자가 섬뜩하게 빛났다. 수많은 시간이 머릿속을 스쳐갔다. 단 한 순간도 생생하지 않은 적 없었다.

백리야. 백리. 백리 님.

수많은 이가 그 이름을 불렀지만, 결국은 모두 하나였다. 그 나약한 연의 끈을 놓고 싶지 않아서 겁이 흐르도록 하늘의 문을 거부해왔다. 잃고 다시 찾기까지의 과정은 너무 외로웠다. 언제, 어디에서, 어떤 육신을 입고 다시 태어날지 알 수 없는 자를 찾아 헤매는 건 괴로웠다.

지난번엔 무려 천 년이 걸렸다. 그토록 오래 찾아내지 못한 적은 없었다. 너무 오래 승천을 거부하고 지상에 머물러, 눈마저 흐릿해진 것일까. 그가 찾지 못한 사이 천연 이루었다 해도 가능한 시간이었다.

찾고, 찾고 또다시 찾아 헤맸다. 갈급한 그리움에 백리는 지쳤다. 보고 싶어서. 그 곁에 있고 싶어서. 어차피 천연 이루어 더 이상 그에게 어떤 기회도 허락되지 않는다면, 그렇다면 신수 되어 그 곁에 남기를 원했다. 비로소 천계에 오를 결심을 했다.

청유에 의해 떨어졌고, 지독한 거짓말처럼 다시 마주쳤다. 그토록 애타게 찾아 헤맬 땐 흔적도 없던 계집이 엉망진창이 된 모습으로 그를 보고 있었다. 그 순간 승천은 이미 의미 잃었으니, 어리석고 보답 없을 외사랑이 연장되었다.

요괴란 본디 그렇다. 태생부터 무언가 결핍되어 난생처음 받은 애정으로부터 결코 벗어날 수가 없다. 누이에게 승천을 방해받아

뿔 뽑힌 채 추락한 날, 또다시 저를 잊은 이와 지상에서 마주친 순간, 하여 결국엔 하늘의 문을 닫을 수밖에 없었던 그때에 오늘은 예견되었다.

백리의 눈매가 휘었다. 고개를 똑바로 들어 하늘을 노려보았다.

"나 백리는 평해군주 기해의 권속이며, 나락왕의 아들인 자. 겁을 견디고, 천연을 이해하여, 하늘의 문을 열 자격을 얻은 자. 그 모든 이름에 걸고 지금부터 권속의 맹약을 파기하겠다."

날카로운 손톱을 심장에 박아넣었다. 요력의 반절이 응집되어 있는 심장이 펄떡거렸다. 그 심장을 손에 쥐고서 망설임 없이 뜯어냈다. 터져나오는 비명을 삼켰다. 아득해지는 정신을 부여잡았다. 제 손아귀에 쥐어진 심장을 노려보았다.

맹약의 술법에 휘감긴 심장이었다. 이 심장이 그가 해에게 속해 있다는 유일한 증좌였다. 그에게 그녀를 지킬 자격이 있다는 하늘의 허락이었다.

"작별이구나."

해를 지키고 싶었다. 언제나 그녀를 지켜주고 싶었다. 그러나 그 많은 생 중 단 한 번도 지켜낸 적이 없었다. 나락왕의 아들로 태어나 그 어떤 요괴보다 빠르게 정점에 올랐는데도, 이 기나긴 생 동안 유일하게 지키고 싶었던 단 하나를 지킬 수가 없었다.

해는 항상 백리 아닌 다른 자를 택했다. 늘 가시밭길로 끌려들어갔다. 그 수많은 생의 기억을 잊고서 매번 같은 고통을 반복하였다. 이번 생은 다르길 바라면서 또 다르지 않기를 바랐다. 자신조차도 갈피 잡을 수 없는 마음이 미어졌다.

미련을 버렸다. 해가 허무하게 죽지 않기를 바라는 마음만을 남겼다. 백리는 지쳤고, 더 이상은 수천수만 년 해를 찾아 헤맬 자신이 없다.

그러니 청유를 막을 것이다. 이 생에 해가 제 천연을 꽃피워 천인의 반열에 오르게 된다고 해도, 하여 다시는 그녀의 반려가 되는 꿈을 꾸지 못하게 된다고 해도.

"매번 지키지 못했지. 이번엔 다를 거야."

부디 이번만큼은. 제발, 이 생만큼은.

백리의 손아귀에 힘이 실렸다. 펄떡대던 심장이 사방으로 터져 나갔다. 심장에 새겨져 있던 술법이 조각났다. 권속의 맹약이 깨어졌다. 심장에 모여 있던 요력이 비산한다. 백리는 텅 빈 심장 부근을 움켜쥐고서 엎드린 채 이를 악물었다. 온몸을 와르르 뒤흔드는 충격으로부터 겨우 정신을 유지했다.

그의 몸속을 흐르고 있던 나머지 반절의 요력이 심장의 부재를 눈치챘다. 요력은 순식간에 심장의 빈자리에 모여들어 그의 숨이 끊어지기 전 새 심장을 만들어낼 것이다.

백리는 엎드린 채 고통을 인내했다. 고통은 천천히 잦아들었다. 마침내 새로 태어난 심장이 가슴 속에서 펄떡거렸다. 백리가 천천히 고개를 들었다.

피처럼 새빨간 저 하늘은 나락의 의지요, 역천의 시작. 천계와 나락이 뒤바뀐다. 천하의 변화는 큰 흐름이 되어 천계의 것들이 억지로 세워둔 방벽을 허물어뜨릴 것이다.

"청유……."

그의 누이는 결코 멈추지 않는다. 기어이 그를 찾아내고 천하를 뒤집어엎을 것이다. 공허에 타들어가는 동족을 구원하고, 진창에 처박혀 마땅한 저 천계의 것들을 끌어내리기 위해 오랫동안 계획해온 일이다.

태초부터 백리에게 집착해온 청유다. 백리 홀로 승천하는 것을 용납하지 않은 것은 이 모든 변화를 백리가 함께하길 바라서였다. 평해로 잠적한 그를 꾀여내기 위해 현북을 끝없이 공격하고, 끝내 해를 납치할 계획까지 세웠다. 부채가게에 남겨둔 청린이 백리의 존재를 감지했을 테니, 더는 대상승을 미룰 이유가 없었을 터. 그러니 작금의 이 난리에 백리의 책임도 조금은 있다.

청유는 백리를 찾아올 것이다. 백리를 끌고 승천할 것이다. 새로운 두 신수를 천계는 감당할 수 없다. 부패한 천인을 쏟아내어 새 신수의 무게를 감당하려 들 것이다. 그 결과 지금의 천하는 뒤집어지고, 새로운 천하가 열릴 터.

그 사이에 끼어 희생될 무고한 인간들은 청유가 고려할 바 아니다. 천인들이 염려할 바도 아니다.

멀리서 괴이한 울음이 비명처럼 퍼졌다. 무표정하게 가라앉은 백리의 두 눈이 요요하게 번뜩였다. 수천수만의 요괴가 몰려오고 있었다. 그것들을 향해 백리가 날아올랐다.

❋ · ❋

하얗게 질린 장수가 헐레벌떡 뛰어 들어왔다.

"대장군! 틈이 좁혀지질 않습니다. 왜 술법이 작동하지 않는 겁니까?"

미치겠군, 양세계가 속으로만 중얼거렸다.

유적의 술법이 제대로 작동하질 않았다. 요괴의 힘이 약해지는 시기에 최대한 크기를 줄여놔야 하는데, 틈이 제멋대로 벌어지고 있었다. 이제는 도저히 틈이라 부를 수 없는, 차라리 협곡에 가까운 규모가 되었다.

"지원은 아직입니까?"

평해의 옛 군주 기해가 올 것이란 소식은 파다했다. 그녀 한 명의 전력이 어설픈 수백의 술사보다 나을 것이 자명해서, 그들은 애타게 해만 기다리고 있었다.

"나락에서 대체 무슨 일이 일어나고 있는 것인지!"

"장왕 전하께서 지원을 왔던 때보다도 상황이 나쁜 것 같습니다. 대장군, 이제 어찌해야 합니까?"

"명을 내려주십시오!"

틈으로 올라오는 요괴는 중하급 이하가 대부분이었다. 결계 밖, 전장에서의 살생은 업을 더하지 않는다고 알려져 있지만, 상급 이상의 요괴는 굳이 위험을 감수하지 않았다.

유적의 힘을 빌려 요괴의 침입을 막아낼 수 있었던 것은 바로 그 덕분이다. 정말로 강한 요괴들은 황야의 인간에게 큰 관심이 없었기 때문이다. 약하고 힘없는 것들은 목숨 깎아 싸우기만 하면 막아낼 수 있었다. 버틸 수 있었다.

"대장군!"

명을 내려주십시오, 명을!

모두의 눈과 귀가 양세계에게 쏠렸다. 어지럼증을 느끼며 양세계는 침착하려 애썼다.

언제부턴가 요괴들의 양상이 완전히 변했다. 중급 이상의 요괴들이 결계 안쪽의 인간을 해하기 시작했다. 득보다 실이 많아서 전과 같았다면 쳐다보지도 않았을 텐데. 결계 안의 인간을 해쳐 얻는 업보보다 더 큰 이득이 있었을 것이다. 그것이 무엇인지 알 수 없었다.

거기다가 상승에 참여하는 요괴의 급도 나날이 높아져서 상급 요괴는 물론이고 귀족급 요괴까지 종종 목격되었다. 귀족급 요괴를 수족처럼 부리려면 우두머리의 급은 그보다 훨씬 높을 터다.

비정상적인 틈의 확장. 지나치게 급 높은 요괴들. 틀림없이 요괴의 우두머리가 이번 상승을 주도했을 것이다. 선봉에 서 있을 가능성이 무척 크다.

'부인…… 경희야…….'

양세계는 떨리는 손끝을 주먹 쥐어 가렸다. 그는 전 현북공의 아우이며, 현 현북공의 숙부인 자. 유적의 장수들이 희망을 걸어볼 유일한 윗사람이다.

깊은 한숨을 속으로 되삼키며 양세계는 의연한 표정을 유지했다. 그가 동요하면 공포는 역병처럼 병사들 깊숙이 퍼질 것이다. 두려움에 파묻힌 자들은 최하급 요괴조차 잡을 수 없으니, 살아남기 위해서는 최대한 냉정하게 굴어야 했다.

"무기를 들고 모두 위치로 돌아가십시오. 사기가 떨어지지 않도록 평정을 유지하십시오. 이변은 안에서도 관찰되었을 테니 현북공께서 무슨 수를 써서라도 평해의 군주를 보내줄 겁니다."

양세계가 단호히 말했다. 그것은 스스로에게 건네는 말이기도 했다.

"물론 요괴는 강하고 인간은 약합니다. 그러나 우리에겐 그것들이 갖지 못한 것들이 있어요. 그것들은 멍청하고 날뛰는 것밖에 할 줄 모르는 짐승입니다. 우리에겐 지략이 있고, 훌륭한 무기가 있고, 태초의 현북공이 내린 땅의 가호가 있습니다. 두려워 도망친다면 죽을 것이오, 각자의 자리에서 맞선다면 승리할 것이니, 안에 있는 아내와 아이와 벗을 기억하십시오. 틈은 내가 막겠습니다. 우리는 살아남을 겁니다. 현북에 승리를! 황야에 영광을!"

우리는 살아남는다. 우리는 가족을 지킬 것이다. 모두의 눈빛이 투지로 타올랐다.

"현북에 승리를! 황야에 영광을!"

장수들이 각자 위치로 흩어졌다. 양세계는 류준만 따로 불러 세웠다.

"류 장군."

그는 곰처럼 크고 우직하게 생긴 사내였다. 전대 현북공 양윤계를 오랫동안 보필했으며 섭성의 스승이기도 했다.

"장군께 청이 있습니다."

"말씀하십시오, 대장군."

"만약 내게 무슨 일이 생긴다면 내가 하던 일을 류 장군이 이어

해야만 합니다.”

"무슨 일이 생기다니! 어찌 그런 약한 소리를 하시는 겁니까?”

류준이 역정을 냈다. 양세계가 힘없이 웃었다.

"류 장군도 알겠지만 나에게는 도력이 없습니다. 형제들이 살아 있었다면 결코 이 자리까지 오르지 못했을 테지요. 조금의 도력도 없는 내가 대장군이 된 것은 단지 내가 현북공의 후손인 까닭입니다. 태초부터 이어져온 그 피가 유적에 남아 있는 고대의 술법에 가장 강하게 감응하기 때문이지요. 하지만 고대의 술법은 사실 그다지 자비롭지 않아요. 그것은 도력 아닌 다른 것을 받아 갔습니다.”

"다른 것이라니……."

류준의 안색이 굳었다. 그의 두 눈이 크게 일렁였다. 그에게 바짝 다가선 양세계가 말을 이었다.

"도력 없는 내가 바칠 것은 이 목숨뿐이었습니다. 그리고 나는 이미 너무 많은 생명을 깎았어요. 내 수명이 이번 일을 견뎌낼 것이라고 도저히 확신할 수가 없습니다. 만약 내가 죽으면, 유적엔 술법을 작동시킬 후계가 필요합니다. 장군의 조모가 우리의 방계였다는 것을 알 겁니다. 유적의 모든 장수를 조사했지만 장군께서 가장 가까운 혈족이더군요. 그러니 부탁합니다. 유적을, 경계를, 현북을 지켜주십시오.”

혹여 내가 죽거든 나를 이어 죽을 자리에 앉아달란 말이었다. 류준은 말없이 양세계를 응시했다. 아마 모두들 짐작은 하고 있었을 것이다. 도력 없는 대장군이 대체 무얼 바쳐 술법을 움직이고 있을지는 깊게 생각하지 않아도 알 수 있었다. 그 무게가 무거워 차마 양세계에게 직접 확인하려 했던 자는 여태 없었다. 모르는 게 약이라고 양세계 또한 굳이 밝히지 않았다. 이 유적은, 현북의 방패는 내 목숨을 먹고 유지되고 있다고.

"이번 상승은 심상치가 않습니다. 보름이 아닌데도 틈을 저 정도로 벌렸다는 것은 아주 강한 요괴가 개입했다는 뜻이지요. 요괴군의 우두머리가 선봉에 섰을 겁니다. 나는 지금까지 그 우두머리가 나락의 귀족 요괴일 거라고 막연히 추측해왔습니다. 제 생각은 아무래도 틀린 것 같군요. 그 존재는 아마 나락왕에 비견될 겁니다. 우리에겐 아주 힘겹고 어려운 전투가 되겠지요."

류준은 제 죽음을 각오한 대장군을 보았다. 홀로 살아남은 양섭성이 유일하게 믿고 따르던 피붙이였다.

그 유일한 피붙이에게 목숨을 깎아 유적을 지키라 명 내렸을 어린 땅주인의 심정을 헤아리려 애썼다. 그 명을 충실히 이행하다 결국엔 주검 된 숙부를 보게 될 마음이 얼마나 참담할지 가늠할 수 없었다.

그러나 류준은 능숙하게 제 동요를 감추었다. 그들의 삶은 죽음과 닿아 있다. 언제나 그랬다. 죽음 각오한 자를 동정할 수는 없다. 저를 믿고 죽음을 명하는 이를 실망시킬 수도 없다.

"제가 무얼 하면 되겠습니까?"

"병사의 지휘는 부관에게 넘기고 내 곁에 남으세요. 내 부재를 대비하세요."

"마지막으로 소 부인께 남기고 싶은 말씀이 있으십니까?"

"마지막은 오래전 준비해두었습니다."

양세계가 살짝 웃었다. 그들은 유적의 중심으로 향했다. 양세계가 바쳐야 할 것은 아마도 남은 목숨의 전부. 그리하여야 저 비정상적으로 벌어진 나락의 틈을 잠시나마 닫을 수 있을 것이다. 운이 좋다면 기어 올라오던 놈들 중 몇몇은 닫혀버린 틈에 끼어 죽게 만들 수도 있겠지.

하지만 그런 요행으로는 요괴를 모두 막을 수 없다. 그의 목숨값은 기껏해야 시간벌이에 불과할 것이다. 그 정도면 된다. 뒷일은 섭성을 믿어야 한다. 장왕 권영의 복수에 눈멀었을 폐주 기해를 믿어야 한다.

'부인……'

부인 소경희를 떠올렸다. 어린 자식들을 떠올렸다. 얼굴 한번 보지 못한 막내를 떠올렸다. 품에 한번 안아보지도 못한 아이. 이름조차 지어주지 못한 아이. 사랑하며 아껴주고 지켜주고 싶었다. 이제는 그럴 수 없겠지만. 영영 그럴 수 없게 되겠지만.

'살아남으시오.'

그리고 그의 가여운 조카를 생각했다. 덩그러니 홀로 남겨져 땅주인의 자리에 패대기쳐진 아이. 가족의 죽음에 마음껏 울음 울지도 못한 채 살아남기 위해 무던히도 애써온 아이. 그는 제 목숨을 다 바쳐서, 옳고 그른 모든 수를 동원해서 현북을 지키기 위해 아등바등할 것이다.

그럼에도 과거의 양섭성이 아닌 지금의 양섭성은 무력하니, 양세계의 가족은 결국 위험에 내몰리게 될지도 모른다. 끝내는 요괴

27

들에게 먹히고 뜯겨 처절하게 삶을 마감하게 될지도 모른다. 저 하나를 바쳐 그 비참한 미래를 조금이라도 거부할 수 있다면 이 목숨이 무에 아까울까.

양세계는 유적의 중심에 섰다. 남은 수명 전부를 바쳐도 제대로 작동될 것이란 확신이 없어 지금까지 시도하지 못했던 것. 자칫 잘 못했다간 애꿎은 목숨만 날리기 십상이라 논의에도 올리지 않았던 것.

어쩌면 이 목숨 전부를 깎아먹고, 아무것도 돌려받지 못할지도 모른다. 그 미약한 가능성에 모든 것을 걸어야 하는 무력함에 진저리가 난다. 하지만 다른 방법은 존재하지 않으니, 양세계는 고대의 술법 앞에 섰다. 두 눈을 굳게 감았다가 번쩍 떴다.

"현북의 대장군, 소인 양세계, 하늘께⋯⋯."

천계여. 태초의 현북공이시여.

우리를 정녕 지켜보고 있다면, 언제나 우리를 굽어살핀다는 그 말이 거짓이 아니라면⋯⋯.

"이 남은 목숨의 전부를 바칩니다!"

부디 마지막을 미뤄주시오. 절망을 거둬주시오.

순식간에 진법에서 흘러나온 검은 기운이 양세계를 집어삼켰다. 생이 깎여가는 고통은 그의 생명력과 함께 진법 속으로 빨려들어갔다.

'경희야⋯⋯.'

모든 생명이 고갈된 몸이 무너졌다. 이제는 더 이상 양세계가 아니게 된, 한때는 양세계였던 것의 두 귀에 벌어진 틈이 강제로 닫히는 소리가 들렸다.

쩌적. 쩍.

양세계의 입가에 희미한 미소가 걸렸다. 고대의 술법이 그의 간청에 응답했다.

그래, 이 목숨이 헛되지는 않았구나.

二

해는 검을 들었다.

"윽!"

결계 밖으로 뛰어가다 신음을 토하며 바닥을 굴렀다. 심장이 아팠다. 가슴이 터질 것만 같았다.

"백리, 네가!"

그가 권속의 맹약을 파기했다. 그녀에게 항명하다 못해 아예 저버렸다. 그 상실감이 뚜렷하다.

"네가 어떻게, 감히!"

하늘에서 떨어진 그를 그녀가 주웠다. 그 다친 것을 치료해 제 권속으로 삼았다. 모든 권속이 그녀를 두려워하며 떠나갈 때, 되레 그녀에게 와준 그였다. 누구보다 그녀를 잘 알았고, 그녀조차 모르던 모습까지 알고 있었다. 그러니 세상 모두가 그녀를 등져도 그는 그래선 안 되는 것이었다.

분노가 치밀었다. 배신감에 몸을 떨었다. 엎드린 채로 토악질을 참았다. 울음이 터질 것 같았다. 그 모든 감정을 해는 억눌렀다. 지금은 백리를 향해 분노할 때가 아니다. 모든 분노는 저 나락을 기어오르는 것들에게 쏟아내야 했다.

'영아.'

권영이 싸우다 죽은 전장이다. 저것들이 영을 죽였다. 저것들의 우두머리가 영을 죽음으로 내몰았다. 지금부터 할 일은 저것들을 모두 없애는 것.

잠시 후, 해는 표정 없어진 얼굴로 천천히 몸을 일으켰다. 마음 속의 분노, 배신감, 상실감. 그 모두 짓밟아 없앴다. 눈앞의 싸움에 온 신경을 집중했다.

손끝에 도력을 모았다. 킥킥. 웃음과 울음이 사위에서 몰려들었다. 그 소리를 따라 해는 움직였다.

거미줄처럼 갈라진 틈에서 쉴 새 없이 요괴가 쏟아져 나왔다. 그것들은 황야를 집어삼키고, 점령하겠다는 투지로 들끓었다.

해는 날듯이 이동했다. 유적을 향해 빠르게 내달렸다. 백병전에 능한 그녀라 해도 유적을 등에 업고 싸우는 것과 오롯이 혼자 싸우는 것은 명백히 다르다. 이용할 수 있는 것을 이용하지 않는 멍청한 짓은 하지 않는다.

문제는 유적까지 가는 길이 심상치 않다는 점이다. 나락의 틈은 유적 주변으로 갈수록 더 크게 갈라지고 있었다. 유적을 점령할 수 없다면 통째로 나락으로 떨어뜨리려는 작전인 것 같았다. 해를 발견한 요괴들이 겁도 없이 몰려들었다.

'하나.'

해가 팔을 쭉 뻗었다. 도력으로 만든 검을 휘둘렀다. 검신을 타고 날아간 도력이 요괴 하나의 목을 꿰뚫었다. 퍽 소리와 함께 죽은 요괴의 몸뚱이가 바닥을 굴렀다.

'둘.'

뒤돌아보며 다시 검을 휘둘렀다. 반달 모양의 도력이 요괴의 몸체를 두 동강 냈다.

'셋.'

검을 땅에 박아넣었다. 땅이 요동치며 지진 난 듯 갈라졌다. 막 틈에서 한 발 내딛던 요괴가 그 속으로 쑥 빨려들어갔다.

'넷.'

어느새 곁에 다가와 있던 네발 달린 요괴의 목을 낚아챘다. 마침 타기 좋게 편편한 등을 가진 놈이다. 하급 말 요괴였다. 해는 바닥을 박차고 올라 놈의 위에 올라탔다. 기다란 목선을 타고 자라난 갈기를 휘감아 꽉 움켜쥐고서 엉덩이를 걷어찼다.

"히이잉!"

말울음을 운 요괴가 날뛰어댔다.

'다섯. 여섯. 일곱…… 스물셋. 스물넷…….'

살기 담은 도력을 연속해서 쐈다. 날카롭게 벼려진 도력은 아기살보다 빠르게 요괴의 급소를 꿰뚫었다. 우수수 쓰러지는 놈들의 수를 세는 것을 해는 그만두었다. 오직 악의와 살의로 점철된 도력을 휘두르며 그것들을 베어나갔다.

"히이잉! 히잉! 히이이잉!"

그녀를 떨어뜨리기 위해 날뛰는 말 요괴의 갈기를 더 세게 잡아당겼다. 앞다리를 번쩍 든 그것이 투레질했다. 해는 그 긴 목을 끌어안고서 팔에 힘을 주었다. 한 팔로 감싸기에 버거운 두께였으나 상관없었다. 순백의 도력이 해의 팔을 휘감았다. 그것은 살기 되어 응집되었다. 말 듣지 않는 탈것은 죽어 마땅하다.

뚜둑!

말 요괴의 목뼈가 부러졌다. 해는 미련 없이 편편한 그것의 등을 박차고 뛰어내렸다. 빠른 속도 때문에 두어 바퀴 구르고 일어난 해는 고통에 크게 몸부림치다 넘어지는 말 요괴를 보았다. 그것은 다신 일어나지 못할 터다.

제가 지나온 자리를 해가 빠르게 살펴보았다. 유적까지 거리가 아직 한참 남았는데 요괴의 주검은 이미 사방에 쌓였다. 그 수가 진작 수백에 이르렀으나 여전히 살아 있는 요괴의 수가 수백 배는 많다. 개개의 요력은 보잘것없어도, 압도적인 수적우위는 해를 숨막히게 했다.

지옥이 있다면 이런 모습일까. 저 벌어진 틈 아래의 나락이, 이런 모습일까. 인간 중 누구도 발 디딘 적 없다는 곳. 반인반요의 익족조차 가길 꺼리며, 설령 요괴라 해도 지상에서 태어난 것들은 들어서는 순간 잡아먹히고 만다는 곳. 질서는 무의미하고 오직 혼돈만이 가득한, 그 외의 모든 것이 결핍된 곳.

아수라장을 눈앞에 둔 채 해는 생각했다. 지옥 같은 곳에 저를 대신하여 끌려간 무력한 땅주인을 생각하고 말았다.

'섭성.'

그는 무사할까. 나락에서 그가 살아 돌아올 수 있을까.

영이 죽은 전장인데. 양섭성 따위를 걱정할 시간은 없는데.

'빌어먹을!'

욕설을 속으로 지껄이며 해가 세차게 고개를 털었다. 그러나 섭성에 대한 생각은 쉽게 털어지지 않았다.

'살아 있어라, 양섭성. 살아만 있어.'

결국 간절히 되뇌었다. 제 마음을 인정했다. 그녀는 그를 구하고 싶었다. 당장 저 나락에 뛰어들어 그를 구하러 가고 싶었다. 이 난장판을 뚫고 나락까지 가는 길이 묘연하니, 한시라도 빨리 요괴들을 모조리 죽여 눈앞에서 치워버리고 싶었다.

그 마음을 비웃듯 요괴는 쉴 새 없이 쏟아졌다. 날개 달린 것들은 날아서 나타났고, 꽃이나 나무에서 태어난 것들은 본체를 한없이 키워 올라왔다. 줄기 하나가 땅에 도착하면, 그 줄기를 땅에 박고서 나락에 걸쳐 있던 육신을 빠르게 끌어올렸다.

네 다리 달린 것들을 날개 달린 것의 등에 업혀 오거나, 발에 붙잡혀 오거나, 나무 요괴의 기둥을 타고 기어 올라왔다. 요괴는 끝없이 밀어닥쳤다. 수를 헤아리는 건 진즉 무의미해졌다.

참혹한 광경이었다. 영이 전사한 전투 또한 유례없는 규모였다고 보고받았으나, 이 정도는 아니었을 터다.

해는 이를 악물었다. 없애고, 죽인다. 베고, 밟고, 짓이긴다. 어렵지 않은 일이다. 몇 날 며칠이 걸리더라도, 혹은 수개월 수년이 걸리더라도 그녀는 해낼 수 있다. 하지만 현북은 버틸 수 있는 것이 맞나? 양유성이 결계를 감당할 수 있는 것이 맞나?

그때, 저 멀리 유적 하나가 점령당했다. 검은 연기가 유적에서 피어올랐다. 고대의 보호진은 유적을 포기했다. 유적을 겹겹이 둘러싸고 개미떼처럼 밀려드는 요괴들을 일망타진하기 위해 스스로 폭발했다.

쾅! 쾅쾅!

태초부터 견뎌온 유적의 성벽이 무너졌다. 요괴를 깔아뭉개며 그 신령한 기운을 잃었다.

해는 분수도 모르고 그녀에게 달려드는 요괴를 베었다. 도력을 쏘아 그것들을 산산조각 냈다. 그 혼백이 비산하여 영원히 소멸하도록 만들며, 뒤돌아보았다.

유적의 공격을 피해낸 요괴들이 개미떼처럼 황야의 결계에 들러붙어 있었다. 두려움 배우지 못한 그것들은 제 목숨을 바쳐 결계를 파훼했다. 육신 바쳐 부딪쳐댔다. 소름 끼치는 요괴의 울음이 쉼 없이 해의 고막을 뒤흔들었다.

결계는 쉴 틈 없이 푸르게 번뜩였다. 요괴가 충격을 가할 때마다 큰 소리를 내며 금이 갔다. 가까스로 결계가 회복됐다 싶으면 또다시 충격이 가해졌다. 주 경계로 나왔지만, 그녀는 현북의 수호자가 된 몸. 결계에서 전해지는 충격을 어렴풋하게나마 감지할 수 있었다.

어린 후계자가 얼마나 버틸 수 있을지 알 수 없었다. 그 계집이 끝내 버텨내지 못하면 현북은 무너진다. 양섭성이 죽었든 살았든, 돌아온 그를 맞아줄 현북은 존재하지 않게 될 것이다.

쿵! 쿠웅!

결국 결계 한 겹이 무너졌다. 푸른 거미줄이 결계를 뒤덮었고, 이내 쏟아져 내렸다. 그것이 시작일 터다. 절망. 처음 느껴보는 그 막막함이 해를 휘감았다.

"우오오오!"

"키키킥!"

요괴들의 열렬한 환호가 전장을 뒤덮었다. 아직 열한 겹이 남아 있으나, 도저히 오늘 하루를 넘길 수 있을 것 같지가 않았다.

쩌적, 쩍!

굉음에 해가 번뜩 정신을 차렸다. 무의식적으로 다가오는 요괴를 베고 있었으나, 분명 한눈을 팔았다. 스스로도 어처구니가 없었다. 수억의 요괴가 쏟아져 나와도 할 일은 하나다. 모든 요괴를 죽이는 것.

산더미처럼 쌓인 요괴의 시체를 밟고서 유적을 향해 달렸다. 기합을 넣고서 집중력을 끌어올렸다.

여기저기 무력화된 유적에서 먼지가 피어올랐다. 현북의 주 경계를 수호하고 있던 방어선이 뚫렸다. 시간이 지날수록 요괴들은 점점 더 쉽고 빠르게 현북으로 돌진할 수 있게 되었다. 해는 이를 악문 채 달려드는 요괴를 끝없이 죽이며 앞으로 나아갔다.

가장 중심에 있던 유적이 크게 도력을 내뿜었다. 해가 두 눈을 크게 뜨며 멈칫, 한 발 물러났다. 그대로 우뚝 멈추었다. 색색의 피와 진액을 뒤집어쓴 채 전장의 한복판에 망연히 섰다. 흐트러진 머리카락이 바람에 날렸다. 피 냄새와 오물 냄새가 뒤섞여 역겨웠다.

"양세계가……."

고대의 술법이 작동했다. 굉음을 토해내며 땅이 뒤흔들렸다. 덩치 커다란 요괴를 아낌없이 토해내던 가장 큰 틈이 닫혔다. 미처 빠져나오지 못한 요괴들이 비명 한번 지르지 못하고 끼어 죽었다.

쾅! 콰광! 쩌억!

전장 가득 열려 있던 틈은 계속해서 닫혔다. 동시에 유적에서 일제히 불화살이 날았다. 사냥당하는 요괴의 끔찍한 비명이 사위에서 올랐다.

지독했다. 요괴의 피와 살점 속에서 해는 상황을 이해했다. 유적의 대장군은 도력 없는 자. 유적이 이 정도의 위력을 냈다면 답은 유일하다.

"제 목숨을 바쳤군."

양세계가 죽었다. 미련한 대장군이 전사했다. 소경희의 남편이, 양유성의 부친이, 양섭성의 숙부가 제 목숨을 바쳤다. 섭성을 맞아줄 이가 또 한 명 줄었다.

양섭성. 양섭성. 빌어먹을 양섭성! 죽었는지 살았는지 알 수 없어서, 그녀를 미치게 만드는 간특한 땅주인.

아니, 아니다. 해는 고개를 내저었다. 살아 있다. 그는 살아 있다. 현북을 두고 죽을 자가 아니다. 그러니까 여기 멈춰 있어서는 안 된다. 검을 바로 쥐었다. 정신을 바짝 차렸다.

"전부 죽여버리겠다!"

틈은 닫혔으나, 이미 지상에 도달한 요괴가 너무 많았다. 미치광이처럼 눈에 띄는 족족 요괴를 베었다.

"키이익!"

"크어어어!"

요괴들은 바로 곁에서 다른 요괴가 죽어가는데도 겁먹은 기색이 없다. 느닷없이 큰 소리로 울어댔다. 해는 전율했다. 오싹, 소름이 돋았다. 나락의 틈이 거의 다 닫혔는데. 더 이상의 지원이 없을 것인데. 대체 무엇이?

요괴들은 모두 같은 곳을 바라보고 있었다. 해가 고개를 돌렸다. 요괴들이 보는 곳을 보았다.

짙푸른 비늘. 위용 넘치는 두 개의 뿔. 유황색의 차가운 눈동자.

커다란 뱀. 아니, 용?

종을 단정할 수 없었다. 그러나 확실한 것이 있다. 저것이 바로 우두머리다. 누가 말해주지 않아도 알 수 있다.

혀 달린 요괴들이 그 이름을 연호했다. 청유. 해는 제 원수의 이름을 기억했다. 날아오르는 원수를 노려보았다. 단 한 번도 겪은 적 없는 위압감이 그녀를 내리눌렀다.

모든 것을 내려다보는 요괴의 오만한 두 눈이 비웃음을 담는다. 해는 검 자루를 단단히 움켜쥐었다. 손끝이 차갑게 식으며 냉정해졌다.

저것이 나를 보았다. 나를 보고 웃었다. 요괴 따위가, 감히! 영을 빼앗아간 저것을, 영을 죽음으로 내몬 저것을 반드시 지옥에 처박아버리겠다. 다시는 세상 빛을 볼 수 없도록 저 영혼을 천 갈래 만 갈래로 찢어버리겠다.

해의 두 눈이 번뜩였다. 그녀의 육신이 순식간에 도약했다. 도력을 운용해 날아올랐다.

그때, 머리 위에 커다란 그림자가 드리워졌다. 태양을 가린 거대한 몸체에 땅이 어두워졌다. 이번에 또 어떤 놈이지? 해는 분노 실어 머리 위를 노려보았다.

그림자의 주인은 외뿔의 하얀 이무기였다. 그것을 본 순간, 해는 뱀인지 용인지 알 수 없었던 푸른 요괴 또한 이무기라는 걸 알았다.

하늘을 유영하는 흰 이무기는 지나치게 아름다웠다. 보는 것만으로 마음이 아득해져서, 해의 얼굴에 미약한 의문이 떠올랐다.

"백리?"

본체를 제대로 본 것은 그가 추락하던 때 딱 한 번뿐이었지만, 자주 보지 않았다고 해서 못 알아볼 리 없다. 분명 백리였다.

"네가 왜?"

그는 분명 권속의 맹약을 파기하고 해를 저버렸다. 저 혼자 살겠다고 떠나버렸다. 저 위에 떠 있을 이유가 없다. 커다란 이빨을 드러낸 청유를 가로막고 있을 이유가 없다.

이해되지 않는 광경을 해는 멍하니 바라보았다. 백리가 청유를 휘감았고, 두 이무기는 하늘에서 뒤엉켰다. 부딪히며 서로를 물어뜯었다. 천둥번개가 쉼 없이 내려쳤다. 요괴들은 일시에 고요해졌다. 연신 청유를 연호하던 입은 저절로 다물어진 채 아무 소리도 내지 못했다.

뒤엉킨 두 이무기는 점점 더 멀리로 사라졌다. 그 거대한 본신이 지렁이처럼 작게 보이더니, 이내 인간의 눈으로 볼 수 없는 곳까지 멀어졌다.

해는 그제야 탄식하듯 그 이름을 불렀다.

"백리야."

일곱 해 전 백리는 뿔 하나를 잃었다. 그의 뿔에는 그가 아주 긴 시간 공들여 쌓은 요력이 응집돼 있었다. 그러니 약화된 것은 어쩔 수 없었을 터. 이미 약해진 몸으로 권속의 맹약을 강제로 파기했다. 대가는 남아 있던 요력의 절반. 요력을 잃고 또 잃은 백리가 나락의 우두머리인 청유를 상대할 수 있을까? 살아남을 수 있을까?

"아니 돼."

백리가 죽을지도 모른다. 왈칵 두려움이 솟았다. 그것은 곧 광기가 되었다. 안 돼, 안 돼. 해는 정신없이 요괴를 해치우며 백리가 사라진 쪽을 향해 달렸다. 그녀를 비호해줄 유적이 점점 멀어졌지만 개의치 않았다.

모두가 그녀를 두고 떠난다. 아버지도, 어머니도 그랬다. 영도, 섭성도 그랬다. 그녀에게 등 돌렸다. 혼자 남겨두었다. 모든 권속이 그러했고, 이젠 백리마저 그러려고 한다. 혼자 남겨지는 것은 지긋지긋하다. 혼자 살아남는 것도 끔찍하다.

그러지 마라, 그러지 마. 너는 그래선 안 돼. 적어도 내게 다음 겁을 약속한 너만큼은, 나를 두고 이리 떠나서는 아니 돼. 두서없이 중얼거리며 내달렸다.

"허억!"

무언가가 해의 발목을 강하게 잡아챘다. 균형을 잃은 해가 거칠게 넘어졌다. 무릎이 깨지고 얼굴이 쓸렸고, 손바닥은 아예 뒤집어졌다. 피 흐르는 손으로 제 발목을 낚아챈 것을 우악스럽게 붙잡았다. 날카로운 가시덩굴이었다. 인간화한 요괴가 손만 본모습으로 바꾸어 그녀를 붙잡고 있었다.

해의 두 눈이 뒤집어졌다. 이젠 이따위 하등한 것이 이 앞길을 막는 것인가. 분노가 왈칵 용솟음쳤다. 머릿속이 터질 것 같다.

"죽여버리겠다!"

덩굴 요괴가 순간 움찔했다. 그러나 곧 여유롭게 해를 비웃었다.

"당신이 청유 님을 방해하게 두지 않을 겁니다."

말이 능숙했다. 상급? 어쩌면 최상급일지도 모른다. 그게 뭐 어쨌다고. 설령 나락왕이라 해도 절 막을 수는 없다. 해는 도력 두른 손으로 가시덩굴을 뜯어냈다. 그대로 본체를 밟고 올라서 아작아작 으깨었다. 덩굴 요괴가 끔찍한 비명을 내질렀다.

"영원히 나락을 헤매게 만들어주마!"

우르릉, 쾅쾅!

저 멀리, 이무기들이 사라진 쪽에서 쉴 새 없이 천둥번개가 쳤다.

※ • ※

- 너를 찾고 있었다, 백리.

백리가 청유의 옆구리를 강하게 감았다.

- 나와 약조하지 않았더냐? 함께 천하를 뒤엎자고 맹세하지 않았더냐? 고통받는 동족을 구원하고, 천계의 저 부패한 것들을 끌어내리기로 하지 않았더냐? 나는 너와 함께 그것을 이루기 위해 겁의 시간을 견뎌왔다.

백리는 청유의 말을 무시했다. 대의 같은 건 관심 없다. 그가 관심 두는 바는 오직 한 사람의 목숨이다. 그녀의 삶이다. 천계와 나락이 뒤엎어지면 그 사이에 낀 황야는 무사할 수 없다. 해는 필연적으로 휘말려 죽을 것이다.

천연 이루어 영영 닿지 못할 곳으로 날아가는 것은 견딜 수 없었다. 언젠가 돌아봐줄 것이라는 희망은 남겨두고 싶었다. 제 품에 안게 될 날을 간절히 바랐으나, 이제 그것이 영원히 불가함을 인정했다.

이미 지난 천 년 동안 그녀를 찾지 못했다. 그녀가 또 죽는다면 다음 천 년 동안 또다시 찾아 헤매지 않으리란 보장이 없다. 천 년을 헤맨 뒤에 찾을 수 있으리란 확신도 없다. 그녀는 천계의 죄인 되어 매 생, 매 순간 비참하게 죽을 것이다. 그리 둘 수 없으니, 제가 대신 불 속에 뛰어들 수밖에.

지키기로 한 맹세와 겁을 함께하기로 한 약조가 흩날렸다. 해는 잊었어도 백리는 기억하니, 이 삶의 끝이 미물이라 해도 행할 것이다.

- 그런 약조, 한 기억 없구나.

백리가 발톱을 세워 청유의 옆구리를 뜯었다. 두 나락의 용이 부딪힐 때마다 번개가 쳤다. 고통이 온몸을 훑고 지나갔다.

- 백리! 네가 어떻게! 감히 어찌!

백리의 부정에 청유가 맹렬하게 분노했다.

- 내 약조는 다른 곳에 있다. 내 맹세는 이미 따로 주인 있으니 네게 줄 것이 없구나.

청유의 유황색 두 눈이 번뜩였다. 그녀가 사납게 이빨을 드러내며 백리의 발을 움켜잡으려 했다. 슬쩍 몸을 뺀 백리가 청유와 눈을 마주쳤다.

- 설마 아직까지 그깟 인간 하나에 집착하고 있는 것이냐? 수천수만 년이 지났거늘!

- 그깟 형제 하나에 집착하고 있는 것은 너 또한 마찬가지다.

백리의 눈동자에 얼핏 안타까움이 스쳤다.

요괴의 시간은 길다. 아무것도 없는 나락에서 태어나, 영원히 허무로 고통받으며 살아가게 되어 있다. 먹고, 먹히고, 짓밟고, 짓밟히는 내내 허무는 채워지지 않는다. 그로부터 달아나는 유일한 방법은 신수가 되는 것. 모든 것이 충만한 천계의 족속으로 편입되는 방법뿐.

그토록 아무것도 없는 요괴의 시간 속에서 따뜻한 것은 그 얼마나 특별하던가. 처음 맞는 다정함은 그 얼마나 달콤하던가. 그 처음을 잊지 못하여 영겁을 헤매고 있으니, 결국은 모두가 같다. 모두가 어리석고 안타깝고 한심하다. 그도, 청유도.

- 백리! 네 정녕 어리석게 굴 것이냐!

해의 곁에 있고 싶었다. 언제나 그랬다. 수천 년 전에도, 수만 년 전에도. 처음 만난 때부터, 다시 만난 모든 때마다. 그녀가 그를 미워하던 때도, 두려워하던 때도, 싫어하던 때도 그 마음은 변함없었다. 그녀가 이따금 벗으로 맞아준 짧은 시간만이 백리의 기나긴 생 중 유일하게 온기 있는 때였다.

- 어리석음도 결국 내 선택이겠지.

- 정신이 나갔구나!

백리가 소리 없이 웃었다. 그래, 그는 정신이 나갔다. 수천만 년 전부터 한 인간에게 정신이 나가 있었다. 그는 오직 그녀의 곁을 원하여 하염없이 신수가 되는 날을 미뤘다. 그녀가 언젠가 제 연이 되길 바라서 그 천연이 맺어지지 않기를 간절히 소망했다. 이기적이고 추악한 마음을 숨기고서 선량한 벗인 척, 권속인 척 주변을 맴돌았다.

하지만 그녀를 지키고자 하는 마음만은 늘 진실했다. 그녀가 무사할 수 있다면 제 운명이 한낱 미물의 모습이라도 상관없었고, 끝내 천연을 이루어 영영 손 닿지 않을 저 멀리 날아가버려도 괜찮았다.

- 인간은 우리를 이해하지 못해! 네 수천만 년의 희생을 기억하지도 못해! 한데 왜 그리 멍청하게 구는 것이냐?

기억되지 못하는 건 역시 조금 서글펐다. 그래도 이게 그의 선택이었다. 그 어떤, 거스를 수 없는 힘에 의한 것이 아닌 오직 그의 선택이었다.

- 어리석은 것은 우리가 유일하게 닮은 점이지.

백리의 두 눈이 번뜩였다. 짙푸른 비늘들 중, 거꾸로 솟은 역린하나. 순간적으로 모든 요력을 개방했다. 청유는 본능적으로 요력을 온몸에 휘둘렀다.

- 백리! 그만둬라! 무슨 짓이냐!

청유가 분노했다. 그녀의 고함은 뇌우가 되었다. 삽시간에 몰려든 먹구름이 폭우를 쏟아냈다. 아름다운 두 마리의 신물이 하늘에서 뒤엉켰다. 우르릉, 쾅쾅! 천둥번개가 쉴 새 없이 내려쳤다.

- 그만! 너도 무사하지 못할 것이란 말이다!

청유가 절규했다. 백리는 멈추지 않았다. 청유를 물어뜯었다. 온몸을 찢어발기는 요력이 그의 입을 찢고, 턱을 짓이기고, 본체를 조각냈다. 사지가 뜯기는 고통에도 백리는 기어이 청유의 역린을 뜯어냈다. 청유가 비명 질렀다.

- 백리! 네가! 네가 어떻게! 나는 너를 찾으러 왔는데!

경악한 음성이 의식 너머로 멀어졌다. 백리는 조각나는 제 육신을 눈에 담았다.

- 이것이 내 우애에 대한 네 대답이더냐? 용서하지 않겠다! 반드시 죽여버리겠다! 네 혼백까지 갈가리 찢어버릴 테다! 잘못했다고 빌어라! 용서해달라고 빌라고!

청유의 본신에서 사나운 요력이 터져나왔다. 백리는 마지막으로 청유를 한 번 더 물어뜯었다. 요력은 백리의 두 눈을 할퀴고, 이미 만신창이가 된 그의 몸을 너덜거리게 만들고서 사방으로 흩어졌다. 분노한 요력은 아군 적군 가리지 않고 찢어발겼다. 비명이 지상을 가득 채웠다.

- 이, 이, 이 멍청이가!

백리는 추락하며 힘없이 웃었다. 그는 찢기지 않았다. 용서하지 않겠다면서, 혼백까지 갈가리 찢어버리겠다면서, 그 마지막 순간, 제 힘을 쥐어짜내 저를 보호하는 누이의 존재를 느꼈다.

'멍청한 것. 이 어리석은 누이야.'

태생부터 시작된 광증에 가까운 집착은 변함없었다. 기나긴 허무 속에서 살아온 청유에게 남은 것은 백리에 대한 집착뿐이라서,

그녀는 여전히 그를 놓지 못했다.

청유는 언제나 그와 모든 것을 함께하길 원했다. 살아남는 것도, 죽는 것도 전부 같이. 오직 그것만이 제 천명인 양 모든 것을 바쳤다. 일곱 해 전 홀로 승천하려던 백리에게 배신감을 느끼고 그 뿔을 뽑아버렸으나, 그 애착을 버리지 못하여 여태 그를 찾아 헤맸다.

천하가 뒤집어지는 천변의 순간에 그가 곁에 있길 바라서 모든 준비가 끝났음에도 지금까지 기다려왔다. 마지막의 마지막까지 그녀는 그에 대한 미련을 붙들고 있다. 그 미련이 제 것과 똑 닮았으니, 백리는 어찌할 바 없이 청유가 안쓰러웠다.

'만약 우리 같은 것들에게도 다음 생이 있다면, 누이야, 그땐……'

청유는 역린을 다쳤다. 당분간 회복에 집중해야 하니 지상은 신경 쓰지 못할 것이다. 우두머리를 잃은 요괴는 구심력 없이 흩어지겠지.

이로써 황야는 시간을 벌었다. 천하의 균형은 당분간 무너지지 않을 것이다.

'해야.'

백리는 해를 떠올렸다. 그 창백하고도 아름다운 얼굴. 새까맣고 속임수 없는 눈동자. 더러움을 알지 못하니 더럽혀지지 못하고, 죄 알지 못하니 죄짓지 못하는 그 무구한 것.

마지막이라도 좋으니 한 번만 더 보고 싶었다. 딱 한 번이라도 좋으니, 꽉 안아보고 싶었다.

쿠웅.

괴성을 내며 땅에 떨어진 백리는 꺼지기 직전의 의식을 가까스로 붙들었다. 따뜻하고 다정한 기운. 누군가의 손이 그의 몸체를 애타게 쓸어 만진다.

'바보 같은 짓. 소용없거늘…….'

백리는 마지막 남은 요력을 긁어모아 인간의 태를 만들어냈다.

"백리……. 이 ……찌 된 일……."

물기 묻은 목소리. 짧은 말조차 띄엄띄엄 인식되었다. 귀가 먹먹해서 누구의 목소리인지조차 분간되지 않았다.

단지 그녀이길 바라는 것인지, 그녀라고 확신하는 것인지 알 수 없는 마음으로 백리는 손을 뻗었다. 그냥 해라고 생각하자 거짓말처럼 마음이 편해졌다. 뺨이 있을 곳을 문질렀다. 손끝의 감각이 무뎠다.

해야. 해야. 내 주인이며, 전부였던 계집아.

'슬퍼 마라. 내 선택이었으니.'

천 번의 생이 반복되고, 만 번의 죽음이 닥쳐와도 그녀를 지키기로 약조하였다. 이번만큼은 그 약조를 지켰다고 위안하고 싶었다.

"인간화…… 푸십……오. 본체…… 돌아가…… 합니……. 요력…… 아껴야……."

백리는 속으로만 고개 저었다. 그 품에 안겨 옷자락을 끌어당겼다.

같은 시간을 살고 싶었다. 너무나 빠르게 자라는 인간과 수천수만 년이 지나도 그대로인 요괴의 시간은 너무 달라서, 매번 남겨지는 것은 그였다. 약하디약해 작은 사고에도 불시에 죽어버리는 인간의 곁에 머무는 날들은 너무 괴로웠다. 그래도 놓을 수 없었다. 포기할 수 없었다. 그 곁이 좋았다. 언제나, 늘, 변함없이 그 곁을 사랑했다.

"인간의 태를……. 제발……."

혹시 마지막이라면. 이 순간이 정말로 마지막이라면.

백리가 가까스로 몸을 일으켰다.

'인간의 태는 못 버려. 네 뺨을 어루만질 수 있잖아.'

요력이 빠져나간다. 인간의 태를 유지하는 게 어렵다. 이성이 차츰 흐려졌다. 미물이 되어가는 까닭 때문인지 마음을 억누르기 힘들었다. 마지막일지도 모르니 이 정도 욕심은 부려도 되지 않을까.

"……기억해다오."

그리워하는 건 늘 그였고, 떠나는 것은 늘 그녀였다. 기억하는 건 늘 그였고, 잊는 것은 늘 그녀였다. 그 이별을 수천수백 번 반복한 후에야 비로소 나를 기억해달라고 청한다. 이 생의 기억이 유지되는 단 몇십 년만이라도 그리워해주기를 바란다. 그럼 이 고독한 삶에도 조금은 의미가 있을 테니까.

"해야."

단 한 번도 맺어지지 못한 내 가엾은 연아. 단 한 번도 나를 택하지 않은 잔인한 연아. 홀로 다 잊어버린 이 못된 계집아.

백리가 무너지듯 웃었다. 허물어진 인간의 태가 은빛 가루가 되어 흩날렸다. 이지도, 요력도, 기억도 전부 흩어져 사라졌다.

이윽고 남은 것은 모든 것을 잃은, 작은 뱀 한 마리.

악의도, 선의도 없는 지극히 평범한 뱀 한 마리.

한때는 나락왕의 아들이었고, 나락의 흰 이무기였고, 나락의 용이었던 자.

끝이었다. 위대한 것도, 사악한 것도, 천한 것도, 귀한 것도 그 끝은 모두 같다. 하나같이 공허밖에 남기지 못한다.

"백리 님?"

섭성이 망연자실 손 뻗었다. 얼마 남지 않은 요력을 끌어모아 인간의 태를 유지하는 것만으로도 극심한 고통을 느꼈을 것이다. 그럼에도 인간화 상태를 고집한 것은 마지막 순간에 요괴가 아닌, 백리로 기억되고 싶었던 까닭일까.

찰나, 망각 너머 묻혀 있던 것들이 되살아났다. 마지막 순간, 백리가 자신이 누구이길 바랐는지 알았다. 그녀가 아닐 가능성을 염두에 두면서도 그녀라고 여겼다. 어리석어 애틋하였다.

"당신은 왜 그토록……."

아득한 슬픔이 섭성을 뒤덮었다. 아름다운 흰 뱀은 무구한 눈으로 그를 바라보았다. 붉은 혀로 쉬잇, 거리며 주변을 살핀다.

섭성은 울음을 참았다.

"끝내 기억조차 되지 못할 연을 놓지 못하는 겁니까?"

아득히 긴 세월을 살아온 생명의 애정을 보았다. 찰나였으나, 흩어지는 백리의 기억 속, 그들은 함께였다. 인간으로서는 가늠할 수도 없는 긴 시간, 오직 한 계집을 그리워해온 마음이 섭성의 심장을 난도질했다.

겁을 살아가는 만큼 그 애정은 더디게 변해서 섭성의 눈에는 영원히 변하지 않는 것처럼 보였다. 애틋하고 덧없는 감정이 가슴속에 갇힌 천둥번개가 되어 그를 뒤흔들었다.

"인간은 짧은 생을 반복하니 모를 것이다. 아주 긴 시간을 살다 보면 마음이란 것이 쉽게 변하지 않게 돼. 갓 태어난 요괴는 하루에도 수십 번씩 그 사랑이 바뀌지. 세월이 쌓일수록 그 사랑은 몇 년, 몇십 년 동안 변하지 않게 돼. 그러다 종래엔 인간의 눈으로 보기엔 영원히 변하지 않을 듯이, 지속되는 것이야."

뒤에 서 있던 화선녀가 쓸쓸히 중얼거렸다.

서늘한 바람이 불었다. 한때는 백리를 이루었던 흔적들이 비산했다. 긴 시간 헌신만을 반복해온 이의 허물만 남았다.

섭성은 흩어지는 그 억겁의 시간 속에 서 있었다. 수많은 생의 기억이 뒤엉켰다. 어느 생엔가의 그가 했던 말이 귓가를 떠돌았다.

"나는 네가 생각하는 것만큼 올바르진 않지. 하지만 너를 실망시킬 만큼 비겁하지도 않아. 나는 너를 구하진 않겠지만, 너를 죽이지도 않아. 너를 돕진 않겠지만, 너를 방해하지도 않을 거야. 맹세컨대, 나는 오직 내 노력으로 그녀가 돌아보게 하겠다. 결코 그 목을 꺾어 내게 고정시키는 짓 따위는 하지 않아."

그래, 당신은 노력하였다. 감히 내가 상상도 할 수 없이 긴 시간,

모두가 잊어버린 그 약조를 홀로 지켰다.

　오래전 겪었을, 그러나 잊어버린 것들이 흔적 없이 사라졌다.

三

　그 뱀은 나이 어렸다. 얼음장처럼 차가워 보이는 흰 비늘과 요요히 빛나는 유황색 눈동자가 아름다웠다. 나락에서 태어났으나 그때의 기억은 전연 없었다. 승천을 위해 지상에 왔다는 것만은 기억났다.

　요괴는 순수한 요력이 극에 달했을 때, 하늘의 문을 열 자격을 얻는다. 방법은 요괴마다 다른데, 뱀의 경우엔 기억을 봉인하고 인세에서 무언가를 얻는 것이었다.

　'그게 뭘까.'

　뱀은 어렴풋한 기억 조각에 의지해 얌전히 인간들 발밑을 기어다녔다. 엎드려 구걸하여 끼니를 빌어먹었다. 언뜻 비굴해 보였으나, 가만 보면 뱀은 묘하게 당당하였다.

　"거참, 희한한 놈이네. 생것은 거들떠도 안 보고 과일이나 씹어대다니. 여하튼 맛있게 드시고 가쇼."

　아침마다 지나는 곳에서 과일 껍질을 동냥하였다. 보고 또 봐도 이상하다는 듯 중얼거린 사내가 복숭아 껍질을 던져줬다. 이제 막 생겨난 이 인간의 나라에서 흰 뱀은 상서로운 영물이라 다행히도 해코지당하는 일은 거의 없었다.

사내가 사라지자 뱀은 허물을 벗었다. 인간의 태를 뒤집어썼다. 손을 뻗어 껍질을 집어 입에 넣었다. 오물거리자 달콤한 맛이 입안 가득 찼다.

"황야라……."

나락과 천계의 정중앙에 생겨나, 천상과 지하를 양분하는 이 나라를 인간들은 황야(晃倻)라 불렀다. 밝은 땅이란 의미로 붙은 이름이나, 뱀은 그것이 참이 아님은 안다.

이곳은 황야(荒夜). 천계의 것 아닌 모든 존재에게 말 그대로 거친 밤이 되리. 길고 길어, 언제 여명이 올지 알 수 없는 장벽이 되리. 한데 뒤엉켜 있던 천계와 나락은 절대 맞닿지 않으리. 저 천계를 바란다면 여태 그 누구도 겪지 못한 시련과 고난을 뛰어넘어야만 하리.

뱀은 마지막 껍질까지 날름 삼킨 후, 다시 뱀으로 화했다. 그리고 무얼 찾는지도 모른 채로 열심히 기어다녔다. 쉬잇, 냄새를 음미했다. 흙냄새가 진했다. 풀 냄새도 꽃 냄새도 그득했다. 이 냄새, 저 냄새 킁킁거리며 뱀은 내키는 대로 움직였다.

"너도 저 애를 보러 온 거니?"

느닷없이 들려오는 말소리에 뱀이 놀라 멈추었다. 어린 인간 계집이 그를 빤히 내려다보고 있었다.

언제 여기까지 왔을까. 경계였다. 황야를 둘러싼 넓은 황무지 곳곳에 성벽이 올라가고 있었다. 성벽은 태초의 이 순간이 잊히도록 오래오래 세상을 양분할 것이다.

"쉬잇."

아니, 나는 저 인간 남아를 보러 온 것이 아니야. 그저 길 닿는 대로 온 것뿐이야.

계집은 고개를 갸웃거렸다. 뱀의 말을 알아듣지 못한 것이 분명하지만, 계집은 상관없다는 듯 조잘조잘 떠들어댔다.

"저 애는 세상의 망루래. 천인들이 쌓는 성벽이 완성될 때까지 저 애가 세상을 지킬 거야."

계집의 시선이 남아에게 향했다. 둘은 비슷한 또래로 보였지만, 뱀은 인간을 잘 알지 못하기에 제 추측을 확신할 수 없었다. 요괴의 외형이 꼭 나이에 비례하는 것이 아니듯 인간도 그럴 수 있을 테니까.

"그런 대단한 일을 하는 아이인데, 아무도 저 애에게 말을 걸지 않아. 모두 약조라도 한 듯 저 애를 모른 척해. 아주 가끔 아는 척하는 애들이 있긴 하지만, 그 애들은 못된 심술이나 부려. 저 애는 늘 저기, 저렇게 혼자 있어."

그도 그럴 것이 남아는 갇혀 있었다. 철창은 남아를 보호하기 위한 것인지, 남아로부터 다른 것들을 보호하기 위한 것인지 알 수 없었다.

"저건 철옥이 아닌데, 다들 철옥인 줄 알아."

계집은 나무 뒤에 숨어 남아를 훔쳐보았다. 바람이 불었다. 남아의 흐트러진 머리카락이 흩날리며 그 뺨을 간질였다. 남아는 머리를 정돈하며 엷게 웃었다. 바람처럼 흔적 없고, 금방 지나가는 엷은 웃음이었다. 계집은 그 웃음에서 눈을 떼지 못했다. 하얀 뺨이 복숭아처럼 발그레해졌다.

"저 애는 늘 저렇게 웃어."

그 시선이 하염없이 다정해서 뱀은 가만히 계집의 팔을 타고 올라가 그 어깨에 똬리 틀었다. 발갛게 열 오른 뺨에 제 얼굴을 비볐다.

"뭐야, 간지럽잖아."

계집이 숨죽여 키득거렸다.

계집은 자주 그곳에 있었다. 그래서 뱀도 자주 그곳을 찾았다. 이제는 제법 서로를 알아보는 사이가 되어서, 계집은 아예 나무 뒤에 뱀의 자리까지 마련해두었다. 남아는 언제나 그곳에 있었는데, 아침에 한 번씩 종복처럼 보이는 이가 찾아와 먹을 것을 내려놓고 갔다.

남아는 말이 거의 없었다. 본래 말수가 적은 것인지, 말동무가 없어 절로 말이 없어진 것인지는 알 수 없었다. 간간이 보여주는 웃음만이 그 다정한 성정을 대변했다.

종복이 떠나가고 얼마 지나지 않아 누군가가 또 나타났다.

"저것들 또 왔네. 며칠 잠잠하다 싶더니!"

계집은 잔뜩 성난 표정을 짓고는 손에 도력을 모았다. 꽤나 질 좋은 도력이다.

'술사였구나.'

뱀은 짧게 깨달았다. 뱀 요괴를 보고도 두려워하지 않고 조잘조잘 말을 건 까닭이 그제야 이해되었다.

남아 뒤로 몰래 다가온 아이들은 손에 손마다 돌멩이 하나를 들고 있었다. 못된 아이들은 어디에나 있지만, 굳이 경계까지 찾아와 돌멩이를 던지고 가는 까닭을 뱀은 헤아릴 수 없었다.

"철옥에 갇힌 괴물이다!"

계집은 남아가 알아채지 못하도록 조심조심 짓궂은 아이들에게 도력을 흘려보냈다. 꾸물꾸물 기어간 도력은 질긴 형태가 되어 아이들의 발목을 낚아챘다. 돌멩이를 던지려던 아이들이 보기 좋게 고꾸라졌다.

"으악!"

그 순간 남아가 뒤돌아보았다. 두 눈에 빛이 없었다. 허공을 헤매보던 남아가 살짝 미간을 찌푸렸다. 그 흐린 두 눈 뒤 숨은 천안을 뱀은 분명히 보았다. 보통의 것은 보지 못해도, 괴력난신에 대한 것은 누구보다 분명히 볼 수 있는 귀안이다.

천천히 일어난 아이는 철창을 열고 밖으로 나왔다. 그는 갇혀 있지 않았다. 뱀은 철창이 남아를 가두기 위함이 아니라 무지한 인간들로부터 그를 보호하기 위한 장치임을 알았다.

"괴, 괴물 눈이다!"

철창은 분명 남아를 보호하기 위한 천계의 배려였을 텐데, 안타깝게도 옥사 같은 모양새와 오싹해 보이는 남아의 귀안이 합쳐져 흉흉한 소문이 되었다.

"오, 오지 마! 저리 가!"

남아가 저를 해치기라도 할 듯이 소스라치게 놀란 아이들이 손에 닿는 것은 아무거나 집어 던졌다. 황당한 적반하장이었다. 수없이 날아간 돌멩이 중 하나가 남아의 이마를 맞혔다. 깨진 이마에서 피가 흘러내렸다. 남아는 아랑곳하지 않고 아이들에게 다가가 무릎 굽혀 앉았다.

"하지 마, 하지 마! 이 괴물! 내게 해코지하면 너, 너 따위는!"

남아가 손을 뻗었다. 그 손끝에 뭉친 기운이 다친 아이들에게로 차례로 스며들어갔다. 아이들은 완전히 얼빠진 얼굴이 되었다. 그들에게 시선을 고정시킨 채 남아가 조용히 입을 열었다.

"이곳의 경계는 아직 안정되지 않았어. 위험하니 오지 않는 게 좋아."

청량한 목소리에 다정한 말투였다. 사색이 된 아이들은 엉거주춤 일어나더니 부리나케 줄행랑을 쳤다. 그들은 남아의 걱정에 담긴 진심을 헤아릴 만큼 성숙하지 않았다. 걷지도 못할 만큼 다리를 꽉 조였던 것이 무엇인지 생각할 겨를도 없었다. 그저 철옥이 너무 쉽게 열렸고, 남아가 밖으로 나왔다는 사실이 무서웠을 것이다.

아이들이 모두 달아나자 남아는 다시 철창 속으로 들어가려는 듯 등을 돌렸다. 두어 걸음 걷던 그가 한숨을 내쉬며 멈추었다. 무슨 생각인지 뒤돌아선 그가 뱀이 있는 곳을 향해 똑바로 걸어오기 시작했다.

남아의 눈은 평범한 것은 보지 못한다. 평소 다니지 않는 곳은 지형지물 또한 알지 못할 터다. 특별한 상황이 아니고서는 늘 다니는 곳만 다니던 그가 익숙한 길을 벗어났다. 평소보다 조심스럽게 걸었지만, 충분했을 리 없다.

"어!"

놀란 계집이 저도 모르게 남아에게 달려갔다. 위태롭게 넘어지는 남아의 몸을 가까스로 받아냈다.

"뭐 하는 거야? 다칠 뻔했잖아!"

버럭 성을 낸 계집의 낯이 뒤늦게 창백해졌다. 그동안 지켜보고 있었다고 고백한 꼴이다.

"어, 어……. 저기, 나는……."

"괜찮아?"

곧바로 몸을 일으킨 남아가 물었다. 다정한 말투. 걱정 어린 표정. 창백해졌던 계집의 얼굴이 새빨개졌다.

그 모습을 빤히 지켜보던 뱀은 알았다. 저것은 천성적으로 선량한 것, 다정한 것. 어떤 비난과 모멸에도 상처받지 않는 것. 하여 천계로부터 선택되어 남들이 보기엔 벌이라고 불릴 만한 고행을 기꺼이 행하는 자. 그 성정은 수천수백 번 다시 태어나도 결코 꺾이지 않을 것이다.

"난 괜찮아."

엉망이 된 옷을 정리하며 계집이 겨우 대답했다.

"다행이다."

남아는 부드럽게 웃었다. 예의 그 미소, 계집이 좋아하는 웃음이다.

잠시 침묵이 흘렀다. 남아의 시선은 허공을 더듬었다. 계집이 코앞에 있어도 그 복숭아 같은 얼굴을 보지 못한다. 그것이 다행스럽기도, 불행스럽기도 했다.

"저기 있잖아. 아까 그 아이들에게도 말했듯이 이곳 경계는 아직 안정되지 않았어. 위험한 곳이지. 네가 술사인 건 알겠지만, 술사라고 해서 위험한 곳에 마구 들어와도 되는 건 아니야."

말이 길었지만, 그 뜻은 간략했다.

위험하니 앞으로 오지 마라.

뱀은 고개를 끄덕끄덕했다. 계집은 강한 술사가 될 재목이었다. 천계에서 스스로 낙하하여 황야의 방패를 자처한 그 일가는 도력 영글지 않은 계집이 위험한 곳을 쏘다니도록 용납하지 않을 것이다.

계집은 남아의 말뜻을 알아들었다. 새빨갛던 얼굴이 더 빨개졌고, 두 눈마저 충혈됐다. 서러움이 북받친 듯 눈물이 후드득 쏟아졌다.

"내가 어딜 가든 네가 무슨 상관이야? 내가 위험하든 말든 네가 알 게 뭐야? 간섭하지 마!"

팩 소리친 계집이 벌떡 일어나 달려가 버렸다. 당황해서 입을 벙 긋대던 남아의 표정이 소리 없이 무너졌다. 우두커니 굳어 있던 남아는 한참 뒤, 다시 제자리로 돌아갔다.

아무 일도 없었던 것처럼. 계집의 눈물이 아무 의미 되지 못한 것처럼.

뱀은 종종 홀로 남아를 보러 갔다. 그날 이후, 계집은 남아를 찾아오지 않았다. 허수아비라도 만들어 보낼 만한데, 허수아비조차 없었다.

"그 애는 늘 그곳에 있었어요."

불현듯 남아의 목소리가 들려왔다. 그 조용한 말투에 뱀은 가만히 인간의 태를 입었다.

"그 애는 늘 제가 다칠까 봐 전전긍긍하고, 제게 안 좋은 일이 생길까 봐 안절부절못해요. 그럼 저는 또 기쁜 마음이 되어서 그 애 모르게 웃고 있어요."

얼씨구? 그럼 왜 쫓아냈는데? 뱀이 콧잔등을 잔뜩 찌푸렸다.

"사람들이 저를 무어라 멸칭하든 상관없습니다. 그 애가 있으니까. 그 시선이 너무 따뜻해서 어떤 차가움도 제게 닿지 못해요."

짜증이 났다. 뱀이 홱 쏘아붙였다.

"그럼 그렇게 말해."

"그건 안 돼요."

남아가 웃었다. 바람처럼 스러질 미소다.

"왜?"

"저는 죄인의 후손입니다. 윤회를 반복해도 그 굴레만은 벗어날 수 없으니, 그 애와는 근본부터 달라요. 더욱이 저는 황야의 망루입니다. 이 나라가 위태로워진다면 가장 먼저 죽겠지요. 내일을 약속할 수 없는데, 그 애에게 의미가 되고 싶지 않아요."

멍청이. 넌 이미 의미가 되었어. 그 애는 널 좋아해. 네가 웃기만 해도 아주 좋아 죽는다고.

뱀은 속으로만 투덜거렸다.

"이 나라가 수천만 년 지속될 수도 있어. 이 생의 네가 천수를 누리고 죽고, 수천수백 번 다시 태어나 같은 짓을 반복할 때에도 여전히 건재할 수도 있지. 사실 그쪽이 더 확률이 커. 고작 수십 년 갈

나라에 천계가 저리 공들이진 않을 테니까.”

“저는 천수를 누리지 못할 겁니다.”

“왜?”

뱀은 퉁명스레 물으며 회색의 귀안을 물끄러미 응시했다. 하늘의 피를 이은 남아는 지상 위에 두 발 딛고 서 있으나, 인간보다는 천인에 가까워 보였다. 피는 세대를 거듭해 흐려질 것이고, 점점 더 많은 것을 보지 못하게 될 것이나, 지금의 저 눈은 어디까지 볼 수 있을까.

“그쪽이 덜 불행할 테니까요.”

한참 뒤, 뜻 알 수 없는 답이 돌아왔다.

뱀은 계집의 집과 남아의 거처를 오갔다. 더는 남아를 찾아가지 못해 우울한 계집의 얼굴에 뺨을 비비며 위로했고, 더 이상 계집이 찾아오지 않아 안도하는 남아의 어깨에 똬리 틀고 앉아 그 귓불을 잘근거렸다.

그러는 동안 뱀은 계집에게 애정 주었고, 남아에게도 애정 주었다. 서로를 소중히 여기는 게 분명한 그 마음이 서로에게 닿지 않길 바라니 괴이하였다.

그렇게 하루, 한 달, 일 년. 시간이 흐르고 흘러, 경계의 성벽이 완성되기 직전이 되었다. 혼란스럽던 권역도 여섯 개로 나뉘었다.

계집의 일족은 자신들의 땅으로 떠나갔다. 그렇게 천계와 나락이 완전히 분리되기 바로 전, 오랫동안 잠들어 있던 나락왕이 깨어났다.

나락왕은 천계와 나락 사이에 들어선 인간의 나라를 용납하지 않았다. 대규모 요괴군이 경계 너머에서 틈을 벌리고 올라왔다. 그 아수라장 속, 남아는 서 있었다.

"저는 천수를 누리지 못할 겁니다."

뱀은 남아가 제 목숨을 깎아 경계를 지키는 것을 지켜보았다. 마음 어딘가에서 무너지는 소리가 났다. 기억과 함께 봉인된 요력이 깨어나길 빌었지만, 남아의 수명이 다할 때까지 그는 여전히 작고 볼품없는 뱀이었다.

늘 다정하던 것이 주검 되어 쓰러진 뒤에야 뱀은 알았다. 울음 울며 깨달았다. 도대체 무엇을 찾아야 해서 스스로 기억 지우고 지상을 떠돌았는지.

그는 소중한 것을 찾고 있었다. 얼음처럼 차가운 이 마음을 녹여줄 어떤 것. 그것을 찾는 것이 하늘이 정해준 그의 시련이었다.

겨우 답을 찾았다. 얼음 같은 제 마음속 깃든 다정 깨달으니, 비로소 소중한 것을 얻게 되었다.

그 순간, 뱀은 제가 누구인지 알았다. 모든 기억과 요력이 되돌아왔다. 신수의 자격을 갖추었다.

"나 백리는 나락왕의 아들이며, 나락의 용이 될 자. 그 어떤 시간도 뛰어넘어 영생을 거닐 자."

목소리가 분노로 덜덜 떨렸다. 이건 천계의 농간이다. 겨우 신수의 자격을 얻었는데, 신수의 자격을 얻게 되니 도리어 천계에 오를 수가 없게 되었다.

처음 얻은 소중한 이를 지상에 남겨두고 혼자 신수가 되라고?
그게 가능할 리가.

백리는 하늘의 문을 닫았다. 아직 살아 있을 계집을 찾아 세상
을 떠돌았다.

❋ • ❋

"백리!"

멀리서 백리를 부르는 목소리가 들려왔다. 섭성은 제 몸을 감고
느리게 올라타는 뱀을 물끄러미 바라보았다. 그 뱀은 희고 아름
다웠다. 요력도 이지도 없게 된 지금에야 뱀은 평화로웠다.

섭성은 비틀대는 몸을 겨우 바로 세웠다. 찰나 엿본 과거의 기억
이 한 번에 휘몰아쳐 어지러웠다. 한때의 제가 알았을 기억과 감
정이 뒤엉켰다. 모두 망각한 순간을 홀로 간직해온 심정을 헤아릴
수 없었다. 아득한 슬픔이 밀려들었다.

"양섭성?"

당혹감 어린 부름에 섭성이 고개를 돌렸다. 창백하게 질린 해가
숨을 고르며 서 있었다. 혼란스럽게 흔들리던 눈동자에 곧 안도가
피었다.

"네가 어찌……."

쓰러질 듯 위태로운 그녀의 걸음에 섭성은 뒷걸음질 쳤다.

"괜찮은 것이냐? 다친 곳은……. 아픈 곳은……."

섭성은 고개를 내저었다. 기억해달라는 백리의 마지막 말이 흩날리는 억겁의 시간에 갇혔다. 마음이 무너졌다.

그깟 천연이 뭐라고. 천연이 대체 뭐라고 당신 눈을 가리지? 그긴 시간 곁에 있던 이를 보지 못하게 하는 천연이라면, 이미 그 자체로 악연 아닐까? 고작 몇 달 알아온 내 무사함이 지금 어떻게 그의 안위보다 우선될 수가 있지?

이해할 수 없었다. 납득되지 않는다.

"오지 마십시오."

적어도 지금 이 순간 해는 그를 보아서는 안 된다. 명백히 걱정하는 두 눈으로, 안도한 마음으로 그를 보아서는 안 된다.

지금만큼은 다른 이를 보아야 한다. 영원히 아니었다고 해도, 이 순간만큼은 그 기나긴 목숨을 친애와 우애를 위해 바쳐온 이를 보아야 한다. 그것이 옳다. 그깟 천연보다 그 애정이 훨씬 값지니까.

"양섭성?"

당혹스러운 표정으로 섭성을 보던 해의 시선이 흔들렸다. 그 눈동자가 뒤늦게 섭성의 어깨에 올라앉은 뱀에게 향했다.

순간 사위가 적막해졌다. 터져나오지 못한 울음이 해의 목구멍에서 울컥거렸다.

섭성이 고소했다.

"우리는 자격이 없습니다."

이미 늦었다. 당신도, 나도 다 잊었으니까.

"무어?"

64

아주 긴 시간이었다. 태초에 황야가 건국된 이래로 수천수만 년, 어쩌면 그 이상. 인간의 머리로는 가늠할 수 없이 기나긴 세월 백리는 그들 곁에 있었다.

"이제 와 울 자격도, 분노할 자격도 없습니다."

차가운 비난은 해를 향했으되 사실 섭성 자신을 향한 것이었다.

그녀는 자격이 없다. 그도 자격이 없다. 우리에겐 그 죽음을 슬퍼할 자격이 없다. 그 아픈 자각이 이성을 무너뜨렸다.

"그러니 제 앞에서 약한 모습 보이지 마십시오."

긴 연을 알아보지 못하고 오직 천연에 눈멀어 제게 매달리는 해가 밉다. 만난 순간부터, 날 때부터, 혹은 그 이전부터 이미 천계에 휘둘려온 삶이었을 텐데, 그 모든 감정에 대체 무슨 의미가 있을까.

"양섭성."

해를 지나쳤다. 현북을 보았다. 우두머리를 잃은 요괴들이 날뛰어댔다. 열두 겹 중 마지막 결계가 무너지고 있었다. 홀로 살아남아 어떻게든 지키고자 아등바등했던 땅이 지옥 속에 처박혔다.

"유성이 후계로 나섰군요."

피붙이마저 속이고 애써 숨겨온 후계자다. 살리고 싶어서. 살고 싶어서. 그것이 최선이라 믿어서.

그가 겨우 지켜온 후계자가 죽었을지도 모른다. 살아 있다 해도 아마 아주 큰 내상을 입었을 것이다. 어쩌면 제정신이 아닐 수도 있겠다.

지킬 수 있다고 믿었던 제 오만이 한심하다. 이 땅에 최선은 진작부터 없었는데. 약해빠진 술사가 땅주인위에 오른 순간, 희망은 산산조각 났던 것이었는데.

분노와 슬픔에 마음이 잠식되었다. 아버지가 살아 있었다면. 형과 누이가 살아 있었다면. 아니면 자신이 화선녀에게 끌려가는 멍청한 짓만 하지 않았다면. 무의미한 가정을 반복했다.

울음을 참았다. 풍랑 치는 감정을 억눌렀다. 어떻게든 현북으로 돌아왔다. 늘 그랬듯 헤쳐나가는 수밖에 없다. 무너지는 마음을 붙들었다.

"그 애는 괜찮을 거다."

위로 아닌 위로에 섭성이 냉소했다.

"그걸 군주가 어찌 아십니까?"

"그 애의 힘은 너와 닮았어. 그에 더해 태초의 가호를 받았을 테니 정신은 잃었을지언정 살아 있을 것이다."

"그것이 정녕 살아 있는 것이 맞습니까?"

다소 날카로운 말투가 튀어나갔다. 당황한 듯 해가 입술을 달싹거렸다.

"그건⋯⋯."

"숨만 붙어 있다고 살아 있는 것입니까? 사랑하는 모두를 잃고 눈만 뜨고 있으면 무사한 것입니까? 그것은 살아 있는 것이 아닙니다, 군주. 그런 삶은 죽음만도 못해요."

섭성이 해를 바라보았다.

숨만 붙어 있으면 살아 있는 것이라고 아는 저 어리석은 이. 지킨다는 것의 의미를 알지 못하고, 아낀다는 것의 참의미조차 깨달지 못하는 저 무구한 이.

"양섭성."

섭성은 고개 돌렸다. 검을 들었다. 유성의 결계는 무너졌고, 결계를 복구하려면 그가 결계 안쪽으로 들어가야 했다. 강한 결계엔 많은 도력이 필요하다. 최대한 빠르게 땅의 심장에 도착해서 술법에 제 목숨을 바로 이어야 한다. 그는 도력 미력하니, 목숨 말고는 바칠 게 없다. 다행히 백리가 요괴들의 우두머리를 해치웠으니 땅의 심장에 닿을 수만 있다면 당분간은 버틸 수 있을 터. 일단은 그것만 생각하기로 했다.

"데려다주마."

해가 손을 뻗었다. 그의 옷자락을 붙잡았다. 섭성이 그 손을 쳐냈다.

"누가 누구를요? 군주께서 저를 말입니까?"

섭성이 해를 차갑게 바라보았다.

그 어리석음에 넌더리가 난다. 그 무지함에 진저리가 난다. 그 무구함을, 연민하고 싶지 않다.

"군주께서 왜 현북에 왔는지 잊으셨습니까?"

"나는……."

"군주께선 장왕 전하의 원한을 갚으러 왔지요. 그 복수를 행하러 오셨어요. 요괴가 날뛰고 있습니다, 군주. 군주께선 이제 이 현북의 땅에 완전히 적응하였으니 저 삿된 것들을 원하는 만큼 도륙할 수 있을 겁니다. 한데 저 원수들을 뒤에 두고 저를 데려다주시겠다고요? 그게 군주께 대관절 어떤 의미가 있습니까? 제가 죽든 살든, 저 요괴들에게 찢겨 죽든 밟혀 죽든, 그것이 정녕 군주께 무슨 의미가 되기나 합니까? 의미가 없습니다."

장왕 권영에게 눈먼 미치광이 폐주. 그 폐주가 제게 유독 무르게 구는 것은 그녀의 의지가 아닐 터다. 그러니 아무런 의미가 없는 손길이다.

해의 손에서 힘이 스르륵 풀려 허공을 헤맸다. 섭성이 요괴들 사이로 뛰어들었다.

四

　해는 멍하니 요괴들 속의 섭성을 바라보았다. 어디선가 뻗어온 나뭇가지들이 그를 보호하며 요괴를 쳐냈다. 기운이 양섭성을 삼켰던 부채의 것과 아주 비슷하니, 해는 곧 그 요괴가 화선녀라는 걸 알았다. 양섭성을 위험에 빠뜨렸던 주제에 그의 권속이 된 행태가 기막혔으나 해에겐 분노할 자격이 없었다.

　의미가 없다. 우린, 의미가 없다.

　단지 그 말을 되뇌었다. 숨만 붙어 있다고 살아 있는 것은 아니며, 사랑하는 모두를 잃었는데 눈을 뜨고 있다고 무사한 것도 아니다. 그 아득한 절망. 산산조각 난 마음.

　자신이 그의 무엇을 빼앗았는지 실감했다. 죽지 못해 살아온 그 삶을 절감했다.

　"양섭성, 내가……."

　내가 네 모든 걸 빼앗았구나. 내가 네 행복, 기쁨, 안온, 그 모든 것들을 저 지옥에 처박았어. 바로 내가. 다른 누구도 아닌 내가.

　해가 뜨거워진 두 눈을 비볐다. 소용없는 회한이다. 뉘우친다 한들 돌이킬 수 없는 과오다.

　수많은 이들이 그녀를 원수라 불렀다. 그보다 더 많은 이들이 그녀를 증오했다. 그 누구도 그녀에게 온전한 다정을 건네지 않았다. 단 한 사람만 제외하고. 양섭성, 오직 그만 제외하고.

그는 증오를 말했다. 그녀를 원수라 칭했다. 그러나 그 원망에 진정으로 혐오가 어린 적은 결코 없었다. 입으로 미움을 말하면서도 눈빛은 늘 온화하였다. 다정이 어렸고, 염려가 깃들었고, 걱정이 묻어났다. 그 누구도 의심하지 않는 그녀의 강함을 의심하고, 그 어떤 누구도 걱정하지 않는 그녀의 상처를 걱정해주었다.

그런 그가 의미 없다고 한다. 자신이 그녀에게 무슨 의미냐고 되묻고, 그녀가 저에게 무의미하다고 말한다. 아무 관계도 없는 사람. 어떤 관계도 맺고 싶지 않은 사람. 하다못해 증오하는 마음조차 없다.

하찮게 취급하며 가벼이 무시했던 그 다정들. 그것이 얼마나 귀중했는지 이제 알겠다. 그 귀한 것을 아마도 이제 다시는 받지 못하리라.

온몸이 부들부들 떨렸다. 손끝부터 시작된 떨림은 전신을 집어삼켰다. 섭성이 말하는 무의미는 해가 겪어온 그 어떤 증오보다 끔찍했다.

눈 감고 어둠에 둘러싸이면 오늘의 이 처참한 전투와 산산이 조각 난 네 마음이 떠오르겠지. 영원히 어둠 속에서 안식하지 못하고, 영혼을 송두리째 뒤흔드는 저 비명에 시달리며 두려워 몸 떨겠지.

"이대로 죽을 작정입니까?"

문득 들려오는 목소리에 해가 바짝 고개를 들었다. 입을 쩍 벌린 채 그녀를 잡아먹으려 했던 요괴 한 마리의 대가리가 땅에 떨어졌다. 진하고 역겨운 냄새가 풍기는 피가 해에게로 쏟아졌다.

"너……."

흔한 인상, 평범한 체구, 온순해 보이는 주근깨. 그러나 생기 없는 눈동자.

천소와 어울리는 것을 본 적이 있다. 현북공가의 사내종이다.

"현북공의 말이 옳습니다. 그를 현북에 데려다주는 게 군주께 무슨 의미가 있습니까? 군주께선 가장 소중한 자의 원한을 갚으러 이곳에 온 게 아닙니까? 그 원수들이 지천에 널렸는데, 멍하니 대체 무얼 하고 있습니까? 혹시 이미 다 잊으신 겁니까?"

사내종의 음성은 고저 없었다.

"군주의 그 소중한 자는 이리 쉽게 잊혀도 되는 것입니까? 그의 죽음에 개입한 모든 것을 저 나락에 처박아버리겠다는 결의는 거짓이었습니까? 그 충의와 애정은 고작 몇 달 가지도 못하고 스러질, 그리 가벼운 것이었습니까?"

"닥쳐라!"

해가 벼락처럼 노성을 내질렀다. 사내종은 차갑게 응수했다.

"입장을 확실히 하세요, 군주. 장왕의 복수를 마저 하실 겁니까, 아니면 이대로 현북공에게 달려가 그의 용서를 구할 겁니까? 둘 다 이루기에 군주의 남은 생애는 너무 짧습니다."

"네가 무얼 안다고! 대체 무얼 안다고!"

"그래요, 전 아무것도 모르지요. 하지만 정말 모르는 것은 군주 아닙니까?"

저것을 죽여버려야겠다. 해가 이를 악물었다.

"저를 죽이는 것은 아주 쉬울 겁니다."

사내종이 평온히 속삭였다. 분노 가득 찬 해의 얼굴에서 순간 감정이 빠져나갔다.

분명 저것을 죽이는 것은 아주 쉬울 것이다. 정녕 손쉬울 일일 것이다. 한데 이상한 일이다. 죽일 수가 없다. 그 자리에 두 다리가 박혀서 꼼짝도 할 수 없었다.

"흔하디흔한 평것. 약해빠진 평것. 그 평것을 죽여 치워버리면 속이 아주 시원할 겁니다. 한데 무얼 망설이십니까?"

찬 바람이 불어왔다. 싸늘한 감각이 해의 등골을 타고 올랐다. 어깨가 흠칫 떨렸다.

"혹 양섭성이 실망할 테니까. 슬퍼할 테니까. 그에게 멸시받게 될 테니까. 그런 이유입니까? 이상합니다, 군주. 대관절 현북공이 군주께 무슨 의미입니까?"

그의 비아냥거림은 거대한 날갯짓 소리와 말발굽 소리에 묻혀 희미해졌다. 폭풍우가 불듯 바람이 거세지고 지진처럼 땅이 진동했다.

사내종의 뒤로 거대한 날개 지닌 것들이 보였다. 그 너머로 흙먼지 구름이 피어오르고 있었다. 내내 웃고 있던 사내종의 표정이 딱딱하게 굳었다.

"어쨌든 현북공은 대단하군요. 그것만은 인정합니다. 군주의 마음을 얻더니 이젠 시간마저 벌었군요."

익족 부대와 황제의 군사였다. 너무나도 늦은 지원군이다. 양세계는 이미 죽었다. 양유성의 무사 또한 장담할 수 없다. 승리한들 죽은 자는 되돌아오지 않으니 저들의 때늦은 지원을 양섭성은 오롯이 기뻐하지 못할 것이다. 제 무능을 탓하며 숨죽여 울음 울겠지. 그 한결같은 땅주인을 이제야 알아서, 날카로운 가시가 해의 심장을 찌른다.

"태초의 죄에도 불구하고 천계의 총애를 받는 자는 뭐가 달라도 다르지요, 군주?"

그 순간, 해는 사내종의 이름을 떠올렸다.

"견이."

그가 활짝 웃었다.

"이제야 기억하셨군요. 예. 소인, 견이라고 합니다. 모든 것을 보지요. 보지 말아야 할 것들까지, 전부."

견이 기적 없이 움직였다. 찰나에 해를 지나쳤다.

"견물생심이라, 보이면 탐나는 것을 어찌합니까?"

해는 넋이 나가선 그의 움직임을 두 눈으로 좇았다. 멀어지는 뒷모습을 응시했다. 문득 깨닫는다. 익숙한 걸음걸이. 이미 알고 있는 말투, 표정, 손짓.

땅을 나뒹굴고 있는 요괴의 주검을 쳐다보았다. 모든 검술은 그 주인의 흔적을 남긴다. 깔끔하게 잘린 단면을 보며 해가 저도 모르게 중얼거렸다.

"영아?"

바람이 불었다. 멀리서 견의 목소리가 흩어졌다.

온 세상 휘감은 이 붉고 푸른 선을 너는 여전히 보지 못하지.

해가 두 눈을 질끈 감았다.

✳ · ✳

섭성은 제가 없던 동안의 이야기를 들었다.

천소가 죽었고, 해는 결계를 복구하기 위해 현북의 수호자가 되었다. 그 후 후계를 얻기 위해 소경희가 조산하게 했고, 갓 태어난 아이를 땅의 심장으로 끌고 가 바쳤다. 아이에겐 도력 없어서 그 모든 노력이 물거품이 되니 뒤늦게 섭성의 부재를 알게 된 유성이 스스로를 드러냈다. 결계를 유지하다가 유성은 큰 부상을 입었으나 다행히 목숨은 부지했다.

어떻게 그 중요한 후계를 숨길 수 있느냐는 책망에 섭성은 귀를 막았다. 결계와 제 도력을 잇는 고통은 겪어보지 않은 자는 모른다. 갓 태어난 아이에게 감내하라 차마 요구할 수 없을 만한 고통이다. 자칫 목숨까지 잃을 수 있다. 하여 숨겼다. 어린 사촌누이를 지키기 위해서였고, 모두 함께 살아남기 위해서였다.

만약 유성이 성장하기 전 섭성이 죽으면 어차피 다 끝이었다. 둘 다 무사히 살아남아, 유성이 제 몫을 해낼 때가 오면 공표할 생각이었다. 이리 막무가내로 후계위를 잇게 될 것을 알았다면 다른 선택을 했을지도 모르겠다.

무엇보다 마음 무너지는 것은 양세계의 죽음이다. 황제의 원군도, 익족의 지원도 너무 늦었다. 아예 오지 않는 것보다야 백번 나은 상황이지만 이미 많은 이가 죽었다.

"숙부님⋯⋯."

섭성은 양세계의 주검 앞에 엎드렸다. 소리 죽여 울었다. 모든 죽음이 서글펐지만 숙부의 죽음 앞에서는 더 깊이 울었다. 류준은 고요히 그 모습을 지켜보았다.

태초에 황야를 수호하기 위해 주 경계에 세워진 유적은 자비가 없다. 조건 없이 베풀지도 않는다. 도력 있는 자에게서는 도력을, 도력 없는 자에게서는 생명을 빼앗는다. 도력 없는 자라도, 설령 땅주인의 핏줄이 아니더라도 누구나 유적의 술법을 운용할 수 있었으나 힘없고 자격 없을수록 더 많은 것을 바쳐야 했다.

양세계는 땅주인의 핏줄이나 술사는 아니니 유적의 술법을 발동시키기 위해 많은 것을 바쳤을 것이다. 최후에는 제 모든 생명을 바쳐 나락의 틈을 닫았다. 틈을 벌렸던 청유는 백리와의 싸움 후 큰 부상을 입고 추락했으니 당분간 회복에 집중해야 할 터. 현북은 시간을 얻었다. 끝을 유예했다.

섭성의 울음은 짧았다. 그가 몸을 일으켜 세웠다. 굳은 얼굴이 수척했다. 천천히 주변을 둘러보았다. 숨죽인 이들이 그의 명을 기다리고 있었다.

"양세계 대장군을 땅주인으로 추존하고 격에 맞추어 예를 진행하라."

명예밖에 남지 않은 죽음이다. 한 목숨으로 수십만 백성을 살렸지만 누군가에겐 그의 한 목숨이 가장 중요했을 것이다.

소경희와 그 자식들은 남편과 아비를 잃었다. 땅주인의 핏줄로 태어난 까닭에 누구보다 큰 짐을 짊어지고 일절 내색하지 않은 이였다. 섭성이 유일하게 기대어온 기둥이었고, 그를 버티게 한 단 하나 남은 가족이었다. 슬픔이 섭성을 짓눌렀다.

하지만 주저앉아 있을 여유는 없다. 청유가 몸을 추슬러 다시 상승을 시작하기 전 현북도 싸울 대비가 되어 있어야 한다.

섭성은 숙부에게서 눈을 뗐다. 류준을 바라봤다. 양세계의 뒤를 이어 유적을 수호했으니 그 공이 혁혁하다. 그는 명예를 목숨보다 귀히 여기고 경계의 수호를 천명으로 아는 자. 목숨을 바치라면 바치고 당장 죽으라면 죽을 현북의 장수. 제 스승이며 양세계의 오랜 전우. 이 자리의 누구보다 그를 신뢰한다. 그렇기에 더더욱 입을 열기 어려웠다. 겉보기엔 영전이나 실상은 죽으라는 것과 다름없는 자리에 그를 앉히고 싶지 않았다.

류준은 조용히 웃고는 섭성의 앞에 부복했다. 섭성의 얼굴이 일그러졌다.

네 뜻을 안다. 네 마음을 안다. 나는 괜찮다. 전부 괜찮아질 것이다.

류준의 엷은 웃음이 섭성에게 면죄부를 내렸다. 마침내 섭성이 입을 열었다.

"류준을 대장군에 봉한다. 경계의 수호에 그 목숨 바치라."

류준은 결의에 찬 얼굴로 당당히 포권(包拳)했다.

"대장군 류준! 땅주인의 명을 받들겠습니다!"

땅주인이 되어 할 수 있는 일이라곤 제 발로 죽음에 걸어 들어가라 명 내리는 것뿐이라 섭성은 괴로웠다.

"경계를 철저히 하라."

"존명!"

류준이 돌아가고 섭성은 잠시 우두커니 서 있다가 밖으로 나왔다. 고개를 들자 눈앞이 혼란했다. 주의해서 보지 않으면 보이지 않는 실들이 뒤엉켜 춤추고 있었다. 본래 보이지 않아야 하는 것이었다. 인간이 개입할 수 없어야 하는 것들이었다.

"천연?"

제 눈이 기이할 정도로 좋다는 것은 알고 있었다. 도력과 걸맞지 않게 뛰어난 눈은 천안에 가까워서 그보다 월등히 도력 뛰어난 술사들도 보지 못하는 것을 흔히 보았다. 도력과 시력이 지닌 괴리의 이유를 크게 생각한 적 없었다. 이젠 그 이유를 안다.

섭성이 잠시 눈을 가렸다. 시력은 본디 그의 도력이 뛰어날 때 형성된 것. 도력은 잃었으나 시력은 잃지 않았다. 그의 나약함은 도력을 담는 그릇이 깨진 까닭일 뿐 도력 자체가 사라진 것이 아니었다. 따지자면 잘못된 것은 그의 도력이지 천안에 가까운 눈이 아니었다.

섭성이 눈 가렸던 손을 떼었다. 도력을 눈에 집중시켰다. 안광이 번뜩였다. 희뿌연 것들이 또렷해졌다. 오색찬란한 연의 선들이 세상을 가득 메우고 있었다. 운명 된 붉고 푸른 수천 가닥 선들이 흩날렸다. 그중 유독 또렷하고 눈부셔서 정녕 눈멀 것 같은 연 하나. 제 혼백에서부터 이어진 붉은 선.

섭성이 홀린 듯 손 뻗었다. 붉은 선을 잡았다. 이것이 누구에게 이어져 있는지 이제는 안다. 조소가 나왔다.

"그따위 것이 무어라고. 대관절 뭐 그리 탐이 난다고."

원망해야 할 자를 비로소 알았다. 흩어졌던 기억이 제자리를 찾았다. 화선녀의 권역에서 수많은 꿈을 꾸었다. 왜곡된 기억 속에서 어렵게 진실을 하나둘 모았다. 지상으로 돌아온 직후 백리의 흩어지는 순간들을 보았다. 찰나 모든 것이 바람에 흩날려 사라졌지만 억겁을 기다려온 그 마음은 너무도 자명했다. 백리의 기억은 순간이었으나 섭성을 뒤흔들기에 충분했다. 조각들이 맞아들며 망각에 파묻힌 기억을 일깨웠다.

매 생 그는 일찍 죽었다. 해도 백리도 막지 못했다. 그리고 잊힌 매 순간, 그와 해의 천연을 탐낸 자가 있었다. 그는 존재감 흐릿하여 누구도 선명하게 인식하지 못했다.

이번 생의 그는 장왕 권영의 모습으로 나타났을 것이다. 열네 해 전 해와 그의 천연이 꼬여버린 것은 철모르는 어린애의 짓이 아니었다. 권영은 모두 알고 있었다. 무슨 생각으로 현북에 와서 죽어버린 것인지 모르겠지만 그 의도가 결코 순수할 리 없다.

물 흐르듯 해에게 생각이 닿았다. 천연에 눈먼 가엾고도 미운 이를 떠올렸다. 그녀의 모습을 한 허상이 섭성의 시야에 덧게비쳤다. 권영으로 인해 가족을 잃은 것은 그뿐만이 아니다. 평해왕 부부는 열네 해 전 대사냥전 도중 갑자기 환궁한 후 급사했다. 당시 섭성은 천열을 심하게 앓았다. 그를 살리기 위해 그의 가족은 수개월을 뜬눈으로 지새웠다.

그렇다면 해는 어땠을까? 그녀라고 무사했을까.

그 시기에 평해왕 부부가 죽은 것은 우연이 아니다. 하나뿐인 공주를 살리기 위해 모든 도력을 바치고, 그것으로도 모자라서 수명을 깎아 바쳤을 것이다. 결함에 가까운 평해왕족의 맹목은 예로부터 유명했으니 제 핏줄을 살리려 목숨 아낄 정신이 없었을 것이다.

해는 그 모든 사실을 짐작조차 못 한 채 권영에게 매달렸다. 그에게 제 모든 충의와 애정을 다 바쳤다. 그녀는 아무것도 모른다. 그것이 가엾다. 너무나 어리석다.

섭성이 붉은 선을 놓았다. 천연이 바람을 타듯 흔들렸다. 눈을 감고 집중했던 힘을 풀었다. 다시 눈을 떴을 때, 세상은 평소와 같았다. 어지럽게 흩날리던 연들은 차라리 모르는 게 낫다.

뒤돌아서던 섭성이 문득 고개 들었다. 갑자기 뭔가 이상하다는 생각이 들었다. 본디 눈이 좋은 편이긴 했다. 하지만 지금처럼 천연이 보이고 천연에 개입할 정도는 아니었다. 지난 일들을 알았다고 갑자기 잃어버린 도력이 되돌아왔을 리도 없다. 무언가 잘못되었다. 아마도 천연을 관장하는 천계 자체가.

오래된 노랫말이 불쑥 떠올랐다.

덕 쌓아 오르는 자, 업 쌓아 추락할 자
뒤엉켜 경계 없으니……

천계가 너무도 가까웠다. 가만히 서 있으니 천계에서 흘러드는 도력이 생생히 느껴졌다. 아무리 손 뻗어도 닿을 수 없을 만큼 멀었던 천계가 지척에 있는 것처럼.

섭성의 표정이 굳었다. 저 높이, 결코 닿을 수 없는 곳에 존재해야 할 천계가 내려오고 있다. 지금 당장 무너져도 이상하지 않을 정도로 가까워지고 있다.

"천하는 뒤집어지리."

천하의 균형이 무너진다. 겁을 유지해온 천칙이 뒤바뀐다. 문득 깨닫는다. 그것은 단순한 노래가 아니었다. 황야의 미래였다.

만약 수년, 혹은 수개월 내에 천하가 뒤바뀌는 일이 일어나고 만다면 천계와 나락 사이에 낀 이 황야는 어찌 될 것인가. 황야의 백성은 어찌 되는 것일까.

섭성의 손끝이 가늘게 떨렸다.

※ · ※

나락에서 돌아온 후 이래하는 제법 평화로운 나날을 보냈다. 처음에는 돌아오자마자 의원으로 되돌아가 스승을 도울 생각이 었는데, 섭성이 공부에 남아 저를 도와달라며 만류했다. 지난 싸움 때 다친 자들이 공부에도 넘쳐나서 이래하는 짧은 고민 끝에 공부에 머무르기로 했다.

환자를 치료하며 보내는 시간은 여유로웠다. 위중한 자들은 섭성이 나서 치유했기에 크게 손이 갈 일이 없었다. 간혹 외출할 때면 징금에서부터 따라왔던 까마귀가 귀찮을 정도로 달라붙어 조잘거렸다. 까마귀 주제에 참새처럼 수다쟁이였는데 어느새 적응했는지 언제 어느 때든 묵오가 갑자기 말을 걸어도 놀라지 않을 지경이 되었다. 저만 보면 두 눈을 반짝이는 꼴이 가끔은 귀엽기까지

했다.

무엇보다 십 수 년 만에 오라비와 만난 것이 가장 기뻤다.

"탁무경 오라버니!"

그가 왔다는 건 진작 들어 알고 있었지만 오랜만에 황야에 내려온 익족의 전사는 할 일이 많았다. 하도 여기저기 돌아다니는 통에 나락에서 귀환하고도 며칠이 지난 지금에야 겨우 그를 볼 수 있었다.

"그간 잘 지냈느냐?"

탁무경이 이래하의 머리를 쓱쓱 흐트러뜨렸다. 탁무경과 이래하는 사백 살쯤 차이가 나는데, 막냇동생인 이래하를 탁무경은 제 새끼처럼 어여삐 여겼다.

머리를 흐트리는 그 손길이 좋아서 배시시 웃은 이래하가 그의 품에 매달렸다.

"어찌 오셨어요?"

"징금은 우리가 태동한 영산이고 현북은 우리가 되돌아올 고향이다. 지키러 오는 게 당연하지 않느냐? 손 놓고 있다가 요괴에게 빼앗길 수는 없지."

"이 누이가 염려되어 오신 것은 아니고요?"

"그것도 있지."

오누이의 정을 잠시간 나눈 이래하가 탁무경의 품에서 떨어졌다.

"현북공 양섭성은 현명하고 의리 있는 자예요. 오늘날 우리의 도움을 결코 잊지 않을 겁니다. 오래된 앙금을 이제 정말로 풀어낼 때가 되었어요."

"또, 또. 네 편지로 수백 번은 들었다. 편지를 쓸 때마다 제 새끼도 아닌데 꼭 제 새끼처럼 현북공을 칭찬해댔지 않으냐?"

"제가 그랬나요?"

쑥스러운 듯 이래하가 볼을 붉혔다.

"누가 보면 현북공이 네 새끼인 줄 알 것이다."

"아이참, 오라버니도. 변화기도 겪지 않은 익족 꼬맹이에게 그런 부끄러운 말 하지 마세요."

"부끄러움을 알긴 알고?"

이래하가 뿔난 표정을 짓자 탁무경이 부드럽게 웃었다.

"아무튼 이 오라비는 네가 그리 자랑하고 애틋이 여기는 현북공 좀 만나러 가야겠구나. 다녀와서 더 이야기하자."

"네, 오라버니."

고개를 끄덕인 이래하가 손을 흔들었다. 오랜만에 오라비를 봐서 그럴까. 손톱 밑이 따끔거렸다. 무심코 손을 들여다보던 이래하의 표정이 굳었다. 익족화한 적 없는 손톱이 단단하게 변해 있었다. 변화기의 징조다. 왜 하필 지금? 황급히 손을 숨겼다. 갖은 애를 쏟아부어 겨우 인간화된 손톱으로 바꾸었다. 아직은 둥지로 돌아갈 수 없다.

탁무경은 곧장 현북공의 처소로 향했다.

"탁무경이올시다."

잠시 기다리자 섭성이 나와 그를 맞아주었다.

"들어오십시오."

섭성이 탁무경을 안으로 안내했다. 지쳐 보이긴 했으나 퍽 잘생긴 자였다.

"앉으시지요. 다과를 좀 들이라고……."

"다과는 필요 없소이다."

설렁줄을 당기려고 손 뻗던 섭성이 다시 손을 내렸다. 탁무경이 그에게 서신 한 통을 건넸다.

"청동후가 보낸 것이오."

"외조부께서요?"

섭성이 서신을 받았다. 전령을 통해 보내는 방법도 있었을 터인데 굳이 탁무경을 통한 것이 의아했다. 익족은 본디 긍지 높은 종족으로 서신이나 전해주는 허드렛일을 선뜻 맡았을 리 없다.

"잃어버리면 안 되는 것인지라 나를 통해 보냈소."

탁무경이 덧붙였다.

"아."

고개를 살짝 끄덕인 섭성이 서신을 펼쳐보았다. 봉인이 되어 있지 않았다.

"이상하게 생각하지 마시오. 애초에 청동후가 봉인하지 않은 것이오. 내가 봐도 해석할 수 없을 것이라 하더군."

과연 그랬다. 그것은 섭성과 청동후만이 풀 수 있는 암호였다. 섭성이 열 살 때 청동후가 선물해준 서책이 열쇠였다.

"잠시 자리에서 일어나도 되겠습니까?"

"마음대로 하시오. 그대가 땅주인인데 내 무어라 간섭하겠소?"

탁무경이 무뚝뚝하게 말했다. 이래하와 똑 닮은 얼굴로 근엄하게 말하는 것이 재미있었다. 섭성이 헐겁게 웃자, 탁무경이 대번에 눈썹을 찌푸렸다.

"현북공, 지금 무슨 생각을……."

무어라 따지려는 탁무경의 목소리를 못 들은 척 섭성이 책 한 권을 꺼냈다. 별수 없이 탁무경이 콧잔등을 실룩였다.

"그 책이 열쇠요?"

"그렇습니다."

"한데 내 앞에서 그리 막 해독해도 되는 것이오? 엄청 은밀한 내용일 수도 있잖소."

"그랬다면 탁무경 님께 전달을 맡기지도 않았을 테지요. 제가 혼자 몰래 해독하려 한다면 탁무경 님은 이 서신에 혹 익족에게 해가 될 내용이 적혀 있을까 의심하실 것이고, 저를 염탐하실 겁니다. 뛰어난 전사이시니 능히 그 일을 해내실 텐데 제가 숨겨 무어 하겠습니까? 제게 필요한 것은 비밀이 아니라 신뢰입니다."

섭성은 천천히 서신을 풀어나갔다.

[현북공 보십시오. 주 경계는 나날이 어지럽고 천하의 균형이 위태롭습니다. 우리는 지금껏 겪어보지 못한 변화에 직면하였으니 애석하게도 백성의 안위를 보장할 수 없는 상황에 이르렀습니다.]

청동후의 근심은 타당했다. 기록관의 기록을 수도 없이 살펴보았지만 지금과 같이 혼란했던 적은 태초에 황야가 건국되었을 때뿐이다. 나락의 틈은 시도 때도 없이 벌어지고 요괴는 무리 지어 쳐들어온다. 황야는 분명 거대한 위기 앞에 서 있었다.

[이 청동후는 오래전부터 황야의 백성이라면 누구나 알고 있는, 천하가 뒤집어질 것이라는 오래된 노래가 천신의 예언이 아닐까 의심해왔습니다. 다만 황야인은 바깥인과 그 성질이 달라 황야를 벗어날 수 없으니, 설령 황야가 위험에 처했다 한들 백성을 피신시킬 방법이 요원하였지요.]

황야는 힘없는 사람이 살아가기에 적절하지 않다. 술사에게도 위험한 세상. 땅주인과 수호수에게 안전의 모든 것을 맡기는 구조는 가히 기형적이다. 결계 한두 겹만 무너져도 수십 호, 수백 명의 피해는 기본이다.

무역로에 술사를 배치하지 않으면 바깥에서 오는 무역상이 황야로 들어올 수조차 없다. 술사가 있어 황야는 고립되지 않았으나, 반대로 술사 없는 황야는 고립된 섬이라는 뜻이다. 교역 없는 제국은 성립될 수 없다. 제국의 붕괴는 무역로가 막힌 현북에서부터 이미 진행 중이다.

[그러나 방법이 없다고 손 놓고 있을 수는 없습니다. 무역상이 오면 그들과 많은 이야기를 나누었습니다. 바깥의 날씨, 나라, 인종. 그러다 알게 된 것이 하나 있습니다.]

섭성이 표정을 찡그렸다. 서신을 해독해가던 손이 멈추었다.

"왜 그러시오?"

탁무경이 물었다.

"별것 아닙니다. 다만 괴이하군요."

"괴이하다?"

바깥에서 온 무역상 중 그 누구도 황야인이 바깥에 나갔을 때 일어나는 일을 알지 못했다. 청동후가 묻고 또 물었으나 돌아오는 것은 언제나 동문서답이었다. 마치 그에 대해서는 어떤 생각도 할 수 없는 주술에 걸린 것처럼.

무역상의 반응이 이상하여 현명한 가신들에게 같은 것을 물었다. 바깥으로 나가고도 무사했던 황야인이 단 한 사람도 없느냐고. 정말로 황야인은 바깥에서 살 수 없는 것이냐고. 그들 중 누구도 청동후의 물음을 듣지 못했고 기억하지 못했다.

[오직 황야의 무결함을 의심하는 자에게만 의문이 허락됩니다. 만약 현북공께 조금의 의심조차 없다면 이 서신은 잊힐 것이오, 다행히도 같은 의문을 품고 있다면 잊히지 않을 것입니다.]

황야 전체에 주술이 깔려 있다. 바깥에 나간 황야인에 대해 생각하고 발설하지 못하도록. 바깥에 인간의 세상이 있다는 것은 인지해도 감히 그 인간만의 질서 속으로 들어갈 생각을 하지 못하도록. 영원히, 영구히, 설령 황야가 사라지더라도 이곳을 벗어나지 못하도록.

주술은 오직 끝없이 의문하고 의심하는 자에 한해서만 힘을 잃는다. 그토록 광범위한 주술을 걸 수 있는 자는 황제뿐이다.

마른 입술을 살짝 깨문 섭성이 화로에 불을 지펴 서신과 그 해독문을 함께 불태웠다. 고개를 돌려 탁무경을 바라보았다. 청동후가 서신을 봉인하지 않은 이유를 납득했다. 만약 탁무경이 황야의 무결함을 의심하지 않는다면 그는 코앞에서 진실을 보고도 기억하지 못할 것이다.

미간을 잔뜩 찌푸린 탁무경이 섭성을 보고 있었다. 당황한 듯 입술을 축인 그가 입을 열었다.

"우리와는 상관없는 일이나 내 보기에 청동후의 사상은 역모나 다름없는 것 같소. 설마 그 미친 의견에 동조하는 것은 아니겠지?"

섭성이 가만히 탁무경을 응시했다. 그는 서신의 내용을 정확히 보았다. 똑바로 기억하고 있다. 외조부가 제게 거짓말을 했을 리 없으니, 탁무경은 황야가 인간에게 어울리는 땅이 아니라고 오래전부터 생각해왔을 것이다. 어째서 요괴가 들끓는 이 땅에 무력한 인간이 살게 된 것인지, 그것이 합당한 일이었는지 의심해왔을 터.

오직 의심하는 자만이 진실을 기억한다. 의심하지 못하는 자는 황가의 주술에서 벗어나지 못한다.

"제가 외조부님의 말씀에 동조해도 탁무경 님께 나쁜 일은 아니지요. 현북이 언젠가 익족만의 것이 될 것 아닙니까? 그 옛날 전쟁까지 불사하며 얻고자 했던 땅을 무혈로 얻게 되는 겁니다."

"그만하시오! 땅주인이란 자가 어찌 그런 불경한 소리를 하시오?"

탁무경이 탁자를 쾅 내리치며 벌떡 일어났다. 그는 충을 섬기는 익족의 전사. 황제의 신하인 땅주인이 주군께 반할 사상을 품는 것이니, 아주 불충하게 느껴질 것이다. 화내는 게 당연하다. 섭성은 침착하게 덧붙였다.

"외조부님은 현명하신 분이십니다."

섭성은 굳이 익족의 탁무경을 통해 서신을 보낸 청동후의 의중을 가늠했다.

어차피 살아갈 수 없는 땅이니 버릴 준비를 해라. 땅백성을 지킬 방법을 강구해라. 익족은 강력한 지원이다. 이들의 지속적 도움이 필요하다. 그들에게 합당한 보상을 약조해라. 인간이 살아갈 수 없는 땅이라면, 먼 미래에 그들에게 주어버려도 손해 볼 게 무어냐.

"외조부님의 추측이 옳다면 그 자체로 익족에겐 보상이 될 것이고, 설령 틀렸다 해도 익족은 고향을 되찾을 수 있을 겁니다. 약조하지요."

"공을 논하기엔 너무 이르오. 우리는 오래된 약조를 지키러 왔을 뿐. 그 이상은……."

"그 이상은 기대한 적 없다는 거짓말은 넣어두세요. 현북에선 공과를 확실하게 따지지요. 공을 세운 자에겐 신분고하를 막론하고 합당한 상을 내리는 게 옳습니다."

입에 발린 소리를 늘어놓던 탁무경이 입을 다물었다. 확실히 아무것도 기대하지 않았다면 거짓말이다. 현북공 양섭성은 공사의 구분이 확실하고, 작은 공과도 허투루 넘기지 않는 성정이라 들었다. 지원군을 보낸다면 보상이 따를 터였다. 하지만 지금은 시기상조다. 현북의 위기는 끝나지 않았고 첩첩산중처럼 쌓여 있다.

"귀공은 고향을 잃어본 적이 없지. 그러니 쉽게 말하는 게요. 땅은 근본이고, 살아갈 미래요. 그 귀한 것을 덥석 내어놓으면 아니 되오. 목숨을 걸고 지켜야지."

"땅을 목숨 걸고 지키는 것은 그 땅이 우리를 지켜줄 거라 믿기 때문입니다. 애초에 그 믿음이 그릇되었다면 과연 목숨 걸고 지켜낼 가치가 있겠습니까?"

탁무경은 순간 어떤 답도 할 수 없었다. 섭성이 차분히 말을 이었다.

"어쨌든 익족은 현북을 지켜주었습니다. 과거의 보은 때문이든, 다른 무엇 때문이든 상관없습니다. 제게 중요한 것은 현재고, 제가 분명히 아는 것은 익족이 아니었다면 현북의 반절은 날아갔을 거라는 사실입니다."

탁무경은 섭성을 응시했다. 익족이 살아갈 땅을 주겠다. 그 말의 의미를 정녕 저자가 아는 것이 맞을까?

지극히 동요 없는 얼굴. 속내를 꿰뚫고자 맹렬히 노려보았으나, 돌아오는 것은 고요한 미소뿐이다. 그 웃음이 기이했다. 다정한 다갈색 눈동자에 어떤 감정도 담기지 않는다. 탁무경은 저런 눈이 지니는 의미를 안다. 그는 전사였고, 지킬 것을 잃은 전사는 흔히 저런 눈이 되었다.

"현북공."

섭성이 고개를 돌렸다. 탁무경의 시선을 피했다.

"조금 피곤하군요. 쉬고 싶으니 더 하실 말씀은 다음으로 미뤄도 되겠습니까?"

그 피곤한 목소리에 탁무경은 제 속에 담긴 주제넘은 말들을 삼켰다. 현북공이 제 누이의 오랜 벗이라 한들 인간이다. 익족에겐 인간의 일에 참견할 자격이 없다.

"마침 일어나려던 참이오. 푹 쉬시오. 땅주인이 강건해야 모두가 무사할 수 있소."

탁무경이 터벅터벅 걸어 나갔다. 그때 밖에서 요란한 뿔 나팔 소리가 울려 퍼졌다. 칙명을 전하는 황제의 권속이 내는 소리였다. 급히 일어난 섭성이 밖으로 나갔다. 하늘을 빙빙 돌고 있던 흰 수리 요괴가 섭성을 알아보았다. 하늘에서 붉은 두루마리가 툭 털어졌다. 황제의 칙서였다. 두루마리를 양손으로 받아 든 섭성이 무릎 꿇었다.

"현북의 양섭성, 황제 폐하의 명을 받드옵니다."

칙서를 펼쳤다. 내용은 간결했다.

[황실요괴대사냥전 개최를 명함.]

섭성은 미간을 찌푸리며 내용을 다시 읽었다. 냉소가 터질 뻔했다. 이제 와서? 이미 많은 이가 죽었는데?

황실요괴대사냥전. 땅주인의 핏줄은 물론이고 당대의 땅주인에게 걸린 제약까지 모두 무효화시키는 유일한 행사. 황제의 권능이 황야를 아우르는 것을 과시하고 땅주인의 충심을 시험한다. 제 땅에 묶인 술사들이 제약을 벗어던지고 현북으로 올 것이다. 결계 밖에 남은 요괴는 소탕되고 괴멸할 터. 현북의 몰락이 안개 너머로 물러났다.

섭성은 이를 악물었다. 이리 올 수 있으면서 황제는 지금껏 방관했다. 현북을 벼랑 끝까지 몰아세우다가 선심 쓰듯 구원의 동아줄을 내민다.

결국 올 것이라면 조금 더 빨리 왔어야 했다. 대장군이 스스로를 희생하기 전에. 착해빠진 사촌누이가 죽음보다 더한 고통으로 내몰리기 전에. 어린 계집종이 비참하게 죽기 전에.

아주 많은 '전'들이 있었다. 그 무수한 기회를 황제는 전부 무시했다.

"정말 모르겠군요."

섭성이 중얼거렸다. 언제 다가왔는지 모를 흰 뱀 한 마리가 천천히 그의 몸을 타고 올랐다. 어깨에 자리 잡은 뱀은 섭성을 위로하듯 그의 귀에 뺨을 비볐다. 섭성이 힘없이 웃었다.

"이 땅을 지키는 데 무슨 의미가 있습니까? 천연 따위 이루는 게 대체 무슨 소용인가요?"

백리를 통해 본 긴 기억은 흩어졌다. 스치듯 본 것만으로 잊은 과거를 전부 떠올리는 건 불가하다. 하지만 감정은 조각조각 남아 섭성을 할퀴었다.

"그럼에도 백리 님은 제가 군주를 용서하길 바라서 이 곁에 있군요. 군주를 용서할 수 없다면 당신이 가여워서라도 그녀를 봐주기를 청하시는 겁니까?"

　이미 아무것도 남지 않았으면서. 그 이지마저 바쳤으면서. 오롯이 홀로 평온해져서 섭성에게 불가한 일을 청한다.

　"비겁하군요."

　백리는 대답 없다.

第六章

죄의 무게

一

　권영은 죽었다. 백리가 보았고, 해가 그 기억의 진위를 확인하였
다. 요괴군 사이에 죽어 나뒹군 것은 분명 영의 육신이었다. 그러
나 해는 일곱 해나 영을 만나지 못했다. 그의 도력이 어디까지 성
장했는지 알지 못한다. 모두의 눈을 속이고 제 죽음을 가장할 정
도가 되었는지 또한, 당연히 모른다.

　'백리······.'

　이지 없는 아름다운 하얀 뱀이 된 그를 떠올렸다. 권속의 맹약
을 깨뜨린 주제에 해는 알 수 없는 이유로 청유를 대신 막아선 못
된 뱀. 이리 오라는 간청에도 양섭성에게 딱 달라붙어 그녀를 떠
나버린 매정한 뱀.

　어떻게든 그를 되돌려낼 것이다. 그가 잃어버렸다는 뿔을 찾아
내 그 하얀 이마에 박아 넣든지, 나락의 모든 요괴를 산 채로 씹어
삼키게 만들든지. 여하튼 어떤 방법을 쓰든 이지 있는 그를 되찾
을 것이다.

　그러나 지금은 아니다. 지금은 백리보다 더 급한 것이 있다.

　'확인을 해야 해.'

영의 주검을 직접 보아야 한다. 그 숨이 끊어질 때 무슨 일이 일어났다면 육신에 흔적이 남아 있을 것이다. 영의 육신은 영존에 파묻혔으니 황궁에 가야 한다.

'양섭성을 만나야겠어.'

벌떡 일어난 해가 섭성의 처소를 향해 내달렸다. 가는 중 몇몇과 마주쳤으나, 모두 그녀가 자신을 보지 못했기를 바라며 시선을 회피했다. 냉대는 익숙했다. 굳이 반응할 이유가 없어 해는 서둘렀다.

마침내 섭성의 거처가 보였다. 문을 열고, 안으로 들어가면 된다.

"양섭……."

해는 순간 주저했다. 머릿속이 하얗게 비며 심장이 쿵쾅거렸다. 온몸의 피가 빠져나가듯 손끝이 차가워졌다. 그 다정한 눈에 어린 경멸, 증오, 저주. 견딜 수 없을 것이다.

"숨만 붙어 있다고 살아 있는 것입니까? 사랑하는 모두를 잃고 눈만 뜨고 있으면 무사한 것입니까?"

그럴 바엔 차라리 죽어버리는 게 낫다던 사람. 살아 있음을 저주하면서도 제 책무를 버리지 못해 여태 버텨온 사람. 그런 자에게 무엇을 더 요구할 수 있을까?

해는 아득한 절망에 주저앉았다. 불지불식간에 제 죄를 마주했다. 그녀가 양섭성의 피붙이를 죽였다. 기억에도 없는 일이나, 그녀가 저지른 짓인 것만은 확실하다. 아마 그 자리에 섭성도 있었을 것이다. 제가 사랑하는 이들이 눈앞에서 찢기고, 짓밟히고, 죽어가던 그 처참한 모습을 섭성은 기억하고 있을 것이다.

소중한 이들을 무참히 도륙한 원수가 도움을 청하면 어느 누가 얼씨구나 도와줄까. 설령 도와준다고 해도 그 도움을 청할 자격이 있는 것일까.

"제가 죽든 살든, 저 요괴들에게 찢겨 죽든 밟혀 죽든, 그것이 정녕 군주께 무슨 의미가 되기나 합니까? 의미가 없습니다."

틀렸다. 의미가 있다. 오직 그만이 그녀에게 의미가 있다. 그의 인생을 망가뜨리고, 가족을 죽게 하고, 그 어린 마음을 산산조각 낸 것을 뼈에 사무치도록 후회한다. 차라리 심장을 뜯어내고 싶을 정도로 후회한다.

"미안하다, 양섭성."

처음으로 내바친 사죄는 듣는 이 없었다.

"나는 몰랐어."

정녕 몰랐다. 영을 지키는 데 눈멀어 제 행동이 누군가를 상처 입힌다는 것을 미처 알지 못했다.

결코 이런 결과를 바라지 않았다. 양섭성의 백성이 죽고, 그가 지켜야 할 땅이 무너지고, 그가 이리 고통스러워지는 것을 원한 적 없다. 홀로 살아남느니 차라리 죽는 게 낫다는 그런 말을 듣고 싶었던 게 아니다.

그녀가 바란 것은. 정녕 바랐던 단 하나는.

"지키고 싶었을 뿐이다."

또한, 지켜주겠다는 그 약조를 믿고 싶었던 것뿐이다.

"미안하다, 양섭성. 미안해……."

토해내지 못한 울음이 가슴을 뒤흔들었다. 두 눈을 부릅떠 눈물을 참아냈다.

울지 마. 울지 마라. 그럴 자격이 없잖아.

"지금……."

문득 들려온 목소리에 해가 굳었다. 뻣뻣해진 고개를 돌렸다. 양섭성이 서 있었다. 그의 얼굴에서 순식간에 표정이 사라지더니 이내 얼음처럼 차가워졌다.

"제게 하신 말씀이 맞습니까?"

해는 숨을 삼켰다.

❉ • ❉

양섭성은 다정하고 사려 깊은 성품이다. 남을 비난하는 것보다 이해하는 걸 쉬이 하고, 남을 원망하는 것보다 사랑하는 걸 쉬이 한다. 그렇다 하여 그 마음에 미움 한 터럭 없다면 거짓말이리.

원망의 화살이 방향 틀렸다는 것을 안다. 그 화살촉이 해를 향해선 안 된다는 걸 안다. 장왕 권영. 월선의 천연. 손닿지 않는 모든 원흉을 헤아렸다. 하지만 평해의 폐주는 가깝고, 죽은 장왕과 천계의 월선은 너무 멀다. 해가 원흉은 아닐지라도 원흉이 휘두른 칼날임은 확실하고, 그 칼끝에 제 가족의 목숨 스러진 것 또한 사실이다. 칼을 휘두른 자는 눈앞에 없고, 칼만 남았다.

섭성은 겨우 의식을 찾은 어린 후계자를 바라보았다. 틈만 나면 도력을 퍼부은 끝에 겨우 이뤄낸 성과다. 제가 없는 동안 처참한 꼴을 당한 사촌누이의 마음이 저처럼 망가졌을까 두려웠다.

"오라버니……."

"괜찮으냐?"

섭성은 제가 묻고도 황당해서 어색하게 웃었다. 양유성은 어느 면을 보아도 괜찮지 않았다. 창백한 얼굴, 퍼석하게 갈라진 입술, 빛 잃은 눈동자. 생사의 갈림길을 오가기에 너무 어린 누이다. 마음 부서졌어도 이상하지 않다.

"동생은…… 동생은 괜찮은가요? 어머니는요?"

섭성의 눈빛이 가라앉았다. 유성이 양세계의 안위를 묻지 않았다. 아이는 아비의 죽음을 예견했다. 그 순간, 제 죽음도 각오했을 것이다. 그 고비에서 모두를 지키겠다는 일념으로 살아남았다.

섭성이 가만히 유성의 손을 꼭 붙잡았다. 그는 가신들이 저를 과보호한다고 여겼지만 지금 와서 보니 그도 다르지 않았다. 그는 후계자를 과소평가했고 지나치게 보호하려 들었다. 누이의 마음은 섭성의 생각처럼 약하지 않았다. 오히려 약한 것은 그였다. 그의 마음이었다.

"다들 무사하다. 네 덕분이다."

빛 잃었던 눈동자에 빛이 깃들었다. 양유성이 환하게 웃었다.

"오라버니, 그분을 탓하지 마세요. 유가 늦어서 그런 거예요."

섭성은 잠시 침묵하다가 손을 뻗었다.

"쉬어라."

유성의 이마를 부드럽게 어루만졌다. 몸이 편안해진 유성이 곧 기절하듯 잠들었다.

칼을 탓하지 마라. 탓해서 남을 것이 없다. 그 말의 지당함을 생각한다. 죄 몰라 죄 없는 칼날을 미워하고 원망해 무어 할까.

섭성은 어린 누이를 한참 바라보고 있다가 자리에서 일어났다. 지킬 것이 많이 남아서. 소중한 이들이 남아 있어서. 아직 마음 부서지지 않은 누이에게 해선 안 될 말을 꾹 눌러 삼켰다. 이 땅을 지킬 이유가 단 하나도 남지 않았다는 못난 생각을 깊이깊이 파묻었다.

섭성은 걸었다. 칼과 죄에 대해 생각했다. 칼은 죄가 없다. 그래, 죄가 없다.

무구한 계집. 죄 몰랐던 계집. 그의 가족을 죽이고, 그의 모든 것을 빼앗고, 갓 태어난 아이에게도, 이제 갓 예닐곱 살이 된 아이에게도 연민 한 점 내비치지 못하는 자. 그 어떤 죄도 몰라서 미워할 가치조차 없던 자.

지금껏 증오와 원망을 말하되 단 한 번도 진심인 적 없었다. 죄 모르는 이를 증오하고 원망하는 것은 무가치한 일이었다. 그의 마음만 더 넝마 되고 괴로워질 뿐이었다.

그래서 섭성은 제 귀를 의심했다.

미안하다, 양섭성. 미안해, 미안하다.

그 흐느낌은 해의 것이었다. 앞으로 더 걸어가자 바닥에 주저앉아 있는 그녀가 보였다. 섭성은 우뚝 멈춰 섰다. 마음이 비통하게 뒤흔들렸다.

칼은 죄가 없다. 분명 죄 없으리라.

"지금……."

한데 마음 알게 된 칼은 어찌 되는 것일까. 죄 깨우친 칼은 어찌 대해야 하는 것일까.

"제게 하신 말씀이 맞습니까?"

차라리 그녀가 죄 모르던 때는 나았다. 그냥 칼일 때는 편했다. 죄의 무게를 알지 못하는 자이니 용서에 대해 생각할 필요가 없었다.

그리고 상황이 변했다. 해가 사죄한 순간 모든 것이 달라졌다. 섭성에게 선택이 강요됐다. 심장이 바닥으로 곤두박질쳤다. 용서와 원망의 기로에 강제로 내동댕이쳐졌다.

"양섭성……."

더는 과거를 외면할 수 없게 되었다. 그녀의 뜻이었든 아니든 진실은 변하지 않는다. 그녀가 그의 가족을 죽였다. 그의 소중한 모든 것을 빼앗아갔다. 꿈꿨던 미래를 짓밟았다.

안다. 그때의 그녀는 죄 몰랐다. 속고 이용당했을 뿐이다.

하지만 그래서? 그렇다고 해서 그녀가 저지른 짓들이 사라지나? 죽은 이들이 살아 돌아오나?

미안하다고 한들, 용서해달라고 애원한들 달라지는 것은 없다. 이미 다 잃었으니. 모두 망가져버렸으니까.

"나는⋯⋯."

해가 입을 벙긋거렸다. 할 말을 찾지 못한 눈동자가 바이없이 흔들렸다.

"미안하다는 말을 그리 꺼내서는 안 되는 것이었습니다."

해는 죄인 되어 무릎 꿇은 채 섭성을 올려다보았다. 그 두 눈에 어린 당혹을 섭성은 적의로 받아쳤다.

해의 사죄를 듣는 순간 섭성이 겨우 외면하고 있던 모든 것들이 일시에 수면 위로 떠올랐다. 당장의 위기에서 벗어나기 위해 가슴 깊이 묻어둔 것들이 깨어났다. 떠올리면 가슴 찢겨 차라리 잊으려고 노력했던 것들이 바로 어제 일처럼 생생해졌다. 다 잊은 척, 괜찮아진 척하기가 불가능해졌다.

죄 모르기에 진정으로 원망할 수 없던 자를 향한 원망이 터졌다. 죄 몰랐기에 증오할 가치조차 없던 자가 증오받을 가치를 얻었다. 그녀에게 어떤 상처도 입히지 못할 것이기에 힘없었던 증오와 원망이 힘을 얻었다.

이제 그녀는 죄 알아서 그의 미움에, 원망에, 증오에 상처 입을 것이다. 지울 수 없는 후회 속에 살아가게 될 것이다. 가족 빼앗은 원수에게 내릴 수 있는 벌 중 그보다 완벽한 벌은 없으리라.

"군주가 제 가족을 죽였습니다. 제 아비와 어미를 죽이고, 형님과 누이를 죽였지요. 그들은 제 눈앞에서 처참하게 갈기갈기 찢기어 죽었습니다. 그 모습을 기억합니다. 그때의 고통이 생생해요. 그런 제게 고작 미안하다는 짧은 말을 던지는 겁니까? 그것도 제가 없는 자리에서요? 정말 잔인하십니다."

"용서를 해달라는 게 아니야."

해가 힘겹게 말했다. 섭성은 냉소했다.

"그렇다면 더 끔찍하군요. 용서를 바라지 않는 사죄는 제 마음 편하고자 지껄이는 거짓에 불과합니다. 군주는 제 모든 걸 망가뜨렸는데, 이제는 홀로 마음 편하고자 제게 사죄를 말씀하시는군요. 내 이리 미안하게 생각하니 너도 그만 다 잊어버리렴. 그 얼마나 이기적이고 편리합니까? 지긋지긋합니다."

섭성의 모진 말들이 뽑히지 않을 대못이 되어 해의 심장에 깊이 박혔다.

"그런 뜻이 아니야. 나는! 나는……."

절박하게 고개 젓는 해를 섭성은 냉담히 바라보았다. 심장이 차갑게 얼어붙었다.

지금껏 눈앞에 있었으나 결코 그의 원수 되지 못했던 계집이다. 힘없이 스러지리라 여겼던 저주와 환멸이 명백히 그녀를 난도질하고 있는데 기이할 정도로 허무했다. 지금의 사죄조차 그녀의 뜻인지 아닌지 알 수 없었다.

천연에 얽매인 이 연의 어디에 진정이 있을까. 수천수만 년 곁에 있어준 이조차 알아보지 못하는 저 마음의 어디에 진짜가 있을까.

"제게 정말 사죄를 하고 싶으신 것이라면 이만 평해로 돌아가시렵니까? 장왕 전하의 복수고 뭐고 전부 그만두고, 그냥 제 눈앞에서 사라져주시겠습니까? 요괴의 우두머리가 큰 부상을 당했으니 당분간 군주의 힘은 필요치 않을 것 같습니다. 더욱이 폐하께서 대사냥전을 한 해 앞당겨 지금 치르겠다고 황명을 내리셨으니……."

진심을 가늠할 수 없는 혼란에 섭성은 예민해졌다. 여전히 아무것도 몰라서, 죄 말하고 있으나 죄 알지 못하는 해를 몰아붙였다.

"제게 사죄한 그 마음이 진심이라면, 티끌만큼이라도 진심이라면 다시는 제 앞에 나타나지 마십시오. 군주를 보고 싶지 않습니다."

해의 표정이 무너졌다. 섭성은 그 곁을 지나쳤다. 홀로 남겨진 해의 눈에서 뒤늦게 눈물이 후드득 떨어져 내렸다.

백리가 섭성의 귀를 잘근 물어뜯었다.

"아픕니다."

섭성이 그를 떼어내 따뜻한 화롯가 옆에 앉혔다. 아직 화로를 피울 정도는 아니었지만 백리는 추위를 많이 탔다.

"제가 너무하다고요?"

이지 없는 뱀에게 투덜거리다가 섭성은 두 손으로 얼굴을 문질렀다. 감정을 억누른 두 눈이 뜨거웠다.

"백리 님, 저는 잘 모르겠어요."

짧은 시간 동안 너무 많은 것을 알게 되었다. 그래서 더욱 알 수 없었다.

"저는 그녀를 미워하지 않은 적이 없습니다. 용서한 적도 없습니다. 다만 제 모든 원한이 그녀에게 무가치했기에 묻어두었습니다. 제 상실은 오직 저만 상처 내고, 제 고통은 그녀에게 흠집조차 내지 못하니 저 스스로 무너지지 않기 위해서라도 떠올리지 않으려고 애썼지요. 지난 일이 그녀의 의도였든 아니든 그건 제게 중요하지 않습니다."

지금껏 그의 미움은 힘없어서 해에게 닿지 못했다. 그녀는 죄 몰라서 아무리 원한 외쳐도 듣지 않았다. 그런 그녀가 이제 와서 모든 것이 변했다고 한다. 모든 것이 달라졌다고 한다. 그 말을 믿어야 할까?

"그녀가 정말 저에게 미안해하는 것이 맞습니까? 오직 저에게만 미안해하는 것이라면 그것에 대체 어떤 의미가 있습니까? 그녀는 많은 이를 상처 입혔어요. 저뿐만 아니라 무수히 많은 이들이 그녀로 인해 소중한 이를 잃었지요. 그 많은 죽음들을 간과한 채 오직 제게만 미안한 것이라면 그것이 정말 그녀의 진심이 맞습니까? 정녕 후회하고 있는 것이 맞습니까? 단지……."

섭성이 입술을 깨물었다. 소리 내어 내뱉기도 싫은 단어를 겨우 입에 담았다.

"천연에 휘둘려 제게 눈먼 것이 아닙니까?"

천연. 언제나 문제는 그것이었다. 미안해하는 마음이 오롯이 해의 것이 아니라면 용서는 고려할 가치도 없다. 뉘우치고 후회하는 그 마음이 천연에 휘둘린 결과에 불과하다면, 그 마음은 그릇되었다.

섭성은 두 눈을 질끈 감았다. 그의 입가에 자조가 번졌다.

"천연에 눈먼 것은 저도 마찬가지군요. 용서할 수 없다고, 다시는 보고 싶지 않으니 당장 떠나라고 큰소리쳤는데……. 혹여 그녀가 아직도 찬 바닥에 앉아 있을까, 그러다 쓰러지면 어떡하나, 그런 것이나 신경 쓰고 있어요."

이해할 수도 용서할 수도 없는 자. 이해할 가치도 용서할 가치도 없는 자. 한데도 마음 쓰이고, 신경 쓰이고, 저도 모르게 하염없이 염려하다가 화들짝 놀라고 만다. 그 마음이 제 것인지, 아니면 이 또한 천연에 휘둘린 것뿐인지.

제 의지가 아닌 사죄는 받을 수 없고, 제 의지가 아닌 용서는 할 수 없었다. 평생, 아니, 수천수만 번의 생을 반복하며 휘둘려왔을 터인데 이번 생에서도 그러고 싶지는 않았다.

"저를 노려보셔도 소용없습니다. 찬 바닥이든 얼음 바닥이든 백년 천년 앉아 있으라고 하지요. 신경이 쓰인다고 가서 달래줄 생각은 추호도 없습니다."

화로에 익힌 귤을 까서 백리에게 주었다. 빤히 섭성을 바라보던 백리가 귤을 깨물었다. 식성이 변하지 않았으니 그나마 다행이다. 언젠가 그가 되돌아올 수도 있다는 뜻이니까. 희망 없는 이 세상에서 그런 사소한 기대조차 없다면 견딜 수 없을 테니까.

섭성은 백리가 잃어버렸다는 뿔 한쪽을 떠올렸다. 그 뿔을 되찾으면 백리는 돌아올 것이다. 하지만 백리가 돌아오고 싶어 하는 것이 맞는지 확신할 수 없었다.

오랜 세월 늘 혼자 기억해온 그다. 이번에는 너희가 기억하라며 다 잊어버린 그다. 어쩌면 지금이 백리에겐 그의 길고 외로운 시간 중 가장 나은 때일 수도 있다.

섭성은 한숨을 삼키며 백리의 동그란 뺨을 문질렀다. 갈피 잡지 못한 마음이 흔들렸다.

해에게 쌀쌀맞게 굴며 평해로 돌아가라고 한 것이 벌써 두 시진 전이었다. 피해보고서에 파묻혀 있느라 꿈쩍도 하지 못했는데, 또 다른 보고서를 잔뜩 들고 온 사내가 난처한 기색으로 바깥을 힐 끔거리며 고했다.

"폐주가 밖에 꿇어앉아 있습니다, 나리."

"군주가 아직도 그리 있다고?"

섭성이 미간을 찌푸리며 되물었다. 피해를 파악하고 복구에 집 중하는 것만으로 충분히 피곤했다. 죽은 이를 애도하고 남은 이 를 다독이는 것만으로 버거웠다.

게다가 내년으로 예정된 대사냥전이 갑자기 앞당겨졌다. 대사 냥전은 땅주인과 황제가 제 권역을 벗어나 다른 권역으로 갈 수 있는 유일한 공식행사다. 황제는 표면상으로는 대요괴군의 습격 을 물리친 현북을 치하하고, 모든 땅주인 핏줄이 더불어 남은 요 괴를 없애며 우의 다지기를 원했다.

물론 황제에게 다른 속내가 없으리라 생각하지 않는다. 대사냥 전에는 천계의 승인이 필요하다. 천계의 예법은 깐깐하고 천인은 예외를 좋아하지 않으니 단순히 공치사가 목적이라면, 무리까지 해가며 천계의 승인을 받아냈을 리 없다.

원군을 청할 때는 꿈쩍도 않던 황제가 난데없이 군대를 보낸 것 도 모자라서 대사냥전을 빌미로 직접 현북까지 걸음하려는 꿍꿍 이를 알 수 없다. 청동후가 중간에 손을 쓴 덕이라 해도 황제의 행 적엔 미심쩍은 구석이 있다. 하지만 어찌 되었건 황제가 친히 행차

하는 행사다. 예법에 어긋나지 않도록 준비하려면 시간이 빠듯했다. 해에게 신경 쓸 여유가 없다.

"어찌하오리까?"

"평해로 돌아갈 준비나 하시라 일러라."

"나리를 뵙고 돌아가겠다고 하오시면……."

"만나고 싶지 않다 일러라."

섭성이 딱 잘랐다.

"그래도 뵙겠다고 하시면……."

"꼴도 보기 싫다고 일러라."

"나리……."

"그날이 생각난다고 일러라. 치가 떨린다고 일러라. 증오스러워, 이 마음을 가릴 길이 없다고 일러라. 고운 말이 나갈 리 없으니 그냥 가시라고 전해라."

나약하고 처연한 모습을 보면 필시 이 마음이 흔들릴 터이니 제발 그냥 떠나달라 청해라.

마지막 말은 삼켰다.

"예, 나리."

사내가 마지못해 물러났다. 섭성은 등받이에 기대어 잠시 눈을 감았다. 누군가를 미워하는 것이 이토록 어렵다는 게 놀라웠다. 오히려 제 마음 찢기는 것이 의아했다. 머리로는 용서해선 안 된다 수없이 되뇌면서도 마음은 자꾸만 약해지는 까닭을 납득하기 싫었다. 제 의지가 아닌 것이었다. 제 뜻이 아닌 마음이었다.

"천연?"

헛웃음이 나왔다. 천륜을 빼앗은 자마저 용서하게 만드는 연이라면 그 얼마나 무섭고 잔인한가.

그녀가 그의 가족을 죽였다. 권영을 지켜야 한다는 생각에, 아비와 어미와 형과 누이를 그의 앞에서 처참하리만치 갈기갈기 찢어 죽였다. 그 권영이 제 부모 또한 죽음으로 내몰고, 제 빛나는 미래를 빼앗아갔다는 것조차 모른 채 모든 것을 내바쳤다. 그것이 안쓰럽다 하여 용서해버려서는 안 되는 것이다.

가족의 꺼져간 눈빛을 기억한다. 땅주인 되어 구차하게 그녀의 도움을 구걸했을지언정 용서란 단어를 마음에 품은 적은 없다. 그러니까 흔들리는 이 마음은 못 본 척하는 게 지당하다. 받아들이지 않는 게 타당하다.

우리가 천연이고, 내가 네 사랑이 되고 네가 내 운명이 될 것이라고? 얼토당토않다. 이런 것이 천연이라면 정녕 합당하지 않다.

섭성이 한숨을 되삼켰다.

용서할 필요가 없을 때는 차라리 편했다. 그녀는 죄 몰랐고 사죄하지 않았으니 섭성 또한 그녀를 용서할 필요가 없었다. 죄 모르는 이를 비난할 여력이 없었고 죄 깨닫지 못하는 이를 깨우쳐주기엔 상황이 녹록지 않았다.

그러나 해가 죄를 말하니 전부 엉망이 됐다.

"알아요. 군주는 죄 몰랐지요. 지켜야 한다고 믿는 것을 지켰을 뿐인데, 수단과 방법이 무어 중요했을까요? 자신의 모든 것이었던 이를 지키고자 했던 군주를 탓할 수는 없을 겁니다. 그것은 옳지 않아요."

누군가를 탓해야 한다면 해를 그 상황으로 몰아넣은 자들을 탓해야 한다. 그들의 의지와 상관없이 천연 맺어준 자. 그 천연 탐하고 억지로 빼앗으려 든 자. 그 모든 자들.

그러나 그들의 칼이 되어 그의 가족을 해한 자는 기해가 분명하다. 해는 죄 없으나 죄 있어서, 그 모순에 섭성은 마음 무너졌다.

"군주가 나쁜 겁니다."

차라리 사죄하지 말지. 결코 용서해선 안 되는 일에 용서를 구하지 말지. 그랬다면 이리 괴롭지 않았을 텐데.

섭성의 표정이 일그러졌다. 울듯 웃었다. 자꾸만 나약해지는 원망을 다잡기 힘겨웠다.

나흘이 지났다.

해는 여전히 섭성의 처소 앞에 꿇어앉아 있었다. 섭성은 무시로 일관했고 해는 고집스러웠다. 그녀는 거적조차 깔지 않은 맨바닥에 앉아 물 한 모금 입에 대지 않았다. 하염없이 섭성이 나오기만 기다렸다. 섭성은 그녀를 피해 후문으로 드나들었다. 섭성을 만나러 온 이들은 고개를 절레절레 흔들며 해의 기행을 보고하는 게 일과가 되었다.

"한번 뵙고 잘 달래 돌려보내시는 것이 어떠실는지요? 폐주라 하나 평해의 유일한 후계이십니다. 비록 현북과 원한 깊으나, 그래도 현북을 구원하기 위해 오신 분이 아닙니까? 저리 두는 것이 현북에 도움이 될 것 같지 않습니다."

그리 말하는 이들도 있었지만 섭성은 무시하고 업무에 몰두했다. 결국 다들 일을 보러 나갔고, 혼자 남은 섭성은 겨울나기를 염려했다. 겨울이 다가오는데 곳간 사정이 좋지 않았다. 요괴 때문에 준비를 제대로 하지 못한 백성이 무척 많을 것이다.

'청동에 구휼미를 청하여야 할까.'

섭성은 속으로 고개를 내저었다. 언제나 외조부께 기댈 수는 없다. 더욱이 청동후에게는 이미 큰 빚을 졌다. 그의 도움이 아니었다면 익족 전사들이 제때 도착하지 못했을 터다. 오래된 약조와 더불어 청동후의 적극적인 설득이 있었기에 탁무경을 비롯한 익족 전사들이 참전을 결정한 것이다.

무엇보다 청동후에게는 다른 계획이 있다. 쌀과 금이 아주 많이 필요한 계획이다. 청동이 황야에서 손꼽히는 곡창지대라 해도, 경계 너머 타국과의 교역으로 부를 축적했다고 해도, 청동후의 곳간은 화수분이 아니다. 언제까지고 그의 내리사랑에 기대 어리광 피워서는 안 된다.

"교역이라……."

섭성이 작게 중얼거렸다. 현북은 오래도록 타국과 왕래하지 못했다. 요괴의 침략 탓에 교역로를 지키지 못한 까닭이다. 무역상이 제대로 드나들지 못한 지 어느덧 일곱 해. 정기교역이 다시 시작되면 큰 이익을 낼 수 있다. 또한 교역로는 추후 다른 용도로 사용할 수도 있으니 반드시 되찾아야 한다.

교역로 확보를 위한 적임자 조건을 떠올려보았다. 결계 밖으로 나가야 하니 일단 두려움이 없어야 한다. 요괴와 마주칠지도 모르니 전투력도 뒷받침되어야 한다. 책임감과 죽음을 각오하는 배짱이 필요하다. 유적에서 전투를 경험한 병사가 가장 적합하겠다.

주 경계의 병사에 대해서는 류준이 잘 알 것이다. 섭성이 청한다면 당장 내일이라도 적임자를 찾아 아뢸 것이다.

섭성은 교역로 확보의 적임자를 찾는 사정을 간단히 적었다. 설렁줄을 흔들며 밖으로 나갔다. 멀리서 미약하게 딸랑이는 소리가 들렸고 곧 견이 나타났다.

"나리, 부르셨습니까?"

견이 꾸벅 고개 숙였다. 평범한 외양. 크게 눈에 띄지 않는 얼굴. 모난 곳도, 잘난 곳도 없는 흔하디흔한 몸종. 늘 몸가짐이 바르고 조심스러워 어딜 가든 금방 신임을 얻을 아이였다.

"이 서신을……."

서신을 건네던 섭성이 미간을 찡그렸다. 이마에 차가운 것이 툭 닿았다. 고개를 들어보니 하늘이 꾸물꾸물 어두웠다. 한 방울, 두 방울, 마침내 빗방울이 떨어지기 시작했다.

"류준 대장군에게 보내다오."

"예, 나리."

견이 서신을 품에 얼른 갈무리했다.

"군주는……."

돌아서던 견이 움찔 멈춰 섰다.

"아직도 그대로 계시더냐?"

"예, 나리."

견이 살짝 고개를 끄덕이고는 이내 물러났다. 가만히 견의 뒷모습을 바라보던 섭성의 표정이 살짝 굳었다. 피곤해서 눈이 제대로 제어되지 않았다. 제멋대로 눈에 몰린 도력이 천안을 개안시켰다.

연이 어지러웠다. 붉고 푸른 선들이 뒤엉켰다. 하늘이 점지한 연도, 인간이 스스로 택한 연도 제 존재를 뽐내며 흩날렸다. 섭성이 살짝 고개를 털었다. 눈에 모여든 도력을 흩뜨렸다.

이상한 일이다. 사람은 누구나 연이 있다. 좋은 연도, 나쁜 연도 수십은 있게 마련이다. 제아무리 초야에 고립되어 사는 이도 누군가와는 연결돼 있다.

한데 응당 있어야 할 연이 견에게는 없었다. 광막한 바다에 홀로 떠 있는 섬처럼 견의 주변은 고요했다.

후드득.

빗방울은 금세 장대비가 되었다. 섭성은 생각에 잠긴 채 우두커니 서 있었다.

二

　비는 이튿날까지 계속됐다. 해는 여전히 그 자리를 고수하고 있었다. 설령 원수라 해도 그녀는 평해의 유일한 후계자다. 이번 요괴의 침입을 막는 데 큰 공을 세웠으니 복권될 가능성이 높았다. 그런 그녀를 박대하는 것은 추후 문제 될 소지가 있다.

　"군주는 안으로 모셨느냐?"

　"아무도 접근하지 못하게 하십니다."

　섭성이 이마를 짚었다. 용서하지 못하겠다는 그에게 시위라도 하듯 해는 요지부동이었다. 마음만 먹으면 손짓 한 번으로 인간의 목을 잘라내고 심장을 뽑아낼 그녀를 어르고 달래 안으로 모시고 갈 수 있는 자는 공부를 탈탈 털어도 없다.

　"어떠시더냐?"

　섭성이 흘리듯 물었다.

　"안색이 무척 나쁘십니다. 지금은 많이 적응되셨다 하나 애초 땅의 독에 무척 약한 모습을 보이지 않으셨습니까. 오랫동안 유폐되셨던 까닭에 이미 몸이 많이 상하셨을 것인데, 지난 전투 때 도력 사용이 과하셨습니다. 그 상태로 찬 바닥에 몇 날 며칠 꿇어앉아 있으니 저러다 병이라도 나지 않을는지 걱정이 됩니다. 평해의 옛 군주께 변고가 생기면 폐하를 비롯하여 모두가 나리를 탓할 것인데…….”

“그만 되었다. 물러나라.”

섭성이 손사래를 쳤다. 종복이 물러나자 깊은 한숨을 내쉬었다. 네가 이기나 내가 이기나 내기라도 하자는 것일까. 가슴이 답답했다. 자리에서 일어난 섭성이 밖으로 나갔다.

해는 들은 그대로 꿇어앉아 있었다. 무릎에 반듯하게 양손을 올려놓고 눈을 내리깐 채 굳어버린 것처럼. 그러나 비에 젖은 몸은 가늘게 떨리고 있으니 섭성의 입매가 굳었다.

창백한 안색. 파리해진 입술. 곧 쓰러질 듯 나약해진 육신을 가까스로 일으켜 세우고 있는 저 고집. 타고난 도력을 빼면 그다지 건강한 체질도 아니면서 대체 왜 이리 무모한 것인지. 머릿속 어딘가가 타버릴 듯 뜨거워진다.

“군주, 일어나십시오.”

해가 고개 들었다. 새까만 두 눈이 살짝 커졌다. 그 표정이 일그러졌다가 이내 여상해졌다.

“괜찮다.”

“비가 찹니다. 어서요.”

해가 입술을 달싹였다. 적절한 단어를 고르듯 몇 번이나 달싹대던 입술이 겨우 열렸다.

“방법을 알려다오.”

섭성이 미간을 모으고서 해를 빤히 내려다보았다.

“방법이라니요?”

"나는 죄를 지었다. 사죄하였으나 너는 받지 않겠다 하였다. 용서받지 못해도 상관없다 여겼으나 너는 용서 바라지 않는 사죄는 그릇되었다 하였다. 하여 묻겠다, 현북공. 내가 어찌하면 너의 용서를 바랄 수 있느냐? 어찌하면 내 사죄가 그릇되지 않을 수 있느냐?"

목소리에 지친 기색이 역력했고 안색은 곧 쓰러질 듯 창백했으나 꿇어앉은 자세는 꼿꼿했다. 속 들여다볼 수 없는 검은 두 눈은 올곧게 섭성을 응시했다.

섭성은 할 말을 찾지 못했다. 해는 진실되게 용서를 빌고 있었다. 그 사실이 무거워서, 돌아서 외면하고 싶었다.

기실 그녀는 진실하지 않은 적이 없었을 테다. 그녀는 늘 정직하게 권영을 위했다. 누구도 기만하지 않았고 조롱하지 않았다. 권영을 지키기 위해 수단과 방법을 가리지 않았을 뿐이다.

맹목이 그릇되었을지언정 그녀는 거짓되지 않았다. 그녀는 속고 우롱당했으나 아무도 속이지 않았고 우롱하지 않았다. 그에 절감한다. 그녀는 죄 없다. 그녀는 무구하다. 섭성은 몸서리쳤다.

해는 죄짓지 못했다. 그녀는 도리 모른다. 연민 모르고, 선악 모른다. 죄짓기엔 결함이 너무 컸다.

해는 천치가 아니니 누군가 가르쳤다면 필시 깨우쳤을 것이다. 누군가 알려주었다면 칼을 휘두르는 것 외엔 해결책을 찾지 못하는 냉혹한 술사가 되었을 리 없다. 해도 되는 것과 해선 안 되는 것의 기준을 필시 알았을 것이다.

옳은 길로 갈 수 있었을 해의 가능성을 모두 잘라버린 자, 그러고도 해의 전부인 척 그녀를 휘둘러온 자. 그자가 아닌 해를 원망하는 것이 정당한가.

마음이 흔들렸다. 제 뜻인지 아닌지 구분할 수 없는 것이 섭성을 집어삼켰다.

"군주."

섭성은 두 눈을 굳게 감았다 떴다. 아름다운 연의 선이 눈앞에 나부꼈다. 그의 심장과 연결된 천연이 더욱 진해져 있었다.

둘의 천연을 꼬아놓았던 장왕이 죽은 지 어느덧 수개월. 천연에 개입하던 힘이 사라졌다. 길 잃은 채 헤매어온 천연은 방해꾼 사라진 이 틈을 놓치지 않으려 안간힘 쓸 것이다.

섭성은 조소했다. 대체 누구 마음대로.

"군주는 제게 용서받길 바라는 게 아닙니다. 그것은 실로 군주의 의지도 선택도 아니지요. 언제까지, 정녕 언제까지 보이지도 않는 것의 꼭두각시로 지낼 겁니까?"

"무슨 뜻이냐?"

섭성은 해를 응시했다. 아픈 가슴을 무시했다. 아린 마음을 외면했다. 천천히 모진 말들을 내뱉었다.

"제게 용서받는 게 군주에게 무슨 의미가 있습니까? 군주는 평해로 돌아갈 겁니다. 우리는 다신 만나지 않을 겁니다. 저는 군주의 벗도 가족도 아닙니다. 군주의 전력이 되어주지도 않을 거고, 먼 훗날에라도 군주께 제 도움이 필요한 일도 없을 겁니다. 우리의 관계는 이대로 끝나도 우리의 앞날에 아무런 영향도 끼치지 못하겠지요. 그럼에도 제 용서가 중요합니까?"

해가 미간을 살짝 찡그렸다.

"제가 용서하든 하지 않든 그게 대관절 무슨 상관입니까? 저는 군주께 무의미한 사람입니다. 군주께 어떤 의미가 될 수 없습니다. 되고 싶지도 않습니다. 제가 군주를 미워하든 증오하든 저주하든 군주께선 신경 쓰실 바가 아닙니다. 그러니……."

섭성의 말끝이 흐려졌다. 해가 붉어진 눈가를 문질렀다. 비가 쏟아지는 와중에도 까닭 모른 채 흘러내리는 눈물만은 뚜렷했다.

그 모습에 억장 무너지니 섭성이 이를 악물었다. 빗속으로 걸어가 해의 앞에 무릎 꿇고 앉았다.

미워해 마땅하고 차마 용서할 수 없는 이를 보았다. 무엇이 진정 제 뜻인지도 알지 못한 채 헤매는 것밖에 할 줄 모르는 이를 마주했다.

당신은 정말로, 정말로 잔인하구나. 내 모든 것을 빼앗아가더니 이젠 내 마음마저 빼앗으려 드는구나.

참 나쁜 사람. 정녕 못된 사람.

"저는 군주를 용서할 수가 없어요."

오직 그에게 잘못 비는 해의 진정을 믿을 수가 없으니까. 용서가 제 뜻인지 아닌지조차 알 수가 없으니까.

그들은 천연으로 맺어져 있다. 섭성이 거부하고 몸부림쳐도 그 연은 끊어지지 않는다. 그러니 섭성은 영원히 해의 죄에 이성적일 수 없다. 밉고 원망하고 저주하는 와중에도 마음은 끝없이 열로 들끓는다. 이쯤이면 용서해줘도 되지 않을까, 나약함이 고개 쳐든다. 그것이 정말 제 마음인지, 지긋지긋한 천연에 홀린 것뿐인지 갈팡질팡하게 된다.

그래서 해를 보고 싶지 않았다. 약해질 테니까. 무너질 테니까. 흔들릴 테니까.

그러나 만약, 아무 연 없는 이, 그 어떤 운명도 강제되지 않는 그런 이가 그녀를 용서한다면 어떨까. 천연의 농간이 아니라 진정으로 그녀가 죄 깨우쳤고, 그것이 마음에 와닿아 그녀로 인해 모든 것을 잃은 이가 그녀를 용서하게 된다면 어떨까.

"저 말고 군주께 원한 가진 이의 용서를 구하세요. 그들에게 진정으로 사죄하고 그들 또한 진정으로 군주를 용서한다면……."

섭성이 손 뻗었다. 자신이 결코 현답 내릴 수 없는 문제를 저 멀리 밀어버렸다. 찬 빗물과 뒤섞인 뜨거운 눈물이 그의 손끝에 묻었다.

"그땐 용서해도 될지도 모르지요."

마음이란 참 어리석다.

섭성이 탄식했다.

❊ · ❊

비는 다음 날 그쳤다.

해는 섭성의 말을 되뇌었다. 그는 다른 이의 용서를 먼저 구하라고 했다. 다른 이의 용서를 얻어내면 그 또한 용서를 고려해보겠다고 했다.

"용서?"

어떻게 해야 용서를 구할 수 있지? 무엇을 하면 용서받을 수 있지?

해는 사죄해본 적 없다. 미안하다는 말은 그녀에게 가치 없었다. 용서받을 필요가 없었고 사죄 구할 이유가 없었다.

하지만 모든 것이 달라졌다. 그것이 섭성이 바라는 바라면 그리할 것이다. 이 영혼을 마지막 한 점까지 발라내 바쳐서라도 얻어낼 것이다.

'영아. 백리야.'

죽었다고 믿은 이를 생각했다. 제 앞에서 죽은 것과 다름없는 미물이 된 이를 생각했다. 일시에 닥친 일들이 너무 많아서 머릿속이 엉망이었다. 건이 신경 쓰였고 영이 정말로 죽은 것이 맞는지 확인하고 싶었다. 백리가 걱정되었고, 숨어 있을 그의 뿔을 당장이라도 찾으러 가고 싶었다.

그 모든 일들을 미루었다. 백리는 물론이고 영마저 후순위가 될 수 있다는 게 놀라웠다.

어쨌든 지금은 섭성이 가장 중요했다. 영의 주검은 해가 찾아갈 때까지 영존에 얌전히 파묻혀 있을 것이며, 백리의 뿔 또한 세상 어딘가에서 제 주인을 기다리고 있을 것인데, 섭성은 그렇지가 않다. 그의 용서는 뒤로 미룰수록 얻기 어려워진다. 한번 현북을 떠나면 돌이킬 수 없을 것이다. 평생 후회할 것이다. 후회는 지긋지긋하다.

하지만 어디로 가서 누구의 용서를 구하지?

해는 생각에 잠겨 가만히 눈 감았다. 현북에 그녀를 원수로 두지 않은 자는 없다지만, 저에게 원한을 토해내다 비참히 죽어간 어린 계집 하나가 또렷이 떠올랐다.

아씨, 아씨. 그 재잘거리는 목소리.

"소인이 공부에 들어오기 전에는 저 아래 남사골에 살았거든요. 분이는 그곳에서 어려서부터 함께 커온 죽마고우인데……."

섭성 아닌 다른 누군가의 용서를 구해야 한다면 그 어린 계집에게 자격 있으리. 그러나 천소는 이미 죽고 없으니 그녀가 살던 마을로 가볼 수밖에.

남사골, 작게 중얼거리며 해가 눈을 떴다.

현북의 결계는 비정형적이다. 보통 공부에 가까울수록 여러 겹의 결계로 보호받으나 꼭 그렇지만은 않다. 평껏들이 모닥모닥 모여 사는 남사골은 공부와 가까운 거리에도 불구하고 결계가 고작 두 겹뿐이었다. 두 겹의 결계는 요괴가 마음만 먹으면 얼마든지 부술 수 있으니, 살아오는 동안 큰 피해를 입었을 것이다.

그럼에도 더 안쪽으로 이사하지 못한 것은 이곳이 그들의 고향인 까닭이고, 생활이 곤궁하여 새로 살 곳을 구할 형편이 되지 않은 까닭이다. 빈부의 격차는 뛰어난 목민관이라도 어찌할 수 없는 것. 남아도 죽고 떠나도 살 수 없는 이들은 체념한 채 죽지 못해 살아가고 있다.

여기저기 곡소리가 올랐다. 금번 요괴의 맹공에 희생자가 가가

호호 넘쳐났다. 남겨진 자식의 구슬픈 울음과 혼자 남은 아낙의 통곡과 아내 잃은 남편의 오열이 거리 가득하다.

그 슬픔들에 눈앞이 아뜩해서, 해는 주저앉듯 마을 중앙에 꿇어앉았다.

"당신이 내 부모를 죽였어!"

"당신이 내 오라비를 죽이고 내 누이를 죽였어! 네년이 내 모든 것을 빼앗아갔다고!"

억눌러둔 분노를 터트리며 악을 쓰던 그 아이. 증오와 원망과 저주에 끝내 불타 사라진 그 작은 아이. 그 가슴 선득한 증오, 경멸.

마주 섰던 그때엔 어떤 의미도 되지 못한 말들이 뒤늦게 비수 되어 꽂혔다.

현북공 일가가 살아 있었다면 죽지 않았을 사람들. 울지 않았을 사람들. 평온을 박살내고도 죄 몰랐던 죄인은 비로소 제 죄의 참상을 본다.

해는 울음 속에 앉아 있었다. 영을 지킬 수만 있다면 세상 전부를 나락에 처박아도 상관없다 여겼던 저로 인해 일상 무너진 이들을 알았다. 너무 멀리 있어서 저와 무관했던, 결코 신경 쓰고 관심 둘 것이 되지 못했던 이들이 바로 여기 살아 있다.

이리 가까이에 있었다. 한 발짝 움직이고 두 걸음 걸으면 닿을 만큼 지척에.

새삼스러운 깨달음에 가슴이 스산해진다.

외각의 평것 마을에 어울리지 않는 해의 존재는 금방 도드라졌
다. 피붙이를 잃고도 살아가야 하는 이들이 곧 그녀를 발견했다.

"뉘시오?"

척 보기에도 좋은 비단옷을 입은 귀한 집 아씨. 허리를 꼿꼿이
편 채 꿇어앉은 자세는 퍽 공손하여 사람들의 호기심을 자극했
다. 잠시 슬픔도 잊은 이들이 그녀의 주변을 기웃거렸다.

"나는……."

해가 막 입을 열려는 순간, 무언가가 그녀의 머리를 향해 날아
왔다. 퍽 소리에 깜짝 놀란 노인이 소리 질렀다.

"분이 아범! 무, 무슨 짓인가!"

해는 돌이 날아온 방향으로 고개 돌렸다. 붉어진 얼굴로 씩씩거
리고 있는 중년남자가 보였다. 얼굴이 낯익었다.

해는 곧 그를 떠올려냈다. 천소와 장시 가던 날 길거리에서 마
주쳤던 그 남자다. 분이 아범. 천소의 죽마고우라는 아이의 아비
다.

"천소가 저 계집과 함께 있는 것을 보았소! 저 계집이 평해의 폐
주란 말이오! 저 계집 때문에! 바로 저년 때문에!"

분이 아범이 제 가슴을 세게 두드렸다. 꽉 갇힌 울분이 그 안에
서 쿵쾅거렸다.

"진정하게. 진정해! 그게 참이라면……."

노인이 겁먹은 눈치로 분이 아범을 달랬다. 분이 아범은 노인의 손을 뿌리치고 재차 돌멩이를 집었다.

"나는 더 잃을 것도 없소! 분이가, 우리 분이가……."

주름진 눈가에 눈물이 고이더니 이내 뜨겁게 쏟아져 내렸다.

"저 계집을 죽이고, 나도 죽을 거요! 내게 남은 것이 단 하나도 없는데, 더 살아 무어 한다 말이오!"

그 눈물에 해는 멍하니 생각했다. 분이, 그 아이가 죽었구나. 천소의 죽마고우라는 그 아이가 죽었어.

얼굴 한번 본 적 없지만 그 죽음은 과거의 제 죄에서 기인했다. 해는 잠시 눈 감았다 떴다. 입술 속살을 깨물며 주변을 둘러보았다. 하나둘 모여든 사람이 어느새 수십에 이르렀다. 적의와 두려움 가득한 눈이 해에게 모여들었다. 그들 중 가족 잃지 않은 자는 없을 것이다. 소중한 이 잃어본 적 없는 자 또한 없을 것이다.

해는 피 흐르는 눈가를 문질렀다. 저로 인해 망가진 이들을 똑바로 응시했다. 이들의 용서를 구하면 섭성의 용서도 구할 수 있다. 이들 중 단 한 사람의 용서라도 구할 수 있다면…….

"나는 사죄하러 왔다."

순간 주변이 썰렁해졌다. 제 청력을 의심하듯 인상을 찌푸리고 있는 이들을 향해 해가 나직이 내뱉었다.

"일곱 해 전, 나는 큰 죄를 지었다. 나는 장왕 권영을 지키기 위해 무고한 이들을 고통으로 내몰았지. 이런 결과를 의도하지 않았다 해도 그것은 그대들에게 위로가 되지 않을 것이다."

마을 사람들의 표정이 점점 더 일그러졌다. 그들은 평해의 폐주가 사죄하는 상황을 상상해본 적이 없다. 그 어떤 귀족도 평것에게 용서 구하지 않는다.

"나는 평해의 유일한 후계자로서 그대들이 입은 피해의 회복을 위해 최선을 다할 것을 맹세하겠다. 원통한 마음이 풀릴 때까지 비난하고 모욕해도 그 어떤 보복도 하지 않겠다고 약조하겠다. 내 살의는 다시는 그대들을 향하지 않고 내 도력은 결코 그대들을 상처 내지 않게 하겠다."

주변이 술렁거렸다. 분이 아범이 덜덜 떨리는 손을 들었다. 그가 악에 받쳐 소리쳤다.

"고작! 고작 돌멩이 몇 개와 원망 몇 마디에 사라질 원한이라 생각하시오? 참으로 뻔뻔하군!"

날카로운 돌멩이가 해에게 날아들었다. 둔탁한 타격음과 함께 머리에서 피가 흘러내렸다. 해는 똑바로 고개 들었다.

"나는 원한의 깊이를 헤아리지 못한다. 하나 지금은 가진 것 없는 일개 술사에 불과하니 사죄를 위하여 할 수 있는 것이라곤 무릎 꿇고 비는 것뿐. 그대들이 용서할 수 있을 때까지 사죄하고 또 사죄하겠다."

해는 사죄 구해본 적 없다. 누군가의 용서를 바랐던 적도 없다. 그녀는 천상천하 유아독존의 제일술사. 모두가 그녀 앞에서 고개 조아렸다. 그녀의 횡포에 반발할 수 있는 자는 없었다.

하여 이런 방법밖에 알지 못했다. 요령 좋게 그들의 마음을 달래고, 감언이설로 거짓 용서를 받아낼 재간이 없다. 할 수 있는 것이라곤 도망치지 않고 똑바로 제 죄를 참회하는 것. 더는 외면하지 않고 제 죄의 참상을 기억하는 것.

"죽어! 죽어버려!"

누군가 용기를 냈고, 이어서 돌멩이가 날아왔다. 그 사이사이 오물이 뒤섞였다. 해는 꼿꼿이 앉아 그 원망을 받아냈다. 미안하게도 죽어버리라는 말만큼은 들어줄 수가 없었다. 살아서 그들의 용서를 구하고, 마찬가지로 살아서 섭성의 용서를 받고 싶었다.

한참 후 쉬지 않고 돌팔매질을 하던 분이 아범이 털썩 주저앉았다. 오열이 그의 가슴 깊은 곳에서 터져나왔다. 원망하고 분풀이 해도 죽은 분이는 돌아오지 않는다. 천소 또한 살아 돌아오지 못한다. 그 모든 상실이 자명하여 허망하였다.

❋ · ❋

평해의 폐주가 벌이는 기행에 대한 소문은 금세 퍼졌다. 해에게 원한 품은 이들은 새벽부터 달려가 그녀에게 욕설을 하고 오물을 퍼붓고 돌팔매질했다.

평것을 벌레처럼 여긴다는 폐주가 모욕을 견디는 까닭에 대한 갑론을박이 이어졌다. 혹자는 그녀가 정말로 개과천선한 것은 아닐지 의심했으나 대부분은 그녀가 완전히 미쳐버렸다고 떠들었다.

어쨌든 평것이 술사를 업신여길 수 있는 흔치 않은 기회였다. 살면서 다시없을 일이기도 했다. 몇몇은 단지 호기심으로 해를 찾아 갔고 분위기에 휩쓸려 패악을 부렸다. 처음에는 해의 마음이 변해

해코지하지 않을까 두려워하던 이들도 이젠 마음 놓고 앙갚음했다.

"정말 그냥 둘 것이냐?"

화선녀가 물었다. 해의 기행은 소문에 어두운 화선녀의 귀에도 들어갔으니, 현북에서 모르는 이를 찾기 더 어려울 것이다.

섭성이 화선녀를 힐긋 보고는 고개를 돌렸다.

"쓸데없는 소릴 지껄이는 걸 보니 긴장이라도 되는 게냐?"

"긴장? 웃기지 마라. 그런 것은 인간이나 하는……."

화선녀가 발끈했다. 섭성은 듣는 둥 마는 둥 한 귀로 흘리며 앞장섰다. 분기에 씩씩거린 화선녀가 재빠르게 그를 뒤따랐다.

그녀가 두 눈을 크게 뜨고 주변을 두리번거렸다. 천 년 만의 지상이다. 세상은 많이 변한 듯 그대로였다. 옷차림새, 가옥 등 많은 것이 달라졌으나 사람들의 표정은 여전했다. 그들은 변함없이 웃고 울고 화내고 기뻐한다. 찰나에도 수많은 감정을 터트리는 인간이 화선녀는 신기했다.

"정말 조위와 만나게 해주는 것이지?"

"네게 거짓을 말할 이유가 없다."

뚝뚝하게 대꾸한 섭성이 화선녀를 의원으로 안내했다. 의원 안은 붐볐다. 다치고 병든 이들이 넘쳐났다.

"현북공 나리, 어인 일로 오셨습니까?"

의녀가 섭성을 알아보고 다가왔다.

"맹 의원을 만나러 왔다. 알아서 찾아갈 것이니 신경 쓸 것 없다. 환자를 돌보아라."

"예, 나리."

의녀가 고개를 갸웃거렸다. 섭성이 일전과는 무언가 다르게 느껴졌다. 서너 발자국 걸어가던 의녀가 불현듯 깨달았다. 우뚝 멈춰 선 그녀가 섭성을 돌아보았다.

양섭성이 맹조위를 스승님이라 부르지 않았다. 땅주인이 된 후로도 언제나 맹 의원을 스승으로 모시던 그가 맹조위를 그저 맹 의원이라 칭했다. 그것이 큰 차이인지 당장은 알 수 없었으나 마음이 가라앉았다.

맹조위는 다리 다친 환자를 돌보고 있었다. 부러진 뼈를 맞추어 붕대로 칭칭 감고서 자리에서 일어나는데 살랑, 어디선가 바람이 불어왔다. 그리운 자의 익숙한 냄새. 허겁지겁 밖으로 뛰어나온 맹조위가 우뚝 멈추었다.

"강녕하셨습니까?"

맹조위의 시선은 섭성을 지나쳤다. 그 주름진 얼굴에 스치는 수많은 표정을 섭성은 차갑게 응시했다.

"화선녀……."

"조위?"

그들이 서로를 알아보았다. 앞으로 나서는 화선녀를 섭성이 막아섰다.

"가면은 이제 필요 없을 겁니다."

섭성은 속에서 밀려올라오는 환멸을 참았다.

선량한 의원의 얼굴을 하고 참스승의 탈을 쓰고 오랜 시간 모두를 속여온 자. 그가 정말 진심으로 저와 이래하를 제자라 생각한 적 있었을까. 그 다정다감한 익족 계집이 어디에 봉인되어 있는지도 모를 화선녀를 위한 공물이 아니었던 때가 과연 있었을까.

"지금은 의원 하나가 중할 때이니 당장 쫓아내지는 않겠습니다. 하지만 오래 봐드리진 않을 겁니다. 상황이 대강 수습되면 바로 짐을 싸 떠나십시오. 당신이 품은 그 못된 마음을 이래하가 알지 못하게 하십시오."

"현북공, 그 무슨……."

"그 더러운 가면 치우라고 하지 않습니까?"

섭성이 싸늘하게 맹조위를 노려보았다. 그제야 섭성이 전부 알았다는 사실을 알아챈 맹조위의 낯빛이 창백해졌다.

"그건……."

변명거리를 찾아 빠르게 눈동자를 굴리는 옛 스승의 모습에 섭성은 공허해졌다. 추악한 속내가 다 드러난 와중에 도망갈 구멍을 찾는 모습이 역겹다. 분노의 탈을 쓴 슬픔이 치밀었다.

"이래하는 진정으로 너 따위를 스승이라 믿고 따랐다. 한데 너는 어떠했지? 그녀를 네가 버린 네 정인에게 바치는 공물로 여기지 않으냐? 익족의 요력이 담긴 비늘은 신묘하지. 인간에겐 만병통치약이요, 요괴에겐 훌륭한 요력덩어리이니 예부터 인간, 요괴할 것 없이 비늘을 탐내곤 했지. 너는 너로 인해 신령함을 잃은 화선녀에게 그 선량한 아이를 바치며 네 잘못을 용서해달라고 빌려고 했겠지."

화선녀가 두 눈을 크게 떴다. 그녀의 입이 벌어졌다.

"무어라고?"

섭성은 화선녀의 당혹을 무시한 채 말을 이었다.

"네 잘못을 그깟 선물 하나로 용서받을 수 있다고 믿었겠지. 조금 전 너는 필시 화선녀가 네 선물을 받아 들고 기뻐서 이곳에 왔다고 생각했을 거야. 그거 참 역겨운 발상 아니더냐?"

잘못은 스스로 용서를 구해야 한다. 애꿎은 아이를 끌어들여서는 안 되는 것이다. 그 더러운 마음으로 여태 의원 짓을 하고 있었다니 도저히 용납되지 않는다.

"현북공······. 섭아."

섭성의 표정이 일그러졌다. 저 추악한 남자가 제 스승이었다. 저 못돼 처먹은 남자가 저를 친밀하게 부르는 걸 견딜 수가 없다. 온몸에 벌레가 기어가듯 소름 끼쳤다.

"다시는 그 더러운 입으로 저를 부르지 마십시오. 두 번 다시는 당신을 보고 싶지 않습니다."

이토록 누군가를 맹렬히 비난한 적 없었다. 온몸의 피가 끓어오르도록 증오했던 적도 없었다.

"급한 환자들이 정리되면 당장 떠나십시오. 제 눈이 닿지 않는 곳으로 가십시오. 저 편한 방식으로 용서를 구하고, 저 편한 방식으로 용서받았다고 믿는 그 뻔뻔함에 진저리가 납니다."

섭성의 차갑게 가라앉은 얼굴로 돌아섰다. 맹조위는 반박할 말을 찾지 못하고 입만 벙긋댔다.

섭성이 가버리자 두 눈을 크게 뜨고 있던 화선녀가 번뜩 정신을 차렸다. 그녀가 가까스로 물었다.

"저게 무슨 소리야, 조위? 저게 다 정말이야?"

"화선녀 님, 저는……."

맹조위가 털썩 주저앉았다.

"저는 죄를 지었어요. 당신을 배반하고 당신이 쌓아온 모든 것을 잃게 했습니다. 용서를 받으려면 그에 상응하는 것을 바쳐야한다고 생각했지요. 하여 세상을 떠돌며 가장 귀한 것을 모아 곁에 두었습니다. 당신이 돌아오면 그것들을 바치고 용서를 구하려고……."

"무어?"

화선녀의 입이 떡 벌어졌다. 고운 미간이 홱 찌푸려졌다.

"제 사죄의 공물이 마음에 들어서 저를 만나러 오신 것이 아닙니까?"

"나는 네가 천 년이나 공들여 내 분신을 지켰기에 여기 온 것이다! 본신과 떨어진 분신은 지극한 애정과 관심을 필요로 하지. 네가, 인간에 불과한 네가! 천 년이나 되는 시간 동안 나를 잊지 않고 그리워해온 것을 알아서 널 만나러 온 것이다. 고작 익족 따위가 마음에 들어 너를 만나러 왔겠느냐? 그리 생각했다면 너는 정말로, 정말로 변한 것이 없구나! 그때나 지금이나 멍청하고 어리석어!"

화선녀가 분노했다.

"그 긴 시간 벌을 받아오면서도 내가 정녕 바란 것이 무엇인지 생각조차 해보지 않았어! 너를 믿고 의지한 자를 또 배신했어! 너에게 신뢰는 그토록 가볍고 애정은 한낱 먼지와도 같은 것이었느냐?"

"아닙니다! 그런 것이 아닙니다. 화선녀 님, 저는 정말로……."

맹조위가 화선녀의 팔에 매달렸다. 짜증난 얼굴로 화선녀는 그의 손을 뿌리쳤다. 세상 다 잃은 듯 맹조위의 표정이 무너졌다. 그 얼굴을 본 순간, 화선녀는 말문이 막혔다. 붉은 입술 사이로 깊은 한숨이 흘러나왔다. 맹조위의 어리석음을 탓할 것도 없다. 이 순간 가장 어리석은 자는 바로 그녀 자신일 테니.

"인간에게 정을 주는 것이 아니었다. 너 같은 것에게 마음 내주는 것이 아니었어."

인간은 어리석다. 요괴도 그만큼 어리석다. 한때 하늘의 문을 열 자격을 얻었다 한들 어리석은 것은 똑같다. 자그마치 천 년이었다. 기다리고 기다린 시간들. 미움은 희석되고 그리움만 남았다. 어리석음조차 애틋해졌다.

"가장 끔찍한 것은 네 모든 죄에도 불구하고 나는 이미 너를 용서하고 있다는 것이로구나."

화선녀가 못마땅한 표정으로 손을 내밀었다. 놀란 눈으로 그 손을 보던 맹조위의 목에서 울음이 터졌다. 그의 얼굴을 뒤덮고 있던 세월이 조각났다. 혈을 비틀고 꼬아 만들어낸 노인의 얼굴이 부서졌다.

이윽고 젊은 시절의 얼굴이 드러났다. 화선녀가 기억하는 모습이다. 그녀가 사랑했고 원망했던 이의 눈물이 그 뺨을 타고 흘렀다. 육신은 늙지 않았으나 마음의 고통으로 하얗게 세어버린 그 눈썹과 머리에 화선녀는 울컥 터지는 울음을 억눌렀다. 결국 더 사랑하는 자가 질 수밖에 없는 것은 천 년이 지나도 변함없었다.

"다시는 널 믿는 자를 배신하지 마라. 그럴 기미가 보인다면 내 친히 네 목을 비틀어버릴 것이다. 알겠느냐?"

연신 고개를 끄덕이는 맹조위를 화선녀가 일으켜 세웠다. 눈물 범벅이 된 그 얼굴을 마주하니 천 년을 되뇌어온 물음이 툭 흘러나 왔다.

"한데 날 배신하고 얻은 태의 자리는 좋았더냐?"

이제 와 묻는 것도 우습다. 제 어리석음에 화선녀는 자조했다.

맹조위가 잠시 침묵했다. 화선녀가 어떤 답을 원하는지 알 수 없으니 답이 망설여졌다. 천 년 동안 고르고 고른 공물조차 그녀 의 마음을 얻지 못했다. 찰나 고민하는 걸로 그 마음을 얻을 답을 고를 수 있을 것 같지가 않았다.

맹조위의 침묵이 길어지자 화선녀의 표정이 점점 더 사나워졌 다. 네게 뭔가 기대한 것이 잘못이지, 하고 뒤돌아서려는 그녀를 맹조위가 다급하게 붙잡았다.

마음이 급하니 걸러지지 않은 말들이 막 쏟아져 나갔다.

"가지 마세요! 좋았을 리가 있겠습니까? 하나도! 정녕 하나도 좋지 않았습니다. 역사에 이름을 남기는 것도, 명의로 명성을 떨치 는 것도 전혀 기쁘지 않았어요. 그러니까 제발 저를 두고 가지 마 세요."

절박하게 매달리는 맹조위를 보는 화선녀의 노기가 희미하게 누그러졌다. 그녀의 기색을 기민하게 알아챈 맹조위가 살짝 안도 했다.

매정히 떠나려는 화선녀를 어떻게든 붙잡고 나니 뒤늦게 제 차림이 신경 쓰였다. 늙은 스승의 옷을 입고 있는 젊은 남자를 의녀들은 수상히 여길 것이다.

　"이제 어찌해야 하지요?"

　맹조위가 소심하게 물었다.

　"양섭성의 말을 뭐로 들은 게냐? 환자들이 정리되면 당장 떠나라 하지 않았더냐? 나이를 먹더니 귀도 같이 먹은 게야? 그런 저주는 내리지 않았는데?"

　화선녀가 인상을 홱 찌푸렸다.

三

섭성은 걸었다.

"인간은, 너처럼 짧은 삶을 사는 인간은 결코 이해 못 해. 다 가진
채로 태어나는 인간은 절대 몰라."

그래, 그는 모른다. 아무리 원망하고 증오해도 결국은 용서하
는 게 사랑이라면, 제 사랑을 위해서 어떤 희생도 상관없다고 믿
는 이기심 또한 사랑이라면 차라리 영원히 알 수 없기를 바란다.

맹조위의 사죄는 진저리가 났다. 상대의 마음은 고려하지 않고,
용서받을 수 있다면 어떤 것이라도 이용할 수 있다고 여기는 나약
함이 잔인했다.

그럼에도 화선녀는 그를 용서할 것이다. 긴 세월을 살아왔고,
앞으로 더 긴 세월을 살아갈 꽃나무 요괴는 그들의 세월에 비하면
고작 한나절을 살다 갈 인간을 사랑하여 영원히 고통스러울 것이
다. 그 모자란 것에 빠진 멍청함 탓에 신목의 자격을 잃고 한 그루
타락한 꽃나무가 되어버렸는데도 차마 그를 원망하지 못할 것이
다.

"하여 묻겠다, 현북공. 내가 어찌하면 너의 용서를 바랄 수 있느냐? 어찌하면 내 사죄가 그릇되지 않을 수 있느냐?"

그에 비하면 평해의 폐주는 그 얼마나 정직한가.

남을 이용하지 않고, 공물을 바쳐 환심을 사려고 하지도 않으며, 똑바로 섭성을 마주한 채 잘못을 빈다. 고집스레 마을에 꿇어앉아 종일 물 한 모금 입에 대지 않은 채 밤낮으로 온갖 모욕을 견디고 있다.

작위를 박탈당했다 한들 평생을 귀족이며 땅주인으로 살아온 자다. 강한 자존심을 버리고 제 용서를 바라는 까닭을 섭성은 헤아리고 싶지 않다.

섭성이 우뚝 멈추었다. 돌연 괴로워져서 손바닥에 얼굴을 파묻었다.

용서. 사죄. 그것은 오로지 그들의 문제인데 제 마음을 제 뜻이라 확신할 수 없다고 다른 자를 끌어들이는 것이 과연 옳은가. 그것이 정녕 타당한가.

되삼키지 못한 탄식이 흩어졌다.

❀ · ❀

사람들은 돌이나 오물, 또는 몽둥이를 들었다. 매질과 오물이 쏟아지는 중에도 해는 두 눈을 바로 떴다. 저를 향한 증오와 원망을 받아들였다.

"죽어! 죽어버려!"

"우리 아부지 살려내! 살려내란 말이야!"

가족 잃고, 친지 잃은 이들에겐 그녀를 원망할 자격이 있다. 그러니까 이 모두 그녀가 감당해야 할 그녀의 죄다.

사람들의 분노는 깊었다. 시간이 흐르자 해에게 원한 없는 자도 이젠 그녀에게 원한을 말했다. 돌팔매질 한두 번이던 것이 십 수 번으로 바뀌었고, 마침내 직접 몽둥이를 쥐고 그녀를 두드려패기에 이르렀다.

해는 몇 번이고 쓰러졌다가 다시 일어났다. 황야의 제일술사라 해도 도력 두르지 않은 육신은 평범한 여인의 것과 다르지 않았다. 눈앞이 가물거렸고 상처가 욱신거렸다. 온몸을 타고 흐르는 오물의 역겨운 냄새도 맡을 수 없었다. 자꾸만 감각이 멀어지고 소리가 사라졌다. 해는 고개를 저어 정신을 똑바로 차리려 애썼다.

"허, 진짜 정신이 나갔나 보네. 미치광이 폐주가 이젠 덜떨어진 년까지 되었으니 그것참 꼴좋구나."

악의 실린 말들은 독화살이 되어 해의 심장에 꽂혔다. 타들어가듯 뜨거운 고통이 일렁였다.

"평해군주께서 와주시니 이 마음이 무척 든든합니다."

"필요하다면 가문의 원수보다 더한 이도 붙잡을 것입니다."

원망 말하지 않던 이. 증오의 티끌조차 내비치지 않던 이. 그러나 겉이 평온한들 그 속조차 평온했을까. 겉이 버티고 섰다 한들 그 속이 문드러지지 않았다고 감히 누가 단언할까.

"저는 군주를 용서할 수가 없어요."

그리 말하던 양섭성이 어떤 표정이었는지 잘 기억나지 않았다. 그의 얼굴이, 목소리가, 말투가 번진 먹물처럼 흐릿해진다.

해는 고개를 들었다. 저를 증오하고 원망하는 이들의 얼굴을 똑똑히 보았다. 두 눈에 아로새겼다. 원망과 증오로 가득 찬 사람들의 얼굴 위에 양섭성을 덧대었다. 이들은 양섭성과 다르지 않다. 분노하고 원망하고 저주하는 양섭성의 모습이 비로소 보였다. 심장이 쩌릿했다.

"어디서 눈을 부라려? 용서해달라면서 이 건방진 것 보게!"

이름 모를 사내의 손이 번쩍 올라갔다. 굳은살이 깊게 박인 우악스러운 손이었다. 해는 어금니를 악물었다. 거친 손이 뺨을 후려치더니 해의 멱살을 움켜잡았다.

"나는 네년 때문에 여편네가 죽었다! 밤새 박아댈 구멍을 찾아 헤매느라 내가 얼마나 고된 줄 아느냐? 용서? 그따위 것을 원한다면 네가 내 여편네 역할을 대신해줘야지! 이보시게들. 아니 그렇소?"

멱살을 잡고 있던 손은 그대로 해의 윗옷을 쥐어뜯었다. 순간 사위가 고요해졌다. 해의 두 눈에서 살기가 흘렀다.

"여, 여보게. 그건 좀…….."

확실히 도가 지나쳤다. 누군가 겁먹어 만류했으나 사내는 이미 이성을 잃었다. 그는 자신이 결코 짓밟을 수 없으리라 여겼던 자를 희롱하며 고양됐다.

"이년이 어디서 살기를 뿜어? 잘못했다며? 용서해달라며? 그 눈알이 정녕 용서를 바라는 눈알이야? 허 참! 두 번만 용서 구하다간 아주 사람 죽이겠네. 염병, 그것도 괜찮구먼. 그게 네년이 잘하는 짓이잖아?"

사내가 사납게 이죽거렸다. 보기 흉하게 덜덜 떨리는 손을 겨우 진정시키며 되레 큰소리쳤다.

"이깟 년이 두렵소? 난 어차피 잃을 것도 없소!"

해는 살기를 흩뜨렸다. 사내의 손을 뿌리치는 게 어렵지는 않았다. 손가락 한 번 튕기면 그 목 잘라낼 수 있다. 약해빠진 것의 객기를 인내했다.

이자를 죽여서는 안 된다. 평해의 후계자로서 그들의 피해 회복에 최선을 다할 것을 맹세했으며, 어떤 비난과 모욕에도 보복하지 않겠다고 약조하였고, 다시는 그들에게 살의 향하게 하지 않겠다고 선언했다.

이 사내에게 도력을 휘두른다면 모두 거짓말이 된다. 용서를 바란다는 그녀의 진정은 산산조각 나서 진창에 처박힐 것이다.

"순간의 실수였다. 이해하여라."

사내는 득의양양해졌다.

"그래, 몸뚱이 한 번에 용서해주겠다면 고마운 줄 알아야지. 여편네 대신 그 정도는 해줘야지, 흐흐."

몸뚱이 한 번에 용서 한 사람. 닷새를 밤낮없이 꿇어앉아 있어도 구하기 힘든 것이 용서였다. 그 점을 고려하니 썩 괜찮은 제안인 것도 같아서 해는 눈을 굳게 감았다.

사내의 손이 어깨에 닿는 순간 전신에 오싹 소름이 끼쳤다. 이들에게 절대 살의를 내보이지 말자는 결심이 무색하게도 살의가 꿈틀거렸다.

"그만 멈추어라."

저도 모르게 사내의 목을 향해 예리하게 응집된 도력을 날리기 직전 익숙한 목소리가 끼어들었다. 해가 겨우 정신을 차렸다. 고개를 돌리자 검은 비단에 금실로 수놓아진 현무가 보였다. 그 옷을 입을 수 있는 자는 오직 한 사람, 현북의 땅주인뿐이다.

해의 상황은 섭성이 상상했던 것보다 참담했다. 제 백성은 제가 믿었던 것보다 잔악했고 정도 잃은 광기는 들불처럼 이성을 태워 없앴다.

사내가 겁간하려 드는데 해가 참고 앉아 있는 이유는 단 하나일 터다. 힘이 부족했을 리는 없다. 손 까딱하는 것만으로 주변의 모두를 도륙 낼 수 있는 자다.

단지 그의 용서를 바라서. 그가 자신에게 용서를 받고 싶다면 다른 이의 용서를 받아 오라고 말해서. 끝까지 참아냈을지는 알 수 없으나, 불합리한 모욕조차 감내하려는 모습이 괴롭다.

"정말 소문처럼 미쳐버리신 겁니까? 사내가 겁탈하려 드는데 가만히 있는 연유는 대체 뭡니까?"

해는 두 눈을 크게 뜨더니 신중하게 대답을 골랐다.

"용서를 구하는 중이었다."

"그래서요?"

"온 마음을 다하여도 받기 힘든 것이 용서더구나. 한데 고작 몸뚱이 내어주는 것으로 용서해준다고 하지 않더냐? 썩 괜찮은 제안 같았다."

"그게 말이 됩니까?"

"아니 되느냐?"

되레 순순히 되묻는 해의 앞에서 섭성은 무너지듯 앉았다. 겉옷을 벗어 해에게 둘러주었다. 한숨이 나왔다. 마음 깊숙한 곳에서 들끓는 혐오감을 겨우 억눌렀다.

천천히 일어나 주변을 둘러보았다. 갑작스러운 그의 등장에 얼빠진 이들이 눈에 들어왔다. 겁먹고 기죽은 그들은 순박한 그의 백성처럼 보였다. 그 순박한 얼굴 아래 추악한 면모가 똬리 틀었으니 서글펐다.

"나, 나리……."

그중 가장 겁먹은 자는 해에게 손대려 한 사내였다. 순간 고양되어 겁간이 살인에 준하는 죄라는 걸 잊었던 사내는 제 앞날에 드리워진 먹구름에 벌벌 떨었다.

"나는 짐승을 백성으로 둔 적이 없다."

땅주인의 분노는 고저 없었다. 그렇기에 더욱 예리하고 싸늘했다.

"나리! 소, 소인은 죄가 없습니다! 저년이 용서를 바란다기에 방법을 알려준 것뿐입니다! 저년에게 소인을 뿌리칠 힘이 없었겠습니까? 몸뚱이를 대서라도 제 용서를 받고 싶다기에……."

섭성의 두 눈이 번뜩였다. 열두 겹 결계가 그에 감응하여 진동했다. 결계에 형태 떠오른 주술진이 어지럽게 움직였다. 굳어 있던 이들이 일제히 겁먹고 엎드려 울부짖었다.

"나리! 용서해주시옵소서!"

"잘못했습니다, 나리! 소인들이 잠시 미쳤습니다!"

공간이 요동쳤다. 모든 것이 뒤틀리는 감각에 해가 벌떡 일어났다. 양섭성이 무얼 하려는지 뒤늦게 알았다.

"양섭성!"

땅주인은 땅을 지키기 위한 권능을 부여받은 자들이다. 유무형의 위협으로부터 땅을 지킨다. 기록관은 망각으로부터. 결계는 외부의 적들로부터.

그렇다면 내부에서 죄지어 규율 어그러뜨린 자는 어찌 되는가?

"일곱 해 전 평해의 옛 군주로 인해 많은 이가 죽었다. 그 죽음으로부터 또다시 많은 죽음이 초래되었다. 하나 오늘에 이르러 결계 밖 요괴와 맞서 싸운 자 누구더냐? 우리가 이곳에 살아 있을 수 있는 까닭 무엇이더냐?"

"나리, 나리! 살려주십시오! 살려주십시오!"

강한 바람이 일었다. 해는 양섭성에게 다가가고자 했으나 뜻 이루지 못했다. 눈 뜨기 힘든 돌풍에 손을 들어 얼굴을 가렸다.

마침내 땅이 뒤흔들리며 검은 공동이 열렸다. 그 속은 죄인의 땅, 내부에서 땅 위협하는 자들의 철옥이다. 현북공 양섭성이 무늬뿐인 땅주인이 아닌 정당한 계승자라는 증좌였다.

결계도, 기록관도 결국엔 술법으로 움직인다. 그 술법은 땅주인의 도력을, 수명을 먹어치운다. 그것은 죄인의 땅도 다르지 않다. 손에 가려지지 못한 해의 얼굴이 일그러졌다. 죄인의 땅을 열기 위해 약해빠진 땅주인이 내바친 것이 무엇일지 너무 쉽게 가늠되었다.

"군주의 잘못을 부정할 수 있는 이는 없다. 그러나 방어하지 못한 죄는 현북공가의 것이다."

시끄러운 바람 소리에도 양섭성의 목소리는 또렷했다. 해는 손가락 사이로 그 냉정한 얼굴을 보았다.

"나리! 나리!"

"그녀가 어떤 악의를 갖고 현북에 왔든 전대 현북공이 막아냈으면 될 일이다. 땅주인 된 자가 적을 막지 못해 큰 피해를 입었으니 너의 원망은 마땅히 나를 향하고, 내 죽은 부모와 형제들을 향했어야 옳다. 한데 너는 당장 너에게 해 끼치지 못할 자에게 부당한 원망을 토하고 끝내 용서되지 못할 죄를 저질렀다."

"살려주십시오! 나리, 제발, 제발!"

죄지은 사내는 돌풍을 맞으며 엉금엉금 기었다. 기어이 양섭성의 발밑에 다다라 그 옷자락을 붙잡고 억척스럽게 매달렸다.

"나, 나리! 용서해주십시오! 소인이 잠시! 아주 잠시 미쳤던 겁니다! 악귀에 썰 거여요! 마, 맞습니다. 악귀! 저 계집이 소인에게 도술을 건 겁니다! 사악한 저주를 건 것이에요! 본래 소인은 그런 사람이 아닙니다. 소인은⋯⋯."

냉정하던 섭성의 얼굴에 일순 혐오가 어렸다.

"이 자리에서 당장 목 떨어지길 바라는 게 아니라면 더러운 손 떼어라."

그 증오는 섭성에게 매달려 있던 사내에게도 분명 닿았다. 얼어붙은 사내의 손이 뚝 떨어졌다.

"저항하지 않는 여인을 겁탈하려 한 죄는 용납될 수 없다. 죄인의 땅으로 추방을 명한다."

공동이 다가와 사내를 꿀꺽 삼켰다. 돌풍은 순식간에 잦아들고 죽음 같은 적막이 안개처럼 깔렸다. 다음은 누구일까? 땅주인의 심판이 이걸로 끝났을까? 그것이 나를 삼키러 오면 어떡하지? 엎드려 빌던 이들도 숨죽였다.

"모두 집으로 돌아가라. 피해의 회복에 집중하라."

다행히도 심판은 한 번으로 끝났다. 다음 차례는 내가 아니다. 순간 안도감이 퍼지며 팽팽한 공기를 누그러뜨렸다.

섭성은 말을 이었다.

"원망하고 분노할 대상이 필요하다면 나를 찾아와라. 어떤 이유가 있든 도적질하는 자, 폭력을 휘두른 자, 겁간하려는 자. 죄짓는 자는 단 한 사람도 빠짐없이 죄인의 땅으로 추방할 것이다."

엎드려 있던 이들은 살살 눈치를 살피다 재빠르게 일어나 사방으로 흩어졌다. 두말 않고 도망갔다. 그 모습을 지켜보는 섭성의 숨결에서 약한 한숨이 흩어졌다.

"왜 그랬느냐?"

예상 못 한 책망에 섭성이 고개를 돌렸다. 해가 우두커니 그를 보고 있었다.

"무엇을요?"

"그 사내."

"그자는 죄인입니다. 죄를 지었지요. 땅주인으로서 죄인을 죄인의 땅에 가두었습니다. 이유가 더 필요합니까?"

"내가 이곳에서 용서 구하지 않았다면 일어나지 않았을 일이다. 네가 네 무언가를 바쳐 죄인의 땅을 열 만큼의 죄를 짓지 않았다. 정녕 그를 죄인의 땅에 가두는 것이 타당하더냐?"

섭성이 속이 드러나지 않는 표정으로 해를 응시했다.

세간에 알려진 평해의 폐주 기해는 난폭하고 통제 불가하며 오직 권영만을 받드는 자. 오만하고 불손하며 황제의 명조차 가볍게 짓밟는 자. 천계의 지독한 편애를 받은 미치광이.

그런 그녀가 다른 이의 죄를 감싼다. 자신이 용서를 구하지 않았다면 일어나지 않았을 일이라며, 그 형벌의 무게가 정녕 타당하냐며 땅주인의 심판에 의문을 표한다.

섭성은 공명정대한 땅주인으로 살아왔다. 가족의 죽음을 밟고 홀로 살아남았기에 스스로에게 더욱 엄격해졌다. 지켜야 할 것이 넘쳐나서 감정에 흔들리지 않으려 애써왔다. 원한을 짓이겨 마음을 도려냈다. 그래야 살 수 있었다.

이제 와 자문한다. 정녕 내가 폐주보다 나은가?

"오히려 너무 가볍지요."

그래, 가볍다. 짐승만도 못한 놈을 사지 멀쩡하게 죄인의 땅에 가두다니. 당장 혼백을 갈가리 찢어 나락에 처박아도 시원치 않았을 텐데.

"그자는 죄 있습니다. 한 여인을 겁간하려 하였지요. 설령 그 여인이 무고하지 않다 한들 그 사내의 죄가 없어지는 것은 아닙니다."

제 마음이 진짜인지 거짓인지 구분할 수 없다고 다른 이에게 그녀를 용서하는 일을 미뤄서는 안 되는 것이었다. 그가 그녀를 용서하는 문제는 온전히 그의 것으로 남겨두었어야 옳다. 타인이 끼어들 만한 것도 아니었고 대신 용서해줄 것은 더더욱 아니었다.

그런데도 스스로 진심을 확신할 수 없어 남에게 미뤘다. 사죄를 배운 적 없어 무릎 꿇는 것밖에 할 줄 모르는 폐주가 부당한 돌팔매질마저 감내하려 들 것을 정말 몰랐던가.

그와 그녀 사이의 용서는 오직 그들의 문제였다. 현북의 땅백성이 해에게 품은 원한 또한 그들 사이의 문제였다. 원한이란 무관한 자들을 배제한 채 매듭지어야 하는 것이다. 별개의 두 문제를 뒤섞어 해를 몰아세워서는 안 되었다. 비겁했다.

"현북공."

"그에 대해 더 이상 왈가왈부하지 마십시오. 군주가 그자의 편을 들 때마다 그자는 죄인의 땅 더 깊숙이 매몰될 겁니다. 이만 돌아가지요."

자꾸 날카로워지는 말투를 섭성이 겨우 누그러뜨렸다. 그를 물끄러미 바라보던 해가 조금 늦었다 싶은 때에 고개를 내저었다.

"아직 용서를 받지 못했다."

섭성이 미간을 찌푸렸다. 상황이 이 지경이 되었는데도 용서 타령을 하는 해의 모습에 답답함이 치밀었다. 해를 똑바로 노려보며 나직이 쏘아붙였다.

"누구에게 용서를 빌 겁니까? 설령 누군가 군주를 용서했다고 칩시다. 그 용서를 제가 인정 못 하겠다고 하면 또 다른 이에게 용서를 구할 겁니까? 그 사람도 인정 못 하겠다고 하면 또 다음 사람이요? 그렇게 세상 모두에게 용서를 구할 겁니까?"

예민하게 일그러진 섭성의 표정이 순간 허물어졌다. 말을 할수록 분명해진다. 그의 요구는 애당초 불가한 것이었다. 해가 영원히 살아도 이뤄낼 수 없는 것이었다.

"아직도 모르겠습니까? 애초에 제가 불가능한 요구를 했습니다. 군주를 용서하기 싫어서. 그럴 생각도 없어서."

해의 커다란 두 눈이 흔들렸다. 무어라 대꾸해야 할지 알 수 없는 그녀는 몇 번 입술을 달싹이다가 꾹 다물었다. 그러나 용서할 생각도 없었다는 말만큼은 명백히 이해했다.

당신이 백날 천날 꿇어앉아 용서를 구해도, 수백수천의 용서를 구해도 용서해줄 생각은 없다. 남의 용서를 구해오면 용서해주겠다는 말은 새빨간 거짓이었다. 내가 살아서 당신을 용서할 일은 없고, 그 용서를 바라서 이곳에 앉아 온갖 모욕을 견딜 까닭이 당신에겐 없다…….

그 확고한 증오에 해의 가슴이 선득하게 얼어붙었다. 눈시울이 뜨거워져 잠시간 눈을 꾹 감았다. 목에 고인 울음을 겨우 되삼킨 해가 작게 중얼거렸다.

"그렇구나."

영원히 꺼질 수 없는 원망 앞에서 그녀가 내뱉을 수 있는 말은 고작 그 정도였다. 핏기 없는 얼굴이 고통으로 일그러졌다. 제 행동의 무용함을 알았으니 돌아가는 게 타당했다. 그러나 돌아가자는 섭성의 말에 응하는 대신 해는 다시 무릎을 꿇었다.

"군주?"

주변에 이미 구경꾼조차 남지 않았지만 상관없었다. 중요한 것은 아직 아무에게도 용서받지 못했다는 점이다. 시작은 양섭성 때문이었지만 지금은 그 때문에 이곳에 있는 것이 아니다. 천소가, 분이가 뜨거운 낙인 되어 가슴에 화상 남겼다. 저로 인해 다 잃은 자들이 천지에 넘쳐난다는 걸 알게 되었다. 아무것도 모르던 때로 돌아갈 수 없다.

해는 용서를 바랐다. 섭성의 용서를, 남사골 평겻들의 용서를, 나아가 황야 모두의 용서를.

"먼저 돌아가라."

양손을 가지런히 무릎 위에 올린 해가 고집스럽게 두 눈을 감았다.

저 고집불통.

섭성은 그리 멀지 않은 곳에 서서 해를 주시했다. 이 기행의 원인은 분명 그였다. 이미 험한 꼴을 보았는데 해를 두고 혼자 돌아갈 수는 없었다.

이대로라면 필시 누군가 하나는 죽게 될 것이었다. 누구도 죽지 않는다면 그가 누군가를 죽이게 될 것이었다. 감히 황야의 최고술사에게 손댈 꿈을 꾼 무뢰배를 죄인의 땅에 처박은 것은 그가 최고의 인내를 발휘한 덕이었다. 다음번 같은 일이 반복될 시 또 인내할 수 있으리라 섭성은 단언할 수 없었다. 그는 인간의 도리를 저버린 자를 땅백성으로 두지 않는다.

도력은 천인에 비견되나 육신은 평범한 인간에 불과한 해는 이미 한계였다. 도력을 끌어올려 육신의 능력을 강화할 수 있으나 수명을 깎는 짓이다. 목숨이 오가는 전장이라면 또 몰라도 평화로운 결계 안에서 감당할 필요가 없는 손실이다.

가냘픈 몸이 휘청거렸다. 섭성이 한숨을 삼키며 다가갔다.

"그만하세요, 군주."

"그럴 수는 없다."

"당신을 위해 그럴 수 없다면, 저를 위해서라도 그만하세요."

고집스럽게 땅을 짚고 버텨 선 해의 어깨를 감싸 끌어당겼다. 놀란 해의 눈이 흔들렸다.

"냄새……."

"예?"

"냄새가 날 것인데……."

섭성이 표정을 구겼다. 왈칵 짜증이 났다. 냄새? 지독하게 나고 있지. 오물을 뒤집어썼는데 안 날 수가 없지. 그런데 그게 중요한가?

"지금 냄새가 문제입니까?"

"많이 흉한 것이냐?"

"흉하고 말고의 문제가 아니라!"

울컥 쏟아붙이려던 섭성이 입을 꾹 다물었다. 정리되지 않은 수많은 말을 한숨과 함께 삼켰다. 저조차도 분류하지 못한 감정을 말로써 내뱉을 수 없었다.

해는 순순한 얼굴로 뒷말을 기다리듯 섭성을 쳐다보았다. 섭성이 입술을 질끈 깨물었다. 어쩌다 오만방자한 폐주는 오간 데 없이 금방이라도 부서질 것 같은 계집만 예 남았나.

"됐습니다. 치유해드리지요."

해에게 호의를 베풀고 싶지 않았다. 가족의 원수에게 친절하게 굴 이유가 없었다. 백리 덕분에 지난 위기는 잠시나마 물러갔고 대사냥전을 위해 황야 곳곳에서 술사가 몰려든다. 해의 힘이 필요해서 굴욕적으로 고개 숙일 필요도 더는 없다.

하지만 만약 오늘의 상처가 해에게 흉으로 남는다면 섭성은 두고두고 후회할 것이 뻔했다.

손 내밀어 엉망이 된 해의 얼굴을 문질렀다. 아픈지 표정을 살짝 찡그린 해가 번쩍 정신을 차린 듯 섭성을 밀어냈다.

"군주?"

"치유하지 마라."

"흉이 질 겁니다."

"내 죄로 인한 것이다. 내가 감당해야 하는 고통 아니더냐? 호의는 고맙다."

섭성의 표정이 굳었다. 정말로, 정말로 요령 모르는 사람이구나. 속으로 탄식했다.

고맙다. 미안하다. 짧으나 그 무엇보다 진실한 말. 선한 자는 흔히 하지만 누군가는 결코 입에 담지 않는 말. 몇 달 전만 해도 섭성 또한 자신이 해에게 그런 말들을 듣게 되리라 기대하지 않았다.

못돼 처먹은 악귀와 다름없다며 해를 두고 떠들어대는 세간의 평을 떠올렸다. 그 모든 평이 틀렸다. 아무도 해를 알지 못했다. 섭성 역시 해를 알지 못했다. 한순간 제 비겁함으로 시작된 해의 대죄를 더는 방관할 수 없다.

"잠시만 잠들어 계세요, 군주."

섭성이 작게 중얼거리며 손을 뻗었다. 의식이 있는 동안에는 돌아가자고 해도 남사골에 남겠다며 고집부릴 것이니 잠시 잠들게 하는 게 나을 것이다.

해는 약해져 있다. 의지로 버티고는 있지만 그뿐이다. 작은 충격에도 금세 의식을 잃고, 그 육신은 회복을 위해 동질의 도력을 탐할 것이다. 맹조위의 의원에서 섭성이 순간 정신을 잃고 그녀의 도력을 탐한 것처럼.

섭성은 모든 도력을 해에게 퍼부었다. 해를 제 도력의 그릇으로 삼았다. 지금껏 제가 약한 것은 도력의 그릇이 작기 때문이라 여겼다. 이젠 그것이 아니란 걸 안다. 그의 나약함은 넘쳐흐르는 도력을 담아낼 그릇이 산산조각 난 까닭이다. 깨지지 않은 그릇이라면 능히 그의 도력을 담아낼 터다.

"양섭성?"

해의 두 눈이 커졌다. 갑작스레 밀려든 도력이 그녀의 의식을 집어삼켰다.

까무룩 정신 잃고 쓰러지는 가녀린 몸을 섭성이 받아냈다. 가벼
웠다. 너무나도. 가슴 아릴 만큼.

긴 하루였다.

"나리? 이 무슨!"

섭성은 호들갑 떠는 종복을 지나쳐 해의 처소로 향했다. 계집종
몇을 불러 옷을 갈아입히고 오물을 닦게 했다. 깔끔하게 정돈된
침상에 누워 잠든 그녀는 고요했다. 첫눈 쌓인 새벽처럼 죄악은
흔적 없었다.

"물러나라."

"예, 나리."

계집종이 종종 물러나자 섭성은 의자를 끌어당겨 침상 옆에 앉
았다. 조용히 해를 바라보았다. 며칠의 고난으로 연약한 육신은
넝마 되었다. 쇠심줄 같은 고집만 아니었다면 진즉 쓰러져도 서너
번은 쓰러졌을 터다. 가물거리는 의식을 붙잡고서 꼿꼿이 허리 세
우고 있던 그 모습이 눈에 밟힌다.

"세상 사람들은 군주께서 장왕밖에 모르는 미치광이라 하지
요. 옳고 그름을 따지지 못하고, 해야 하는 것과 하지 말아야 하
는 것도 구분 짓지 못한다고 손가락질합니다. 그들은 틀렸어요."

그리고 그도 틀렸다. 기해는 장왕밖에 모르는 미치광이가 아니
다. 배우지 못한 것뿐이다. 장왕 외의 다른 이를 위하는 법을 배우
지 못하고, 관계 맺는 법을 배우지 못하고, 시시비비 또한 배우지
못했다. 세상은 오직 장왕에게 득 되는 자, 해 되는 자로만 나뉘었

을 터. 중요한 것은 장왕뿐이었기에 다른 모든 것이 의미 없었다.

고약을 꺼냈다. 해는 그의 치유력을 거부했지 의술까지 거부하지는 않았다. 아전인수식 해석이라도 어쩔 수 없다. 얼굴, 목, 손. 드러난 상처엔 빠짐없이 연고를 발랐다.

미안하다, 고맙다.

천 년을 넘게 살아왔으면서 그 짧은 한마디에 담긴 깊이를 헤아리지 못하여 여전히 엉뚱한 것만 내미는 작자도 있다. 수없이 죄를 반복하면서도 일말의 죄책감조차 깨닫지 못하는 작자도 있다. 그에 비하면 평해의 폐주는 그 얼마나 무구한가.

"군주, 만약에, 정말로 만약에 말입니다."

섭성이 낮게 읊조렸다. 해를 찬찬히 눈에 담았다. 가슴 언저리부터 심장 한가운데까지 꽉 조여들었다.

미워해 마지않는, 절대로 용서할 수 없는 이. 그러나 샛길 모르고 지름길 모른 채 단 하나의 길을 똑바로 걸어오는 계집을 외면하기 버겁다. 천연이란 것은 악연보다 지독해서 억지로 막지 않으면 그의 마음은 기어이 그녀에게로 흐를 것이다.

그런 까닭이다. 용서할 수 없는 이유. 용서하지 않을 수도 없는 이유.

용서한들 그것은 그의 의지가 아니요, 용서하지 않는다 한들 그 또한 천계에 거스르려는 얄팍한 반항에 불과하다. 천연으로 얽힌 이 관계에 섭성의 의지는 없다. 그의 선택도, 그의 이성도 없다.

속에 갇힌 한숨이 마음을 짓누른다.

"군주와의 천연을 끊어내고 천계의 간섭 따위 전연 없이 군주를 마주했을 때. 그때에도 군주가 여전히 제게 사죄하고 저 또한 군주가 믿지 않는다면…….”

그렇게 오롯이 우리만의 의지로 용서하고 용서받을 수 있다면.

섭성은 결문을 흐렸다. 입을 다물며 이를 악물었다. 아직 오지 않은 상황을 가정하여 그 말을 입에 담고 싶지 않았다. 가족 잃은 원한이 여전히 사무쳐 차마 소리로써 내뱉을 수 없었다. 설령 그것이 제 진심이라 해도 그 자신조차 완전히 제 뜻이라 확신할 수 없는 말이라면 생각조차 하지 않는 것이 옳았다.

복잡한 그의 속내 모른 채 해는 새근새근 잘도 잤다. 섭성이 흐리게 웃었다. 그 고요하고 평온하며 죄 모르는 숨소리를 오래도록 들었다.

❊ · ❊

“아버지, 정말 하실 겁니까?”

청동후 명우현의 장남 명재신이 초조한 기색을 숨기지 않고 물었다. 이는 금기였다. 발각되면 바로 철옥행이다. 능지처참을 당해도 변명의 여지가 없는 대죄다.

“이미 결정하였다. 번복은 없다.”

“아버지, 하지만…….”

그들은 잠든 것처럼 누워 있는 인형(人形)을 바라보았다. 혼백 전이를 위한 껍데기다. 금기 중 금기. 행할 수 있는 술사도 손에 꼽히겠지만 위험성이 너무 컸다. 자칫 전이된 혼백이 인형에 갇힐 우려가 있다. 본래의 육신이 아니기에 인형에 갇힌 혼백은 흔히 미쳤다. 혼백전이를 할 수 있다는 점에서 그 술사는 이미 황야에서 손꼽히는 도력을 지녔다고 볼 수 있는데, 그런 자가 미치면 끔찍한 일이 일어날 수밖에 없다. 인형에 제 혼백을 옮겨 영생을 꿈꿨던 황야의 제일술사들은 하나같이 미쳐 죽었다. 명재신은 바로 그 점을 우려했다.

"토 달지 마라. 할 수 있으니 하겠다는 것이야."

"그러다 둘로 쪼개져 갇히면요?"

"네 아비가 둘이 되는 것이지."

"혹여 하나가 잘못되면요? 본체에도 충격이 갈 겁니다. 상처는 얼룩처럼 남아 지워지지 않을 겁니다."

"그래봤자 반푼이밖에 더 되겠느냐? 내 나이가 되면 원래 정신이 좀 오락가락하는 게다. 그게 무어 대수라고."

청동후가 신소리를 하며 장남의 염려를 걷어찼다. 재신이 표정을 찌푸렸으나 못 본 척했다. 위험해도 해야 하는 일이었다.

"현북에 대사냥전 참가자 명단을 보내라. 이 할아비가 간다고 모두에게 알려라."

아무것도 확인되지 않은 사지로 제 땅백성을 몰아넣을 수는 없으니까.

청동후가 인형을 향해 손을 뻗었다. 그의 전신에 떠오른 푸른 도식이 인형에 그대로 옮겨졌다. 금기된 진법이 인형으로 스며들었다. 빛은 곧 꺼져 고요해졌다.

다음 순간, 인형의 두 눈이 번쩍 뜨였다.

황실요괴대사냥전 참여자 명단이 속속 도착했다.

대사냥전을 앞당기는 것은 어려운 일이다. 모든 일엔 대가가 따른다. 천계는 늘 황야를 굽어살피고 그들은 예외를 그다지 좋아하지 않는다. 따라서 정해진 때를 바꾸기 위해 황제는 무언가 바쳐야 했을 것이다. 그것은 대개 도력이나, 도력으로 충분하지 않으면 흔히 수명 바쳤다. 섭성이 그랬고 양세계가 그랬다.

황제가. 그 지엄한 수명을 깎아 앞당겼을지도 모르는 사냥전. 황제에게 제 충심을 내보이고자 하는 땅주인들은 제가 보낼 수 있는 최선의 전력을 고르고 골라 명단에 적어 넣었다. 황제에게 후계가 없는 경우 대규모 황경화가 가능한 허수아비와 대리자를 보내 행사를 진행하는 것이 관례였다. 그 관례를 깨고 친히 행차하겠다는 황제의 뜻은 황경의 가장 안전한 곳에 웅크리고 있던 귀족들마저 변방으로 끌어냈다.

선대 황제의 자손들. 즉 황제에게 형제 되는 황자가 여럿 있다. 그들을 대리자로 보내도 충분했을 텐데 몸소 걸음하는 이유를 알 수 없어서 섭성은 생각에 잠겼다. 버릴 듯이 냉정하게 굴 때는 언제고 이제 와서 뿌리칠 수 없는 구원의 손을 내민다.

그러나 그 어떤 화려한 이름보다 섭성의 눈을 사로잡는 자는 따로 있었다.

[청동후 명우현]

외조부의 이름을 한참이나 들여다보았다. 현북공이 된 뒤로 한
번도 외조부를 뵙지 못했다. 생각하지 않을 때는 몰랐는데 막상
그 이름을 마주하니 그리움이 북받쳤다. 울컥 뜨거워진 눈가를 문
지르며 섭성이 일어났다.

준비할 것이 많았다. 황제의 의중은 알 길 없으나 어쨌든 도움
을 주러 오는 이들이다. 곳간을 탈탈 털어서라도 성대하게 맞이해
야 한다. 공부 안의 모든 식솔을 불러 모았다.

"멀리서 귀객들이 오고 계시니 준비를 철저히 하여라."

"예! 나리!"

복비(僕婢)들이 총총 흩어졌다. 섭성은 우두커니 서서 바쁘게
움직이는 그 모습을 바라보았다. 오랜만에 활기가 돌았다. 소란
스럽게 떠들고 의견을 나누는 목소리가 가득했다. 그 목소리 너머
로 애틋한 것들이 흩어졌다.

'어머니.'

청동후를 만날 생각을 해버린 까닭이다. 겨우 묻어둔 그리움이
터져나왔다. 아주 오래전 문 닫혀 열리지 못한 모친의 방을 향해
발 돌렸다.

모친의 방에는 아무런 체취도 남아 있지 않았다. 하다못해 온
기조차 없었다. 하지만 여전히 주인을 닮아 단정하고 기품 있었다.

섭성은 가만히 벽에 걸린 족자를 바라보았다. 자애로운 미소를

짓고 있는 여인이 그 속에 있다.

"어머니."

지난 일곱 해 동안 한 번도 불러보지 못한 어머니를 부르며 섭성은 꿇어앉았다. 족자에 이마를 대며 힘없이 웃었다.

"할아버님께서 오신답니다. 소자 걱정에 밤잠 설치신 날이 하루이틀이 아니실 터지요. 강건한 모습을 보여드려야 안심하시고 돌아가실 터인데 아직은 자신이 없어요. 어린애처럼 그 품에 안겨 울지 않을 자신이 없습니다."

생각나면 그리워지고 그리우면 무너지게 된다. 약한 제 성정을 알아서 전부 묻어두려고 애썼다. 억지로 버텨내지 않으면 금세 그리움이 사무쳤다. 밖으로 흘려보낼 수 없는 눈물을 마음속 커다란 구멍에 쏟아부었다. 쏟아붓고 또 부어도 구멍은 결코 메워지지 않았다. 갈수록 공허해졌다. 내처 받았던 많은 애정과 하염없는 사랑은 사라지고 난 뒤의 빈자리가 너무 컸다. 때론 너무 괴로워서 그 따뜻한 순간마저 원망했다.

"소자는 사실 아주 어리광쟁이잖습니까? 남들이 알면 기함하겠지요. 그러니까 이번 한 번만 봐주십시오. 아무도 없는 이곳에서 잠시만. 아주 잠깐만."

모친이 살아 있을 적과 달라진 것 하나 없는 방. 그의 기억 속 모습에서 단 하루도 변하지 않은 그림의 어머니.

섭성은 족자에 이마 기댄 채 오래도록 앉아 있었다. 곱씹을수록 이 모두를 빼앗아간 자를 용서하기란 불가했다. 그 이유가 된 천연이란 것이 역겨웠다.

그래, 없애버리자. 영영 잘라버리자. 천연이 원흉이라면. 그것을 탐낸 자가 이 모든 고통을 초래한 것이라면. 이 손으로 반드시. 또 다시 죽어 모든 것을 잊기 전에, 이 생에 기필코.

그런 바람이 일었다.

※ · ※

통증은 희미했다. 고약 냄새가 풍겼다. 악야는 없었고 해는 눈을 떴다. 이제는 익숙해진 천장 장식이 보였다. 현북궁부 한구석에 위치한 그녀의 보금자리. 흩어진 기억 파편을 긁어모았다. 정신을 잃기 전 무슨 일이 있었는지 떠올리려 애썼다. 양섭성만 생각났다. 오직 양섭성만.

"멍청한 것."

따스한 손, 너른 품.

치유술은 필요 없다는 그녀의 고집에도 돌아서 떠나지 않은 그 성정에 마음이 무너졌다. 두 손으로 얼굴을 가렸다. 제 것 같지 않은 흐느낌이 흘렀다. 기어이 원수를 외면치 못하는 그 마음에 심장이 따가웠다. 그토록 다정하여 어찌 원수를 원망하고 증오하려는 것일까?

저에게 쏟아지는 그 어떤 미움도 증오도 의미 없었다. 권영 외의 그 누구도 가치 되지 못하리라 믿었다. 한데 아니었다. 증오 말하고 원망 토하는 섭성의 모습에 수없이 마음이 무너졌다.

"섭성, 나는 사죄 구해본 적이 없어. 하여 이런 방법밖에 모르겠다. 끝없이 사죄하고 쉼 없이 용서를 구하고, 그렇게 내 후회가 닿기를 바라는 수밖에 없어."

그가 용서해줄 생각이 없다고 해도. 세상 모두의 용서를 받아야만 그에게 용서 구할 자격을 얻을 수 있다고 해도.

"네게 미움받고 싶지 않아."

마음이 아득해진다.

양섭성을 모르던 때의 기해는 죽었다. 오직 장왕 권영만 추종하던 기해도 죽었다. 제 모든 생을 바쳐서라도 양섭성의 용서를 바라는 기해가 남았다.

그가 소중하다. 특별하다.

四

　현북은 멀다. 발굽 요괴를 타고 가도 며칠은 걸린다. 타고난 강골이라 해도 예순이 훌쩍 넘은 청동후가 가기엔 녹록지 않은 거리다.

　처음 그가 직접 현북으로 가겠다고 선언했을 때 그의 부인은 사흘간 곡기를 끊고 반대했다. 그러거나 말거나 명단에 청동후가 명우현이라는 제 이름을 적어넣었다는 것이 알려지자 막내아들은 눈물로 그의 바지자락을 붙들었다. 그러는 내내 장남 명재신이 입을 꾹 다물고 있자 두 사람은 청동후를 말릴 수 없음을 인정했다. 장남의 지지를 받는 땅주인은 저에게 변고가 생길 시 후계자에게 땅주인위를 계승한다는 말로 모든 반대를 정리했다.

　"아버님, 꼭 가셔야 합니까?"

　끝까지 미련을 못 버린 차남 재명이 만류했다. 늙은 아비를 걱정하는 막내의 효심을 모르는 바 아니나 청동후에게는 불필요한 심려다.

　"내가 명한 것이나 잘 처리하고 있어라. 차질이 생겼다간 돌아와서 너희 두 녀석들 머리털부터 벗겨놓을 것이니."

　아우 재명 옆에 서 있던 재신이 움찔하며 손으로 정수리를 덮었다. 가지 말라고 바지자락 붙든 것은 재명인데 왜 제 머리털을 인질 삼느냐는 원망을 담아 재신이 아비를 바라보았다. 젊어서부터 미남으로 이름 높았던 재신은 마흔이 훌쩍 넘은 나이에도 머리숱에 대한 집착이 대단했다. 섭성에게 치유력으로 머리숱은 어찌 안 되는 것이냐고 묻는 서신을 보내려다 청동후에게 들킨 적도 몇 번 있다.

"이번에 현북공을 만나면 네가 전에 묻지 못했던 것에 대한 답을 들어 오마."

"참입니까?"

재신이 두 눈을 크게 뜨며 반색했다. 쯧 혀를 찬 청동후가 고개를 절레절레 흔들었다. 예순 넘긴 아비가 마흔 넘은 아들을 놀렸다는 것을 뒤늦게 알아챈 재신의 얼굴이 빨갛게 달아올랐다. 모친과 아우의 눈물에도 떠나는 길을 지지해드렸는데 돌아온 대가가 고작 놀림이라니! 억울해하는 재신의 어깨를 툭툭 두드린 청동후는 발굽 요괴 등에 올라탔다.

"청동을 지켜라. 땅백성을 보호해라."

"예."

"염려 마세요."

두 아들이 마지못해 대답했다. 만족스럽게 웃은 청동후를 필두로 대사냥전 참가행렬이 현북을 향해 출발했다.

재신의 눈은 청동후를 뒤따라 달리는 어린 소년을 오래도록 뒤쫓았다. 그들이 무사히 돌아오기를 간절히 바랐다.

며칠을 걷고 달렸다.

"성문을 열어라! 동의 땅주인, 청동후 납시오! 성문을 열어라! 동의 땅주인, 청동후 납시오!"

앞장선 길잡이가 반복해서 우렁차게 소리쳤다. 곧 굳게 닫혀 있던 성문이 열렸다. 청동에서 온 행렬은 성문을 천천히 통과했다. 청동후를 태운 발굽 요괴를 시작으로 청동후의 가신들이 끝없이 뒤따랐다. 현북의 땅백성은 호기심 어린 눈으로 행렬을 지켜보았다.

무려 열네 해 만에 현북에서 열리는 황실 행사다. 예정보다 한 해 앞당겨진 데다 황제까지 참여한다. 땅의 존망을 뒤흔드는 싸움 직후라는 사실은 사람들을 집에 묶어두지 못했다. 그들은 당장 배를 곯고 두 다리를 절룩거리면서도 거리로 쏟아져 나왔다.

청동후는 익숙한 거리를 둘러보았다. 검은 벽돌로 쌓은 연꽃무늬 돌담은 그 옛날 영광을 보여주듯 웅장했고 한편으론 세월이 묻어나 쓸쓸했다. 여식이 죽기 전까지 매년 여름이면 방문했던 곳이다. 여식을 만난다는 명분 덕에 가능했던 외출은 여식의 사후 단 한 번도 허락받지 못했다. 혼자 남겨진 외손을 알면서도 방법이 없었다.

'일곱 해 만이라.'

짧다 하면 짧겠지만 길다 하면 긴 시간. 그동안 현북은 여전했다.

'섭아.'

그의 다정한 성정을 안다. 혼자 살아남아 더 괴로웠을 그 마음을 안다. 차라리 모두와 함께 그때 죽었다면 섭성은 행복했을 것이다.

"할아버지! 소손은 할아버지가 참 좋습니다."

"할아버지는 땅주인이고 어머니는 땅주인의 부인 되시니 자주 만나는 게 무척 어려우시지요. 할아버지께서 어렵게 폐하의 허락을 받아 여름에 잠깐 오시는 게 전부 아닙니까? 하오나 너무 그리워 마세요. 소손이 이리 부지런히 오가며 두 분께 소식을 전해드릴게요. 소손은 할아버지를 많이 닮았으니 어머니는 소손을 보고 할아버지를 떠올리면 될 것이고, 소손은 또한 어머니를 아주 많이 닮았으니 할아버지께선 소손을 보고 어머니를 떠올리면 되는 것입니다. 아니 그렇습니까?"

청동후의 주름진 눈매가 쓸쓸하게 접혔다.

이제 다시는 못 들을 그 조잘거리던 목소리. 생기 넘치는 눈동자. 거짓 없던 다정한 말들. 그 모든 게 멍울졌다.

"동의 땅주인, 청동후 납시오!"

발굽 요괴가 우뚝 멈추었다. 땅주인의 결계가 요괴의 진입을 막았다. 어느새 현북공부 앞이었다. 청동후가 요괴의 등에서 내려섰다. 그가 성문을 통과했다는 소식은 진즉 닿았을 터다. 이 문이 열리면, 오랫동안 보지 못한 외손을 드디어 만날 수 있다.

마침내 공부의 대문이 열렸다. 그 너머 다급하게 걸어오는 누군가가 보였다. 북받치는 감정을 억지로 참아냈다.

"현북의 주인 양섭성, 청동후를 뵈옵니다."

공손히 공수해 귀객을 맞이하는 사내를 응시했다. 청동후의 표정이 일그러졌다.

기억과는 다른 목소리. 훌쩍 커버린 키. 어미를 닮았고 아비를 닮았고 그를 닮은 아이가 어엿한 어른이 되어 서 있었다.

"어찌……. 어찌 이리……."

청동후는 말문이 막혔다. 거칠어지는 숨을 삼키고는 주변을 둘러보았다. 멀뚱한 표정으로 서 있는 아랫것들을 보자 화가 벌컥 치솟았다.

"대체 어찌 이리 야위었습니까? 아랫것들은 제 주인이 이리 야위도록 대체 무얼 하고 있었는가!"

사자후 같은 노성이 터져나갔다. 저절로 다리에 힘이 풀린 종복들이 털썩 무릎 꿇었다. 덜덜 떠는 그들에게 청동후가 재차 내질렀다.

"책임자는 당장 이 앞으로 나오지 못할까!"

아무도 나서지 않자 머리끝까지 화가 난 청동후가 길길이 날뛰었다.

"오호라, 나오지 않겠다는 것이냐? 내 찾아내서 당장 머리끝부터 발끝까지 거죽을 벗겨버릴 것이다!"

당황해서 서 있던 섭성은 청동후가 누구든 잡아 거죽을 벗겨버리기 직전 간신히 정신을 차렸다.

"할아버지, 저, 잠시만……. 제발 소손 말 좀……."

흥분한 청동후를 겨우 붙잡은 섭성이 그를 데리고 안으로 들어갔다. 청동후는 끌려가면서도 노성을 내질렀다. 갑작스러운 상황에 얼빠져 있던 종복들의 얼굴에서 뒤늦게 핏기가 가셨다. 지난 일곱 해간 청동후가 현북을 찾아오지 못했기에 하마터면 묻힐 뻔했던 이야기가 다시 수면 위로 떠올랐다.

청동후는 현북공과 혼인한 제 딸이 낳은 세 명의 외손 중 막내 공자를 각별히 애지중지했는데, 한 번은 청동에 찾아온 그를 알아보지 못한 문지기가 문전박대를 하는 일이 있었다. 이를 뒤늦게 알게 된 청동후가 불같이 화내며 모든 문지기를 사흘 밤낮으로 고문해 기어이 범인을 찾아냈다는 일화가 악몽처럼 전해졌다.

몇 년 전 사주의 출입문을 통과해본 이라면 누구나 한 번쯤은 들었을 법한 질문.

"당신, 혹 현북의 막내도령은 아니시오?"

바로 이 순간, 조금 과장된 것은 아닐까 의심받던 소문의 진정성이 증명되었다.

한참을 펄펄 뛰던 청동후는 섭성이 잘 우린 차 한 잔을 건넨 후에야 화를 가라앉혔다.

"청동후께서 가장 일찍 도착했기에 망정입니다. 혹여 다른 땅주인 사절이 먼저 왔더라면 그들에게 크게 비웃음을 살 뻔하지 않았습니까?"

"이 할아비가 부끄럽습니까?"

"그럴 리가요. 못난 손 때문에 곤욕을 치르실까 염려될 따름입니다."

차를 한 모금 음미한 청동후가 섭성을 물끄러미 바라보았다.

일곱 해. 그의 인생에 비하면 긴 시간은 아니다. 그러나 어린아이에겐 너무나 긴 시간이었다. 앳되었던 소년은 온데간데없고 훌쩍 자란 땅주인만 그의 앞에 있다.

청동후의 시야가 흐려졌다. 눈가가 발그스레해졌다. 어리광 심하여 무릎에 앉기를 좋아하고 조금만 신이 나도 깔깔 웃던 천진한 모습은 이제 다시는 보지 못할 터다. 속절없이 흘러가버린 시간을 비로소 체감한다.

"섭아."

섭성의 두 눈이 커졌다. 이내 두 눈에 부드러운 웃음이 번졌다.

"예, 할아버지."

"내가 이리 온 것은 폐하께 잘 보이고자 하는 까닭도 아니고, 군공을 세워 작위를 높이고자 함도 아니다."

섭성이 잠시 입을 다물었다가 조심스레 물었다.

"혹 마지막이라 여기고 오신 것이신지요?"

"네가 내 편지를 기억할 것이라 믿었다. 내 지금부터 하고자 하려는 일의 위험성은 나조차 헤아릴 수 없으니 이 할아비는 혼자 남을 네 앞날이 염려스럽다."

"소손은 장성하여 할아버님의 보살핌을 필요로 하지 않습니다. 하시고자 하는 뜻을 이루소서."

이번에는 청동후가 잠시 입을 다물었다. 섭성을 눈에 담던 그의 표정이 순간 허물어졌다. 속상한 마음에 겨우 눌러둔 화가 다시 벌컥 치솟았다.

"그 얼굴이 보살핌을 필요로 하지 않는 얼굴이더냐? 거울은 어디에 있느냐? 없어? 그럼 이 찻물에라도 비쳐 보아라! 네 꼴이 어디 사람 꼴이더냐? 비루먹은 강아지도 네 꼴보단 보기 좋을 것이다!"

섭성이 멋쩍게 웃었다.

"그간 일이 좀 고되어 그런 것뿐입니다. 위급한 일은 지나갔으니 곧 괜찮아질 겁니다."

"좀 고되어?"

기가 막혀서 청동후가 얼굴을 일그러뜨렸다.

"현북은 거의 망할 뻔했다, 이 녀석아! 존망의 기로에 섰었단 말이다. 모르겠느냐? 절체절명의 위기 땐 모르쇠로 일관하더니 급한 불을 겨우 끄자 선심 쓰듯 뒤처리는 같이 해주겠다는 저치들을 보아라."

"할아버지께서 보내주신 원군이 제때 도착하여 우려하신 일은 일어나지 않았습니다. 뒤처리라 해도 우리 현북을 위해 움직여주는 것이니 감사할 따름이지요."

"이 속없는 것아!"

쯧, 혀를 찬 청동후가 고개를 돌려버렸다. 섭성의 얼굴을 보는 것만으로도 속이 상했다.

"마지막이라 생각하고 오셨으면서 소손을 아니 보실 겁니까?"

섭성이 부드럽게 달랬다. 청동후가 마지못해 고개를 돌렸다.

"예끼, 못된 놈."

"소손, 궁금한 것이 있습니다."

똑바로 마주해오는 섭성의 눈동자는 모든 거짓을 꿰뚫을 듯 맹렬했다.

"말해보아라."

"아버지와 어머니가 그리되시고 황실은 물론이고 귀족회에서도 평해의 폐주에 대한 논란은 계속 있었던 걸로 압니다. 통제가 불가능한 계집이니 죽여 후환을 없애자는 쪽과 평해의 도력을 지닌 유일한 계승자니 어떻게든 살려 이용할 방도를 찾아야 한다는 쪽으로 나뉘었지요. 그 논란은 장왕이 전사한 후 극으로 치달았을 겁니다. 하지만 숙부님도, 할아버님도 그 일에 아무 의견도 아니 내셨지요."

기해는 평해왕족의 유일한 생존자다. 그럼에도 그녀를 아예 죽이는 방법이 거론된 것은 황야황실의 특수성에 있다.

흔히 땅주인의 격은 같다고 말한다. 오직 황제만이 모든 격을 초월하여 우월하다. 황족 또한 황제의 피를 이었으니 땅주인가문 위에 군림할 수 있다.

특히 평해와 황경의 관계는 특별하다. 태초에 아홉 천존이 황야를 만들 때 그 두 권역을 하나로 설계했다. 황야 전체를 보호하는 사주와 달리 평해는 오직 황경만을 보호한다. 평해왕족은 땅주인인 동시에 황가의 수호자였고, 황가가 제 수호자의 땅에 관여하기란 어려운 일이 아니었다. 정통한 계승자보다 결계의 위력은 떨어질지언정 황자 중 누구라도 섭정왕이 되어 평해의 기능을 유지할 수 있었다.

문제는 그 경우 평해 섭정왕의 권력이 비대해질 수 있다는 점이다. 게다가 평해왕족이 지닌 뛰어난 도력은 영영 잃어버리기엔 너무 아까웠다. 그렇게 여러 이해관계가 뒤엉켜 현북공가를 몰살시킨 평해 폐주의 죄는 철옥에 유폐되는 걸로 묻혔다.

"전부 알고 계셨던 것이지요?"

청동후는 순간 탄식을 삼켰다. 거두절미한 물음이었으나 무엇을 묻고자 하는지 알 수 있었다. 거짓으로 회피할 수 없고 기만으로 모른 체할 수도 없다.

"그렇다. 그 계집이 네 연이다."

스스로 내뱉으면서도 청동후는 놀랐다. 금제가 풀렸다. 아닐 걸 알면서도 섭성이 저를 떠보려고 수작 부리는 것이기를 바랐다. 천계에 관계된 것들은 흔히 금언술로 묶였으니 진실 알지 못하는 자 앞에선 말할 수 없다. 그러나 입이 열렸다. 섭성이 모든 걸 알게 되었다.

섭성이 착잡하게 웃었다.

"혹여 그녀가 죽으면 천연 잃은 죄로 제가 또 천열이라도 앓을까 차마 그녀를 제거해야 한다는 의견에 동조하지 못하셨군요. 고작 연이 꼬인 것만으로도 그리 죽을 듯이 앓았는데, 영영 잃어버리기라도 한다면 그땐 정말 돌이킬 수 없는 일이 생길까 봐 두려우셨겠지요. 그럼에도 원수를 살려두는 것이 타당하다 아뢸 수는 없어 침묵하는 쪽을 택하셨군요."

제 가족과 친우를 죽이고 제가 바라던 미래를 갈가리 찢어 진창에 처박은 자. 미워해 마지않으나 그 미움은 가치 없어서, 천추의 원한마저 마음 깊이 묻어야 했던 자. 그런 자가 하늘이 정해준 연이었다.

"네겐 너무 잔혹하지. 내게도 그러했다."

하나뿐인 여식을 죽인 자. 땅주인의 지위가 존엄하여 감히 복수할 수 없었고, 폐주 되어 철옥에 처박힌 뒤에는 하나 남은 외손의 천연인지라 복수할 수 없었다. 죽일 수도 살릴 수도 없는 원수 앞에서 늙은 땅주인의 가슴은 쉼 없이 문드러졌다.

"할아버지, 소손은 천연이란 것이 진저리납니다. 제 마음이 제 것이 아니고, 제 이성이 제 것이 아니며, 제 사랑이 또한 제 것이 아닙니다. 정신을 바짝 차리지 않으면 흐르지 말아야 할 곳으로 마음이 흘러요."

부모를 죽인 자다. 가족을 앗아간 자다. 평온한 삶과 꿈꾸던 미래를 빼앗겼다. 제 선택도 의지도 아닌 무언가 때문에 용서하고 용납하게 되는 결말은 끔찍하다.

"저는 꼭두각시가 아닙니다."

"섭아."

"할아버지는 소손을 아시지요. 저는 제 부모, 형제를 죽인 자를 제 의지도 선택도 아닌 고작 천연에 의해 용서하게 되는 상황을 견딜 수 없습니다."

설령 용서한다 해도, 이해한다 해도 그것은 오롯이 제 뜻이어야 한다. 그래야 숨 쉴 수 있다. 살아갈 수 있다.

청동후가 찻잔을 내려놓았다. 가만히 섭성을 바라보았다. 야윈 얼굴에 피곤한 기색이 역력하나 결의에 찬 눈빛만은 단호했다. 고집스럽게 다물린 입도, 흔들림 없는 눈동자도 모두 제 어미를 닮았다.

섭성은 다정하다. 사랑을 많이 받고 자라 사랑을 베풀 줄 알았다. 누군가를 미워하는 것보다 사랑하는 걸 더 쉬이 하는 아이다. 그런 아이가 말하는 미움이 오직 미움을 위한 미움일 리 없다.

그의 의지는 강인하다. 흔들리고 고개 숙일지언정 진정으로 뜻을 굽히지는 않는다. 벼랑 끝으로 내몰려도 살아나갈 길을 찾고 절벽 밑으로 떨어져도 기어이 살아남을 아이다.

그 다정하고 강한 아이는 제 뜻 아닌 것으로 원수를 용서하길 바라지 않는다. 천계의 꼭두각시 되어 천연에 휘둘리길 기다리지 않는다. 천연에 미혹돼 제 모든 의지를 잊어버리고 제 뜻인지 아닌지도 알 수 없는 용서를 그는 용납하지 않는다. 모두 오롯이 제 뜻으로. 그리 스스로 매듭지어야만 살아갈 수 있는 아이다. 그 고집을 익히 알고 있다.

청동후가 섭성을 눈에 담았다. 신중한 아이이니 천연을 끊어내기로 결심했다면 그 뒤의 일도 계획해두었을 것이다.

"어찌할 생각이냐?"

천연을 끊어내려면 천계에서 답을 찾아야 한다. 인간이 천계에 닿을 수 있는 방법은 천연 이루는 것뿐. 그러나 천연이 싫어 끊어내고자 하는 자에게 천연을 이루라 말하는 것은 어불성설이다.

그렇다고 요괴의 방식을 쓰는 것은 지나치게 위험하다. 애초에 그 방식으로 인간이 천인으로 거듭나는 게 불가능하기에 월선이 천연이란 샛길을 마련한 것이다.

"청동에 날개 없는 요괴가 타고 오르는 신목의 껍데기가 있지 않습니까? 그걸 오를 겁니다."

"그러려면 현북을 떠나야 할 것인데?"

"유가 훌륭히 자랐으니 제가 없는 동안 땅주인을 대리할 수 있을 겁니다. 다녀올 동안 유 혼자서도 충분하도록 대책을 강구해 둘 겁니다. 또한 평해의 폐주가 현북의 수호자를 자처하였으니, 어느 누가 현북을 위협하오리까?"

기어이 요괴의 방식으로 천계에 닿겠다는 섭성을 보는 청동후의 주름이 깊어졌다. 땅의 수호는 대리인을 통한다고 쳐도 문제가 남는다.

"하나 그 신목의 껍데기는 위치가 이미 실전되지 않았느냐? 요괴도 아주 오래 묵은 것들이 아니면 알지 못해."

태초에 삼계가 구분될 때 천계에 닿은 신목이 제 껍데기를 남겨 놓았다. 신목이 된 나무 요괴의 껍데기는 청동에 남아 끝 모르고 솟아 천계에 닿았다. 겁이 지나도 사라지지 않으니 오랫동안 하늘 길로 이용되었다. 그것은 날개 있는 것, 없는 것 구분 없이 자격만 된다면 천계에 닿을 수 있다는 희망이었다. 지금에 와서 황야의 결계가 굳건하니 웬만한 요괴는 감히 쳐다볼 수도 없는 곳이 되었겠지만.

"화선녀라는 요괴가 그 위치를 압니다."

청동후는 천계에 오르는 방법의 위험성에 대해 수천수만 가지

는 말할 수 있었다. 그러나 섭성의 뜻이 확고하니 수많은 걱정을
모두 삼켰다.

"그래, 하늘이 맺어준 연이니 오직 천계에서 끊어낼 수 있겠지.
그 천연을 끊고 싶어서 가는 것인데 월선의 천연을 이용하는 건 말
도 안 되지. 그것이 타당해. 한데 섭아."

섭성이 두 눈을 들었다. 청동후가 그와 시선을 마주했다.

"네 정녕 그것을 바라느냐?"

그 험한 길을 가려는 이유가 자명하다. 원수를 위해서. 그 원수
를 용서하고 싶어서.

"예. 바랍니다."

근심 어린 청동후를 향해 섭성이 부드럽게 웃어 보였다.

"소손, 비록 도력의 대부분을 잃었으나 치유력만은 쓸 만합니
다. 이 도력이 쉬지 않고 육신 구석구석을 순회하며 피로를 지우고
졸음을 내쫓고 상처를 회복시킵니다. 잠들지 않아도 살아갈 수 있
지요. 몸으로 견디고 버티는 것을 소손보다 잘하는 이는 단언컨대
없을 겁니다. 이것도 천계의 뜻이 아니겠습니까?"

청동후가 깊은 한숨을 내쉬었다.

"이 할아비가 무얼 도와주랴?"

"대사냥전에 참전할 수 있게 해주십시오."

"네가 직접 말이냐?"

"아시다시피 현북에 술사라곤 저와 제 후계자뿐입니다. 어린
후계자를 전장으로 내몰 수 없고, 술사가 극도로 적은 현북의 땅
주인인 제 참전을 폐하께서 허락하실 리 없습니다. 하지만 소손은

청동으로 가야 하고, 땅주인으로 묶여 있으니 주 경계를 벗어나기 위해서는 대사냥전에서 우승을 해야만 합니다. 우승자의 청은 역심만 아니라면 폐하께서 거부하실 수 없으니 제 청동행을 막지 못하실 겁니다."

대사냥전 우승자는 황제에게 청 올릴 자격을 얻는다. 그 자격을 바라서 매 대회마다 수많은 참가자들이 요괴사냥에 열을 올린다. 난다 긴다 하는 술사들을 제치고 우승하겠다고 호언장담하는 섭성을 청동후가 물끄러미 바라보았다. 애당초 가망이 없는 일을 하겠다고 무모히 덤비는 성정도 아니고 그럴 수 있는 상황도 아니다. 할 수 있다고 판단해서 시작한 길일 것이다.

"대사냥전 참전을 걸고 대전을 청할 것입니다. 폐하께서 불허하기 전 대전을 받아들여주세요. 한번 시작된 대전은 그 목적 이루기 전 중지될 수 없으니 폐하께선 소손의 참전을 허락하실 수밖에 없습니다."

"설령 참전한다 한들 우승이 쉽지는 않을 것인데?"

섭성이 빙긋이 웃었다.

"그 점은 염려 마세요. 모두가 소손을 약하다 비웃지만 그들은 틀렸습니다. 소손은 약하지도 않고 미련하지도 않고 무력하지도 않습니다. 소손은 잠들지 않아도 되는데 피붙이를 전부 잃고서 그 긴 하루 내내 놀고먹기만 했겠습니까?"

섭성의 하루는 길다. 잠들 수 없고 휴식도 필요 없다. 원한다면 몸 상태를 항시 최고로 유지할 수도 있다. 그것이 죄 같아서, 제 육신 편해지는 것을 견딜 수 없어서 벌 내리듯 피로를 누적시켜왔지만, 쓰러질 지경으로 몸을 혹사시키면 도력은 어김없이 그의 몸을 치유했다. 그의 의사와 상관없이 그의 육신은 늘 살아 있기 위해 발버둥 쳤다.

"확실히 소손이 요괴대군과 맞서는 건 무리가 있지요. 상성이 맞지 않으니까요. 그래서 지금껏 땅백성이 죽어나가는 걸 알면서도 안전한 결계 안에 틀어박혀 있었습니다. 그러나 사냥전에서 상대하게 될 것들은 패퇴하고 남은 잔당입니다. 한 번에 상대해야 할 수는 기껏해야 수백. 평해의 폐주처럼 요괴대군을 학살할 수 있는 도력은 필요치 않아요. 쉬지 않고 움직일 의지와 체력이면 충분합니다. 각개격파를 소손보다 잘할 술사는 없습니다."

청동후가 마지못해 고개를 끄덕였다. 고집스러운 섭성은 제가 가고자 하는 곳이 나락이라면 주변에서 뜯어말려도 기어이 나락으로 갈 것이고, 가고자 하는 곳이 저 높은 구름 위의 세상이라면 그 앞에 드러누워 간청해도 반드시 천계로 갈 것이다.

"알겠다. 네 뜻대로 해주마."

"약조하신 겁니다."

섭성이 청동후의 손을 꼭 붙잡았다. 청동후는 장성한 아이를 바라보았다. 그의 마음속 섭성은 언제나 어렸다. 늘 보듬어주고 싶었다. 그러나 시간은 속절없이 흘러서 그 여렸던 아이는 온데간데 없다. 어른의 품을 벗어난 아이는 나비처럼 저 멀리 날아가버렸다.

"약조하마."

청동후가 섭성의 손을 단단히 맞잡았다.

그는 흔들리고 무너져도 기어코 다시 일어나니 그 어떤 것도 그를 막지 못하리. 천계도 나락도 그에게 두려움 될 수 없으리.

섭성은 밖으로 나와 걸었다. 청동후 앞에서 자신만만하게 굴었지만 속내는 복잡했다. 제 여식을 죽인 원수와의 관계를 매듭짓고 싶어서 기어이 지옥길에 뛰어들겠다는 외손을 청동후가 어떤 마음으로 이해해주었을지 알 수 없었다. 불효의 죄가 깊으니 탄식이 가슴 깊이 갇혔다.

문득 섭성이 걸음을 멈추었다. 낯선 아이가 지척에 서 있었다. 평범하고 순박해서 존재감 미약한 아이. 코앞에 이르러서야 그 존재를 깨달았다. 청동후의 행렬에 섞여 있던 것을 본 기억이 어렴풋이 난다.

"현북공 나리를 뵈옵니다."

"청동에서 온 아이로구나. 이름이 무엇이더냐?"

"현우……. 현우라 하옵니다."

현우가 작은 목소리로 대답했다. 섭성이 다정히 웃었다. 평것에게 땅주인은 대하기 어려운 상대다. 괜히 더 말 붙여 불편하게 만들고 싶지 않았다.

"그래, 현우야. 청동후를 잘 보필해다오."

"예, 나리."

현우가 공손히 고개 숙였다. 섭성은 그 옆을 지나쳐갔다. 한 걸음, 두 걸음, 세 걸음. 무심코 걸어가다 멈추어 뒤돌아섰다. 어느새 제어 풀린 두 눈에 도력이 모여들었다. 흩날리는 온갖 연들 속 현우라 이름 밝힌 아이는 혼자였다. 그 어떤 자와도 연 맺어지지 않은 아이가 멀어졌다.

第七章

황실 오괴대 사냥꾼

一

　대사냥전 참여 행렬이 하나둘 모여들었다. 그 규모가 어마어마하니 땅주인이 친히 오지 않았다 한들 아무도 그들이 무성의하다고 책잡지 못할 것이다. 오색천막이 다섯 개의 권역으로 나뉘어 설치됐다. 현북공부는 대사냥전이 열리는 동안 행궁으로 쓰이게 될 것이다.

　현북은 최근 몇 해간 없던 소란과 흥분으로 들썩였다. 하늘이 높고 푸르니 과연 활기 넘쳤다.

　수백의 귀객을 맞이해야 하는 공부의 사람들은 정신없이 바빴다. 갑작스러운 행사에도 불구하고 준비는 순조로웠다. 황제의 친행에 그 그림자 한번 보겠다고 윗것부터 아랫것까지 모두가 아우성이었다.

　현북의 성문 밖. 사주의 대표자와 수행인들이 도열했다. 먼저 도착한 전령이 황제의 행렬이 코앞까지 왔음을 알려주었다. 이윽고 멀리서 뿔피리 소리가 올랐다. 선두는 모두가 들을 수 있도록 크게 나팔을 불었다.

　뿌우우, 뿌우.

　"황제 폐하 납시오! 황제 폐하 납시오!"

기다리고 있던 이들이 일제히 무릎 꿇고 엎드렸다.

"황제 폐하 만세, 만세, 만만세! 황제 폐하 만세, 만세, 만만세!"

다가오는 발굽 소리가 우렁찬 연호와 뒤섞였다.

"모두 고개를 들라."

소란 속에서도 황제의 음성은 또렷했다. 바로 곁에서 속삭이듯 귀에 닿는 용음은 명백히 도력을 품고 있다. 연호가 일제히 뚝 끊겼다. 모두가 동시에 고개를 들었다. 현북공 양섭성은 앞으로 걸어가 길게 엎드렸다.

"소신, 현북의 양섭성. 만물의 주인이신 폐하를 뵈옵니다. 홍복을 누리시옵소서!"

황제의 시선이 양섭성에게 머물렀다. 땅주인 중 가장 무력하다 평받는, 어린 나이에 가족 모두를 잃고 버텨온 북쪽의 주인.

황제는 세간의 평을 속으로 비웃었다. 도저히 두 눈 달린 것들의 평이라 생각할 수 없었다. 현북공 양섭성은 약하지 않다. 검은색 정복에 가려진 육신은 단련되었고 어떤 고난에도 굴종하지 않는 의지는 황야의 누구보다도 강인하다. 그 무엇도 그를 무너뜨리지 못하고 절망에 잡아먹히게 할 수 없다. 언제나 길을 찾아 걷는 현북의 땅주인은 만약 길이 없다면 길을 만들어서라도 나아갈 것이다.

"현북공 양섭성은 일어나 짐을 받들라."

섭성이 고개를 들었다. 그의 시선이 황제의 것과 마주쳤다. 황제가 섭성을 보듯 섭성도 황제를 보았다. 심연 꿰뚫듯 서늘한 안광. 황야인이라 보기 힘든 짙은 살갗과 바다를 닮은 벽안. 천상의 것을 꼭 빼닮았다 전해지는 황제의 외양은 마주하는 것만으로도 경이로웠다.

황제, 권운.

제국의 전무후무한 태황자. 어미의 출신조차 알 수 없는데 어느 날 갑자기 나타나 태황자가 되었다가, 다시 황태자로 책봉된 자. 황야의 황실이 제아무리 적서의 차를 두지 않는다 한들 황궁도 아닌 다른 곳에서 태어난 자가 황자로 인정받고 태자위에 오른 적은 없었다.

그러나 오직 황족에게만 허락된 천상의 외양에, 다른 어떤 황자도 비견 못 할 만한 강한 도력을 지녔으니 종래엔 아무도 그의 책봉을 반대하지 못했다. 세간에는 그가 지상의 존재가 아닐지도 모른다는 풍문마저 떠돌았다.

그것이 단지 풍문이었을까. 섭성은 의문을 삼켰다.

"현북공은 짐을 받들 종복을 골라 보내라. 조용하고 입 무거우며 눈에 띄지 않는 자가 좋을 것이다. 계집은 필요 없다. 그 누구도 짐에게 계집을 바치지 말라 일러라."

"명 받들겠나이다."

머릿속으로 적당한 후보 몇을 추린 섭성이 고개 조아렸다.

해는 환영인파의 맨 앞줄에 앉아 있었다. 폐주라 하나 평해의 유일한 계승자. 황제가 왔다는데 감히 시건방지게 처소에 틀어박혀 있을 수는 없었다. 그녀는 현북의 손님이니 그녀의 결례는 곧 양섭성의 흠이 될 터였다.

황제의 시선은 양섭성에게, 그리고 그 너머의 누군가에게 고정되었다. 인파를 헤집어 황제의 시선이 고정된 자를 보았다.

'견이?'

털어내지 못한 찌꺼기처럼 의문 남긴 자. 영과 다른 얼굴을 하고 같은 말을 하는 자.

만약을 생각한다. 있을 수 없는 일이라 여기면서도 그 있을 수 없는 일이 일어났을 가능성을 고려한다. 모든 불가한 것이 마음에 걸려 서걱거렸다. 의문은 볏짚에 튄 불씨처럼 모든 것을 집어삼켰다.

황제가 떠나는 것을 본 해는 조용히 일어났다. 아무도 눈치채지 못하게 인파로부터 빠져나왔다.

"모르겠다, 영아. 정녕 모르겠어."

네 정말 죽은 것이 맞느냐? 너를 닮은 그 아이. 익숙한 뒷모습, 말투, 표정, 손짓. 그것이 뜻하는 바가 무엇이지? 네 죽지 않았다면 왜 죽음을 가장했지? 무엇을 바라서? 무엇을 원해서?

견을 붙들고 물어도 답은 들을 수 없을 것이다. 해답은 황궁에 있다. 영존으로 가 영의 주검과 마주해야 한다. 당초 황제의 허락 없이 영존으로 갈 수 없어서, 차마 양섭성에게 황궁에 가게 도와달라 청할 염치 없어서 잠시 미뤄두었던 일. 하지만 지금 황제는 현북에 있고 황궁은 텅 비었다. 영의 주검을 살필 기회라면 바로 지금이다.

어둠 담은 눈동자가 번뜩였다. 새하얀 도력이 해를 휘감았다.

살생 이외의 주술은 잘 다루지 못한다. 도력 운용의 효율이 형편없이 떨어진다. 그러나 황제 없는 황궁의 경비는 경계할 바 못 되니 이 정도 낭비는 괜찮을 것이다.

해는 황궁을 향해 날듯이 쏘아져 나갔다.

※ · ※

주인 황제가 현북으로 왔다. 어린 까마귀 요괴는 마땅히 주인 곁으로 가야 했다.

'아파!'

공부 근처로 날아갔다가 깨질 듯한 통증에 놀라 물러나기를 수십 번 반복했다. 이마 아래 숨겨둔 뿔이 자꾸만 튀어올랐다. 뿔이 이리 말을 안 듣기는 또 처음이라 눈물이 찔끔 나왔다.

– 돌려다오. 내 육신을 돌려다오.

거기다가 이젠 환청까지 들린다. 아픈 것도 헛소리가 들리는 것도 모두 무서워서 묵오는 공부에서 멀찍이 떨어진 나무에 내려앉았다.

'대체 왜……'

이상증세는 나락에서 돌아온 날부터 시작되었다. 며칠 고생한 끝에 원인이 공부와의 거리라는 걸 알았다. 더 정확히는 공부에 있는 누군가 때문이겠지만, 그 누군가가 누구인지는 생각하고 싶지 않았다. 황제는 공부에 있고 정체 모를 통증의 원인자 또한 공부에 있으니 묵오는 주인의 곁으로 갈 수가 없었다. 까만 날개로 아픈 이마나 어루만졌다.

"묵오?"

묵오가 바짝 고개 들었다. 이래하였다. 반가운 얼굴을 보자 왈칵 울음이 나왔다. 얼른 인간화한 그가 폴짝 뛰어내려 이래하의 품에 안겼다.

"래하 소저!"

"뭐, 뭐야?"

당황해서 말을 더듬거리던 이래하는 묵오의 눈물을 보고 심각한 표정이 되었다. 그러잖아도 공부 주변을 맴돌기만 하고 내려오지 않는 묵오가 걱정돼 따라온 참이었다. 귀찮다고 밀어내도 틈만 나면 제게 찾아와 조잘거리던 까마귀가 통 오지 않으니 허전하기도 했고.

"너, 왜 그래? 무슨 일 있었어?"

"엉엉. 래하 소저. 소저, 소오는 어찌하면 좋소? 엉엉."

주인에게 가야 하는데 갈 수 없어 우왕좌왕하던 까마귀는 참았던 울음을 엉엉 터트렸다. 이래하를 보자 더럭 안심이 되어 애써 모른 체해온 불안이 폭포수처럼 쏟아져 내렸다.

제 품에 매달려 대성통곡을 하는 묵오의 등을 이래하가 어색한 손길로 다독였다. 까마귀가 아니라 맹금류라고 해도 믿을 법한 육 척 장신의 요괴가 아이처럼 우는 게 무척 곤혹스러웠다.

"누가 괴롭혔어? 까마귀라고 무시해? 다 말해봐. 응?"

"이마가 자꾸 아프오. 뿔이 튀어나갈 것만 같소. 이 뿔이 없으면 소오는…… 소오는…… 엉엉."

이래하는 무서워서 주인 황제에게 갈 수가 없다느니, 자기는 형편없는 권속이라느니, 나락에 처박혀 갈기갈기 뜯어 먹혀야 한다느니 횡설수설하는 묵오의 말을 가만히 정리했다. 두서없는 이야기 중 한 단어에 주목했다.

"뿔?"

까마귀는 뿔이 없다. 따라서 조상 중 뿔 있는 요괴가 있거나 다른 요괴의 뿔을 빼앗은 경우가 아니라면, 까마귀 요괴 역시 뿔이 있을 수가 없다. 묵오는 나락이 아닌 지상에서 스스로 영물 된 까마귀다. 순혈의 까마귀란 뜻이다.

"네게 어떻게 뿔이 있어?"

혹시 뿔 달린 요괴의 것을 빼앗았나? 이 울보가?

이래하의 옷자락에 눈물을 열심히 문지른 묵오가 발그레해진 눈을 들었다.

"저 그게, 음, 주웠소."

"주워? 무슨 뿔을?"

사슴 요괴나 물소 요괴, 아니면 산양 요괴 따위의 초식 요괴 뿔을 주웠나?

이래하는 열심히 머리를 굴렸다. 묵오의 말을 이해하려고 애썼다. 하지만 아무리 생각해도 말이 안 된다. 요괴의 뿔엔 많게는 반절 이상의 요력이 담긴다. 아무리 멍청한 요괴라도 흘리고 다닐 리가 없다.

믿지 못하겠다는 이래하의 눈빛을 알아챘는지 묵오가 이마를 톡톡 건드렸다. 묵오의 동그란 이마 아래 숨어 있던 뿔이 서서히 모습을 드러냈다. 이래하의 두 눈이 휘둥그레졌다. 숨이 턱 막혔다.

"뭐야, 이게……."

절대 사슴뿔도 소뿔도 양뿔도 아니다. 그런 잡요괴의 뿔이 아니다.

이것은 용의 것이다. 온 팔뚝에 소름이 돋는다.

"그 뿔 어디서 났어?"

이래하가 다그치듯 물었다. 어깨를 움츠린 묵오가 그녀의 눈치를 살피며 고개를 저었다.

"기억 안 나오."

"기억이 안 나? 어떻게 기억이 안 날 수가 있어?"

"그야 그땐 평범한 까마귀였으……."

묵오가 소심하게 무어라고 중얼거렸지만 이래하는 더 듣지 않았다. 평범한 까마귀 어쩌고 한 순간 답은 결정됐다. 용뿔은 절대 흔하지 않고 나락에서 돌아온 날 이래하는 쌍뿔의 용과 대치하던 외뿔의 용을 보았다.

하얗게 빛나던 그 신비로운 요괴. 평해 폐주의 유일한 권속이었던 자, 백리. 그의 뿔은 왼쪽으로 치우쳐 돋아났다. 오른쪽은 마치 다른 뿔을 위해 비워둔 듯이. 이 뿔의 주인은 그가 분명하다.

요괴는 힘을 탐한다. 이지 없는 요괴는 특히 더 그렇다. 미물로 전락한 백리는 제 뿔을 되찾기를 원할 것이고, 뿔 또한 제 주인에게 돌아가길 원할 것이다. 묵오는 뿔을 잠깐 맡아둔 금고에 불과했다.

겨우 백 살 난 주제에, 귀족급 요괴도 아니고 지상에서 태어났으면서 묵오가 일찍이 말을 깨칠 수 있었던 까닭을 이제야 알겠다. 필시 용뿔 때문이다.

뿔 잃으면 묵오는 평범한 까마귀로 되돌아갈 것이다. 진작 영물 되었으니 언젠가 이지 얻겠지만, 아주 오래 걸릴 것이다.

그리고 그날에 이래하는 이미 죽고 없을 터. 반인반요의 육신은 먼지 되고 풀 되어 흩어지고, 혼백은 윤회의 굴레에 처박혀 모두 망각한 후이겠지.

이래하는 겁먹은 묵오의 눈동자를 빤히 바라보았다. 잠깐 스쳐 지나갈 연이었는데, 그 연을 끈질기게 붙잡고 따라온 까마귀였다. 잘 알지도 모르면서 화선녀에게 덤벼들어 그녀를 구해준 까마귀였고, 돌아온 후로도 두 눈을 반짝이며 계속 따라다녀 이래하를 귀찮게도, 즐겁게도 만든 까마귀였다.

그가 평범한 까마귀 되어 그녀를 잊는다. 더는 찾아와 재잘거리지 않고 곁을 맴돌지도 않는다. 그 미래를 상상하니 심장이 쿵 내려앉았다.

"나와 약속해."

입이 제멋대로 열렸다.

"약속?"

"공부 근처에 얼씬거리지도 마. 폐주 눈에, 백리 눈에 절대로 띄지 마."

"하지만 주인 황제가······."

"어차피 황제는 널 찾지도 않아! 네가 날아다니는 걸 분명 봤을 텐데 부르지도 않았잖아?"

"어, 그렇긴 하지만……."

"하지만, 하지만, 하지만! 내 말에 토 좀 그만 달아! 이지 없는 하등한 까마귀로 돌아가고 싶어서 그래?"

이래하가 닦아세웠다. 놀란 묵오가 딸꾹질했다.

"하지, 딸꾹. 아니, 그렇지만, 딸꾹."

폐주의 동향 어쩌고 중얼거리던 묵오의 목소리가 점점 작아졌다. 잔뜩 풀 죽은 까마귀가 조심스럽게 제 뿔을 매만졌다.

"저, 래하 소저. 혹 이 뿔이……."

"그래, 이 바보야! 틀림없이 백리 님 것이겠지. 하늘에서 용뿔이 떨어지는 게 흔한 일은 아니잖아. 게다가 시기도 딱 맞아."

이래하가 심각하게 말하자 묵오의 표정도 덩달아 심각해졌다. 하지만, 이라고 토 달려던 묵오는 퍼뜩 이래하의 눈치를 살피고는 얼른 그렇지만, 으로 바꾸어 토 달았다.

"그렇지만 백리라면 일전에 만난 적 있소. 이 뿔이 그의 것이라면 그때 알았을 것인데, 왜 가져가지 않았겠소?"

"상황이 달라졌어. 그때는 가져가지 않을 사정이 있었겠지만 지금 그는 이지 없으니 그깟 사정 따위 알 게 무어야?"

확실히 일리 있는 말이었다. 사리분별 없는 요괴의 마음속엔 요력을 쌓고자 하는 욕망만 남는다. 백리가 뿔을 되찾고자 한다면 묵오는 그를 뿌리치지 못할 것이다. 이 뿔조차 진짜 주인을 간절히 바라고 있으니까.

입술을 꾹 깨문 채 고개 숙인 묵오가 두 눈을 질끈 감았다. 그 와중에도 '돌려다오, 내 육신을 돌려다오.' 하는 뿔의 목소리는 계속 들려왔다. 그 간절한 목소리를 못 들은 척했다.

묵오는 이지 없던 시절을 떠올려보았다. 인간화를 깨치기 전 어찌 살아왔는지 기억해보려고 애썼다.

아무것도. 정녕 아무것도 기억나지 않는다.

가득한 것은 창백한 공백. 기쁨, 슬픔, 고통, 행복. 그 무엇도 없는 나날. 본능대로 먹고 달아나고 숨고 잠드는 무의미한 시간의 반복.

뿔을 빼앗기면 그때로 되돌아가게 된다. 전부 잊게 될 것이다.

이 기쁘고 슬프고 무섭고 화나며 행복한 충만감. 흔적 없이 스러지겠지.

"싫소, 래하 소저. 그건 정말 싫단 말이오."

왈칵, 멈추었던 울음이 재차 터졌다.

이제 와 되찾아갈 것이라면 애초에 잃어버리지 말았어야지. 이리 빼앗으려 들 것이면 처음 만난 그날 도로 가져갔어야지.

"그래, 알아. 괜찮아. 다 괜찮아."

엉엉 우는 묵오의 등을 이래하가 다독였다.

"대사냥전이 시작되면 아예 결계 밖에 나가 있자. 오라버니께 부탁해볼게. 폐주나 백리 님은 밖으로 나가지 못할 테니 그곳에 있으면 안전할 거야. 대사냥전이 끝나고 황제가 환궁할 때 합류해. 알겠지?"

묵오는 정신없이 고개를 끄덕였다. 그러는 와중에도 줄곧 뿔의 목소리를 들었다. 돌려다오, 돌려다오, 내 육신을 돌려다오. 천계

를 떠받들고 나락을 붙잡아 천변을 늦추어야 하느니……. 뜻 모
를 말들이 머릿속 가득 흘러넘쳤다.

❄ • ❄

현북공이 쓸 만한 종복 몇을 골라 보냈다.

대사냥전은 대규모로 술사가 참석하는 만큼 황가는 궁인을 대
동했다. 그러나 금번엔 준비시간이 짧아 많은 인원을 끌고 오기 어
려웠다. 하여 황제는 최소한의 수행원만 거느리기로 했다.

애초에 황제 권운은 궁인을 주렁주렁 달고 다니는 것을 무척 싫
어했다. 그 자체로 황야에서 제일가는 술사이니 암살조차 불가했
다. 습격을 받는다면 오히려 그의 수행원들이 그의 보호를 받아야
할 처지였다. 결국 역사상 가장 단출한 행렬이 꾸려졌다. 아무도
황제의 뜻을 꺾지 못했다.

황제는 현북공이 보낸 종복들을 둘러보았다. 면면이 순박하고
신중해 보였다. 황제는 그중 한 아이만 남기고 모두 돌려보냈다.

돌아간 사내종 중 몇몇은 여인을 바치지 말라던 황제가 평범한
사내종 하나를 남겨두는 것을 기이하게 여길 것이다. 그 의구심은
두 밤만 지나면 황제께서 남색이더라 하는 소문으로 변질되어 널
리 퍼질 터. 황제는 개의치 않았다.

"고개 들어라."

사내종이 주저하듯 고개 들었다. 어디에나 잘 스며들 만큼 평범
한 얼굴이었다. 그가 어디에 끼어 있든 아무도 이질감 느끼지 못할

것이다. 잘 만들어진 육신이다. 아주 공들여 깎아낸 인형이다.

"얼굴이 많이 상했구나."

"무슨 뜻으로 하시는 말씀인지 모르겠사옵니다."

"황궁으로 빈껍데기를 보내놓고 정녕 내 모를 것이라 여겨 시치미를 떼는 것이냐?"

사내종이 살짝 콧등을 찡그렸다. 불손한 눈빛이 황제에게 꽂혔다.

"영아."

"그리 부르지 마세요."

그가 차갑게 대꾸했다.

"대사냥전은 본디 형님의 관할. 대부분의 어리석은 인간은 몰라도 그중 영특한 몇몇은 틀림없이 알아챌 겁니다. 천계가 대가 없이 대사냥전을 앞당겨주었을 리 없지요. 금회의 이 예외가 허락된 까닭에 의문을 품겠지요. 그리되어 형님께 득 될 것이 없습니다."

"시간이 얼마 남지 않았다."

날카롭게 쏘아붙이던 사내가 냉소했다.

"그래서요?"

"이곳에 와야 했다."

"무엇을 위해서요?"

"영아."

"그 이름으로 부르지 말라고 했을 텐데요."

잘 깎인 조각처럼 아름다운 용안이 허물어졌다. 안타까움과 답답함, 그 모든 감정이 휘몰아친 용안에 체념이 스쳤다.

"그래요, 형님께서 황제 행세를 하는 한 형님도 자유롭진 못하겠지요. 천계의 눈이 형님의 일거수일투족을 지켜볼 테니 그 눈을 피해 이 죄 많은 아우를 찾으려면 꼼수가 필요했을 겁니다. 어떻게든 모든 질서가 무너지기 전 소제를 상천계로 데려갈 궁리만 하셨겠지요. 결국엔 무리인 걸 알면서도 대사냥전을 앞당기셨을 겁니다. 형님의 보살핌, 필요 없다고 몇 번을 말씀드렸습니다. 몇백 번, 몇천 번! 셀 수도 없이 많은 생 동안 말씀드리고 또 말씀드렸습니다. 얼마나 더 반복해야 합니까? 더 반복할 시간도 없지 않습니까?"

원망은 잘 벼려진 칼과 같다. 몇 마디 나누는 것만으로도 마음은 넝마가 된다. 오래된 원망 앞에서 황제는 죄인 되었다.

"천계엔 네게 분노한 것들이 많다. 네가 질서를 무너뜨리고 자신들을 나락에 처박았다고 여기겠지. 그 분노를 지금의 너는 감당 못 할 것이다."

"그리 걱정이 되면 애초에 소제를 이곳에 보내지 말고 억지로라도 끌고 돌아가셨어야지요. 황궁에 있을 적 기회는 얼마든지 있었습니다. 백리의 뿔을 설마 장식으로 챙겨둔 것은 아닐 테지요. 하늘문의 열쇠를 곁에 두고도 형님은 아무것도 안 하셨습니다. 그런데 그 많은 기회를 모두 놓아버리고 이제 와서요? 설마 소제가 알겠다, 하고 넙죽 따라가겠습니까? 참 미련도 하십니다."

황제를 노려보는 두 눈에 경멸이 어렸다.

"소제는 저 위의 것들이 두렵지 않습니다. 억겁을 이어온 안온에 부패한 자들입니다. 그 나약한 것들은 소제를 막지 못해요. 형님께서 소제에게 조금이라도 미안한 마음이 있다면, 그 마음의 티끌이라도 진심이라면 더 이상 관여하지…….”

냉랭히 말을 쏟아내던 사내가 순간 입을 다물었다. 남쪽으로 고개를 돌렸다. 황제도 남쪽을 응시했다. 현북의 결계 안에 있던 기해가 밖으로 빠져나가는 것이 느껴졌다.

“그 애가 너를 인식했느냐?”

“천치가 아니니까요.”

짧은 대답에 황제는 탄식했다.

“너를 원망하게 될 터인데.”

사내는 입매를 늘였다.

“원망이라도 그 혼백에 새겨진다면 더 바랄 것이 없겠군요.”

그가 오랜 세월 매달리고 갈망해도 해는 기억하지 못했다. 그녀의 혼백에 남는 것은 이루지 못한 천연을 향한 애틋함뿐. 모든 것을 퍼부어도 결코 돌아보지 않는 이를 바라는 것은 고통스러웠다.

“정녕 멈출 수 없는 것이냐?”

사내가 날카롭게 비웃었다.

“형님도 이젠 정말 늙으셨나 봅니다. 말도 안 되는 소릴 하시는 걸 보니. 몸종이 필요하면 설렁줄이나 당기세요. 수발은 들어드리지요.”

그가 돌아섰다.

“영아.”

걸어가던 사내가 잠시 멈추어 황제를 쏘아보았다.

“소인, 견이라고 합니다. 모든 것을 보지요. 보지 말아야 할 것들까지, 전부."

못마땅한 말투로 정정한 견이 다시 등 돌려 멀어졌다. 황제가 손 뻗었으나 그는 신기루처럼 잡히지 않았다.

보이면 갖고 싶어지는 것을 어찌합니까, 그가 머물렀던 자리에 소리 되지 못한 한만 남았다.

황제는 손을 들었다. 빛이 투영되는 그 손을 한참이나 들여다보았다.

저버린 것에서 태어난 아우다. 두 번 버릴 수는 없었다. 아우가 바라선 안 되는 것을 탐낸 이래로 쭉 천계의 법도를 어기면서까지 온 애정을 쏟아 비호하였다. 백리가 아우를 인식하지 못하도록 손썼다. 아우를 위협할 것들의 눈에 휘장을 쳤다. 그것은 인간에게도 영향 끼쳐 황야의 모두가 장왕 권영을 존재감 없는 황자 중 하나로만 인식했다. 그 존재감 미미한 황자에게 평해의 기해가 목매는 이유를 납득하지 못했을 것이다.

그렇게 제 아우를 감싸는 동안 황제는 많은 죄를 지었다. 죄는 층층이 쌓여 그를 좀먹었다.

숨을 고르며 안정을 취하자 흐릿해졌던 손이 다시 원래대로 되돌아왔다. 시간이 많지 않았다.

"균형 무너지는 속도가 너무 빨라. 네가 그토록 갈망한 순간이 지척이구나."

그리고 그날은 그가 제 아우를 지키는 마지막 날이 되리.

지난 상승은 백리의 개입만 없었다면 천하가 전복되었을 정도로 위험했다. 다음번 상승이 시작된다면 백리도 없는 황야는 청유의 공격을 막아내지 못할 것이다. 나락왕의 딸로서 다음 세대 용신으로 추앙된 청유는 제 추종자를 이끌고 부패한 천계를 끝내 몰락시킬 터.

해와 함께 천인 되어 천계에 입성하길 원하는 그의 아우는 천하가 전복되기 전 이 기나긴 악연을 매듭짓고자 할 것이다. 그 긴 세월에도 불구하고 천연 맺지 못한 자들은 역천의 대죄인 되어 영영 천인의 자격을 박탈당하니 그것만은 그도 바라지 않을 테니까.

"이 어리석은 것."

영겁을 그리 애타게, 간절하게 해를 바랐다. 오직 그 영혼을 갈망했다. 거부당하고 죽고 다시 태어나 또다시 거부당하면서도 그 사랑을 갈구했다. 불구덩이인 것을 알면서도 뛰어들었고, 제 모든 것이 타버려 재가 되도록 처절히 매달렸다. 천연 뛰어넘어 그 계집을 얻길 원했고, 천연 빼앗을 힘을 얻게 되니 그 천연이라도 가로채길 택하였다.

아우의 집착은 이해를 아득히 벗어났으나, 차마 놓을 수 없었다.

장왕 권영. 황제의 아우이며 분신이었던 자. 그릇된 방법으로 태어나 내처 거부당해온 저 천상의 가장 어두운 면. 그 하염없는 집착이 가엾다.

"모든 것을 보는 견이라······."

바라고 바라다가 종래엔 천연마저 어그러뜨린 그 죄는 결국 나의 것이겠지. 그것은 곧 우리의 죄가 되겠지. 절대 용서받지 못하겠지.

황제가 두 눈을 감았다. 푸른 눈동자가 눈꺼풀 뒤에 잠겼다.

견은 천천히 거닐었다. 차가운 바람과 상쾌한 풀냄새는 그를 현실에 붙들어두지 못했다. 머릿속에서 아득한 세월이 두서없이 뒤엉켜 흘렀다. 망각하지 못한 시간이 켜켜이 쌓여 그를 집어삼켰다.

천계의 일원인 것이, 천존 이효의 아우인 것이 자랑이던 때가 있었다. 형님이 좋아서 종일 붙어 있고 싶던 때가 분명 있었다.

무언가 잘못되었다는 것을 깨달은 것은 아주 사소한 어느 날.

그날의 이효는 오랜만에 쉬고 있었고 견은 외출했다. 반쪽이라는 경멸이 뒤따라왔다. 이효와 있을 때는 단 한 번도 받아본 적 없는 멸시였다.

다음은 단 한 번도 느껴본 적 없는 허무와 질투였다. 발 딛는 곳곳마다 무의미했고, 눈에 보이는 면면마다 갖고 싶어 미칠 것 같았다.

천존이 버린 허무와 질투의 찌꺼기에서 태어난 가짜.

그 경멸의 의미를 뒤늦게 알았다. 형제의 곁에 있으면 느낄 수 없었던 더러운 감정만이 견의 것이었다. 형제의 그림자를 벗어나면 허무와 질투 외의 무엇도 느낄 수가 없었다. 그 역겹고도 비참한 마음이 그의 근간이었다.

그는 진짜 천인이 아니었다.

천계에 속해 있되 그 무엇도 아니었다.

혼란스러워 어찌할 바 모르던 때에 지상을 보았다. 반짝이던 영혼. 깨끗하고 강인했던 계집. 한순간 눈에 박힌 그녀를 갖고 싶었다. 그래야 제 존재에 의미 생길 것 같았다.

'갖고 싶어. 저 아이를 갖고 싶어. 저 아이를 가질 거야. 나 아닌 누구도 저 아이를 갖지 못해. 용서 못 해.'

바로 지상으로 가 그 아이를 향해 손 내뻗었다. 눈먼 사내가 끼어들어 그 손을 쳐냈다.

'감히 날 방해해? 그 계집을 빼앗으려고? 그렇게는 못 해. 영원한 고통에 저박아주마!'

질투에 눈멀었다. 이성은 이미 없었다. 애초에 그 이성이란 것은 견의 것이 아니었다. 공들여 나락왕을 깨워 눈먼 사내를 죽였다. 끝없는 윤회구의 시작이었다.

"마지막만 남았습니다, 형님. 해는 궁지에 몰렸으니 선택을 하겠지요. 그녀가 마침내 천연을 거부하고 양섭성을 해한다면 그 자체로 소제의 승리가 될 것이오, 설령 그녀가 천연에 홀려 양섭성을 택한들 이제는 상관없어요. 천연조차 빼앗을 수 있게 되었으니까."

견이 손 뻗었다. 너울거리는 붉은 선이 붙잡았다. 세상 무엇보다 눈부신 것. 지난 생까지는 천연 빼앗을 방도가 없어서 둘의 천연을 끊어낼 방법만 생각했다.

하지만 이 생은 달랐다. 망각하지 못하는 삶을 무수히 반복하는 동안, 해를 갈망하는 마음은 점점 더 강렬해졌다. 염원이 겹겹이 쌓여 하늘에 닿았을까. 월선의 천연에 개입할 수 있는 힘을 얻었다.

몇 번이고 지상에서 천연을 끊어내려 애썼다. 번번이 실패한 뒤에야 지상에선 천연을 꼬아놓는 게 고작이라는 걸 알았다. 월선궁으로 가 직접 천연을 끊어내고 가로채 제 것으로 삼겠다. 그럼 천존 월선의 보증 하에 해는 영겁토록 그의 것이 되고, 그에 더해 그는 천연 이루어 진짜 천인이 될 테니.

"아무도 소제를 반쪽이라 경멸하지 못하고, 그 어떤 허무도 질투도 소제를 사로잡지 못할 겁니다."

천신이 통치하는 가장 완벽한 세상, 천계. 구름 위에 존재하는 그 세상엔 어떤 존재보다 우월한 천인과 신수가 산다. 그곳의 존재는 늙지 않고 병들지 않으며 죽지 않는다. 생로병사가 지상의 법칙이라면 영원불멸이 천계의 법칙. 견은 영겁 동안 해와 함께 천계를 누릴 것이다.

"이제 정말 다 왔어요."

오직 그녀 하나 갖고 싶어 긴 시간 헤매었다. 버려지고 거부당하고 부정당하면서도 놓지 않았다. 어리석고 잔인하다 해도 별수 없다.

"한 발만 더. 딱 한 발만 더 가면 됩니다."

푸르게 변한 눈동자가 번뜩였다.

二

대사냥전 참여 희망자가 모두 모였다. 금일, 각 대표자는 황제께 명단을 바치고 참전을 허락받는다. 사주의 대표뿐 아니라 권역이 없는 귀족들도 마찬가지다.

황제는 상좌에 앉았다. 그가 앉은 곳은 어디든 용좌가 되었다. 압도적 존재감이 뿜어져 나왔다. 신료들은 도열한 채 연호했다.

"황제 폐하 만세, 만세, 만만세! 홍복을 누리시옵소서!"

청동후가 가장 먼저 나섰다.

"소신 청동의 명우현, 대사냥전 참전을 아룁니다. 윤허해주시옵소서!"

환관이 명단을 황제에게 전달했다.

"윤허한다."

황제의 허락이 떨어지자 환관이 주술구를 들고 왔다. 태초의 술법을 통해 만들어진 참여패다. 사냥전 참가자의 실적을 증명할 것이다.

"황은이 망극하옵니다!"

참여패를 양손으로 받아 든 청동후가 물러났다. 이어 백서의 대표자가 앞으로 나섰다. 백서후의 장녀 예진아였다.

"소신 백서의 예진아, 대사냥전 참전을 아룁니다. 윤허해주시
옵소서!"

"윤허한다."

"황은이 망극하옵니다!"

마찬가지로 참여패를 받은 백서의 예진아가 물러났다.

"소신 주남의 한리민, 대사냥전 참전을 아룁니다. 윤허해주시
옵소서!"

그는 현 주남공의 아우 되는 자였다. 도력이 강하고 무예가 출
중한 데다 야망이 대단하다고 소문 자자했다. 주남공은 아우의
야망을 경계하면서도 그 능력을 높이 사 늘 곁에 두었다.

"윤허한다."

한리민이 물러나자 권역 없는 귀족들도 너나 할 것 없이 서둘러
참전의사를 밝혔다. 위험이라곤 병아리 눈물만큼도 없어 보이는
데 겁쟁이처럼 미적거리다간 비웃음이나 살 것이고 심하게는 황
제의 눈 밖에 날 수도 있다. 달아오른 분위기 속에서 오래 지나지
않아 모두가 참전의사를 밝혔다. 이제 현북만 남았다. 관례상 대
사냥전 개최지의 땅주인은 가장 마지막으로 명단을 바친다.

"더 없는가?"

황제의 시선이 섭성에게로 향했다. 기다리고 있던 섭성이 앞으
로 나갔다.

"소신 현북의 양섭성, 대사냥전 참전을 아룁니다. 윤허하여주
시옵소서!"

환관에게서 두루마리를 건네받은 황제의 미간이 살짝 찡그러

졌다. 두루마리를 도로 환관에게 건넨 황제가 짧은 침묵 후 용음을 내뱉었다.

"불허한다."

불허. 흥분 가득하던 회장이 순식간에 조용해졌다.

섭성은 당황하지 않았다. 예상했던 바다. 고개 숙인 채로 간청했다.

"폐하께 감히 아뢰옵니다. 태초 이래 대사냥전을 주최한 가문에서 술사가 참여하지 않은 전례가 없고, 현재 현북공가의 술사는 소신과 소신의 후계자가 전부이옵니다. 후계자 양유성은 나려려 사냥전에 내세우기 부적절하니 소신의 참전을 재고하여주시옵소서."

"재고의 여지가 없다."

황제가 딱 잘라냈다. 이 또한 예상했다.

"익히 알려진 소신의 무능에 폐하의 심려는 당연한 일이오나 소신은 현북의 땅주인이옵니다. 땅을 지키지 못한다면 어찌 땅주인이라 일컬을 것이며, 어찌 감히 폐하의 신하라 칭하겠사옵니까? 소신이 땅주인으로서 요괴와의 싸움을 마무리 짓고 폐하께 바치는 충성을 증명할 수 있도록 허하여주시옵소서!"

"허할 수 없다."

섭성이 삼세번 청하였고 황제는 그때마다 생각할 가치도 없다는 듯 즉각 불허했다. 고요해진 회장이 다시 술렁대기 시작했다.

섭성이 고개를 들었다. 상좌에 앉은 황제를 올려다보았다. 애초에 황제가 허락할 리 없다고 생각했던 바다.

"하오면 소신 양섭성, 대사냥전 참전권을 걸고 청동의 명우현, 백서의 예진아, 주남의 한리민과의 대전을 청하옵니다."

"현북공!"

용안이 일그러지며 노성이 터져나왔다.

땅주인의 핏줄들은 하나같이 고집 세며 긍지 높은 자들. 대전을 거부할 리 없으며 대전자 중 하나가 완전히 나가떨어질 때까지 싸울 터. 참전을 허락하지 않는다면 대전을 치르다 콱 죽어버릴 수도 있다는 빤한 협박이었다.

허할 수 없다는 황제의 격노보다 청동후의 움직임이 빨랐다. 재빠르게 앞으로 나와 무릎 꿇은 그가 포권하며 외쳤다.

"소신 명우현, 현북공과의 대전을 받들겠나이다!"

"청동후!"

황제가 역린했다. 섭성은 속으로 만족스레 웃었다. 이미 성립된 대전은 그 대전에 걸린 것이 무의미해지지 않는 한 취소될 수 없다.

어리둥절해 있던 예진아와 한리민도 뒤늦게 정신을 차리고 차례로 무릎 꿇었다.

"소신 예진아, 백서의 대표로서 현북공과의 대전을 받드옵니다!"

"소신 한리민, 주남의 대표로서 현북공과의 대전을 받드옵니다!"

대전을 신청받은 이상 거부란 있을 수 없다. 대전이 성립되기 전 황제가 불허했다면 또 모를까, 그보다 빠르게 청동후가 대전을 받아들였다. 그러니 예진아와 한리민이 대전을 승낙하는 것 또한 당연했다. 대전을 거절하는 것은 술사의 자존심이 용납하지 않으며 땅의 대표 된 자로서 견딜 수 없는 치욕이다.

용안이 사정없이 일그러졌다. 양섭성을 똑바로 노려보며 황제가 입을 열었다.

"현북공 양섭성의 참전을 윤허한다."

양섭성의 참전이 허락되었다. 참전권을 건 대전은 자연히 무효화됐다.

"황은이 망극하옵니다!"

사주의 대표가 일제히 읍하였다.

❋ • ❋

황궁은 고요했다. 해는 기척을 감추고 궁으로 숨어들었다. 시간이 많지 않았다. 황제가 그녀의 부재를 알고 책잡기 전에 돌아가야 했다.

황제가 두려운 것은 아니다. 책잡히는 것이 이제 와 무서운 것도 아니었다. 그러나 현재 그녀는 현북에 속해 있다. 그녀의 죄는 양섭성의 죄가 된다. 그녀를 제대로 관리하지 못했다며 양섭성이 곤경에 처할 수도 있다. 그것은 바라지 않는다.

'이쪽이군.'

영존은 어디보다도 많은 도력이 밀집해 있다. 역대 황제들의 육신이 보관된 곳이며 그만큼 신성했다. 관마다 철저한 보호진에 둘러싸여 신수급 요괴가 아니라면 파훼할 엄두도 낼 수 없다. 설령 파훼된다 해도 빠른 시간 내 복구된다.

해는 수많은 황제의 기운이 흘러나오는 곳을 향해 내달렸다. 어둠에 몸을 묻은 채 권영의 흔적을 좇았다. 환관과 궁녀의 눈을 피해 조용히 움직였다.

마침내 영존 앞, 해는 멈추어 섰다.

"영아."

그 모든 관들 중 가장 어린 것.

홀린 듯 한 발, 한 발 다가섰다. 관에 손을 얹었다. 황금빛 결계가 거미줄처럼 떠올랐다.

관에는 태초의 술법이 걸려 있었다. 영존의 모든 관이 그러했다. 황족의 육신은 훌륭한 먹잇감이라 삿된 것들이 주제 모르고 탐해 댔다. 그렇기에 황야에서 가장 안전하고 내밀한 영존에 안치됐다. 상황이 여의치 않으면 완전히 불태워 없애버렸다.

해는 천천히 영의 관을 쓰다듬었다. 보호술의 수준이 높았지만, 깨지지 않는 결계는 없다. 도력을 흘려넣자 파지직 번개가 튀었다. 맞부딪힌 술식의 수준을 가늠했다.

"관을 닫아라. 지금부터 그 어떤 것의 접근도 허하지 않겠다."

관을 노려보는 해의 두 눈이 새하얗게 빛났다. 파훼할 수 있다. 해내야 한다. 잠깐이면 된다. 아주 잠깐. 영의 육신을 만지고 눈으로 볼 수 있는 찰나의 순간.

모든 도력을 손으로 모아 내뿜었다. 충돌한 두 힘이 강하게 울었다. 육신 전체에 천둥번개가 내리치는 것 같았다. 해는 비명을 참았다. 울컥 토해진 피가 입가를 흘러내렸다.

'조금 더. 조금만…….'

해는 재차 손을 뻗었다. 극심한 고통에 당장이라도 달아나고 싶었다. 이를 악물어 관에 달라붙었다. 결계가 한계에 달할 때까지 도력을 퍼부었다.

눈앞이 혼미해졌다. 그녀가 황야의 제일술사라고 한들 제힘만으로 태초의 주술을 파훼하기란 역시 어려웠다.

'아직이다, 아직. 아직 부족해.'

그러나 방법은 있다. 고통으로 일그러졌던 얼굴이 곧 여상해졌다. 두 눈을 감고 수명을 더듬었다. 제 생애를 깎아내 부족한 도력을 충당했다. 목구멍에서 피가 울컥거렸고 눈앞이 새까맸다.

'아직도?'

다시 한 번 수명을 깎으려는 순간, 와장창!

결계가 깨어졌다.

"허억!"

가까스로 서 있던 해의 무릎이 꺾였다. 신음을 토한 해는 고장 난 것 같은 몸을 가까스로 움직였다. 실핏줄 터진 눈과 입에서 피가 쏟아져 내렸다. 여유롭게 닦고 있을 틈이 없었다. 마지막 힘을 쥐어짜내 관을 열었다.

영존의 결계가 깨질 만큼 도력을 퍼부어댔으니 황궁의 누군가가 침입을 알아챘을 수도 있다. 결계가 다시 영의 관을 뒤덮기 전에 목적을 달성하고 빠져나가야 했다.

"영아."

영은 백리의 기억에서 본 것과 꼭 같은 모습으로 누워 있었다. 그녀가 마지막으로 본 것과는 많이 달랐다. 그 야윈 뺨을 해는 정신없이 어루만졌다.

"네가⋯⋯."

어느 순간, 해의 손이 힘없이 툭 떨어졌다.

"나를 속였구나."

관에 누운 것은 영이되 영이 아니었다. 이것은 껍데기였다. 사람이 죽으면 혼은 빠져나가고 백만 남는다. 백은 사념 되어 오래도록 삶의 마지막 기억을, 기쁘고 슬펐던 순간을 반복하다 흩어진다. 죽은 지 일 년도 되지 않은 주검에 백의 흔적이 없을 수 없다.

혼이 빠져나가며 백마저 가져갔다. 죽은 자에겐 불가한 일. 살아 있는 자만이 혼백이 함께 움직인다. 그 뜻이 자명하다.

영은 죽지 않았다. 죽은 척했다.

왜?

"혼백전이."

해의 메마른 얼굴이 무표정하게 굳었다. 영은 현북에 있다. 평것의 탈을 쓰고.

"혹 양섭성이 실망할 테니까. 슬퍼할 테니까. 그에게 멸시받게 될 테니까. 그런 이유입니까? 이상합니다, 군주. 대관절 현북공이 군주께 무슨 의미입니까?"

그때는 미처 보지 못했던, 양섭성을 향해 드러낸 선명한 적의.

"네가 그자를 살려두었어."

해는 돌연 깨달았다. 일곱 해 전, 영이 뒤돌아서서 가던 그날. 딱딱한 철옥 안에 그녀와 함께 남겨두고 갔던 맹렬한 분노와 차가운 절망. 칼날처럼 예리하게 날 서 있던 말투. 그 이유를 알았다. 철옥에 유폐되어야만 했던 제 죄를 이해했다.

장왕 권영은 양섭성의 죽음을 바랐다. 그 바람을 이뤄주지 않아서 그녀를 버렸다.

정체 알 수 없는 난폭한 감정이 목구멍을 할퀴었다. 심장이 서늘해졌다.

❋ · ❋

"나리, 나리!"

종비 하나가 등불을 흔들며 어둑한 길을 달려왔다. 사색이 되어 끼니가 어쩌고 아씨가 어쩌고 횡설수설하는 것이 반쯤 넋 나가 있었다. 섭성은 종비의 말 중 겨우 몇 개를 주워서 핵심을 파악했다. 끼니를 챙겨 드리러 해에게 갔더니 그녀가 피칠갑인 채 쓰러져 있더라는 내용이었다.

"군주가 쓰러져 있어?"

"예, 예, 나리! 소인 말이 바로 그거예요!"

종비는 거세게 고개를 끄덕였다. 처소에 들어갔다가 살기에 맞아 죽을 뻔했다고 덧붙이는 것도 잊지 않았다. 미간을 살짝 찡그린 섭성이 서둘러 해의 처소로 방향을 틀었다.

황제가 도착했을 때는 분명 멀쩡했다. 그 뒤로 얼마나 보지 못했더라? 며칠을 그녀에게 신경을 쓰지 못했지? 섭성은 기억을 더듬었다.

도대체 뭘 했기에 엉망이 되어 처소에 있는지 짐작이 되지 않았다. 정녕 손이 많이 가는 손님이다. 잠시만 눈을 떼면 자꾸 엉뚱한 짓을 벌이니 한시도 마음 놓이지 않았다.

백리가 절실했다. 해의 도력에 맞아 비명횡사할 일이 없는 그의 빈자리가 너무 컸다. 그가 있었다면 해가 이토록 물가에 내놓은 어린아이처럼 느껴지지는 않았을 것이다.

하지만 섭성이 알던 백리는 이제 없다. 얌전히 나무열매를 먹고 있는 그에게 제발 인간화해달라고 애걸복걸 빌어도, 백리는 돌아오지 않는다.

해의 처소까지 가는 길이 천 리처럼 멀었다. 두서없이 휘몰아치는 생각들이 머릿속에 가득 차서 터지기 직전, 겨우 목적지에 도착했다.

"군주?"

문 앞에 서자 피 냄새가 훅 끼쳐왔다. 섭성은 빠르게 뛰는 심장을 진정시켰다.

대답은 들려오지 않았다. 안쪽에 귀 기울이니 꺼질 듯 미약한

숨소리만 간헐적으로 들려왔다.

"들어가겠습니다."

섭성은 곧장 안으로 들어섰다.

해의 도력은 그 근본이 살생이다. 지금처럼 제정신이 아닐 땐 접근하지 않는 게 최선이다. 살기에 맞아 죽을 뻔했다는 계집종의 말은 과장이 아닐 것이다. 해의 의지가 아닐지라도 그녀가 내뿜는 살기는 실로 예리한 형체를 띠고 있으니 자칫 잘못 맞았다가는 제명대로 못 살 것이었다. 아니나 다를까, 살기가 날아들었다. 섭성은 도력을 모아 그것을 쳐냈다. 부딪친 도력이 번뜩였다. 어둠 속에 주저앉아 있는 해가 보였다. 그녀도 섭성을 보았다.

"섭성?"

스러질 듯 연약한 음성이었다. 가슴 저미도록 나약한 부름이었다. 순간 목에 차오른 뭔가를 섭성은 겨우 삼켰다. 어둠을 더듬어 침상 옆에 놓인 등불을 켰다. 해의 모습이 빛 아래 드러났다. 딱 보기에도 피로 엉망이었지만 그보다 더 심각한 건 눈에 보이지 않는 내상이다.

희끄무레한 도력이 그녀의 전신을 타고 아지랑이처럼 일렁였다. 제어되지 못한 도력이 새어나오고 있었다. 섭성이 모르는 어떤 곳에서 도력이 폭주했거나, 그에 상응하는 도력을 썼거나. 어느 쪽이든 좋은 상황은 아니다.

섭성은 온몸에 치유력을 둘렀다. 제 육신을 지키고자 하는 해의 도력은 날카롭고 예민하게 다가오는 자를 쳐낼 것이다. 해에게 다가섰다.

"안 돼, 오지 마. 이쪽으로 오지 마."

당황한 해가 다급히 중얼거렸다. 가까스로 정신을 유지한 채 폭주하는 도력을 억눌렀다.

섭성은 천천히 무릎 굽혀 앉았다. 제 앞에서 표정 무너진 계집을 보았다. 오만하고 잔악한 폐주의 가면 아래 숨어 있는 나약하고 상처받은 사람. 섭성은 울음 참는 그 눈동자를 똑바로 응시했다.

"군주."

현재 현북에는 해가 이 정도로 내상을 입을 일이 없다. 그녀를 다치게 한 도력의 폭발이 있었다면 섭성이 느끼지 못했을 리도 없다.

"어디 다녀오셨습니까?"

울컥 해의 눈망울이 흔들렸다. 야윈 손목이 그의 옷자락을 붙잡았다.

"영이……."

섭성은 가만히 해를 바라보았다. 권영. 그 이름을 아직도 놓지 못하는 계집이 어리석다. 그가 제 인생을 망가뜨린 것조차 몰라서 아직 떨고 있는 것이 가엽다. 손 뻗어 해의 이마를 매만졌다. 열없는 웃음이 입가에서 부서졌다.

"장왕 전하가 왜, 꿈에라도 나오더이까?"

필요 없는 계집이다. 얽매일 것 없는 연이다. 무시하고 모른 척하고 끊어지길 간절히 바라 마땅할 관계다. 그리 수없이 되뇌면서도 도깨비에 홀린 듯 그녀에게 손 뻗고 마는 스스로가 우습다. 기어이 그 고통을 외면 못 하여 조금이나마 덜 아프길 바라며 도력을 흘려넣는다. 그것이 제 뜻인지 아닌지조차 알 수 없어 괴롭다.

만약 천변이든 뭐든 전부 끝내고, 천연이든 뭐든 그 모든 연을 잘라내고, 그런 다음에도 이 마음이 여전하다면. 여전히 그녀가 애틋하고 안타깝다면. 그때엔 마음껏 손 뻗어도 될까. 가족 잃은 원한을 마음 깊이 묻어도 될까.

섭성은 내뱉지 못한 탄식을 깊이 삼켰다.

해는 가만히 섭성의 손길을 받았다. 그의 다정은 그녀의 시련이 되고 그의 상처는 그녀의 약점이 될 것이다. 이젠 그걸 안다.

그를 닮은 그의 도력은 따스했다. 이 따뜻함을 몰랐던 때로는 돌아갈 수 없다. 입술 꾹 깨물어 무수히 많은 말을 삼키면서도 두 눈 똑바로 들어 섭성을 보았다. 까닭 모르게 터져나오는 울음을 참았다.

"내게 신경 쓰지 마라."

그에게 제가 끔찍하게 싫은 철천지원수라는 걸 안다. 그의 다정은 언제고 어떤 칼바람보다 예리하게 해를 다치게 할 것이다.

"어찌 신경을 안 쓰겠습니까? 툭하면 끼니를 거르고, 그러잖아도 바쁜데 처소 앞에 꿇어앉아 있고, 언제 사라졌는지도 모르게 사라졌다가 만신창이가 되어 나타나는데."

섭성이 가당한 말을 하라는 듯 투덜거렸다. 해의 표정이 일그러져졌다.

"복권되고 싶은 생각이 있으시면 나중에 폐하께 따로 인사를 올리세요. 아무리 폐주라 해도 평해의 유일한 계승자인데 코빼기도 비치지 않는다고 못마땅해하는 이들이 많습니다."

그는 더없이 다정하다. 너무 상냥하다. 그녀처럼 못돼 처먹은 위인에게도 쉼 없이 손 내민다. 끼니를 거르거나 어딘가 꿇어앉거나 누군가에게 돌팔매질 당하고 돌아오면 결코 못 본 척 지나치지 못한다. 밉고 원망스러워도 발길 떨어지지 않아 결국엔 되돌아온다. 다시는 보고 싶지 않다고 화내면서도 선량한 그의 마음은 몹쓸 원수조차 걱정하고 저버리지 못한다. 그는 그렇게 혼란 속 횃불 되어 해처럼 길 잃은 자들을 이끌어주리.

"그래도 그러지 마라."

해는 고개를 내저었다. 원수조차 연민하는 그 마음에 자꾸 기대선 안 된다. 그럴 자격이 없다.

그래서 해는 더더욱 모르게 되었다.

왜 영이 너를 미워하지? 제 죽음을 가장하여 나를 이곳으로 보내 널 만나게 한 까닭은 무엇이지? 평것의 탈을 쓰고 충실한 종복인 척 네 곁을 맴도는 이유는 또 무엇인데?

"내가, 내가……. 내가 무슨 짓을 하든 신경 쓰지 마라."

원수에게도 다정한 저 심성으로 누군가에게 원한을 샀을 리가 없다. 저 약해빠진 도력으로 구중궁궐의 황자에게 해코지할 수 있었을 리도 없다. 아무리 기억을 샅샅이 뒤져도 영과 섭성은 접점이 없다.

그런데…….

"왜?"

왜 그가 네 죽음을 바라지?

그래서는 안 되는 건데. 그럴 수는 없는 건데.

해는 스스로도 이해 못 할 절박한 손짓으로 섭성의 옷자락을 움켜쥐었다. 수많은 물음이 두서없이 휘몰아치는 가운데 기어이 왈칵 울음이 터졌다. 야윈 몸이 섭성에게로 무너졌다.

"군주?"

당황한 섭성이 해를 받아 안았다.

"살 수 있었는데……. 살아왔는데……."

영의 죽음을 듣고도 해는 살아왔다. 제 모든 것이라 여겼던 이를 잃고도 복수를 위해 살아갈 각오를 했다. 분노로 온 마음이 타들어가도 숨을 쉬었다.

그런데 살아 있는 권영이 양섭성의 죽음을 바란다. 그 혼백을 잡아뜯어 나락에 처박아버리라고 명한다.

가엾을 듯하던 울음이 어느 순간 사그라졌다. 힘겹게 몸을 바로 세운 해가 얼굴을 문질러 감정의 흔적을 지웠다. 꽉 붙잡고 있던 섭성의 옷자락을 놓았다. 어찌할 바 몰라 난처해하는 기색이 역력히 드러난 섭성을 응시했다. 걱정 가득한 그 얼굴을 기억했다.

"그 아이."

견이. 권영. 그를 만나야겠다.

"예?"

영의 명을 시행하는 제 모습을 가정했다. 양섭성을 죽인 후를 생각했다. 그가 없는 순간을 상상했다.

숨이 탁 막혔다. 그냥 그대로 세상 전부가 사라져버리기를 바랐다. 영의 죽음은 영을 빼앗아간 이 세상 전부를 부수어버리겠다는 원한만은 남겼는데, 양섭성의 죽음은 그런 분노조차 남기지 못했다.

세상 그 무엇도 영보다 소중하고 특별할 수 없다 믿었던 때가 있다. 길가의 들꽃처럼 무수히 많은 생명의 무게를 전부 더해도 영의 털끝에도 미치지 못한다고 여겼던 때가 있다.

더는 그때의 기해는 없다.

"아무것도 아니다. 말이 헛나왔어."

해가 황급히 고개를 내저었다. 섭성의 다갈색 눈동자에 의문이 어렸다. 해는 고집스레 입을 다물었다. 공부 사람들과 거의 어울리지 않는 그녀가 몸종으로 쓸 계집종도 아닌 사내종을 찾는 건 누가 봐도 이상할 터였다.

견이. 그 애가 사실 권영이며, 그가 네 죽음을 바라서 날 내쳤고, 그것으로 모자라서 제 죽음을 가장하여 네 곁으로 숨어들었다고 말하면 양섭성이 믿어줄까. 그 명명백백한 사실을 납득시킬 수 있을까.

불가능하다. 말로써 누군가를 설득하고 이해시키는 걸 해는 단한 번도 해본 적이 없다.

"이만 쉬어야겠다."

비틀거리며 일어나 해는 곧장 침상에 누웠다. 어떻게든 빨리 섭성을 돌려보내고 공부를 다 뒤져서라도 견을 찾아야겠다는 생각이 머리 가득했다.

섭성은 무리하지 말고, 이상한 짓도 하지 말고, 혹시라도 의원이 필요하면 부르라고 몇 번이나 신신당부한 후에야 일어났다. 그의 발소리가 들리지 않자 해가 조심히 몸을 일으키곤 천천히 문을 열었다.

영이 죽었다고 믿었을 때 보지 못했던 것들이 비로소 보였다. 지난 토벌 때 영이 남긴 도력의 흔적일까 싶었던 것들. 이제 알겠다. 이건 내가 여기에 있다고, 정녕 모르겠느냐고 해를 도발하며 견이 남겨둔 것들이다.

이 끝에 견이 있다. 해는 달렸다.

견은 메마른 눈을 들었다. 숨 고를 틈도 없이 달려오는 해가 보였다. 야윈 뺨, 창백한 얼굴. 그러나 그 두 눈은 더 이상 흩어질 안개처럼 흐릿하지 않으니, 해는 분명 이 현북에서 제 죄를 깨우쳤다.

차갑게 얼어붙은 마음 한구석이 와르르 무너진다. 처음에는 화가 났다가, 다음에는 억울했다가, 마지막으로 체념했다. 인정한다. 양섭성은 단 몇 달 만에 해를 근본부터 뒤바꿨다. 견이 수천수만 번의 생을 반복하면서도 해내지 못한 일이다.

결국 딱 이 정도였다. 수없이 매달리고 절박하게 애원해도 고작 이만큼. 온 혼백이 갈가리 찢기도록 발버둥 치고 간절히 갈망해도 겨우 여기까지.

"영아?"

해가 지척에 멈추었다. 약하게 헐떡이는 숨소리가 수많은 물음을 품고 있다.

견은 대답 없이 해를 향해 손을 뻗었다. 만약에, 정말로 아주 만약에 자신이 그녀에게 티끌만큼의 의미라도 되었다면 지금과 많이 달라졌을 것을 안다. 그토록 곁을 맴돌고 서성였는데 보지 못했다는 건 애초에 자신이 그녀에게 무의미했다는 뜻이라는 것도 안다.

"곧 끝날 것이다."

작게 속삭이며 해의 기를 막았다. 새까만 두 눈이 흠칫 커지더니 빛을 잃었다. 힘없이 무너지는 가벼운 육신을 받아 들었다.

천연 따위 없이 그녀를 얻고 싶었다. 모든 천계의 의지를 거슬러서 그녀가 제 것이 되길 바랐다. 불가한 꿈을 꾸었다는 걸 인정하기까지 아주 긴 시간이 걸렸다.

하지만 상관없는 일이다. 천연을 뛰어넘어 가질 수 없다면 그 천연마저 제 것으로 삼으면 되는 것을.

"거의 끝났다, 해야."

그러니까 지금은 잠들어 있어라.

당분간 꿈속을 헤매어라.

대사냥전이 열린다. 나락에서 웅크리고 있는 청유가 다시 승천을 시작할 날이, 하여 천하가 뒤집어지고야 말 그날이 목전이다.

그 혼란과 절망의 시간에 모든 것이 끝나리라. 긴긴 악연도 천연도 전부.

三

청동후 명우현은 성정이 불같지만 제 핏줄에겐 한없이 약했다.
청동으로 와 천계로 가겠다는 섭성의 뜻을 꺾을 수 없어 대사냥전
참전권이 걸린 소란을 거들었지만 마음은 심려로 가득했다. 덩치
는 커졌지만 그의 눈엔 아직 작디작은 현북의 막내공자일 뿐이었
다.

밤새 허수아비를 깎았다. 이미 한 차례 금기를 범한 터라 허수
아비를 깎을 때마다 사지육신이 덜컹거렸다. 허수아비의 손발을
하나하나 만들고, 이목구비를 새기고, 머리카락을 한 올 한 올 빚
을 때마다 수명이 깎여나갔다.

"후우."

마침내 옷의 주름까지 완성한 청동후가 젖은 이마를 훔치며 깊
은 한숨을 내쉬었다. 복잡한 주술진이 허수아비를 뒤덮더니 그 속
으로 스며들었다. 그의 수명을 마시고 완성된 이 비술은 단 한 번,
섭성을 절체절명의 위기에서 구해낼 것이다.

여식을 출가시킬 때 허수아비를 깎아주었어야 했다. 땅주인의
저택에 무슨 위험한 일이 있겠느냐며 한사코 거절해도 억지로라
도 안겨주었어야 했다. 그랬다면 자식 앞세운 부모가 되지 않았을

터다.

청동후는 제 핏줄에겐 약해서 자식들이 싫다고 하면 결코 강요하지 못하는 성정이었다. 그 탓에 딸아이를 하나 잃었으니 이젠 제 핏줄들이 싫다고 날뛰어도 들어주지 않을 것이다. 고작 수명 조금 깎아 제 마음 편할 수 있다면 무엇이든 못하랴.

청동후가 완성된 허수아비를 품 안에 갈무리했다.

※ · ※

사냥전을 알리는 뿔피리 소리가 넓고 길게 울려왔다. 기간은 열흘. 참가자는 전부 주 경계에 머물며 요괴를 사냥한다. 가장 많은 공을 올린 자는 우승자 되어 황제께 간청 올릴 자격을 얻는다.

섭성은 우승하여 청동에 갈 것이고, 신목의 껍데기를 올라 천계에 닿을 것이다. 그 뒤에 월선궁을 찾아 천연을 잘라낼 것이다. 그래야만 해를 바로 볼 수 있다. 그녀를 벌하든 용서하든, 그때에야 오롯이 제 뜻일 수 있다.

지금부터 갈 길은 어느 한 순간도 쉽지 않을 터. 그래도 하기로 결심하였고 이제 겨우 첫발을 뗐다.

섭성은 주 경계로 향하며 해를 떠올렸다. 한때 모두를 위태롭게 만들 뿐 결코 스스로 위태로워질 리 없다고 평받던 계집은 간데없이 벼랑 끝에 선 듯 위태로운 계집만 남았다. 그 야윈 손목. 무너지듯 터트린 울음. 모든 것이 눈 돌리면 사라질 듯 절박하여 미움도 흔들렸다.

섭성은 고개를 내저었다. 동요를 털어냈다. 잡념은 일을 그르친다.

"현북공 나리."

타박타박 다가오는 말발굽 소리에 섭성이 고개를 돌렸다. 청동후와 같이 왔던 아이였다. 현우라고 했다. 맺어진 연이 전혀 없는 것이 인상 깊이 남아 있다. 근처에 청동후가 있나 싶어 둘러보았지만 현우는 혼자였다.

"내게 볼 일이 있느냐?"

"이걸……."

현우가 품에서 무엇인가 꺼냈다. 아주 강한 술법의 기운이 은은히 흘러나왔다.

"허수아비?"

"청동후 나리께서 전해달라고 하셨습니다."

섭성이 미간을 구겼다. 허수아비에 강한 술법을 새기는 것은 어렵다. 그것이 가능한 자는 황제 정도. 황제 아닌 자가 이 정도의 술법을 새기려면 수명을 깎아 넣어야 한다. 그 사실을 능히 짐작한 섭성이 화를 낼 게 분명해서, 청동후는 외손에게 화낼 기회조차 주지 않으려고 현우를 심부름꾼으로 보냈다.

"받을 수 없다. 가져가서 청동후께 돌려드려라."

"그리 말씀하시면 버리라 하셨습니다."

현우는 한 치 망설임 없이 허수아비를 내던졌다. 당황한 섭성이 얼떨결에 손 뻗어 허수아비를 잡아챘다. 황당해서 탄식을 흘리는 섭성을 보며 현우가 덧붙였다.

"허수아비에 한번 새겨진 술법은 돌이킬 수 없으니 돌려줄 생각 말고 몸에 지니라고 하셨습니다. 청동후께서 수명을 깎아 새긴 것이니 어떤 위험이 닥치더라도 한 번은 나리를 보호해낼 겁니다. 우승도 좋지만 나리의 목숨이 가장 중하니 혹여 술법이 발동될 정도의 위험이 생기면 즉시 복귀하라 하셨습니다. 마지막 말씀은 청이셨습니다. 전언은 이걸로 끝입니다. 소인은 물러가보겠습니다."

현우가 꾸벅 고개를 숙였다. 제 할 말을 마친 그는 예고 없이 다가온 것처럼 빠르게 멀어졌다.

굳었던 섭성의 표정이 무너졌다. 이건 말도 안 된다. 그는 더 이상 누군가에게 목숨을 빚고 싶지 않았다. 저를 위해 죽는 것은 부모와 형제만으로 충분했다.

하지만 비술은 이미 완성되어 돌이킬 수 없고 돌려줄 방법 없으니 어찌하랴.

잊고 있었는데, 불현듯 깨닫는다. 제가 얼마나 큰 사랑 속에서 컸는지. 얼마나 많은 사랑을 숨 쉬듯 받아왔는지. 가슴이 먹먹해졌다.

아무리 걱정하지 말라고 섭성이 큰소리쳐도 할아비 되어 걱정을 안 할 수는 없을 것이다. 타지로 보낸 여식이 하루아침에 비명횡사한 일은 청동후에게도 악몽이 됐을 테니까.

그 여식의 유일하게 살아남은 핏줄. 사지일 수도 있는 곳으로 가겠다는 섭성을 청동후가 말리지 않는 것은 외손을 신뢰해 마지않은 까닭이 아니다. 말릴 수 없음을 아는 까닭이다.

그러니 섭성도 청동후에게 제 걱정은 그만두라고 요구할 수가 없다. 걱정하지 말란다고 걱정이 아니 될 리 없고, 다 괜찮을 것이라 호언장담해도 전부 괜찮을 수 없다는 것을 이젠 안다.

"할아버지."

섭성이 손에 쥔 허수아비를 소중히 품에 안았다. 언제나 마지막 만남일지도 모른다고 생각한다. 바로 조금 전까지 함께 웃고 떠들었어도 그것이 끝일 수 있다. 불행은 예고 없이 들이닥치고 자비 전연 없으니, 남겨진 자의 피눈물은 가슴에 고여 썩은 웅덩이가 되었다.

그래도 앞으로 나아가자. 멈추지 말자. 고통도 시련도 끝없지만, 고통도 시련도 쉬는 틈은 있을 테니까.

천 번을 거듭한 천연? 하늘이 맺어준 천연? 그깟 것에 대체 무슨 의미가 있을까. 스스로 택한 적 없는 그 연에 가족과 바꿀 만한 가치가 있을 리 없다.

그런데 제멋대로 그의 인생에 끼어들고 모든 안온을 박살내더니 아직도 그의 인생을 손아귀에 쥐고 휘두르려 든다. 그것이 역겨워 참을 수 없다.

섭성은 외조부의 걱정을 딛고 기어이 천계로 갈 것이다. 지금까지 겪어온 고통의 근원을 송두리째 뽑아버릴 것이다. 끝내 저주 같은 천연을 조각조각 잘라내 지긋지긋한 굴레로부터 벗어나고 말리.

마른하늘에서 천둥번개가 쳤다. 섭성은 천천히 전장을 향해 움직였다. 천신도 천벌도, 그 어떤 것도 그를 주저하게 만들지 못한다.

머리가 깨질 듯이 아팠다.

– 네가 그자를 살려두었어. 그의 죽음을 명하는 내게 항명했어.
네가. 다른 누구도 아닌 네가!

들은 적 있는 원망과 들은 적 없는 원망이 뒤섞여 해를 삼킬 듯
덮쳐왔다.

"영아!"

비명을 지르며 깨어났다. 벌떡 몸을 일으킨 해의 동공이 커다랗
게 흔들렸다. 앙상한 손가락이 힘없이 얼굴을 가린다. 언제 처소
로 돌아온 것인지 기억나지 않는다. 의식은 견을 찾아간 것을 마지
막으로 새까맣게 끊겼다.

순식간에 제압당했다. 영의 도술은 그 경지 드높았다. 그의 혼
백 깊숙이 새겨둔 제 증좌를 어찌 지워냈는지 이제야 알 수 있었
다. 그녀의 옛 주인은 그녀가 예측한 수준을 아득히 지나쳤다.

"곧 끝날 것이다. 거의 끝났다, 해야."

무엇이? 무엇이 끝나?

야윈 어깨가 잘게 떨렸다. 미치광이처럼 고개를 저었다. 비틀거
리며 일어나 붉은 휘장을 거칠게 걷어냈다. 해는 곧장 밖으로 뛰었
다. 다리에 힘이 들어가지 않아 몇 발짝 뛰지도 못해 주저앉았다.

울컥 목구멍이 쓰라렸다.

복도를 지나가던 종비 하나가 그 모습을 보고 깜짝 놀라 멈춰섰다. 성질 포악한 폐주에게 다가오지도 못하고, 못 본 척 달아나지도 못하는 종비를 향해 해는 기었다. 기어이 그 치맛자락을 붙들고 매달렸다. 종비의 안색이 창백하게 질렸다.

"아, 아씨! 어, 어찌 이러셔요?"

"양섭성, 그는 어디 있느냐?"

"일어나셔요, 아씨. 방으로 모셔다드릴게요."

"되었다! 양섭성을 불러와. 당장 그를 불러와! 아니, 아니다. 나를 그에게 안내해다오. 그에게 데려다다오."

제발, 제발, 중얼거리는 해를 종비가 힘겹게 일으켜 세웠다. 섭성에게 데려다달라고 청하는 해가 너무도 절박해 보여 종비는 이 폐주가 자신이 익히 보고 들은 그 폐주가 맞는지 순간 의심했다. 절로 안타까운 마음이 들어 종비는 아랫입술을 깨물며 고개를 내저었다.

"나리께는 지금 안내해드릴 수가 없어요."

"어찌?"

겨우 의문 뱉어낸 목소리가 갈라졌다. 새까만 눈동자가 불안하게 요동쳤다.

"나리께선 대사냥전 때문에 주 경계로 가셨어요. 지금쯤 유적에 도착하셨을 거예요. 사냥전이 끝나기 전까지는 돌아오지 못하셔요."

"무어?"

"그러니까 대사냥전 때문에⋯⋯."

해의 표정이 넋 나간 듯 굳었다. 그녀의 기억으로는 대사냥전까지는 아직 여유가 있었다.

"내가 며칠이나 잠들어 있었느냐?"

그러나 그것은 어디까지나 그녀의 기억에서다. 의식이 끊긴 시간의 길이를 가늠할 수가 없다.

"아씨께선 나흘을 잠들어 계셨습니다."

종비의 답에 해는 탄식 삼키며 어금니를 사리물었다. 심장이 덜컹거려 숨 쉴 수가 없었다.

"양섭성이, 그 멍청한 것이 직접 참전하는 건 아니겠지? 분명 다른 술사가 있을 거야. 그렇지?"

다그치듯 종비를 재촉했지만, 해는 이미 답을 알고 있었다. 양유성이 후계의 위를 잇고 끔찍한 고통을 당하는 꼴을 보기 싫어서 존재마저 숨겼던 자다. 자신의 부재 때 입은 내상이 완전히 낫지도 않은 후계자를 대사냥전에 참석시켰을 리 없다.

"아니요. 나리께서 직접 참전하셔요."

겨우 버티고 서있던 해가 비틀거렸다. 두렵고 불편한 폐주를 부축하고 있던 종비는 어쩔 줄 몰라 하며 해를 붙잡은 손에 힘을 주었다.

"아씨!"

"견이⋯⋯."

"예?"

해의 중얼댐을 잘 알아듣지 못한 종비가 되물었다. 해가 한 음절 한 음절 힘주어 내뱉었다.

"견이. 현북공을 졸졸 따라다니던 그 흔하게 생긴 종복. 그는 어디에 있느냐?"

"견이요?"

"그래."

종비는 의아한 표정으로 해의 눈치를 살폈다. 폐주가 종복 따위의 이름을 알고 있는 게 이상했다.

"견이라면 아마 폐하의 시중을 들고 있을 거예요."

"폐하를?"

수많은 종복 중 하필 견이 황제의 시중을 들고 있다니. 불안증처럼 심장이 쿵쾅거렸다.

황제는 어디부터 어디까지 알고 있는 것일까? 둘이 한패일까? 둘 다 양섭성의 죽음을 바라나? 아니면 영의 독단?

꼬리에 꼬리를 무는 의문에 빠져 질식할 것 같았다. 분명한 건 황제가 견의 정체를 알고 있었다는 것. 막 도착해서 견을 똑바로 주시하던 황제를 분명 보았다.

가볍게 머리를 두드려 생각을 환기했다. 마구잡이로 떠오르는 의문의 우선순위를 정했다. 지금 가장 중요한 것은 견이 황제 곁에 있는지 확인하는 것이다.

"황제는, 폐하는 어디에 계시지?"

어리석은 물음이다. 황제는 세상의 중심이다. 언제나 가장 중요한 곳에 있다. 그렇다면 이 공부의 가장 중요한 곳에 있을 것이다.

해는 저를 부축하고 있던 종비의 손을 뿌리쳤다. 그녀를 부르는 외침을 듣지 못한 척 달려 나갔다.

'양섭성!'

그가 결계 밖에 있다. 그냥 둔다면, 굳이 영이 나서지 않더라도 그는 필시 죽을 것이다. 요괴는 만만하지 않다. 안전한 결계 안에서 최우선적으로 보호받아온 섭성은 저 밖의 요괴가 얼마나 흉포한지 알지 못한다.

전장에 남아 있는 요괴는 수 적어도, 최후의 발악은 거셀 것이다. 그것들이 얼마나 사나워질 수 있는지 섭성은 모른다. 그처럼 무력한 술사는 수천 년 묵은 이무기가 아니라 고작 백 년 난 요괴한테도 그 목 물어뜯기고 말 것이다. 끝내 그의 죽음을 바랐던 영의 뜻대로 될 것이다.

'멍청한 것!'

그리 둘 수 없다.

해는 쉬지 않고 달렸다. 그 옛날 현북의 영광을 보여주듯 공부는 거대했다. 황제가 있는 곳이 하염없이 멀어서 영영 닿지 못할 듯 막막했다. 점점 더 무거워지는 다리를 억지로 움직였다.

권영. 양섭성. 권영. 양섭성. 두 사람이 쉴 새 없이 떠올랐다. 어지러워서 토악질이 났다.

'영아.'

오직 영을 위해 살았다. 기억이 있는 순간마다 영을 위하여 모든 것을 바쳤다. 제 숨결 한 자락, 제 살점 하나까지 전부 다 영을 위한 것이었다. 수백수천의 목숨조차 영에게 비하면 먼지 같아서 제 선택이 틀렸다는 생각은 당연히 할 수 없었다.

그 모든 것이 바뀌었다. 처음으로 영의 명에 의문을 품었다. 그를 위했던 순간들이 빛바래 흐려졌다.

'왜 네가 양섭성의 죽음을 바라지?'

섭성은 결단코 남에게 원한 사는 성정이 아니다. 누구보다 다정하고 흔히 손 내밀며 숨 쉬듯 마음으로 스며드는 자다. 굽힘 없는 집념과 구차해도 비참해지지 않는 긍지와 포기 모르는 신념으로 땅을 이끌어가는 자다.

생각할수록 이해되지 않는다. 황자이며 친왕인 권영이 양섭성의 죽음을 원할 이유가 없다. 그가 살아남음에 그토록 분노하며 해를 철옥에 처박을 이유도 없고, 그의 권역으로 와 스스로 죽음을 가장하고 종복 되어 그 곁에 숨어들 까닭 또한 없다. 섭성의 죽음은 현북의 몰락과 궤를 같이하니, 황야의 주인 된 황족으로서 그 죽음을 바라는 건 단 하나의 득도 없다.

그런데도 영은 섭성의 죽음을 바랐다. 해의 손으로 그를 죽여 끝장내기를 종용했다. 결코 제 손은 쓰지 않고서.

"멈추어라! 평해의 폐주는 더 이상 다가오지 말라!"

좌우 수문장이 험악하게 경고하며 창을 내려 출입로를 봉쇄했다. 턱 끝까지 차오른 숨을 몰아쉬며 해는 열십자로 교차된 창 너머를 노려보았다.

이 너머에 황제가 있다. 그렇다면 영도 있어야 한다. 도력으로 근방을 훑었다.

한때 주인과 수호자로 맺어졌던 몸이다. 영의 존재를 인지했으니 집중한다면 충분히 찾아낼 수 있다. 황제가 펼쳐둔 복잡한 술식이 해의 눈을 가렸지만 이 정도로 가깝다면 그쯤은 아무것도 아니다.

잠시 후, 해가 망연자실 중얼거렸다.

"없어?"

견의 탈을 쓴 영이 없었다. 이곳에 없다면 영이 있을 곳은 뻔했다. 저 결계 밖. 저 전장. 양섭성의 뒤. 안 그래도 풍전등화 같은 양섭성의 안위가 더욱 위태로워졌다.

"아니 돼."

그렇다면 지금부터 해가 가야 할 곳도 단 한 곳이다. 대사냥전이 열리는 결계 밖. 그곳으로 가려면 황제가 세워둔 문지기들을 지나쳐야 한다. 부정한 개입을 막기 위해 출입문을 지키고 선 그들은 황명이라면 죽음이라도 불사하니 해를 결코 내보내주지 않을 터. 그들과 마찰 없이 밖으로 나갈 자격이 필요하다.

"평해의 폐주는 당장 물러나라!"

해는 고개를 들어 황제에게 가는 길목을 지키고 있는 좌우 수문장을 차례로 바라보았다. 인상 흐릿하여 뒤돌아서면 잊어버릴 자들이었다. 도력에 살의 실어 휘감아 당기면 저들의 목은 쉬이 부러지고, 저 숨은 금세 끊어질 것이다. 방해자는 사라지고 아무 방해 없이 안으로 들어설 수 있을 터.

그러나 현북에 와 더는 무자비할 수 없게 된 평해의 폐주는 수문장을 죽이고 강제로 봉쇄를 푸는 대신 그 앞에 꿇어앉았다. 공수해 황제께 예를 갖췄다.

"소신 평해의 옛 군주 기해가 만물의 주인이신 황제 폐하께 뵙기를 청하옵니다!"

해가 목소리에 도력을 실었다. 황제는 대답 없었다. 몇 번이고 알현을 청했다. 통촉하여달라 목청 높였다. 그녀는 비록 죄인에 불과하나, 그럼에도 평해의 유일한 계승자이니 끝없이 청한다면 결국 황제를 만날 수 있을 것이다.

"들라 하라."

마침내 안쪽 깊숙한 곳에서 응답이 흘러나왔다.

해는 즉각 일어났다. 입구를 막고 있는 두 개의 창을 양옆으로 밀었다. 도력과 도력이 맞부딪히며 불꽃이 튀었다. 봉쇄는 풀리고 길이 드러났다. 자신들의 주술이 너무나 쉽게 파훼되어 당황한 좌우 수문장을 남겨두고 해는 안으로 향했다.

황제는 용좌에 앉아 있었다. 무감정한 시선이 걸어 들어오는 해에게 고정되었다.

그 앞에 해는 부복했다. 깊게 엎드렸다.

"만세, 만세, 만만세! 홍복을 누리시옵소서!"

지상의 인간과 차별되는 짙은 피부, 바다를 담은 푸른 눈, 장인이 빚어낸 듯 선명한 이목구비. 역대 황제 중 가장 천인의 원형에 가깝다는 황제는 과연 아름다웠다.

"짐을 찾아온 까닭을 고하여라."

해가 자세를 바로 세웠다. 황제는 이곳에 있고, 견은 없다. 그 평범하게 짝 없어 보이는 평것이 제 아우라는 걸 황제는 알고 있다. 혹시 장왕 권영이 현북공 양섭성의 죽음을 바란다는 것 역시 알고 있었을까. 그렇다면 황제는 그에 동조했을까, 묵인했을까.

"소신 기해, 평해의 옛 군주이며 현북의 현 수호자로서 아룁니다. 땅주인 양섭성을 보필해 대사냥전에 참전할 수 있도록 윤허해주시옵소서."

"이미 늦었다. 결과에 부정한 영향을 끼칠 수 있으니 참전은 불허한다."

황제가 즉답했다. 해는 물러서지 않았다. 꼿꼿이 허리 세워 황제를 마주 보았다.

"참여자의 자격을 청하는 것이 아니지 않습니까? 결과에 부정한 영향을 끼치지 않을 것을 맹세합니다."

이에 황제가 한숨처럼 묻는다.

"네가 바라는 것이 정녕 그것이더냐? 이제 와서 그것이 가당하더냐?"

온화한 말투였으나 그 뜻이 예리하였다. 견고하던 해의 표정이 무너졌다. 양섭성을 지키러 가겠다는 그녀의 의지에 황제는 의문하고 있었다.

네게 그럴 자격이 되느냐? 그의 모든 것을 앗아간 주제에 그를 지키겠다는 것이 가당키는 하느냐?

하지만 자격 없어도, 가당치 않아도 지키기로 맹약하였다. 남들이 들으면 불충하다 경악한 말을 입 열어 감히 지껄였다.

"소신을 이곳에 붙잡아두신다면 지금부터 일어날 모든 일은 폐하의 책임이 될 것입니다."

"감히 짐에게 책임을 묻겠다?"

"소신이 폐하께 책임을 묻지 못한다고 모두가 그런 것은 아닙니다."

어처구니없다는 듯 비소하던 용안이 차갑게 굳었다. 해의 표정도 굳었다. 황제는 분명 제 아우가 양섭성의 죽음을 바란 것을 알고 있었다. 대사냥전을 앞당겨 현북에 온 것도 그와 관련돼 있을 터.

이유는 몰라도 영은 제 손으로 섭성을 해할 수 없다. 그는 견으로 위장해 있는 동안 섭성의 총애를 받았다. 섭성의 지척에 머물렀으니 죽일 기회는 얼마든지 있었다. 그 내내 견은 단 한 번도 섭성에게 위해를 가하지 않았다.

영은 섭성의 죽음을 바라되 직접 그 죽음을 초래하지는 않는다. 무얼 바라는지는 몰라도 제 손으로 죽여서는 염원하는 바를 얻을 수 없는 것이다.

그러나 직접 관여하지 않아도 땅주인의 죽음을 종용한다면 천벌의 대상이 될 것이다. 아우를 지극히 아껴 친히 현북까지 온 황제가 그 위험성을 간과할 리 없다.

"삼라만상의 주인이신 폐하라 하셔도 천벌은 피할 수 없습니다. 현북공 양섭성은 폐하의 신하이되 동시에 북쪽의 주인 된 자. 그의 수호자로서 책무를 다하게 해달란 청을 폐하께서 기어이 불허하신다면 그 죽음은 응당 폐하의 책임이 될 것입니다. 정당히 현북공위를 계승한 그의 고귀함은 황야를 통틀어도 손에 꼽힐 터인데, 천계가 죽음의 책임자를 그냥 두겠습니까? 설령 폐하께서 그 책임을 피한다 해도 누군가는 대신 받지 않겠습니까?"

"짐을 감히 겁박하는군."

황제의 벽안에 이채가 어렸다. 천하의 미치광이가 천계와 천벌을 들먹여 황제를 설득하고 있었다. 본 성질머리 같았으면 황제가 허락하든 불허하든 개의치 않고, 제 앞을 막아선 놈의 목이란 목은 모조리 베어 넘기며 원하는 곳으로 갔을 터다.

위아래 모르던 계집은 이제 정말 없구나, 속으로 탄식하는 황제의 입술 사이로 한숨이 흩어졌다.

"좋다, 윤허하겠다."

두 눈을 흠칫 뜬 해는 곧장 바닥에 바짝 엎드렸다. 원하는 바를 얻었다.

"황은이 망극하옵니다!"

"참여자가 아닌 수호자의 자격임을 명심하라. 대사냥전에 부당한 영향을 미치지 말라. 수호자로서 네 잘못은 곧 네 주인의 책임이 될 것이다."

"명심, 또 명심하겠사옵니다."

황제가 손짓하자 환관이 참여패를 넘겨주었다. 해가 두 손으로 공손히 패를 받아 들었다.

"물러나라."

시선을 내리깐 채 무릎걸음으로 물러났다.

해가 밖으로 나가기 직전, 황제가 거두절미한 물음을 던졌다.

"그것이 네 의지가 맞느냐?"

해가 황제를 보았다. 황제의 눈동자는 해에게 고정되어 있었다. 그 얼음 같은 시선은 너무 깊어서 속내를 가늠하기 어려웠다.

그래도 해는 알아들었다.

네 옛 주인이 아닌 새 주인의 곁에 서기로 결정한 것이 맞느냐? 그것이 오롯이 네 의지가 맞느냐?

해가 희미하게 자조했다.

"그런 것은 의미가 없습니다."

누구의 의지인지는 중요치 않다. 지금 중요한 것은 풍전등화의 양섭성을 무사히 지켜내는 것뿐. 다른 모든 것이 무가치하다.

마침내 해가 물러나고 황제는 용좌 깊숙이 몸을 묻고 눈 감았다. 늙은 환관이 조심스럽게 아뢰었다.

"폐하, 정녕 폐주를 결계 밖으로 보내는 것이옵니까? 폐주가 주변의 피해를 고려치 않고 마구잡이로 도력을 휘두르지 않을까 저어되나이다."

"모르겠느냐?"

황제는 짧게 반문했다. 환관의 미간에 깊은 주름이 고였다.

"기해는 변했다."

해의 두 눈은 더 이상 장왕을 향하지 않는다. 맹목도 맹세도 모두 다른 이의 것이다.

하여 이 순간 황제는 '황제'이기에 기해를 막을 수 없었다. 역대 그 어떤 황제라도 지금의 해를 막지 못했을 것이다.

해는 처소로 돌아가 짐을 꾸렸다. 뜬눈으로 장시간 지낼 경우를 대비한 각성제만 한 보따리 챙겼다. 다른 건 필요 없었다.

참여패를 허리춤에 차고 봇짐을 멨다. 곧장 길을 떠나는 대신 곁에 있는 것이 너무 당연하여 중히 여기지 못했던 이를 잠시 찾았다. 뒷마당을 한참 뒤진 끝에야 이제는 미물 되어 이지도 감정도 없는 백리를 찾을 수 있었다. 두 눈을 감고 햇볕을 쬐고 있는 그는 평온해 보였다.

"백리야."

백리가 눈을 떴다. 고개 돌린 그가 쉿 혀를 내밀었다. 해는 손을 뻗어 그 이마를 매만졌다.

그는 그녀의 하나부터 열까지 알았는데, 그녀는 그의 단 하나도 제대로 알지 못했다. 제 무심함을 비로소 깨닫는다.

"기다려라."

언젠가 네 뿔을 찾아주겠다. 그때가 되면 너의 진짜 이야기를 들려다오. 권속의 맹약마저 깨뜨린 네가 떠나기는커녕 청유를 막아선 까닭을 알려다오.

하고 싶은 모든 말을 기다리란 한마디에 담았다.

주변을 둘러보기엔 너무 늦었다는 것을 안다. 그래도 기회가 주어지기를 바랐다. 그릇되고 어긋나 망쳐진 것들을 되돌리길 원했다.

※ · ※

대사냥전이 무르익었다. 요괴의 피와 살점에 참여자들은 투지를 불태웠다.

"한리민 장군! 오늘도 정말 대단하셨습니다."

수하가 아첨했다. 주남공의 막냇동생인 한리민의 사냥실력은 과연 발군이었다. 넘치는 야망을 알면서도 주남공이 끼고 돌 만했다. 후에 설령 정당한 후계자의 자리를 위협하게 될지라도 당장의 위기를 넘겨야 하는 땅주인으로서는 썩힐 수 없는 능력이었다. 첫째로 도력이 뛰어났으며, 둘째로 무예에 능했고, 셋째로 타고난 강골이라 어지간한 중급 요괴도 단칼에 썰어버릴 수 있었다.

요괴를 군대처럼 부리며 사냥하는 모습은 실로 대단했다. 요괴란 것들은 요력을 위해서라면 동족상잔도 서슴지 않았으므로 그의 권속은 훌륭한 요괴사냥꾼이 되었다.

"산처럼 쌓인 요괴라니요! 이대로라면 내일만 되어도 근방에 사냥할 요괴가 남아나질 않겠습니다. 요괴가 없어 우승을 못 하면 억울해서 어찌합니까? 당연히 장군께서 우승을 하셔야 할 터인데."

"하하, 요괴만 소탕되면 우승하지 못한들 무어 아쉽겠는가? 황야가 안전해지는 것보다 중요한 일이 어디 있다고. 다들 수고했네. 이만 푹 쉬고, 내일 있을 출전에 대비하게."

"예, 장군!"

입에 침이 마르도록 칭송을 늘어놓는 수하들에게서 겨우 벗어난 한리민은 곧장 제 처소로 돌아갔다. 침상에 걸어앉은 그는 사냥패를 물끄러미 바라보았다.

황제의 주술이 펼쳐진 거대한 전장. 태초의 주술은 참여자의 공을 분석하여 수치화했다. 같은 수의 요괴를 잡아도 혼자 잡는 것과 여럿이 잡는 것은 차이가 컸다. 벌써 수백에 가까운 요괴를 사냥했으나 권속을 동원한 까닭에 획득한 점수는 기대에 미치지 못했다. 경쟁자의 실적을 알 수 없으니 제 점수가 높다고 마냥 안도하고 있을 수는 없다.

"우승을 해야 해. 그렇지 못하면 이 고생을 한 보람이 없지."

한리민이 혼잣말을 중얼거렸다. 그가 생각키로 이 사냥전에 제 적수는 없었다.

청동후는 늙었다. 야망을 품기에 그 가슴은 진즉 근심으로 가득 찼을 것이다. 후계를 보내지 않고 부득불 제가 온 것은 현북공 양섭성을 보기 위해서였을 터. 우승을 위해 절박하게 매달릴 열정이 그 늙은이에겐 있을 리 없다.

백서의 예진아는 도력만 따진다면 경계해 마땅하나 아직 어려 권속을 부리는 데 미숙했다. 사냥의 효율을 따지자면 숙련된 한리민에게 비할 바 못 된다.

그리고 현북공 양섭성. 그의 무능은 주남에도 소문 자자했다. 역대 땅주인 중 가장 무력한 자. 오직 치유에 국한된 힘. 그 치명적 약점을 갖고도 땅주인이 되었으니 운 하나는 억세게 좋다고 해야 할까, 더럽게 나쁘다고 해야 할까. 어쨌든 사냥전에 극단적으로 어울리지 않는 자다. 태초의 수호를 받고 있다고 해도 애당초 약해빠진 놈이니 크게 신경 쓸 것 없다.

한리민의 굳었던 표정이 환해졌다. 입가에 자신감 넘치는 미소가 걸렸다. 여러모로 생각해보아도 사냥전 참전자 중 저에게 대적할 만한 실력자가 없었다. 방심만 하지 않는다면 우승은 따놓은 당상이 되리.

"평해의 폐주라……."

천하절색이라 소문 자자한, 오직 장왕 권영에게 눈멀어 있다는 계집. 잘못 쓰면 제 심장에 칼 꽂는 격이 되겠으나 잘만 쓰면 세상을 발아래 둘 수 있을 터. 사내라면 응당 천하를 꿈꾸어어야 한다.

"흐흐."

한리민이 음산하게 웃었다.

반드시 우승하여 황제께 청할 것이다. 평해의 폐주 기해를 상으로 달라고. 통제 불가한 계집과 혼인하여 길들여보겠다고.

평해왕부를 꿀꺽하려는 시꺼먼 속셈이라는 걸 뻔히 알아도 황제는 역모만 아니라면 우승자의 청을 받아들여야 한다. 더욱이 평해왕부의 명맥을 기해를 마지막으로 끊어버릴 심산이 아니라면 그 계집과 누군가를 혼인시키긴 해야 했다. 나서서 골칫덩이를 치워주겠다는데 거절할 명분은 하늘과 땅을 탈탈 털어도 없다.

기해의 성정이 지랄맞고 난폭한 면이 커도 권속을 대하듯 굴종시키면 길들일 수 있을 터다. 이제는 그와 한 몸처럼 움직이는 그의 권속들도 처음에는 다루기 힘들었다. 끝없이 힘으로 굴복시키고 정신을 세뇌하여 비로소 이룩해낸 쾌거다.

평해의 폐주는 물론 길길이 날뛰겠지만 상관없다. 제아무리 잘났어도 구속구를 겹겹이 채워 끌고 가면 된다. 모든 권속이 그러했듯 계집 또한 결국은 그에게 복종하게 될 것이다.

"전부 이 한리민이 가져 마땅하지."

그 뒤는 일사천리다. 평해는 그의 것이 되고, 평해를 발판 삼아 주남 또한 제 것으로 만들리. 새파랗게 어린 조카가 평생 호의호식하다 아무 어려움 없이 땅주인이 되는 꼴을 절대로 그냥 두고 보지 않으리.

한리민의 두 눈 가득 야망이 타올랐다.

❋ • ❋

현우는 말을 타고 움직였다. 이제는 익숙해진 육신으로 사위를
둘러보았다. 두 쌍의 눈이 보는 세상에도 겨우 적응됐다.

황막한 황무지. 평것은 감히 건널 생각조차 하지 못하는 물 없
는 바다. 황야는 그렇게 인간의 나라들로부터 고립된 땅에서 태어
났다. 요괴가 언제든지 습격할 수 있는 땅에 제국을 세운다는 게
얼마나 부자연스러운 일인지 황야인은 인지하지 못한다. 요괴와
천인이 실존하는 세상에서 태어났기에 그 위험은 숨 쉬듯 자연스
러운 것이었다.

청동후도 그랬다. 여식과 그 가족이 몰살당하고 어린 외손이 홀
로 요괴 앞에 내동댕이쳐진 후에야 이토록 위험한 곳에 황야가 자
리한 까닭에 의문을 품을 수 있었다.

수없이 생각했다. 무수히 숙고했다. 그 끝에 겨우 결론 내렸다.

이 땅은 인간이 살 곳이 아니다. 황야는 인간이 나라 세워서는
안 되는 곳에 섰다.

그렇다면 저 바깥은? 황야인은 바깥인과 체질이 달라 술사의
도움 없이 바깥에서 살 수 없다고 알려져 있다. 그것이 참일까 의
심되자 확인하지 않고서는 견딜 수 없게 되었다.

"조금 아깝긴 하군."

현우가 중얼거리며 제 몸을 매만졌다. 공들여 깎은 젊은 육신은 건강하고 튼튼했다. 확실히 탐이 났다. 영원한 젊음은 모든 술사의 꿈 아니던가.

"그런 미련이 술사를 미치게 하는 것이지."

고개를 저어 불필요한 욕심을 털어냈다. 이 육신은 제 몫을 다한 뒤 스러지는 게 옳다.

"이랴!"

말 엉덩이를 걷어찼다. 대규모 술사의 난입에 겁먹은 요괴들이 꽁꽁 숨은 지금이 평범한 현우가 저 바깥으로 나갈 수 있는 유일한 기회다.

총 열흘의 대사냥전 기간 중 벌써 이틀째다. 이제 여드레가 남았다. 바깥에 나갔다가 황제에게 들키기 전 되돌아오려면 빠듯하다. 현우는 청동후가 데려온 수행원에 불과하니 그의 부재를 알아챌 사람은 없겠지만 조심해 나쁠 것 없다.

말을 빠르게 몰아 주 경계의 황무지를 가로질렀다. 언제 튀어나올지 알 수 없는 요괴 때문에, 평것은 살아서 건너는 것도 불가하다는 물 없는 바다를 지나며 황야의 기형성을 생각했다.

술사 없이는 타국과 교류할 수 없는 주제에, 고립되어 있다는 사실조차 깨닫지 못한 채 살고 죽는 황야의 사람들. 술사 없는 삶을 생각할 수 없기에, 제 위험을 미처 마주하지 못하는 어리석은 이들.

가여운 일이다. 실체 없는 옥에 갇혀 있으면서도 알지 못했으니.

현우는 북쪽으로, 북쪽으로 내달렸다.

四

    대사냥전은 전쟁이며 경합이다. 황제가 정한 전장에서 사냥한 요괴는 고스란히 수치화되어 참여패에 기록된다. 한 마리를 사냥할 때 받을 수 있는 점수는 정해져 있어 여럿이 함께 움직이면 그만큼 점수를 쌓기가 어려웠다.

    하지만 술사라 해도 목숨이 하나뿐인 것은 평것과 같으니 뒤를 보아줄 무사 몇을 데리고 다니는 게 보통이었다. 괜히 욕심부렸다가 목숨이라도 날리면 그런 개죽음도 없을 테니까. 하여 지금부터 혼자 움직이겠다는 섭성의 뜻을 류준은 받아들일 수 없었다.

    "너무 위험합니다, 주군. 다시 생각해주십시오!"

    류준의 간청에 섭성은 단호히 고개를 내저었다.

    "이대로는 우승할 수가 없다."

    "우승보다 주군의 안전이 더 중요합니다!"

    "대장군은 나를 아주 나약하게 보는군."

    "주군, 그런 뜻이 아니오라!"

    "이해한다. 다들 그럴 테니까."

    당황한 류준이 소리치는 것을 섭성이 뚝 잘라냈다. 냉소가 그의 입가에 걸렸다.

"오래전부터 그랬지. 모두들 나를 잘못 만지면 깨질 유리처럼 대해."

"그것은……."

"대장군, 똑바로 들어라. 그 가슴에 새겨라. 나는 누구의 보호도 필요치 않다. 누구도, 설령 대장군이라 해도 나를 보호해줄 수는 없다. 그 사실을 아무도 몰라서, 심지어 내 부모와 형님과 누이조차 몰라서 그들 모두를 잃었지."

류준은 처음으로 섭성이 낯설었다. 제자이며 주인인 자. 현북을 지켜야 하는 책무 외에 어떤 것도 갖지 못했던 땅주인이 우승을 원한다. 제 안위보다 더 강렬히 그것을 바란다.

"나는 대장군의 걱정만큼 무능하지 않고 모두의 염려만큼 나약하지 않다. 내 의지와 상관없이 이 몸을 타고 흐르는 도력은 나를 몇 번이고 죽음의 구렁에서 끄집어내겠지. 하다못해 저 밑의 나락에서도 살아 돌아오지 않았더냐."

섭성이 단도를 꺼내 들었다. 깊숙이 제 손바닥을 베어냈다. 뚝뚝 떨어지던 핏물은 곧 멈추었다. 상처는 금세 자취 감추었다.

"물론 이리 말해도 대장군은 걱정을 떨쳐내지 못하겠지. 이해해. 그럼 이건 어떨까?"

섭성이 품에 넣어두었던 허수아비를 꺼냈다. 섭성의 피가 묻자 허수아비에서 빛이 흘러나왔다.

"이 허수아비는 청동후가 친히 목숨 깎아 만든 분신이다. 그 어떤 위기라도 한 번은 막아낼 도력이 실렸지. 만약 청동후의 술법이 발동될 만한 상황이 생기면 주저 없이 돌아오겠다. 수백수천의 호위보다 청동후의 술법이 더 안전하다는 것을 대장군도 알 것이다."

류준은 마지못해 고개를 끄덕였다. 이미 결정한 것을 섭성은 번복하지 않을 테니까.

"그때엔 바로 돌아오셔야 합니다."

"약조하겠다."

"수하들이 독단적으로 주군을 찾아 나서는 것까지는 못 말립니다."

섭성이 소리 없이 웃었다.

유적은 난리가 났다.

"주군을 찾아야 합니다!"

류준은 가타부타 않고서 지도를 노려보고 있었다.

"대장군!"

누군가 큰 소리로 류준을 불렀다. 차마 못 들은 척할 수 없는 크기라서 류준이 하는 수 없이 고개를 들었다. 애타는 그 눈들을 마주하자 순간 고소가 튀어나왔다.

모두가 저를 금방 깨질 유리처럼 대한다는 섭성의 말이 딱 맞다. 류준을 포함해서 다들 같았다. 그들은 현북공이 약하다 말하는 세간의 평에 매몰돼 있다.

확실히 수하들이 곁에 있으면 섭성은 우승하지 못할 것이다. 조금만 위험해 보여도, 아니, 전혀 위험해 보이지 않아도 불면 날아갈까 만지면 터질까, 요괴와 섭성을 떨어뜨리지 못해 안달 난 이들이 한 수레다. 지난 이틀 확실히 그러했다. 요괴와 맞닥뜨려도 섭성이 무언가 해볼 틈도 주지 않고 그를 보호하느라 다들 생난리를 떨었다.

"아니, 우린 우리의 사냥을 진행한다."

"말도 아니 됩니다! 주군께 어떤 위험이 닥칠지 알 수 없습니다!"

"주군의 명이다."

"아무리 명이라 해도 안 되는 건 안 되는 겁니다!"

"그만, 그만, 그만!"

류준이 책상을 탁탁 내리쳤다.

"현북공의 명이다. 불복은 군법에 따라 대역죄로 다스리겠다."

"대장군!"

"주군께선 우리 생각처럼 나약하지 않다. 우리가……."

류준은 섭성과의 시간을 떠올렸다. 그가 직접 가르쳤다. 당장 실전에 내던져져도 당황하지 않도록 혹독하게 훈련시켰다. 무술을, 검술을, 궁술을. 어느 하나 빠지는 것 없이 섭성은 훌륭하게 습득했다.

"나리. 나리께선 이젠 다신 결계 밖으로 나가지 못하실 터인데 검을 연마해 무어 하시겠습니까? 도력을 다스려 결계를 강화하는 것이 더 우선 아닐는지요?"

"류 장군, 모두들 내가 결계 속 난초로 남기를 바라지. 이미 그리 살 수 없는 상황이 되어버렸는데. 내가 결계 밖으로 나가지 못한다

하여 병법도 검법도 무용하다 말하지 마라. 도력은 날 때부터 주어진 것. 내가 갈고닦는다 한들 달라지는 것은 없다. 그러나 지식은 익힐수록 깊어지고 몸은 수련할수록 단련돼. 설령 결계가 나를 지켜주지 못하는 상황이 되더라도 숨 끊기는 순간까지 싸울 것이다. 나에겐 남들보다 긴 하루가 있고 남들보다 튼튼한 몸이 있는데 주저앉아 있을 이유가 무엇이더냐?"

섭성은 단 한 순간도 배움을 게을리하지 않았다. 병서에 통달했고, 결계 안에 머물 그에겐 무용하리라 모두가 고개 내젓던 검술도 끝없이 연마했다. 도력을 운용하여 몸의 피로조차 순식간에 몰아낼 수 있으니 하루 열두 시진 내내 훈련에 매진한 날도 많았다.

각고의 노력 끝에 남들이 쉰은 넘어야 겨우 이룩할 경지에 일찍이 이르렀으니 어느 누가 그를 약하다 평할 수 있을까. 그 모든 노력을 어떻게 잊고 있었는지 놀라울 지경이다.

"우리가 틀렸다."

유적의 그 누구도 섭성을 보호할 수 없다. 청동후의 허수아비를 지녔으니, 갑자기 일만 요괴군이 쳐들어오는 수준이 아니라면 섭성을 해할 수 있는 것은 없을 터다. 그리고 일만의 요괴가 쳐들어오는 수준이 된다면 현북의 모든 병사가 몰려가도 섭성을 지킬 수 없다.

"청동후께서 허수아비를 만들어주셨다. 어떤 위기라도 한 번쯤은 무사히 넘길 수 있으실 게다. 그런 상황이 생기면 바로 돌아오신다고 약조하셨으니 믿고 기다려라."

병사들이 얼굴을 일그러뜨렸다. 억울하고 분하고 걱정되는 마음이 고스란히 드러났다. 머리로는 섭성에게 자신들의 보호가 불필요하다는 것을 알아도 마음이란 그리 쉽게 다스려지는 것이 아니다.

그 마음을 너무나 잘 아는 류준이 혼잣말처럼 덧붙였다.

"무어, 너희가 독단적으로 찾아 나서는 것까지 말릴 수 있을까? 사냥을 나가야 하는 너희를 유적에 가둬둘 수도 없고…….."

그제야 병사들의 눈이 활기로 반짝였다. 씩 웃으며 서로서로 눈빛을 주고받은 그들이 서둘러 물러났다. 류준은 혼자 남아 생각에 잠겼다.

섭성은 우승을 바랐다. 우승자의 특권은 금은보화보다 귀하다는 간청권. 우승자가 올리는 청을 황제는 거부할 수 없다.

"폐하께 무슨 청을 올리시려는 겁니까?"

삼세번의 불허 끝에 대전까지 들먹여 참전한 이유가 궁금하다.

탁무경은 익족 내에서도 용맹하기로 손꼽히는 전사다. 인간, 요괴 가리지 않고 일족에게 해가 되는 상대라면 망설임 없이 베어내는 철혈의 전사. 냉혹하고 잔악하여 모두가 두려워 마지않는 위대한 전사. 그래서 작금의 상황이 이해되지 않았다.

"위험하니 결계 안으로 들어가 있으래도?"

"위험하긴 뭐가 위험해요? 오라버니가 있는데."

어차피 비행이 금지된 사냥전에서 우승을 노릴 정도로 열심히 할 생각은 없었다. 하지만 공부에 무서운 것이 있네 어쩌네 하며 딱 달라붙은 혹 두 개는 아주 다른 문제였다. 제대로 사냥을 못 하는 건 둘째치고 너무 귀찮았다.

그래도 의술을 배우겠다며 세상을 유랑하고 있던 막냇동생과 함께 있는 시간이 늘어난 것까지는 괜찮았다. 한데, 저 까마귀! 그의 누이 옆에 딱 달라붙어 있는 까마귀는 도저히 참을 수가 없었다.

덩치는 맹금류 저리 가라인 주제에 조금만 언성을 높여도 겁을 집어먹고 닭똥 같은 눈물을 뚝뚝 흘려댄다. 참새처럼 연약한 척 가증스럽게 누이에게 착 붙으면, 마음 여린 그의 누이는 또 다 큰 까마귀의 머리를 토닥토닥 다독이는 것이다.

"저 까마귀는 대체 왜 데리고 온 건데?"

"부탁드린다고 했잖아요."

"들어준다고는 안 했잖으냐?"

"누이의 부탁인데 들어주지 않겠다고요? 하늘의 별을 따다 달라는 것도 아니고, 황제의 금관을 훔쳐다 달라는 것도 아니고, 고작 저 작은 까마귀를 잠시 맡아달라는 것뿐인데요? 우리 오누이의 정은 고작 그 정도였던가요? 오라버니는 더 이상 이 누이를 귀여워하지 않는 것이어요? 아니면 혹시 익족의 제일전사는 고작 여드레를 참지 못할 만큼 인내력 없는 분이셨던 것인가요?"

두 손을 꼭 모은 이래하의 눈망울이 촉촉해졌다. 꼭 끔찍한 짓을 저지른 것만 같은 느낌에 탁무경은 눈앞이 컴컴해졌다.

"알았다, 알았다. 네 뜻대로 해주마. 그러니 그 눈물 좀 어찌해보아. 응?"

"오라버니, 고마워요!"

결국 원하는 바를 관철시킨 이래하가 탁무경에게 와락 안겼다. 익족의 위상이고 사냥전의 우승이고 뭐고 다 상관없어진 탁무경도 누이를 꽉 안아주었다.

그렇게 오누이가 서로의 정을 확인하고 있는데, 멀찍이 있던 까마귀가 슬금슬금 움직였다. 뻔뻔하게 두 팔을 쫙 펼치며 이래하에게 다가오는 모습을 본 탁무경의 입이 떡 벌어졌다. 겨우 정신을 차리고 고함쳤다.

"멈춰라!"

큰 소리에 놀란 이래하가 귀를 틀어막았다.

"래, 래하 소저! 괜찮소? 갑자기 큰 소리를 내면 어떡하오? 래하 소저가 놀랐잖소!"

황당하게도 까마귀는 적반하장으로 탁무경을 꾸짖었다. 탁무경은 어처구니없어서 까마귀를 쏘아보았다.

"네놈 때문이지 않으냐? 종족이 달라도 남녀가 유별한데 왜 자꾸 내 누이에게 들러붙어? 다 큰 처자의 혼삿길을 막으려고?"

"혼사는 소오랑 치르면 되잖소?"

천연덕스러운 대꾸에 탁무경은 순간 말문이 막혔다.

"무, 무어?"

어린 누이의 혼삿길을 막는 것으로 모자라 대뜸 제게 누이를 주십쇼 하는 행태에 기가 찼다. 살다 살다 이런 날도둑은 처음이다.

"그 무슨 돼먹지 못한 소리냐? 너까짓 하급 요괴가 어디 내 누이를!"

"소오는 래하 소저를 행복하게 해줄 수 있소! 또한 난 하급하지도 않소!"

새파랗게 어린 까마귀는 탁무경에게 한마디도 지지 않았다. 속에서 열불이 나 탁무경이 팔을 뻗었다. 오늘은 기필코 저 시건방진 까마귀를 혼쭐내줄 것이다.

"이름도 제대로 모르면서 행복하게 해주겠다니 그 무슨 어불성설이더냐? 감히 내 누이에게 시답잖은 수작을 걸어? 당장 꽁지깃을 다 뜯어버려도 시원찮을 요괴 놈이!"

"래하 소저!"

까마귀가 냉큼 이래하의 뒤에 숨었다. 매제로 인정하려야 인정할 수가 없는 꼬락서니였다. 박력이 병아리 눈물만큼도 없는 매제는 꿈에도 상상해본 적이 없다. 하지만 탁무경을 진정 뒷목 잡게 하는 이는 따로 있었다.

"오라버니! 묵오가 겁먹잖아요. 그만하셔요."

이래하가 묵오의 역성을 들었다. 충격받은 탁무경이 멍하니 중얼거렸다.

"이래하, 네 지금 오라비가 아니라 저 까마귀 편을 드는 것이야?"

"아뇨, 오라버니. 이 누이는 누굴 편드는 것이 아니라…….."

오늘의 이 참상을 미리 알았더라면 절대 이래하를 황야로 내보내지 않았을 것이다. 나를 밟고 가라며 바짓단을 붙잡고 늘어졌어야 했다. 못된 인간들이 그의 귀여운 누이를 망쳐놓았다.

"으으, 윽."

묵오가 갑자기 신음했다. 옥신각신하던 남매가 동시에 고개를 돌렸다.

"묵오, 왜 그래?"

걱정 가득한 표정으로 까마귀를 챙기는 누이를 탁무경이 착잡하게 바라보았다. 제 누이가 정말로 저 맥없는 까마귀와 혼인하겠다고 나서면 어찌해야 하나?

"아프오, 아프오, 래하 소저. 이마가 너무 아파."

묵오가 이래하에게 매달려 울먹였다. 그는 정말로 심각해 보였다. 멀쩡하던 낯빛이 새하얗게 질렸고, 이래하의 옷을 붙잡은 손이 덜덜 떨려댔다.

"어서 안으로 들어가자. 오라버니, 이야기는 나중에 마저 해요. 묵오를 데려가서 좀 눕혀야겠어요."

이래하가 묵오를 둘러멨다. 작은 체구가 무색한 괴력이었다. 건물 안으로 들어가는 이래하를 보며 탁무경이 한숨을 내쉬었다.

요괴는 병에 걸리지 않는다. 그러니 묵오는 아픈 게 아니다. 그는 겁에 질린 것처럼 보였다. 제 것을 전부 빼앗길 처지에 놓인 아이처럼 덜덜 떨었다.

누이가 사라진 자리에서 눈을 떼던 탁무경이 무뚝 굳었다. 저 멀리 무언가 빠른 속도로 다가오고 있었다. 탁무경의 동공이 수축했다. 멀리서 다가오는 그것을 당겨보았다.

아름다운 계집이었다. 수수한 차림새에도 미색은 도드라졌다.

계집은 무늬 없는 새하얀 도복을 입고 칠흑처럼 새까만 머리를 질끈 묶어 올렸다. 복숭아 같은 뺨과 동백 같은 입술이 예뻤고, 날렵한 콧날과 겨울처럼 차가운 두 눈은 조화로웠다.

평것이었다면 진작 어느 귀족의 첩으로 팔려갔을 것이다. 은자와 금괴를 잔뜩 싸들고 찾아와 그녀를 사겠다는 이가 문전성시를 이루었을 터. 상사병에 걸려 앓아누운 이도 셀 수 없이 많았겠지.

그러나 탁무경을 사로잡은 것은 그 미색이 아니라 도력이었다. 탁무경은 넋 놓고서 계집의 움직임을 눈으로 좇았다.

계집은 인간을 아득히 초월한 자. 주변 모든 것을 압도하는 저 살의.

"평해의 폐주."

묵오의 본능이 무언가에 겁을 집어먹었다면, 그 무언가는 천마에 비견될 속도로 가까워지고 있는 저 계집일 수밖에 없다.

그녀는 달려온 속도 그대로 어느 유적 안으로 쳐들어갔다. 유적 문 부서지는 소리와 놀란 유적지기들의 비명이 저 멀리서 엉겼다. 현북공 양섭성과 그 수하들이 본지로 배정받은 유적이었다.

해는 유적을 뒤졌다. 도력을 써서 내달린 탓에 피로가 극심했지만 쉴 수는 없었다.

눈에 띄는 자들마다 붙잡아 양섭성과 견의 행방을 물었다. 양섭성에 대해서는 이런저런 말이 나왔지만 견은 이름을 알고 있는 자를 찾기조차 어려웠다. 당연했다. 일개 몸종의 이름을 유적의 병사가 알고 있는 게 더 이상할 것이다.

어쨌든 둘 중 하나만 찾으면 된다. 견을 찾아서 막아설 수 없다면 양섭성을 찾아서 보호하면 된다. 양섭성은 현북의 땅주인이니, 대사냥전에 참여했다 해도 위험하게 혼자 사냥을 나갔을 리 없다. 분명 이 유적 어딘가 안전한 곳에서 호위들에게 둘러싸여 있을 것이다.

"양섭성?"

그런데 없었다. 여기 어딘가 있어야 하는데, 양섭성이 보이지 않았다. 문을 여닫을 때마다 해의 표정이 어두워졌다. 초조가 깊어졌다.

마침내 마지막 문. 해는 문고리를 잡아당겼다. 작전실이었다. 갑작스러운 불청객에 안에 있던 자들의 시선이 모여들었다. 해는 그 얼굴들을 하나하나 살폈다. 제 눈을 믿을 수 없어 찬찬히 뜯어보았다.

"없어?"

해가 망연자실 중얼거렸다. 간담이 서늘해졌다. 유적을 전부 뒤졌지만 어디에도 양섭성은 없었다.

그는 대체 어디에 있지? 설마 저 바깥? 식욕 가득한 요괴가 득실대는 저 황량한 땅에?

"안 돼. 아니 돼."

견은? 영은 어디에 있어?

미친 사람처럼 안을 뒤졌다. 탁자 밑, 사람 사이, 지도 뒤. 사람이 도저히 들어갈 수 없는 작은 틈까지 모두 확인했다.

"뭐, 뭐 하는 거요?"

그를 시작으로 해의 황당한 행태에 막혀 있던 병사들의 말문이 봇물 터지듯 터졌다.

"당신 누구요? 우리 쪽 참여자는 아닌 듯하오만."

"당장 나가시오! 여기가 어디라고 감히!"

행색이 초라하니 다른 권역의 허드렛일하는 일꾼 정도로 보일 만했다. 해는 휘청휘청 몸을 일으키면서도 온몸으로 살의를 발산했다.

"죽고 싶지 않으면 그 입 닥쳐라! 양섭성은 어디에 있느냐?"

서슬 퍼런 분노가 제 주인 하나 챙기지 못한 아랫것들에게 향했다. 본능적으로 겁먹은 병사들이 어깨를 움츠렸다. 당장 저들의 목을 따지 않은 것은, 그것을 양섭성이 끔찍하도록 싫어할 것을 아는 까닭이다. 얼굴 흐릿하여 아무 인상조차 남기지 못하는 저들도 가족이 있고 친구가 있고 연인이 있음을 이제는 아는 까닭이다.

"살기 거두십시오. 병사들이 겁먹잖습니까."

뒤에서 들려온 목소리는 낮고 차분했다. 해가 고개를 돌렸다. 곰처럼 덩치 큰 사내가 그녀를 바라보고 있었다. 오만하게 턱을 치켜든 해가 코웃음 쳤다.

"이따위 살기에 겁을 처먹는 것들을 데리고 대체 무얼 하겠다고? 그래서 땅주인 하나 지키겠느냐?"

"모든 걸 집어삼키는 두려움에도 도망치지 않은 이들입니다. 이들이 지금까지 유적을 지켰고 현북을 지켰고 땅주인을 지켰습니다. 감히 폐주께서 비웃을 처지가 되십니까?"

사내는 동요하지 않았다. 그러나 기저에 깔린 분노는 예리하고 차가웠다. 주먹을 꽉 움켜쥔 해의 기세가 한풀 꺾였다.

"네가 대장군 류준이겠군."

죽은 양세계의 뒤를 이어 유적의 총책임자가 된 자. 모든 무장을 통틀어 양섭성이 가장 신뢰하는 자. 양섭성의 행방을 이자는 알 것이다.

"그렇습니다."

"양섭성은 어디 있느냐? 그는 혼자 있어선 안 돼."

류준의 시선이 해의 허리춤을 향했다. 황금빛 참여패가 매여 있었다. 그녀는 정당한 방법으로 결계를 나와 이곳에 왔다.

그러나 그렇다고 해서 반드시 섭성이 그녀를 만나줘야 한다는 법은 없다.

"현북공께서 폐주를 만날 까닭이 없습니다."

해가 사납게 눈을 치켜떴다. 류준에게 바짝 다가서 그의 멱살을 움켜잡았다.

"무어? 나는 이곳에 현북의 수호자 자격으로 왔다. 수호자가 땅주인을 수호하는 것은 당연한 일. 내겐 그를 만날 자격이 있어. 이리 박대하는 것은 도리에 맞지 않아."

"수호자가 그 주인의 대장군을 박대하는 법은 세상천지에 있답니까?"

이를 악문 해가 두 눈을 굳게 감았다 떴다. 타오르던 불꽃이 꺼지고 얼음 같은 냉정함이 찾아온다. 류준을 놓아주었다. 살기를 누그러뜨리고, 분노를 어그러뜨리고, 고요만 남은 목소리로 청한다.

"양섭성이 어디에 있는지 알려다오. 수호자로서 그를 지킬 것을 맹세하였다. 그는 지금 위험해. 자신이 위험하다는 것조차 모를 테지."

"전장을 통틀어 현북공께 가장 가장 위험한 건 폐주일 겁니다. 요괴가 아니라요."

울컥한 해가 손을 들었다가 내렸다. 자신을 향한 류준의 적의는 타당했다. 새하얀 도력이 힘없이 흩어졌다.

"어쨌든 현북공은 유적에 없습니다. 지금쯤 따로 사냥을 시작하셨을 테지요. 쉬지도 먹지도 않고 활동할 수 있는 체질이십니다. 폐주의 염려처럼 현북의 땅주인은 나약하지 않으니, 사냥전이 끝나는 여드레 뒤에나 돌아오실 겁니다."

해가 두 눈을 부릅떴다.

"지금 그걸 말이라고 하느냐? 어찌 그 위험한 곳에 양섭성을 혼자 두어? 자칫 잘못됐다가는!"

"적어도 폐주께서 걱정하실 일은 아니지요."

류준이 딱 잘랐다. 당장 그에게 달려들 기세였던 해가 멈칫했다. 기고만장하던 평해의 옛 군주는 없다. 버석한 입술이 맥없이 다물어졌다.

"폐주께서 현북공께 사죄하셨다는 소문은 들었습니다. 하지만 대관절 그게 다 무슨 상관이랍니까? 당신의 죄는 그 목숨을 바치고 또 바쳐도 용서받을 수 없는 종류의 것입니다. 부디 주제를 알고 똑바로 처신하십시오."

해의 눈동자가 커다랗게 흔들렸다.

사죄하고 또 사죄해도 용서받을 수 없는 죄. 백번을 목숨 바쳐도 용납될 수 없는 죄.

죄의 크기가 가늠되지 않아 머리가 어지러웠다.

"폐하께서 당신이 이곳에 오는 것을 허락하셨지만 그것은 폐하의 뜻이지 우리의 뜻이 아닙니다. 당신이 설령 현북의 수호자라 해도 당신껜 현북공을 보위할 자격은 없습니다. 어렸던 그를 이 진창에 처박아버린 것이 당신이란 사실을 잊었다고는 하지 마세요. 당신이 기억하지 못한들 참혹한 과거가 사라지지는 않습니다."

죄. 그의 가족을 죽이고 친지를 죽이고 친우를 죽인 죄. 그의 미래를 짓밟고 웃음을 짓밟고 기쁨을 짓밟은 죄. 아무리 발버둥 치고 몸부림쳐도 그 죄는 지울 수 없는 낙인 되어 남았다.

"저는 주군께서 무사히 돌아오실 것을 믿습니다. 확신이 있기에 보내드린 겁니다. 당신에겐 제 판단에 의문을 제기할 자격이 없습니다. 현북공의 안위에 관심 갖지 마시고 감히 병사들에게 살기 드러내지도 마십시오. 모두 월권으로 간주할 것이니 더는 자격 없이 날뛰지 말란 말입니다."

해는 가늘게 떨리는 어깨를 감싸 안았다. 자격 없는 울음이 가슴 깊이 고여서 풍랑 쳤다.

"당신의 사죄에 일말의 진심이라도 섞여 있다면 제 말을 무시하지는 않으시겠지요. 저는 현북공이 직접 임명한 이 유적의 대장군입니다. 방을 내어드릴 테니 쉬시든지 돌아가시든지 마음대로 하십시오."

257

류준이 손짓하자 병사 하나가 싫은 티를 팍팍 내며 다가왔다.

"가시지요."

병사가 못마땅한 투로 해를 안내했다. 해는 천천히 병사를 뒤따랐다. 자격 없이 나서지 말라. 모든 불행의 시작인 주제에 감히 그를 염려하고 걱정하고 지키겠다고 날뛰지 말라.

안다. 그녀는 섭성에게 그 무엇도 해줄 자격이 없다. 모래알만큼도. 먼지 한 톨만큼도. 그녀가 그를 이 수렁으로 밀어넣었으니까. 이 지옥에 그를 처박아버렸으니까. 이제 와서 그 인생에 개입하겠다는 건 몰염치한 짓이다.

작전실을 나가기 직전 해는 류준을 돌아보았다.

"견이."

작게 중얼거리는 해의 목소리를 류준은 잘 알아듣지 못했다.

"예?"

"양섭성과 함께 온 종복. 그 아이는 어디에 있지?"

"현북공께서는 아무도 데려오지 않으셨습니다."

"그렇군."

가타부타 더 묻지 않고 해는 밖으로 나갔다. 애초에 혼자 사냥을 나갈 생각이었다면 몸종이든 누구든 데려오지 않았을 것이다. 데려와도 짐이 될 뿐일 테니까. 견이 이곳에 왔다면 양섭성 몰래 따라왔을 것이다.

어쨌든 이로써 확실해졌다. 양섭성은 이 유적에 없다. 견도 마찬가지다. 둘 다 저 바깥에 있다. 약해빠진 양섭성은 사지로 걸어들어갔고 견은 그의 죽음을 바라서 그 곁을 맴돌고 있다.

"이 방입니다. 누추하긴 하지만, 다른 방들도 다 비슷할 겁니다. 애초에 우리 같은 병사들이 쓰는 곳이라……."

병사는 빈방 하나를 해에게 보여주고는 돌아갔다. 해는 혼자 덩그마니 남겨져 벽에 기대섰다. 두 눈을 꾹 감고서 호흡을 골랐다.

"양섭성."

자신에겐 엄격하고 타인에겐 관대한 북의 땅주인.

그가 세상에 존재한다는 걸 몰랐으면 좋았을 것이다. 엮이지 않았다면 이리 괴롭지도 않았을 것이다.

그는 해가 지금껏 지켜온 단 하나의 가치를 무의미하게 만든다. 이 생의 유일한 의미라 믿었던 이의 모습마저 흐리게 만든다.

해의 두 손이 얼굴을 가렸다. 방향 잃은 마음이 정처 없이 흔들렸다.

"섭아."

영이 그의 죽음을 바란다. 그 죽음을 명한다. 어찌해야 하는지, 무엇을 할 수 있는지 알 수 없어서 해는 마른울음을 울었다. 눈물 없이, 소리 없이 오열했다.

한참 후에야 해는 얼굴 가린 두 손을 내렸다. 흐트러진 옷을 매무시하고 밖으로 나갔다. 표정 없는 얼굴로 유적 밖을 바라보았다.

끝 모르고 펼쳐진 황무지에선 모래 냄새가 났다. 삶 없는 그 푸석함에 마음이 버석거렸다.

저 어딘가에 섭성이 있고 영이 있다.

자신에게 비록 섭성을 지킬 자격이 없어도, 그가 그녀의 보호를
바라지 않아도…….

"내 너를 찾아야겠다."

그의 죽음을 바라지 않는다. 영의 바람이라 해도 그것만큼은
들어줄 수가 없다. 옳고 그름을 따지지 못하고, 권영의 명이라면
무조건 행하던 권영의 수호자는 더는 없으니까.

❋ · ❋

혼자 움직인 지 이틀째.

류준을 설득하고 나오긴 했지만 그 외의 장수들까지 설득할 시
간이 없었다. 사라진 주군을 찾기 위해 혈안이 되어 있을 그들에게
붙잡히는 불상사가 없도록 섭성은 흔적을 지우며 요괴를 사냥했
다.

우두머리를 잃은 데다 나락으로 후퇴조차 할 수 없게 된 요괴들
은 오합지졸이었다. 그들은 우왕좌왕하며 퇴로를 찾아 헤매고 있
었다. 닫혔던 나락의 틈이 다시 열릴 기미가 보였지만 요괴들이 드
나들 크기가 되려면 몇 달은 더 필요할 것이다. 지상의 요괴잔당을
소탕하고, 다시 상승에 대비할 시간으로 충분하다.

"크헉!"

섭성은 인간만 한 짐승을 밟고 섰다. 그것의 머리를 잘라냈다.
한때는 어린 소녀의 모습을 하고 있었으나 그 속은 여우였다. 정
기를 먹이 삼아 세 개까지 자라났던 꼬리가 힘없이 늘어졌다.

요기에 대한 집착은 어린 여우를 광기로 몰아넣고 끝내는 죽음의 구렁에 처박았다. 한껏 신성해져 천계로 오를 수 있었을 영혼이 더럽혀졌다. 찢기어진 혼백은 구천에 닿지 못하고 나락을 떠돌다가 운 좋으면 축생으로 태어날 것이고, 운 나쁘면 영원히 사라져버릴 것이다.

칼을 두어 번 흩뿌렸다. 검붉은 핏방울이 허공으로 튀었다. 짧게 한숨을 내쉰 섭성이 천으로 칼날을 닦아냈다. 요괴라 하여 무조건 증오하지는 않는다. 술사는 권속과 함께하는 존재. 어쩌면 자신의 동반자가 되어줄 수도 있는 족속들을 모조리 미워할 수는 없는 일이다.

그러나 섭성에겐 땅주인의 책무가 있다. 위협을 제거해 백성을 보호해야 했다. 인간을 해하는 것이 요괴의 본성이라면 수단과 방법 가리지 않고 없애는 게 옳다. 하여 제 손에 죽은 요괴를 결코 연민하지 않았다.

지금의 상황은 요괴들의 선택이었다. 나락을 벗어나 지상으로 올라온 것, 천계를 전복시키고자 했던 것, 그 와중에 무고한 인간들을 해한 것 모두.

이지 없었다 해도 상관없다. 먹잇감을 찾아 헤매는 본성만으로 그 우악스러운 이빨을 들이댔다 한들 동정의 여지는 없다. 요괴가 위험하다는 사실은 변하지 않는다.

섭성은 참여패를 확인했다. 글자가 꾸물거리며 움직였다. 실적은 차츰 쌓이고 있었지만 기대만큼 빠르지 않았다. 요괴를 하나씩 찾아다니는 건 역시 들이는 수고에 비해 얻는 이득이 적다.

남은 기간은 엿새. 밤낮으로 요괴를 잡아들이고 있지만 충분하다는 확신은 들지 않았다. 섭성은 우승을 바랐다. 누구보다 많은 요괴를 잡고 큰 점수를 올려 황제께 간청할 자격을 얻고자 했다.

"방법을 바꿔야겠어."

작게 중얼거리며 섭성이 고개를 들었다. 눈에 도력을 집중했다.

세상이 온갖 색실로 어지러웠다. 월선의 붉은 선은 날이 갈수록 선명해졌다. 그 의미가 자명하다. 천계가 가까워진다. 높이 떠 있어야 마땅할 천계가 자꾸만 내려온다.

천칙이 무너지고 천하가 뒤집힐 것이다. 황야가 준비되었든 준비되지 않았든 천변은 멈추지 않는다.

청동후는 황야의 무결함을 의심했다. 섭성도 그 의심에 동조했다. 황야는 애초에 인간의 나라가 서지 말았어야 하는 곳에 세워진 게 아닐까. 처음부터 그릇된 신기루 같은 제국이 아니었을까.

누구도 천하가 뒤바뀌는 혼란 속에 황야가 무사하리라 장담할 수 없다. 평범한 땅백성을 지키기 위해서는 근본적인 해결책이 필요하다.

"바깥……."

황야 아닌 곳. 요괴도 술사도 없는 곳. 평범한 인간이 넘쳐나고 괴이는 미신으로 치부되는 곳. 천계의 보살핌 없이 오직 인간의 힘으로 삶을 꾸려가고 있을, 저 바깥.

바깥으로 가야 한다. 어쩌면 이미 늦었는지도 모른다. 더 일찍. 더 빨리. 천계가 이토록 가까워지기 전. 나락의 요괴가 지금처럼 날뛰기 전. 황야인은 진작 저 바깥으로 나갔어야 했는지도 모른다.

때를 놓친 가정과 후회를 되뇌다가 섭성은 흐리게 웃었다. 설령
늦었다고 해도 포기할 수는 없다. 단 한 사람의 땅백성이라도 최
후까지 보호하겠다. 모두가 살아남을 수 있는 땅을 찾아내겠다.

그리고 그 전에 반드시 매듭지어야 하는 것이 있다.

천연이란 이름의 악연. 천계의 꼭두각시 되어 불나방처럼 날아
드는 것밖에 할 줄 모르는 가엾은 이.

천계에 얽매인 이 지독한 삶을 마무리 짓고 오롯이 한 사람 되어
마침내 자유롭게 하리. 마침내 자유로워지리.

五

　요괴사냥은 계속되었다. 섭성은 쉬지 않고 움직였지만 한 마리
씩 잡는 것으론 역시 한계가 있었다. 방법을 바꿔야 했다. 한참 뒤
진 끝에 적당한 곳을 찾았다.

　천장이 낮고 좌우가 좁아 동시에 한두 마리밖에 덤비지 못할 정
도로 작은 굴. 어쩌면 곰 요괴의 은신처였을지도 모를 그곳에 섭성
은 자리 잡았다.

　요괴는 도력에 반응한다. 술사는 어떤 인간보다 좋은 먹잇감이
다.

　섭성은 칼날을 왼손으로 감싸듯 잡았다. 손아귀에 힘을 실었
다. 예리한 칼날이 손바닥으로 파고드는 감각이 생생했다. 핏방
울이 툭툭 칼날을 타고 흘러내렸다. 그대로 섭성은 인내했다. 오
감을 한껏 세우고 사위를 살폈다.

　웅성웅성. 수군수군.

　등골이 오싹하고 머리털이 곤두서는 살의가 다가오기 시작했
다. 주변의 요괴란 요괴가 다 모여들고 있었다. 지금까지는 상처
입는 즉시 치유해서 놈들이 그의 냄새를 맡을 틈이 없었지만 이번
엔 달랐다. 섭성은 제 냄새가 사위에 넓게 깔리도록 칼날을 꽉 쥐

고 있었다.

"캬악!"

가장 먼저 모습을 드러낸 놈은 발 빠른 족제비였다. 덩치가 무시무시했다. 족제비 요괴는 섭성을 발견하자마자 아이의 키만큼 길게 늘어나는 발톱을 휘두르며 달려들었다. 한 놈이 도착했으니 섭성의 피 냄새를 맡은 다른 놈들도 지척에 와 있을 것이다. 미끼는 충분하다. 섭성은 손바닥 상처를 치유하며 곧장 칼을 들었다.

족제비의 발톱은 창칼보다 날카로웠다. 놈은 뒷다리에 힘을 줘 몸을 움직이며 사정없이 발톱을 휘둘렀다. 한 번 할퀴는 것만으로 인간의 심장을 손쉽게 뜯어낼 것이었다.

창! 창, 창!

섭성은 족제비의 발톱을 받아치며 그 품을 파고들었다. 두 눈에 도력을 실었다. 족제비 요괴의 살 거죽 안쪽, 붉은빛이 보였다. 요괴의 심장이다. 요력의 반절이 응집돼 있는 가장 치명적인 급소다. 섭성이 깊숙이 칼을 내찔렀다. 군더더기 없이 다듬어진 검술은 완벽하게 족제비의 심장을 꿰뚫었다.

"캬아악!"

소름 돋는 비명이 쇳소리처럼 올랐다. 속절없이 뿜어진 요력이 사위로 흩어졌다. 꿀렁꿀렁 피 흘러내리는 구멍을 막으려고 발버둥 치는 요괴의 목을 섭성이 잘라냈다. 심장이 재생될 틈을 주어선 안 된다. 족제비 요괴의 몸이 풀썩 무너졌다.

그것을 시작으로 수십 마리 요괴가 덤벼들었다. 섭성은 차례로 요괴를 베어 넘겼다. 요괴의 살점과 뼛조각을 밟고서 칼을 휘둘렀다.

대규모 요괴군은 섭성의 능력을 벗어난 상대지만, 수십수백 정
도라면 이야기가 달라진다. 해처럼 대규모 살생력을 지닌 술사에
게 의존할 필요가 없다. 치유에 국한된 도력은 섭성을 끝없이 회복
시키며 움직이게끔 채찍질했다. 아군을 치유하며 싸울 정도로 도
력이 넘치지는 않아도 제 한 몸 치유하며 싸우기엔 차고 넘쳤다.

동굴 입구에 산더미처럼 쌓인 요괴를 보며 섭성은 숨을 몰아쉬
었다. 뒤집어쓴 피로 온몸이 진득했다. 후각을 마비시키는 피 냄새
가 돌연 끔찍했다. 울컥 뒤집어지려는 속을 간신히 참아냈다. 소
매로 얼굴을 닦으며 참여패를 확인했다. 죽인 요괴의 수는 어느덧
수백을 훌쩍 넘어섰다.

아직 부족했다. 이번에 우승을 해야만 한다. 청동으로 갈 자격
이 필요하다. 다음은 없다. 언제 다시 천변이 시작될지 알 수 없으
니, 맺지 못할 천연을 끊어낼 기회는 지금이 마지막이다.

섭성은 죽은 요괴를 밟고 동굴 밖으로 나갔다. 요괴더미에서 풍
기는 피 냄새가 그의 냄새를 가렸다. 냄새가 가려지면 요괴를 유인
할 수 없다. 사냥터를 옮길 때가 되었다.

❋ · ❋

황제는 제 앞으로 날아든 참여패를 물끄러미 바라보았다. 황
금색으로 번뜩이던 패는 곧 빛을 잃고서 툭 떨어졌다. 손 내밀어
패를 받아 드는 용안이 굳었다.

참가자에게 배정된 참여패는 사냥전이 진행되는 동안 그 참가자에게 종속된다. 참가자가 목숨 잃어 자격이 박탈될 때에만 귀환술이 발동한다. 원 주인인 황제에게 되돌아오는 것이다.

자만이 명을 재촉하는 줄도 모르고 제 실력을 과신하여 무리에서 떨어져나간 자가 죽었을 터다. 잔챙이만 남아 있는 전장에서 바칠 필요가 없는 목숨을 바쳤다. 어리석은 죽음이다. 안타깝지는 않았다.

황제가 어수를 들었다. 가볍게 손짓하자 허공에서 권속 하나가 튀어나왔다.

"주인."

"각 유적으로 가서 첫 죽음을 알려라."

황제가 참여패를 던졌다. 권속이 민첩하게 받아내 죽은 자의 이름을 확인했다.

"존명!"

권속이 머리를 조아리고는 사라졌다. 황제는 무심한 얼굴로 정좌했다.

"영아."

조용히 아우의 이름을 읊조렸다. 스스로 견이라 이름 지은 그의 아우는 유적으로 갔다. 그곳에서 하늘길이 열리기를 기다리고 있다.

영겁을 갈망해온 영혼이 다른 이를 위해 절박하게 내달리는 모습을 지켜보고 있을 그의 참담함을 헤아렸다. 참여자의 첫 죽음을 들은 기해는 미치광이처럼 양섭성을 찾아 헤맬 테니, 뒤에 남겨진 영의 마음은 천말 갈래로 찢기어 무너질 터다. 안 되는 것을 붙잡아온 그 미련이 안타깝다.

막을 수도 도울 수도 없으니, 황제는 오늘도 방관한다. 그 끝없는 업보를 대신 받아내면서.

황제의 권속이 뿔피리를 울렸다. 한 번, 두 번, 세 번.

한 번은 대사냥전의 시작. 두 번은 대사냥전의 끝. 세 번은 참여자의 죽음.

"전사자가 나왔어?"

멍하니 중얼거린 해의 표정이 거칠게 흔들렸다. 사냥전은 사주의 땅주인 가문과 황경의 귀족가가 제 세력을 뽐내는 자리다. 어중이떠중이를 대표로 내보냈을 리 없는데 사망자가 나왔다.

약하기로는 둘째가라면 서러워할 양섭성이다. 지금 죽은 자의 이름이 그의 것이 아닌들 다음번의 이름도 그의 것이 아니란 보장이 없다. 더욱이 양섭성에게 위험한 것은 요괴만이 아니다. 그녀의 옛 주인이 그 죽음을 바란다.

"양섭성!"

큰 소리로 그를 부르며 전장을 뒤지고 다녔다. 중간중간 웬 미친놈이 요괴 주검을 산처럼 쌓아놓은 곳들이 있었지만, 그런 곳에 양섭성이 있을 리는 없었다.

해는 점점 더 깊숙한 곳으로 양섭성을 찾아 움직였다. 불안 때문에 호흡조차 힘겨웠다. 잠들지 못했고 계속 긴장한 까닭에 안색이 초췌했다. 양섭성의 무모함에 벌컥 화가 치솟았다가, 제게 그럴 자격이 없다는 날카로운 깨달음이 심장을 찔렀다.

"카악!"

느닷없이 달려드는 요괴에게 도력을 흩뿌렸다. 거칠고 질긴 채
찍처럼 도력은 요괴의 목을 휘감았고 그대로 으스러뜨렸다.

"감히!"

시시때때로 요괴가 습격하는데 양섭성의 행방은 너무나 요원
하다. 혹 이기지 못할 상대를 만나 제 무력함을 처절히 깨닫고, 제
무모함을 후회하고 있지는 않을까.

답답해서 미칠 것 같았다. 닥치는 대로 주변을 휩쓸고 쳐부수고
싶었다.

"안 돼, 아니 돼."

해가 중얼거리며 힘겹게 고개를 내저었다. 무너지는 정신을 가
까스로 붙들었다.

침착해야 한다. 생각해야 한다. 적어도 지금은 미쳐 날뛰어도
되는 순간이 아니다. 양섭성이 근처에 있을지도 모른다. 잘못 날
뛰었다간 양섭성이 휘말릴 수도 있다. 해는 살아 있는 양섭성을
찾고 싶은 것이지, 그의 주검과 맞닥뜨리길 바라는 게 아니다.

요동치던 감정이 가라앉았다. 고요한 밤처럼 검은 눈동자가 천
천히 주변을 둘러보았다.

"네 괜찮은 것이냐?"

양섭성은 분명히 이곳 어딘가에 있다.

그러니 온 전장을 뒤지면 그 피 한 방울, 머리털 한 올이라도 발
견할 수 있겠지.

현우는 꼬박 이틀을 쉬지 않고 말을 몰았다. 말이 지칠 때면 영약을 먹였다. 말은 곧 힘을 내서 다시 내달렸다.

바깥으로 가는 길이 험하지는 않았다. 전장에 술사가 들끓는 덕에 요괴는 잔뜩 몸을 사리고 있었다. 앞을 막아서는 것들은 평범한 인간의 육신으로도 능히 죽일 수 있는 조무래기뿐이었다.

현우는 마침내 황야 밖 세상에 발 디뎠다. 물 없는 요괴의 바다를 건넌 끝에, 말에서 내려 평것의 몸으로 첫 숨을 쉬었다. 호흡은 어렵지 않았다. 독이나 열이 오르지도 않았다. 너무 아무렇지 않아서 허탈했다.

"하, 하하."

쓰러지듯 무릎 꿇고서 한참을 웃었다. 가슴 깊은 곳에서 원망이 소용돌이쳤다.

"대체 왜……."

이곳이 인간의 세상이었다. 인간이 속해야 하는 땅이었다. 요괴도 천인도 없이, 천계도 나락도 없이. 오직 인간만이 존재하는 인간의 나라. 땅은 비옥하고 요괴 날뛰지 않으니 도력 없는 평것도 능히 제힘으로 살아갈 수 있는 곳.

황야의 모두가 속았다. 황야인은 바깥으로 나가면 땅의 독에 중독돼 죽는다는 거짓을 진리처럼 섬겼다. 그 위험한 땅에 안주하며 닥쳐온 위기로부터 눈 돌렸다.

그곳이 모두의 뭇자리인 것도 모르고. 영원한 철옥인 것도 모른 채로.

"폐하, 어째서 우리의 발목 붙잡아 그곳에 처박아두신 겁니까?"

황제 외의 누구도 황야 전체에 주술을 걸 수는 없다. 만백성이 한마음 한뜻으로 섬기는 것은 오로지 황제의 언뿐이다. 그 잘났다는 평해의 폐주도 백성의 마음까지는 어쩌지 못한다.

황제가 만백성을 속였다. 황야를 벗어나면 안 된다고 모두를 기만하였다. 황제의 언은 그대로 주술이 되어 황야인을 속박하였다.

끝없이 의문한 자만이 그로부터 벗어났다. 청동후 또한 아끼던 여식을 잃은 뒤에야 황야의 부조리에 대해 생각할 수 있었다. 그 이후에나 허수아비를 만들어 바깥을 직접 살필 계획을 세웠다. 조금씩 쌓인 의문이 강한 충격과 만나 겨우 최면을 깨뜨린 것이다.

이로써 분명해졌다. 황야인은 황야를 떠나야 한다. 도력 없는 평것에게 어울리는 땅은 황야가 아니라 이 바깥이다. 황야는 명명백백 인간의 나라가 위치해선 안 되는 곳에 자리했다.

황야가 존속한 지 수십만 년. 지금까진 천계와 나락이 균형을 이루었으니 무사했다. 그러나 천칙은 이미 깨어졌다. 전에 없던 이변이 황야 전국에 넘쳐났다. 유례없는 요괴의 침공이 그 증좌다. 천하는 뒤집어질 것이다.

큰 흐름은 막을 수 없다. 천하가 뒤집어질 것이라는 예언을 한낱 노래 구절로 치부하고 있는 황야는 전혀 준비되지 않았다. 멍청히 머물러 있다가는 인간의 머리로 가늠할 수 없는 존재들의 규칙에 휘말려 떼죽음당할 뿐이다.

현우는 씁쓸히 웃고서 남쪽을 향해 머리를 조아렸다. 제 결정이 대역죄에 버금간다는 걸 안다. 그래도 물러설 곳은 없다. 금기된 술법인 혼백전이를 시행한 순간, 진작 멈출 수 없게 되었다. 황제는 물론이고 천계의 눈을 피해 바깥을 둘러보려면 가짜 육신이 필요했고, 그 육신은 방금 제 몫을 다했다.

"땅주인으로 백성을 살리는 일입니다. 대역죄인들 무어 중하겠습니까?"

쿵, 쿵, 쿵.

현우가 머리를 흙바닥에 아홉 번 찧었다. 황제의 충신 청동후는 이제 없다. 가엾은 땅백성의 주인만 남았다.

지금부터 할 일은 청동에 남아 있는 두 아들에게 계획의 시행을 명하고, 금기술을 행한 것을 들키지 않고 이 껍데기에 담아둔 혼백을 본 육신으로 되돌리는 것.

가장 큰 문제는 시간이다. 전부를 구하기엔 남은 시간이 많지 않다. 황제의 주술에 묶인 이들을 바깥으로 내쫓는 건 어려운 일이 될 것이다. 그래도 단 한 명이라도 의미가 있을 것이다.

현우가 품에서 호리병을 꺼냈다. 미리 챙겨온 권속을 꺼냈다. 공간이 열리며 비둘기 요괴 한 마리가 걸어 나왔다.

"구구."

지능은 낮아도 귀소본능만큼은 뛰어난 아이였다.

"내 두 아들에게 전해라."

청동으로 보내는 서신을 녀석의 다리에 묶었다.

"구구!"

"오늘 안에 도착해야 한다."

"구, 구구!"

비둘기 요괴가 의기양양 가슴을 내밀고는 푸드덕 날아올랐다.

결정에 후회는 없지만 섭성이 마음에 걸렸다. 오늘의 이 일이 발각되면 그는 죄인 되어 땅주인위를 박탈당할 것이다. 죄인의 몸으로는 혼자 남은 외손을 지켜줄 수 없으니 그것이 안타까웠다. 저는 이미 늙어 생에 미련 없으나 어린것이 홀로 고군분투하는 것이 늘 마음 아렸다.

"섭아."

언제 어느 때나 현명한 땅주인인 척 굴어도 그 아이 앞에선 평범한 할아비이고 싶었다. 할아비이기 이전에 땅주인인 것이 통탄스럽다.

현우는 착잡한 심정을 깊이 묻고서 말에 올랐다. 귀환을 서둘러야 했다. 두 개로 나눈 혼백으로 두 개의 육신을 유지하는 것엔 한계가 있다. 자칫 잘못하면 혼백이 영원히 분리되어 미쳐버릴 수도 있다. 금기엔 이유가 있다. 쪼개진 혼백의 연결이 완전히 끊기기 전 본 육신으로 되돌려놓아야 한다.

※ · ※

청유는 나락 깊은 곳에서 눈을 떴다. 하늘은 꽉 닫혀 사위가 컴컴했고, 형체 짜부라져 죽은 요괴 아이들이 풍기는 썩은 내에 분노할 여력도 남지 않았다.

– 백리, 네가 기어이!

형제는 끝내 그녀를 저버렸다. 한낱 인간 계집을 택했다. 물어 뜯긴 역린이 타들어가듯 고통스러웠다. 청유는 이를 악물고 날아올랐다.

청유에게 남은 것은 아무것도 없었다. 역천을 함께 꿈꾸던 요괴 아이들은 죽어 널브러졌다. 베이고 찢기고 짓밟혀서 스러졌다.

그것은 의미 없었다. 상처 되지 않았다.

그러나 영겁을 갈망해온 형제가 끝내 저를 거부한 것은 씻지 못할 고통이 되었다. 용납 못 할 상처가 되었다.

신성을 깎았다. 다음 세대 용신으로 선택된 운명을 내바쳤다. 다시 미물 되어 추락할 각오를 하며 힘을 쏟아냈다. 꽉 닫힌 나락의 틈에 뿔을 집어넣었다. 커다란 울음과 함께 하늘이 벌어졌다.

쩌적!

그 작고 작은 틈으로 청유는 몸을 욱여넣었다. 몇 날 며칠이 흘렀다. 거대한 육신이 비집고 들어갈 때마다 투두둑, 하늘이 조각나며 무너졌다. 나락의 하늘이되 황야의 땅인 곳이었다.

대장군 양세계가 바친 목숨이 부질없게도 틈이 열렸다. 제 육신이 빠져나갈 크기가 되면 청유는 다시 날아오를 것이다. 백리가 그토록 지키고자 했던 모든 것을 무너뜨리고, 언젠가는 그 계집의 혼백을 찾아내 영영 태어나지 못하도록 갈기갈기 찢어버리리.

새파란 눈동자에서 한 맺힌 눈물이 후드득 떨어졌다. 그것은 빗물 되어 나락을 적셨다. 나락을 뒤덮었던 썩은 내가 차츰 흐려졌다. 뜨거운 빗물에 깨어난 몇몇 요괴가 청유를 뒤따라 날아올랐다.

쿠웅, 쩌적!

땅이 뒤흔들렸다. 해의 얼굴이 한껏 굳었다. 지면을 박차고 뛰어 물러났다. 땅이 갈라지고 있었다.

"틈?"

불가능하다. 양세계가 목숨 바쳐 겨우 닫았던 틈이 벌써 다시 생길 리가 없다. 양섭성이 가장 믿고 의지하던 자다. 그 목숨의 가치가 고작 며칠이어서는 안 된다.

땅은 지진이 난 듯 요동쳤다.

쿠우웅! 쩌적. 쩍!

"안 돼."

해가 망연자실 중얼거렸다. 손끝이 차갑게 식었다. 말도 안 되는데, 이럴 수는 없는데, 발밑에 생긴 그것은 분명 나락의 틈이었다.

갈라진 땅을 노려보는 해의 두 눈이 흔들렸다. 틈은 그녀가 여태 본 적 없는 속도로 크기를 키웠다. 바로 조금 전 균열이 생겼는데 그 폭이 벌써 한 자를 넘어섰다. 평범한 속도가 아니다.

보통 틈이 처음 발생하면 요괴가 넘어올 수 있는 규모가 되기까지 짧게는 수개월에서 길게는 수년이 걸린다고 알려져 있다. 그것은 어디까지나 일반적인 이야기다. 그 크기를 빠르게 확장한 경우

275

발견된 지 고작 열흘 만에 요괴가 넘어온 경우도 보고된 적이 있다.

해는 이를 악물었다. 이 틈은 열흘보다 빠르게 요괴를 토해낼 게 분명하다. 지금 현북에 남아 있는 요괴는 평범한 술사는 물론이고 평범한 무사도 능히 해치울 수 있는 정도로 하등하지만, 이 틈이 열리고 새롭게 올라온 것들은 다를 터다.

그것들은 필시 약하지 않을 터. 낙오된 놈들과 같을 리 없다. 상급 이상이라면 해를 제외한 자들은 유적의 도움 없이 제압하지 못하리라.

급 높은 요괴일수록 인간을 해하여 얻는 득보다 실이 많아 살생을 꺼리지만, 이곳은 결계 밖이다.

무법의 땅. 어떤 죄도 태어나지 않는 인간과 요괴의 전장.

전장에서 수천수만의 인간을 학살해도 업은 쌓이지 않는다. 거리낄 것도 망설일 것도 없다. 나락의 틈이 열리고 요괴가 쏟아져 나오면 무자비한 살육이 벌어질 것이다.

양섭성이 이 전장에 있다. 오합지졸의 요괴를 베어 넘기며 현북의 복수를 행하고 있다. 그의 흔적을 찾을 수 없는 지금, 이 위협을 알리고 그를 유적으로 데려갈 방법이 요원하다.

새로 생긴 나락의 틈에서 튀어나온 요괴가 양섭성을 발견한다면? 그 요괴가 양섭성이 상대할 수 있는 수준을 넘어섰다면?

해가 천천히 손을 늘어뜨렸다. 머릿속이 놀라울 정도로 차분해졌다. 냉정하게 가늠해본다.

자신이 양섭성을 찾는 게 빠를까, 틈에서 하나둘 튀어나오고 종래엔 수십수백이 될지도 모르는 요괴가 양섭성을 찾는 게 빠를까.

그것들은 못해도 수십이고 그녀는 오직 혼자다. 답은 깊게 생각하지 않아도 나왔다. 수십수백이 하나보다 빠를 것이 자명하다.

그렇다면 방법은 하나다. 새로 올라온 요괴가 양섭성을 찾지 못하도록 올라오는 족족 죽여버리면 된다. 그동안 양섭성을 찾는 일은 다른 이에게 맡겨야 했다. 생각을 정리한 해가 굳은 얼굴로 돌아섰다. 이내 땅을 박차고 빠르게 내달렸다. 류준에게 알려야 한다.

류준의 무리는 유적에서 멀지 않은 곳에 있었다. 술사 하나 없는 무리를 찾으면 되었기에 찾기가 어렵지는 않았다.

"뭐야, 저 계집이 여기 왜 왔지?"

"그러게 말이오."

해를 발견한 병사들이 속닥거렸다. 멸시는 익숙했다. 현북에 온 이래 항상 받아온 눈초리였다. 해는 그들을 무시했다. 같잖은 것들이 분수 모르고 저를 깔보는 것이 불쾌할 만도 한데, 기이하게 어떤 분노도 일지 않았다. 온 신경이 양섭성에게 쏠려 하찮은 것들에게 화낼 여유가 없었다.

"류 대장군은 어디 있느냐?"

동료와 쑥덕대던 병사가 움찔했다.

"저, 저 말입니까?"

"그래, 너 말이다."

해가 병사를 똑바로 바라보았다. 눈이 마주치자 소스라치게 놀란 병사가 턱을 딱딱 떨었다.

"대, 대장군님은, 저, 저쪽에……."

해는 곧장 병사가 가리킨 곳을 향해 움직였다. 하급 요괴의 목에 칼을 꽂아넣는 류준이 보였다. 곰만 한 덩치는 병사들에게 둘러싸여 있어도 당연 돋보였다.

"류준!"

류준이 돌아보았다. 명백히 반갑지 않아 하는 기색이 그의 얼굴에 스쳤다.

"무슨 일입니까, 폐주."

"할 말이 있다. 주변을 물려라."

"그냥 하십시오. 다 믿을 만한 자들입니다."

"아니, 너에게만 해야 하는 말이다."

미간을 살짝 찌푸린 류준이 마지못해 물러나라는 손짓을 했다. 수하들이 물러서자 류준이 해에게 바짝 다가섰다.

"이제 되었습니까? 무슨 일로 저를 찾으신 건지 말씀해보십시오."

"나락의 틈이 열리고 있다."

당연한 소리를 한다는 듯 류준이 작게 한숨을 내쉬었다.

"틈은 본디 열리게 마련입니다. 그 때문에 지금 남아 있는 요괴 소탕에 열을 올리고 있는 것 아닙니까? 수개월 후에 새로 상승한 요괴들과 합류하기 전에 제거하는 게 최선이니까요."

"일반적이지가 않다."

해가 딱 잘라 말했다. 대수롭지 않게 대꾸하던 류준의 얼굴이 굳었다.

"그래, 보통의 틈은 첫 균열이 발생한 후 요괴가 올라오기까지 수개월이 걸린다고 알려져 있지. 하지만 가장 이른 경우는 어땠지? 고작해야 열흘이었다. 이번은 그것보다도 빨라."

"그럴 리가요. 잘못 보신 것 아닙니까?"

"잘못 보아? 내가 헛것을 보고 이 와중에 너를 찾아왔을 것 같으냐?"

해가 날카롭게 쏘았다. 류준은 무어라 반박하려다가 입을 다물었다. 평해의 폐주가 막무가내이긴 해도 미치광이는 아니라는 게 그의 생각이었다. 더욱이 섭성을 찾는 데 정신이 나간 해가 짬을 내어 그를 만나러 올 정도라면, 필시 보통 일이 아닐 것이다.

"이르면 내일 새로운 요괴가 밀려올 것이다."

류준도 사태의 심각성을 깨달았다.

"내일이요?"

"그래. 지난 대상승 때, 너도 보았겠지. 그 시퍼런 이무기 말이다. 역린이 뜯겨나갔어도 그 정도 요괴라면 여전히 무시무시하겠지. 이전처럼 대규모 상승은 불가해도 제 정예군 정도는 이끌 수 있을 것이다."

나락의 용은 지상을 점령하고 천계로 올라가 천칙을 뒤바꿀 꿈을 꾸었다. 그 꿈이 풍비박산 났지만 포기했을 리 없다. 아주 긴 시간을 살아가는 요괴의 집착과 원한은 인간이 죽고 다시 태어나길 무수히 반복해도 흐려지지 않으니까.

"제가 무얼 하면 됩니까? 양세계 대장군처럼……."

"아니, 너는 못 닫는다. 네 목숨 전부를 바쳐도 양세계처럼은 못 해."

해가 고려할 가치도 없다는 듯 고개를 내저었다. 류준의 참담한 심정이 얼굴에 고스란히 드러났다. 해는 단호하게 말을 이었다.

"틈은 내가 막겠다. 너는 양섭성을 찾아라. 나락에서 어떤 놈이 올라올지 알 수 없는 이상 그 혼자 두는 것은 너무 위험해."

냉정하게 상황을 파악하고 명령하는 해를 보는 류준의 미간이 좁아졌다. 과거 평해의 옛 군주는 오직 장왕 권영에게 미쳐 있었다. 그에게 눈멀어 다른 무엇도 보지 못했다.

그렇다면 장왕 없는 작금의 기해는 무엇에 맹목하는가? 누가 저 오만방자한 폐주를 안달 내고 애타게 만드는가?

"알겠습니다. 다만 현북공을 찾아도 바로 기별하지 못할 수도 있습니다."

"그래, 요괴가 넘쳐나는 전장에 평범한 전령을 보낼 수는 없겠지."

"어쨌든 대사냥전이 끝나면 하루쯤만 더 막다가 공부로 복귀하십시오. 그때가 되면 현북공께서도 돌아와 계실 겁니다."

황제의 뿔피리가 대사냥전 종료를 알리면 전장 곳곳에 퍼진 참여자들이 돌아올 것이다. 그때까지만 새로 생긴 틈에서 쏟아지는 요괴를 막아내면 된다.

"알겠다."

짧게 대답한 해가 돌아섰다. 질끈 묶은 검은 머리카락이 흔들렸다. 설핏 드러난 목선이 가늘었다. 어깨선을 따라 흘러내린 도복에 야윈 어깨가 도드라졌다. 그 가녀린 뒷모습을 류준은 가만히 응시했다.

금방 부러질 듯 앙상한 저 몸으로 수만 요괴군을 몰살할 수 있는 도력 휘두른다는 게 거짓말 같았다. 저 무구한 얼굴로 남의 소중한 것을 수없이 망가뜨려왔다는 게 믿기지 않았다.

그 선악 모르던 계집이, 제 세상에서 가장 가치 없던 자를 위해 목숨 내던지려는 작금의 상황이 기이하다. 마음이 술렁거렸다.

시간은 흘렀다. 양섭성이 돌아왔는지, 아직도 돌아오지 않은 것인지 알 수 없는 시간은 불안과 초소로 얼룩졌다. 이세 아흐레째다. 대사냥전이 끝나려면 아직 하루가 남았다.

해는 이를 악물며 도력 두른 검을 바로 잡았다.

유례없는 속도로 크기를 키운 틈은 발생 반나절 만에 요괴를 토해냈다. 중급 이상의 요괴들이 쉴 새 없이 기어 나왔다. 얼마 전 패퇴했다고 보기 힘든 맹공이었고 점점 더 강한 것들이 올라오고 있었다.

한 놈도 놓쳐서는 안 된다. 양섭성은 저것들을 버텨낼 수 없다. 그녀가 놓치면 아무것도 모른 채 혼자 사냥하고 있을 양섭성이 당할지도 모른다. 그 연약한 것은 제 목숨을 지키지 못할 것이다.

"이리 와라!"

해는 지친 몸을 우악스럽게 움직였다. 끝없이 도력을 쏟아냈다. 그러는 사이 피로는 겹겹이 쌓였다. 각성을 위한 영약을 가져왔으나 정신의 피로는 약으로 해결되지 않았다. 잠시라도 멈추면 혼절할 것 같아서 해는 더 거칠게 몸을 움직였다. 육신이 고통스러우면 피로는 되레 멀어졌다. 쓰러질 틈도 주지 않는 게 그녀의 방식이었다. 두 눈에 힘을 주며 틈을 노려보았다.

"크르릉!"

검은 틈에서 괴이하게 생긴 놈이 튀어올랐다. 벌써 몇 마리째인지 알 수 없었다. 산처럼 쌓인 요괴의 주검을 밟고 섰다. 틈에서 나온 요괴의 수를 헤아리길 그만뒀다.

막 튀어나온 요괴는 멧돼지 엄니와 수탉의 날개를 지녔다. 모체가 되는 짐승이 무엇인지 불분명했다. 평것이라면 흉측한 모양새에 기겁하고 기절해버릴 터.

해는 안광을 번뜩이며 놈에게 달려들었다. 놈이 날개를 퍼덕거렸다. 그 비행은 덩치에 비해 날개가 작아 몹시 불안정했다. 그러나 놈은 분명 날고 있었다.

해의 표정이 굳었다. 즉시 지면을 박차 도약했다. 그녀는 날개 없으니 저 못생긴 놈이 높이 날기 전에 잡아야 했다.

"어딜 도망가느냐!"

"크릉!"

그것이 퍼덕거리며 아가리를 벌렸다. 개구리 것처럼 기다란 혀가 쑥 튀어나왔다. 뾰족한 가시로 가득한 혀는 끈적거리는 점액으로 뒤덮여 있었다. 잡혀선 안 된다. 요괴의 체액엔 흔히 독이 있다. 저 가시에 찔린 상처로 타액이 스며들면 중독될 터다. 원치 않는 바다.

해는 이를 악물며 바닥으로 도력을 쏘아 급히 방향을 틀었다. 균형 잃은 몸이 땅으로 곤두박질쳤다.

"윽!"

어깨부터 땅에 부딪혔다. 뼈가 으스러지는 충격에 비명이 토해져 나왔다. 성한 한쪽 팔로 땅을 밀며 옆으로 굴렀다.

콰직!

그녀가 떨어졌던 땅이 박살났다. 인간의 목숨을 노리는 요괴의 혀가 아쉬운 듯 입안으로 말려 들어갔다. 그사이 해는 자세를 정비했다.

"통증이 있으니 차라리 낫구나."

해는 작게 중얼거리며 다친 어깨를 감싸 쥐었다. 고개를 들어 요괴를 노려보았다. 황제의 뿔피리는 첫 죽음을 알린 이후 네 번 더 울렸다. 다섯 명의 죽음. 개중 섭성의 이름은 없었다. 그러나 뿔피리가 울릴 때마다 해는 지옥을 오갔다.

어서 오늘과 마지막 하루가 지나가길 원했다. 아무것도 모르는 양섭성이 사냥전을 끝내고 안전한 결계 안으로 돌아가도록. 그 전까지 해는 쓰러질 수 없었다.

이 전장엔 양섭성의 목숨을 노리는 것들 천지다. 요괴도, 영도 위험하다. 하지만 영은 섭성의 죽음을 바랄 뿐 스스로 그를 죽이려는 시도는 하지 않았다. 멀찍이 떨어져서 그의 죽음을 종용했을 뿐이다.

그러니 지금 이 순간 섭성에게 가장 위험한 것은 틈에서 쏟아지는 요괴고, 해에게 가장 중요한 일은 요괴들을 전부 해치우는 것이다.

해는 요괴와의 거리를 가늠했다. 네발짐승인 데다 날개까지 있는 놈이 단숨에 도약하기 충분한 거리였다. 해가 두 눈을 번쩍 떴다. 숨 고른 요괴가 달려들었다. 칼을 들었다. 놈이 제게 다가오기를 침착하게 기다렸다.

'하나, 둘……. 셋!'

지금이다. 놈이 입을 쩍 벌렸다. 길쭉한 혀가 화살처럼 쏘아졌다. 다치는 건 한 번으로 족하다. 해가 입매를 비틀었다. 칼날을 도력으로 휘감았다. 살의는 그 무엇이라도 단번에 베어낼 예기가 되었다. 놈의 혀가 말끔히 잘려나갔다.

"키힉! 키히익!"

녹색 피를 흩뿌리며 놈이 몸부림쳤다. 해는 곧장 달려 멱을 땄다. 그사이 또 다른 요괴 한 마리가 틈으로 날아올랐다. 쉼 없이 베고 찌르고 짓밟고 으깨어 죽여도 끝나지 않았다.

해는 참담한 표정으로 밀려드는 요괴를 응시했다. 곧 표정 사라진 얼굴이 결연했다. 도검을 바로 잡았다.

"백이고 천이고 상관없다. 네 것들 중 단 하나도 이곳을 벗어나지 못할 것이니."

이곳은 현북의 땅. 수호자를 자처했으나 어쨌든 평해는 아니다. 제 권역이 아니니 해의 움직임에는 제약이 있을 수밖에 없다.

"모든 제약을 거부하겠다. 온몸이 산산조각 나도 괜찮다. 영혼이 넝마가 되어도 괜찮다. 이대로 이곳에서 숨 끊어지는 한이 있어도 단 한 놈도 양섭성에게 가지 못하게 하겠다. 그가 현북의 결계 안으로 돌아가기 전까지 어떤 놈도 살려두지 않겠다."

강한 살기 띤 도력을 해가 온몸에 둘렀다. 손에 잡힐 듯 실체화된 도력이 날카롭게 진동했고 희게 물든 눈동자가 번뜩였다. 해는 쏟아지는 요괴들을 향해 뛰어들었다.

❊ · ❊

황제의 뿔피리가 울렸다.

한 번, 두 번……. 다시 한 번, 두 번…….

넓고 길게 퍼지는 피리 소리가 대사냥전의 끝을 알렸다. 걱정과 초조로 굳어 있던 류준의 표정이 무너졌다.

"주군!"

나락의 틈이 열렸다는 걸 안 즉시 수색조를 꾸려 섭성을 찾아다녔다. 하루 이틀이면 그의 흔적을 찾을 줄 알았는데, 결국 마지막 날까지 단서 하나 잡지 못했다. 제 흔적을 지우고 깎아지르듯 예리한 바위산맥 사이로 작정하고 숨어버린 사람을 찾기란 애초에 불가한 일이었을지도 모른다.

틈에 대해서는 철저히 비밀에 부쳤다. 섭성을 찾으라고 내보낸 병사들도 틈의 존재를 모르게 했다. 류준에겐 섭성의 안위가 최우선이었다. 중급 이상의 요괴를 토해내는 틈의 발생이 알려지면 제 목숨 귀히 여기는 술사들이 사냥을 종료하고 유적으로 돌아올 가능성이 농후했다.

술사들이 자리를 비우면 요괴는 날뛰게 마련이고 아무것도 모르는 섭성이 더 위험해질 것이었다. 하여 위험을 숨겼다. 바르지 않은 짓이라 해도 어쩔 수 없었다. 섭성을 지킬 수 있다면 류준은 얼마든지 비겁하고 치졸해질 수 있었다.

그렇게 류준을 하루새 십 년씩 늙게 만든 그의 주군이 돌아왔다. 병사들이 뛰어가 섭성을 맞이했다.

"너무하십니다! 정말 너무하십니다! 아무리 자신 있다고 해도 그리 혼자 사라지시면 어찌합니까?"

"맞습니다! 정말 너무하셨습니다! 무모하다 해도 이리 무모하실 수는 없는 겁니다!"

병사들의 성토에 섭성은 엷게 웃었다.

"무사하니 된 것 아니더냐? 돌아갈 채비나 하여라."

류준은 안도의 한숨을 내쉬었다. 섭성은 어느 각도로 봐도 무사해 보였다. 다친 곳이 없는 것은 물론 혈색도 괜찮았다. 평소와 다름없는 표정으로 보아 바깥에 새로 생긴 나락의 틈에 대해서도 모르는 것 같았다.

"채비는 진즉 끝났습니다!"

"좋다. 그럼 당장 출발하지."

류준은 입을 벙긋하다가 다물었다. 해가 그를 위해서 나락에서 기어오르는 요괴를 저지하고 있다는 걸 섭성은 모른다. 그 사실을 보고해야 할까 고민하다가 이내 말하지 않는 쪽을 택했다.

어차피 사냥전이 끝나면 하루쯤만 더 막다가 알아서 돌아오라고 일러두었다. 내일이 되면 폐주는 멀쩡한 모습으로 돌아올 것이다. 굳이 지금 알려서 섭성을 걱정하게 만들고, 그 마음에 짐을 지우고 싶지 않다.

"전사자가 나왔더군. 어디에서 온 이들이었느냐?"

짐을 챙기며 섭성이 물었다. 뿔피리가 울릴 때 이름을 듣긴 했지만 전 참가자의 이름을 알진 못했다.

"주남에서 둘, 백서에서 셋이 나왔습니다."

류준이 대답했다.

"그 두 출신자만?"

섭성이 미간을 좁혔다. 애초에 사상자가 나와서는 안 되는 대회였다. 상급 이상의 요괴는 지난 전투 때 황군과 익족 전사들이 눈에 보이는 대로 제거했다. 남은 것은 잔챙이뿐. 도망조차 가지 못하고 버려진 것들. 그것들을 없애는 건 복숨을 벨 일이 아니었다.

"우승을 욕심냈던 것이겠지요. 사주에 사는 자들이 황제 폐하의 눈에 들 기회는 많지 않습니다. 이번이 지나면 다음 사냥전을 기약해야 하는데 인내할 수 없었겠지요."

류준이 착잡하게 읊조렸다. 타지에서 싸우다 죽었다. 제 실력을 모르고 출세에 눈멀어 무모하게 군 어린 패기가 안타깝다. 죽음이 지나치게 가깝고 너무 많았다.

매일 유적을 지키는 병사가 죽어가고 주 경계 가까이 사는 평겻이 죽어간다. 모든 목숨은 하나라서 중함의 경중 없을진대 덧없이 죽어간 그들은 결코 기억되지 못하리.

대사냥전이 끝났다.

第八章

천변

一

"황제 폐하, 만세, 만세, 만만세! 홍복을 누리시옵소서!"

모든 이가 황제의 발밑에 엎드렸다. 깊게 읍하며 신하의 예를 갖추었다. 환관들이 발 바쁘게 움직이며 참여패를 거둬들였다. 비등비등한 자들 중 특출한 자가 몇 있었다.

황제가 용안을 찌푸렸다. 동점자가 나왔다. 동점자는 역대 사냥전에서도 종종 있었다. 둘 모두의 청을 들어줄 수도 있지만 둘을 대전시켜 승자의 청만 들어줄 수도 있었다.

그러나 우승한 술사끼리 싸우다 다치면 손해가 막심했기에 보통 둘 모두의 청을 들어주는 걸로 마무리됐다.

'한리민과 양섭성이라.'

황제의 시선이 양섭성의 패에 고정되었다. 개최지의 땅주인 일족에서 술사를 참여시키지 않은 적은 여태 없었다고 해도 술사가 단둘뿐인 현북의 사정을 고려하면 한 번쯤 예외를 둘 만도 했다. 그런데도 섭성은 출전을 강행했다.

그는 분명 오랫동안 홀로 땅주인의 책무를 감내하느라 많이 지쳤을 터다. 도력으로 육신의 피로는 없앨 수 있어도 마음의 피로는 어쩔 수 없다. 쉬지 못하고 끝없이 자신을 채찍질해야 했던 땅주인의 마음은 진즉 누더기가 되었을 터. 그럼에도 기어이 참전해 우승자의 자격을 갖춘 까닭이 선명하다.

"모두 수고하였다. 황야의 경계를 수호함에 있어 경들의 공이 가히 크다. 이에 짐은 가장 큰 공을 세운 자에게 상을 내리고자 한다."

청이 있는 것이다. 황제가 거부할 수 없는 상황에서 청을 올리려는 것이다.

황제의 두 눈이 양섭성에게 향했다.

나약하고 무력한 것의 껍질을 썼으나 속내는 그 어떤 것보다 단단하여 결코 무너지지 않는다. 어떤 상황에서도 기어이 살아남아 끝없이 앞으로 나아간다.

가장 바른 것과 가장 강한 것을 천연으로 묶은 월선의 눈은 틀리지 않았다. 아득한 옛날 태어난 그 영혼은 삶을 반복하는 와중에도 근본만은 변하지 않았다. 과연 월선이 각별히 아끼며 애지중지할 만하다.

"주남의 한리민과 현북의 양섭성은 앞으로 나오라."

한리민의 얼굴에 화색이 돌았다. 뛸 듯한 기쁨이 바로 전해졌다. 하지만 곧 의아한 표정이 되었다. 뚜벅뚜벅 걸어 나오는 그의 불퉁한 시선이 섭성을 지나쳤다. 한리민뿐만이 아니었다. 의혹 가득한 눈초리가 사방에서 날아들어 섭성에게 달라붙었다.

앞으로 나온 한리민이 무릎 꿇고 공수했다.

"신 주남의 한리민, 황명을 받드옵니다."

섭성은 모든 시선을 모른 체하며 태연히 꿇어앉았다.

"신 현북공 양섭성, 황명을 받드옵니다."

"목숨을 아까워하지 않는 경들의 용맹과 꺼지지 않는 그 충의에 짐은 크게 감동하였다. 경들이 바라는 바, 무엇이든 들어줄 것이니 청을 올리라."

슬쩍 눈치를 본 한리민이 양섭성에게 선수를 빼앗길세라 먼저 엎드렸다. 몸을 바로 세워 진지한 얼굴로 입을 열었다.

"신 한리민, 오직 충정으로 폐하께 아뢰옵니다. 신의 입으로 고하기 민망하오나 신은 주남에서 땅주인의 뒤를 잇는 술사로, 그 자질은 황야에서 손꼽힐 것이옵니다."

민망하다면서도 한리민은 자화자찬을 늘어놓았다. 그 긴 사설을 황제는 전부 들어주었다. 마침내 본론을 말하려는 듯 한리민이 공수한 손을 높이 쳐들었다.

"소신 밤낮 없는 충정으로 폐하께 더 도움이 될 수 있는 바를 고민한 바, 감히 청하옵니다! 평해의 폐주 기해와 혼인을 명하여주시옵소서!"

그의 청은 언뜻 이해되지 않았다. 찬물 끼얹어진 듯 적막한 와중, 한리민은 제 타당함을 역설했다.

"폐주 기해는 평해의 유일한 계승자이옵니다. 그러나 성정이 난폭하고 기질이 사악해 보통 사내는 결코 그녀를 길들이지 못할 것이옵니다. 목이 날아가지나 않으면 다행이지요. 하오나 소신은 다릅니다. 술사로서 자질이 충분하니 폐하께서 약간의 금제만 걸어주신다면 그 계집을 능히 길들일 수 있다 확신하옵니다. 평해는 황경을 수호하는 방패로써 어떤 땅보다도 중할진대, 마지막 계승자가 미치광이라 하여 어찌 포기하오리까? 소신 오직 충정으로 아뢰옵건대 기해와의 혼인을 명하여주시옵소서!"

한리민은 충신의 얼굴을 한 채 의기양양하게 황제의 허락을 기다렸다. 이곳은 사냥전의 우승자에게 포상을 내리는 자리다. 그 어떤 청도, 황위를 탐하는 역심만 아니라면 황제는 허락할 수밖에 없다.

"마침 그녀도 이곳에 있으니 아예 혼사를 진행하는 것은 어떻겠사옵니까?"

한리민이 성급하게 황제의 허락을 채근했다. 그때, 누군가 황당함이 뚝뚝 묻어나는 목소리로 중얼거렸다.

"저자가 대체 무어라 지껄이는 거요? 폐주와 혼인을 하겠다니? 그게 가당키나 한 것이오?"

그것이 시작이었다. 소란은 순식간에 회장을 집어삼켰다. 모두가 격앙돼 언성 높였다. 당장은 폐주의 신분이었으나, 어쨌든 그녀는 평해의 유일한 계승자였다. 현북에서 세운 공이 있으니 조만간 평해왕으로 복권될 것이다. 그런 그녀와 혼인하겠다는 말은 제아무리 번지르르하게 포장해도 결국은 평해의 주인이 되겠다는 선포였다.

"말도 아니 되오! 폐주의 혼인은 정당한 절차를 거쳐 진행해야 하오!"

"하나 누가 미친 폐주와 혼인하겠다 나서겠소? 저 정신 나간 공자가 아니라면 말이오!"

"그 말인즉 정신이 나간 둘에게 평해를 맡기잔 것이오?"

"곡해고 날조요! 무슨 말을 그리하시오?"

날 선 말들이 오가는 회장 안, 한리민 옆에 꿇어앉아 있던 섭성은 문득 깨달았다. 모두가 곤혹스러워하는 가운데 당사자인 해만 아무 말이 없었다.

새삼스레 제 신분이 아직 평것이란 사실을 자각하고, 평것답게 얌전히 입 다물고 있는 중일 리가 없다. 평해의 핏줄이 끊기든 말든 원치 않는 혼인이라면 헛소리 작작 하라며 역정 낼 성정이다. 한리민의 저 얼토당토않은 말을 참아줄 리 없다.

한데도 너무 조용했다. 벌떡 일어난 섭성이 회장을 둘러보았다. 불길한 한기가 등골을 타고 흘렀다.

"현북공, 무어 하시오? 무례하게."

한리민이 타박하는 가운데 섭성의 표정이 일그러졌다. 차갑게 식은 손끝이 떨렸다.

기해와 혼인을 하겠다? 오직 충정으로 아뢰는 말이다? 개소리다. 형제에게 빼앗긴 땅주인위가 기어이 탐이 나 평해라도 꿀꺽하려는 수작이다. 해를 안방의 허수아비로 앉혀두고 평해왕이 되겠다는 시꺼먼 야망이다.

그 야망을 탓하지는 않겠다. 그러나 그 무심함은 탓하지 않을 수 없다.

한리민이 해에게 조금이라도 관심이 있었다면 지금 이 자리에 그녀가 없다는 것을 알았을 것이다. 지레 있을 것이라고 확신하고 주둥아리를 나불대지 않았을 것이다.

"혼인을 하겠다면서 한 공자께서는!"

섭성이 이를 악물었다. 뜨거운 무언가가 치밀어 올랐다. 동시에 온몸의 피가 싸하게 얼어붙었다. 섭성은 황제 앞에 털썩 무릎 꿇었다. 포권하며 고개를 들었다.

어려서 부모 여의고 벗 하나 없는 그 삶이 고독하다는 것조차 알지 못했던 계집이다. 제가 택한 길이 그릇되었다는 사실도 모른 채 줄곧 헤매어온 그녀를 한리민은 탐낼 자격 없다. 평생의 반려로 삼게 해달라 황제께 청하면서 그 부재조차 깨닫지 못하는 탐욕스러운 자에겐 기해의 곁을 내어줄 수 없다.

"폐주는 어디에 있습니까?"

섭성이 황제를 올려다보며 물었다. 흥미로운 눈으로 두 우승자를 내려다보고 있던 황제가 살짝 미간을 찌푸렸다.

"현북공은 폐주의 안위를 지금 짐에게 묻는 것인가?"

"폐주는 오만하고 방자하지요. 겁 없고 두려움 모르니 모두가 그녀를 미치광이라 손가락질합니다. 하나 폐주는 천치가 아니고 사리분별 또한 분명합니다. 아무리 정신 나갔다 한들 지척에 폐하께서 계시는데 폐하의 허락도 없이 현북을 벗어났을 리 없습니다."

황제는 잠시 침묵하다 대답했다.

"현북공은 기해가 어디에 있는지 알 것이다."

얼핏 수수께끼 같았으나 그 뜻이 명확했다. 머릿속이 일순 명료해졌다.

일평생 돌려받지 못할 충정을 바쳤던 계집이다. 눈멀고 귀먹은 미치광이라 멸시당하면서도 그 충성을 놓지 않은 계집이다.

지키고자 맹세한 자는 제 모든 것을 내던져 지켜내려는 그 계집이 현북의 수호자를 청했다. 눈뜬 순간 현북공이 대사냥전에 참여했다는 이야기를 들었다면 그녀가 향했을 곳은 결계 밖의 전장뿐이다.

어리석은 계집. 기어이 신경 쓰여서 섭성을 뒤흔드는 이.

어찌하는 게 옳은지 알 수 없는 그때, 뒤에서 비명이 올랐다.

"처, 청동후 나리!"

섭성이 반사적으로 고개 돌렸다. 청동후가 털썩 쓰러지고 있었다. 벌떡 일어난 섭성이 다급히 그에게 달려갔다.

"할아버지!"

회장이 아수라장이 되었다.

※ · ※

현우는 걷고 또 걸었다. 대사냥전의 끝을 알리는 뿔피리는 일찍이 울렸다. 그런데도 결계 안쪽에 당도하지 못했다. 공부에선 이미 마무리 연회가 시작되었다. 계획대로라면 현우는 진작 공부에 도착했어야 맞다.

하지만 이 부근에 도착하자 상황이 달라졌다. 갑자기 맞닥뜨리는 요괴의 수가 늘었다. 술사가 빠져나간 것을 고려해도 요괴는 지나치게 빠른 속도로 수가 불고 있었다. 말은 이미 잃었고, 평범한 인간의 몸으로 따돌리기엔 한계가 있었다. 몇 번이고 죽을 위기를 넘겼다.

"빌어먹을!"

어째서?

이해가 되지 않았다. 사냥은 막 끝났다. 술사들이 눈에 보이는 요괴란 요괴는 싹싹 긁어모아 죽였을 것이다. 현북으로 돌아가는 길이 이리 힘들 리 없다.

"설마……."

새로운 틈이 열렸나? 벌써?

설령 열렸다 해도 조무래기나 지나다닐 크기여야 맞다. 중급 이상의 요괴가 빠져나올 틈은 이리 빨리 열리지 않는다. 이치라는 게 있다.

"이치?"

현우가 문득 헛웃음 지었다. 육신은 젊어도 늙은이의 혼백이라 그런가 노망난 생각을 했다. 모든 이치가 무너지는 와중이다. 삼계를 유지하던 천칙이 뒤바뀌는 와중이다. 이치라는 게 있을 리가 없다. 불가하던 모든 일이 가능해지고, 가능하던 모든 일이 불가해져도 이상할 게 없다.

"제기랄."

평것의 육신은 형편없었다. 젊은 피라 해도 다치고 망가지고 부서진다. 도대체 단단하지가 않다. 미리 만들어 온 영약은 이미 다 썼다. 또 다치면 답이 없다. 이 육신은 요괴에게 뜯어 먹히고 쪼개진 혼백은 본체로 돌아가지 못하고 흩어질 터.

그리되면 제 본신 쪽에 남은 반쪽의 혼백도 정상적인 사고를 유지하리라 확신할 수 없다. 아무도 행하지 않은 금기를 행했으므로 지금부터 일어날 일은 어디에도 기록 없었다.

키키킥, 음산한 웃음이 등 뒤에서 들려왔다. 현우는 도검을 똑바로 쥐고서 돌아섰다.

"다섯?"

이 몸으로는 절대 한 번에 상대할 수 없는 수다. 이를 사리문 현우가 달리기 시작했다. 낙오된 술사라도 하나 있었으면 서로 등을 맞대고 싸울 수 있을 텐데! 오만 욕설을 지껄이며 현우는 도망쳤다.

그러다 우뚝 멈추었다. 두 눈이 절로 커지고 숨이 막혔다.

"이 무슨 말도 안 되는……."

대사냥전이 시작될 때는 단 하나의 틈도 없었다. 양세계가 목숨 바친 도박 끝에 겨우 닫았기 때문이다.

그런데 지금 현우의 앞에 끝이 보이지 않는 거대한 균열이 있다. 당장 나락의 우두머리가 올라와도 이상하지 않을 만큼 어마어마했다.

"어떻게 아무도 몰랐지?"

또 다른 눈으로 살펴본 회장 안은 평온했다. 누구도 새로운 틈의 존재를 알지 못했다. 중급은 물론 상급, 귀족급도 능히 뺄어낼 이 틈에서 나온 요괴와 맞닥뜨린 자가 없었다.

창백해진 얼굴로 현우는 도검을 고쳐 쥐었다.

"여기가 아무래도 내 묏자리인 모양이군."

망연자실 중얼거리며 틈을 노려보았다. 털이 부숭부숭한 요괴와 눈이 마주쳤다. 그것이 입매를 비틀며 날카로운 송곳니를 드러냈다.

　도검을 들었다. 그 날카로운 이빨을 힘겹게 막아냈다. 캉! 요란한 소리를 내며 온몸이 뒤로 밀렸다. 결국 균형 잃고 엉덩방아를 찧었다. 안간힘을 써도 살아남지 못할 것이다. 그래도 바득바득 발버둥 치는 게 그의 방식이었다.

　"약해빠졌구나."

　요괴는 크릉크릉 비웃으며 다가왔다.

　"굳이 네놈이 말해주지 않아도 안다, 이 못생긴 놈아."

　현우가 침을 퉤 내뱉었다. 명백한 모욕에 털이 부숭부숭한 요괴의 얼굴이 더 흉측하게 일그러졌다. 살기를 내뿜으며 놈이 입을 쩌억 벌렸다. 죽을 땐 죽더라도 저놈의 목은 따고 죽겠다. 현우는 있는 힘껏 도검을 내찔렀다.

　놈이 현우의 목을 물어뜯었다. 그와 동시에 요괴의 목구멍에서 핏덩이가 울컥 튀어나왔다.

　"크헉!"

　놈은 목에서부터 머리끝까지 세로로 두 동강 났다. 현우의 공격이 먹힌 까닭은 아니었다. 쪼개진 머리는 곧 몸에서 재차 분리되었다. 현우는 신음을 헐떡대며 머리 잃은 몸을 밟고서 그 심장에 칼을 꽂아넣는 이를 보았다. 아는 자였다.

　평해의 폐주, 기해.

　그제야 아무도 이 틈의 존재를 알지 못한 까닭을 알았다. 평해의 폐주가 틈이 뱉어내는 요괴를 모두 도륙 낸 까닭이다.

　불가한 일이다.

아니, 가능한 일이지만, 대가가 너무도 큰일이다.

제아무리 날고 기는 평해의 폐주라 해도 그 육신의 인간의 것. 쉬지 못하면 지친다. 지치면 쓰러진다. 그 당연한 섭리를 거부하려 면 무언가 바쳐야 한다. 어떤 자는 수명을, 어떤 자는 신성을.

핏기 하나 없는 폐주는 곧 쓰러질 듯 휘청대면서도 쏟아져 올라 오는 요괴를 하나하나 잡아 죽였다. 놓치기 쉬운 날개 달린 것들 을 먼저 죽이고, 다음으로 다리 달린 것들을 족쳤다. 이지 없는 눈 동자엔 한 마리도 살려 보낼 수 없단 집념밖에 남지 않았다.

그사이 운 좋게 해에게서 벗어난 요괴의 촉수가 그녀의 배와 어 깨를 관통했다. 해는 전혀 개의치 않는 얼굴로 촉수를 잘라냈다. 사지 중 성한 곳 하나 없으니 움직이는 게 불가사의했다.

"왜?"

피 끓는 목소리가 힘없이 흩어졌다. 해가 고개를 돌렸다. 새하 얀 안광으로 둘러싸인 눈동자가 현우를 보았다. 버석하게 마른 입술이 조그맣게 열렸다.

"섭성이……."

꺼질 듯 스러질 듯 연약한 음성이었다. 현우가 미간을 찡그렸다. 섭성이. 그 매듭 되지 않은 말의 의미를 헤아렸다.

섭성이 이곳에 있어. 요괴가 빠져나가면 그가 위험해져. 그렇게 두지 않아…….

울컥 가슴이 조여들었다.

섭성은 자신들의 의지가 아니라 했다. 자신들의 선택일 수 없다 고 했다. 천계가 맺어준 천연이 있는 한 미워하는 것도 용서하는 것도 제 뜻일 수 없다고, 하여 아무것도 할 수 없다고 했다.

오롯이 제 선택과 의지로 그녀와 마주하기 위해서 모든 것을 끝낼 계획을 세웠다. 용서도 원망도 제 뜻이길 원해서 천계로 가 천연을 끊어낼 각오를 했다.

해는 다시 몸을 움직였다. 단 한 마리의 요괴도 놓치지 않기 위해 처절히 매달렸다. 그 도력의 살생력을 고려하면 차라리 한 번에 없애버리는 게 나을 텐데도 혹시나 섭성이 근처에 있다가 휘말릴까 봐 백병전만 고집하고 있었다.

'섭아. 네가, 우리가 틀렸다면 어찌하느냐?'

저토록 절박하고 처절한데 그 마음 모두 가짜라고 어찌 단정할 수 있을까. 누가 감히 그저 안배된 거짓이라 매도할 수 있을까.

현우는 까맣게 사라지는 의식을 붙들었다. 돌덩이처럼 딱딱해진 몸을 일으켰다. 천근만근 무거운 다리를 움직였다. 대여섯이 넘는 요괴가 한 번에 해를 덮치려는 것을 겨우 늦지 않게 막아섰다. 사나운 이빨이 그의 육신을 뜯어냈다. 이를 악물어 비명을 삼켰다. 핏물이 터져나왔다.

"너는……."

그를 본 해의 두 눈이 순간 상대의 본질을 가늠했다. 안광이 사라지고 곧 드러난 새까만 눈동자가 혼란스럽게 흔들렸다. 현우는 억지로 웃어 보였다. 이미 사위어진 반쪽짜리 목숨.

"섭성은 안전한 곳에 있다."

섭성이 다칠까 봐 몸 사릴 필요 없으니 백병전은 때려치우고 그녀의 자랑인 대규모 술법을 사용하란 뜻이었다.

길을 떠날 때엔 혼백의 반을 평생의 원수를 위해 쓰게 되리라곤 미처 생각하지 못했다. 그래도 가치 있었다.

"아니 돼!"

해가 벼락처럼 소리쳤다. 강한 도력이 일시에 터지며 현우를 물어뜯던 요괴를 튕겨냈다. 해는 피투성이가 된 현우를 들쳐업고 내달렸다.

"미, 미친……. 내려, 내려놔라. 나를 버리고……."

"시끄럽다! 잔말 말고 얌전히 있어!"

해는 윽박지르면서도 속도를 늦추지 않았다. 현우는 흐려지는 정신을 겨우 붙들고서 상황을 이해하려 애썼다. 이 정신 나간 노인네 어쩌고 구시렁거리는 것이 희미하게, 그러나 분명히 들렸다.

해는 입구가 좁은 동굴로 들어갔다. 현우를 거의 바닥에 패대기치고 다시 도검을 들었다. 뒤따라온 요괴를 침착하게 하나씩 제거했다. 숨도 쉬지 못한 채 상황을 정리한 후에야 해는 거칠어진 숨을 몰아쉬었다.

"어째서?"

현우가 그 모습을 보며 물었다. 그의 목숨은 해에게 아무 의미 없을 터였다. 죽을 각오로 요괴를 유인한 자신을 해가 기어이 구해낸 상황이 이해되지 않았다. 그가 죽든 살든 해와는 무관할 터였다.

"죽음만도 못하다고 했다."

해가 혼잣말처럼 중얼거렸다. 여전히 이해되지 않아서 현우가 미간을 접자 해가 더 작아진 목소리로 덧붙였다.

"소중한 모두를 잃고 숨만 붙어 있다고, 눈만 뜨고 있다고 살아 있는 것이 아니라고 했어."

그가 살길 바라서, 그가 소중히 여기는 모든 것이 소중해졌다. 종래엔 세상 전부라도 지키고 싶어졌다. 말로써 내뱉자 그 마음이 더욱 선명해졌다. 해가 두 눈을 질끈 감았다.

❊ · ❊

청동후는 잠시 후 깨어났다. 놀란 섭성이 안색이 창백해지도록 치유력을 퍼붓는 것을 아무도 말리지 못했다.

"할아버지!"

"괜찮다, 괜찮아."

이목이 쏠리는 것도 개의치 않고 청동후는 장성한 외손의 머리를 끌어당겨 품에 안았다. 혹여 그가 잘못될까 불안해하는 섭성을 다독였다. 겉으로 보기에는 그러했다.

"바깥에 거대한 틈이 생겼다. 폐주가 그걸 혼자 막고 있어."

섭성이 움찔했다. 품에서 벗어난 섭성의 두 눈에 오직 청동후만 알아챌 의문이 묻어 있었다.

그걸 할아버지께서 어찌 아십니까.

청동후는 태연하게 못 본 척하고는 황제 앞에 엎드렸다.

"소신이 노쇠하여 폐하께 심려 끼쳐드렸나이다. 송구하오나 먼저 물러날 수 있도록 윤허하여주시옵소서!"

"윤허한다. 청동후는 돌아가 쉬라."

천천히 일어나서 물러나는 청동후를 섭성은 가만히 응시했다. 외조부는 안색이 파리하고 계속 식은땀을 흘렸다. 도력을 아무리 퍼부어도 청동후의 상태는 호전되지 않았다. 그렇다면 문제는 다른 데 있을지도 모른다.

섭성은 천천히 주변을 둘러보았다. 청동후와 함께 왔으나 이 자리에 없는 얼굴 하나가 있다. 아무 연도 없던 아이. 어떤 연도 닿지 못한 아이. 그래서 더 인상에 강하게 남은 그 아이가 없었다.

'현우, 현우, 현⋯⋯. 우현. 명우현.'

혼백전이술. 오래전 금기된 그 술법. 혼백을 통째로 인형에 전이하는 게 보통이지만, 청동후 정도 되는 술사라면 혼백을 둘로 쪼개 반만 전이하는 변칙도 가능했을 것이다.

어쨌든 청동후의 반쪽은 저 바깥에 있다. 해도 그곳에 있다. 섭성이 입술을 굳게 깨물었다. 해가 바깥에 있는 이유가 저 때문이라는 걸 안다. 그것이 그녀의 의지든 천계의 농간이든, 그녀는 그를 위해 저 바깥에 있다. 섭성은 마음이 참담해져 울음 삼켰다.

우승을 하고 싶었다. 하여 청동으로 가는 길을 허락받고자 했다. 천계로 이어진 신목의 껍데기를 올라, 이 질긴 악연과도 같은 천연을 끊어내고 싶었다. 그 어떤 연도 없이 돌아와 해를 마주하고 싶었다.

그때에도 그녀를 용서하고 싶은 마음이 든다면 기꺼이 용서할 것이었다. 그때에도 그녀가 애틋하다면, 그녀의 두 눈이 오직 저를 향하고 있다면, 한 번쯤은 안아줄 것이었다. 그렇게 천계의 뜻이 아니라 오직 그와 그녀의 뜻으로 사죄하고 용서하고 싶었다.

그 모든 바람을 묻었다. 버렸다.

고작 제 바람을 이루고자 지금까지 진창을 살아온 계집이 또다른 진창에 처박히는 꼴은 두고 볼 수 없었다. 대가 바라는 방법도 모른 채 그 한 몸 부서지도록 틈을 막아선 계집을 외면할 수도 없다.

섭성이 허탈감을 지우며 고개 조아렸다. 도깨비에 홀린 듯 청을 올린다.

"소신 현북의 양섭성, 대사냥전 우승자로서 폐하께 청하옵니다. 소신이 땅주인위에 오른 이래 오직 홀로 현북의 경계를 수호해왔으나 한계라고 아뢰지 않을 수가 없습니다. 본디 도력 미미하니 천하의 균형의 엇갈리는 작금에 이르러 신 홀로 현북을 수호하는 것은 불가하옵니다. 하나 현북의 수호수가 현신할 날은 요원하고 후계자 양유성은 여전히 어립니다. 소신을 위해 제 목숨의 짧음을 간과하고 도력을 남발할까 염려됩니다."

"네 신중해야 할 것이다. 한번 뱉은 청은 되돌릴 수 없다."

섭성이 허물어지듯 웃음 지었다. 결정하고 나니 홀가분했다.

"폐주 기해는 현북의 수호자로서 당대 현무의 역을 대신할 유일한 존재입니다. 소신 양섭성, 기해와의 혼인을 바라옵니다."

섭성의 말이 끝나기 무섭게 한리민이 경악해서 소리쳤다.

"그 무, 무슨 말도 안 되는! 아, 아니 됩니다, 폐하! 소신이 먼저 청하였사옵니다! 소신의 청이 우선이옵니다!"

황제는 속 알 수 없는 눈으로 허공을 응시했다. 섭성은 황제가 보는 것을 좇았다. 두 눈에 도력이 어렸다. 황제의 시선 끝에 무엇이 있는지 알 수 있었다.

붉디붉은 것이 나부끼고 있었다. 그의 가슴으로부터 이어진 저 붉은 선. 하늘이 맺어주었다는, 세상 어떤 연보다 지독한 천연이었다. 전에 보았던 때보다도 훨씬 색 진하니 잠깐 보는 것만으로 눈이 부셨다.

"주남의 한리민과 현북의 양섭성은 기해를 찾아 데려오라. 두 사람이 같은 청을 올렸으니 선택은 기해의 몫이다."

"폐하!"

반발하려는 한리민을 황제가 손을 들어 저지했다. 한리민의 표정이 벌레 씹은 것처럼 구겨졌다. 이미 내뱉은 결정을 황제는 번복하지 않을 것이다.

탁무경은 긍지 높은 익족의 전사다. 말이나 소처럼 등에 누군가를 태우는 것은 딱 질색이다. 그러나 이번 딱 한 번만, 정말 딱 한 번만 등을 허락하기로 했다.

황제의 청이었다. 한리민과 양섭성을 결계 밖으로 최대한 빨리 데려다달라고 했다. 황제에게 빚을 만들어놓으면 분명 쓸모가 있을 터다. 인간들의 행사에 참여한 것도 황제에게 눈도장 찍으려는 목적 때문이었는데 마다할 이유가 없다.

물론 자존심은 상했다. 하지만 자존심을 억누르기는 어렵지 않았다.

자존심은 아무것도 해결해주지 않는다. 익족에게 부족한 건 실리를 챙기는 결단이고, 탁무경은 어려서부터 제 쓸모없는 자존심보다는 일족의 실리를 챙기는 결정을 하도록 훈련받았다.

붉은 날개가 연회장을 덮었다. 탁무경이 살짝 몸을 띄우자 양섭성이 곧장 그의 등에 올라탔다. 탁무경이 날갯짓할 때마다 바람이 일었고, 사람들은 먼지바람 때문에 눈을 가리고 비명을 질렀다. 어서 한리민을 태워 벗어나는 게 그나마 상책이었다.

탁무경과 한리민의 시선이 딱 맞부딪쳤다. 사색이 된 한리민이 고개를 절박하게 내저었다.

"아, 안 돼! 나, 나는 높은 곳은 딱 질색……. 으아악!"

탁무경은 냉정하게 한리민의 양팔을 붙잡은 채 높이 날아올랐다. 외마디 비명이 메아리쳤다. 그와 동시에 하늘에 검은 금이 갔다.

연회장은 순식간에 소란스러워졌다. 불안은 역병처럼 번졌다.

하늘을 수놓은 거미줄 같은 검은 금. 여태 없던 흉조다.

"저게 다 무어요? 저런 끔찍한 건 본 적도 들은 적도 없소!"

"그러게 말이오! 위급한 일은 없을 것이라 들었는데. 남은 요괴나 처리하면 된다기에 따라나선 것이었는데……."

"사냥전도 끝났는데 그냥 황경으로 돌아가면 안 되는 거요? 우승자들만 남으면 될 거 아니오?"

"옳소! 이런 변방에 있다가 쥐도 새도 모르게 죽을 수는 없소!"

황경에서 온 귀족들은 한껏 소리 낮추어 숙덕거렸다. 그 천박한 걱정을 못 들은 척, 황제는 용좌 깊숙이 몸을 파묻었다. 눈을 감았음에도 수많은 연이 눈앞에 너울거렸다. 선명한 빛깔에 일순 어지러웠다.

'영아.'

겁을 헤매어온 천연이 맺어진다. 천인의 자격 얻은 두 연인을 맞이하는 하늘길이 열린다. 생살과 뼈를 깎는 심정으로 그 천연을 찰나 용납한 그의 아우는 곧바로 하늘길을 가로채 천계에 오를 것이다.

해를 원해서. 오직 그 계집만을 원해서.

애초에 천연은 해를 얻기 위한 수단에 불과했다. 천연 없이 얻고자 했으나, 그것이 불가했기에 천연마저 제 것으로 삼을 계획을 세웠다. 그릇됨을 알면서도 황제는 막을 수가 없었다.

지독한 집착이었다. 한 영혼이 다 사위어지도록 놓지 못한 탐욕이었다.

'이 가엾은 것아.'

제가 버린 찌꺼기에서 태어나 일순도 충족되지 못했던 애틋한 아우. 그것이 가련하고 안쓰러워 다른 모든 존재가 황제에겐 무의미했다. 천계의 것들은 그토록 편애 깊었다.

'준비는 됐느냐?'

어쨌든 천하가 뒤집히고 있으니 천연을 빼앗을 기회도 이번이 마지막이다. 정녕 끝없을 것 같던 죄지음도, 망각하지 못한 채 헤매어온 수천수만 번의 생도 거의 끝났다.

황제가 두 눈을 번쩍 떴다. 푸른 안광이 형형히 번뜩였다. 제좌에서 일어나 아랫것들을 굽어보았다. 지금의 그는 황제이니, 황제로서 마지막 책무를 시작할 때다. 모든 것이 끝을 향해 내달리듯 천계의 눈을 가려온 광대극도 마찬가지다.

"모두 들으라."

용음은 나직하고도 위엄 있었다. 불안하게 사위를 오가던 시선이 황제에게 모여들었다. 황급히 일제히 읍한 그들은 황제의 언을 기다렸다.

"작금에 이르러 짐은 기어이 천변의 때가 도래하였음을 인정하지 않을 수 없다. 경들은 모두 자신이 속한 권역으로 돌아가 모든 것의 전복에 대비하라."

"천변의 때라니요? 모든 것의 전복……이라니요?"

누군가 떨리는 목소리로 물었다. 황제는 조소했다. 그들은 그 뜻을 알 것이다.

덕 쌓아 오르는 자, 업 쌓아 추락할 자
뒤엉켜 경계 없으니, 천하는 뒤집어지리

태초부터 구전되어온 노래를 모르는 이는 황야에 없다. 그 뜻을 아직도 짐작하지 못한다면 살려둘 이유가 없다.

"초대 황제의 예언은 오랫동안 노래 되어 불리었지."

"그, 그건 그저 평것들이 즐겨 부르는 노래일 뿐입니다!"

"감히 짐을 의심하느냐?"

황제의 벽안에 노기가 번뜩였다.

"아, 아닙니다! 그런 것이 아닙니다!"

사내가 뒤늦게 상황을 깨달았지만, 이미 늦었다.

"당장 저 발칙한 자를 옥에 가둬라!"

황제가 노성을 내질렀다. 어둠 속에서 튀어나온 황제의 권속이 사내를 양쪽에서 결박하고서 끌고 갔다.

"폐하! 폐하! 살려주십시오! 폐하!"

사내의 목소리는 점점 작아졌다. 무거운 침묵이 내려앉았다. 기껏해야 요괴가 심하게 날뛰는구나 생각하고 있던 이들은 일순간 넋이 나갔다.

천변. 모든 질서의 끝. 천계가 무너지고 나락이 솟아난다. 천하의 모든 법리가 뒤바뀐다. 황야가 건국된 이래 단 한 번도 일어난 적 없는 마지막이 눈앞에 와 있다고 황제가 선언했다.

그럴 리 없다고, 폐하께서 잘못 아신 게 아니냐고 따지고 싶은 자들이 이 자리에도 한 수레는 되었지만, 바로 조금 전 세 치 혀 잘못 놀린 자가 짐승처럼 끌려가는 것을 다들 똑똑히 보았다. 차마 황제의 말에 이의를 제기할 수 없었다.

황제는 겁에 질린 귀족들을 오연히 내려다보았다. 닥쳐올 변화를 인정할 용기도 없고 황제께서 틀렸다고 아뢸 배짱조차 없는 치들이었다. 전에 없는 흉조가 황야를 덮쳐오는데도 두려움에 넋 나가 현실을 똑바로 보지 못하는 꼴이 가련하다.

"천변은 이미 오래전에 일어났어야 이치에 맞다. 경들은 고개를 들고 천계와 나락에서 일어나는 변화를 똑똑히 보라. 각 권역으로 돌아가 천하의 전복에 대비하라. 모든 질서의 끝을 맞을 준비를 하라. 신분고하를 막론하고 황명에 토 다는 자, 대역죄로 다스리겠다."

황제가 엄명했다.

짧고도 살벌한 적막 뒤, 일제히 읍한다.

"명 받들겠사옵니다!"

기해를 찾으러 간 두 우승자를 제외한 사람들이 곧 흩어졌다.

오직 황제만 남아, 조용히 천계가 무너지는 때를 기다렸다.

二

　묵오는 끙끙 앓았다. 주인 황제가 현북에 있으니 그 또한 아직
황경으로 떠나지 못했다. 현북에는 오고 싶지 않았지만 모두가 복
귀하는 와중에 혼자 유적에 남아 있을 수도 없는 노릇이었다. 별
수 없이 현북으로 돌아와 한 야산에 둥지 틀었다. 깊은 산속 동굴
에 몸 숨기고 웅크렸다.

　내내 정신은 혼미했다. 꿈과 현실 사이에서 외줄타기를 했다.
뿔이 보내는 목소리는 갈수록 집요해졌다.

　- 돌려다오. 내 육신을 돌려다오.

　이마가 지독하게 아팠다.

　'괴로워. 아파. 그만해.'

　애원해도 소용없었다.

　- 천변을 늦추어야 하느니.

　묵오는 고개 내저었다.

　'싫어! 내 알 바 없소!'

　잘못 먹은 음식이 뒤늦게 체했다. 뿔 삼켜 요력 얻고자 하였는
데 되레 그 뿔에게 먹힐 신세가 되었다.

　'왜, 왜 이제 와서 그러시오? 진작 알고도 내처 그냥 뒀잖소? 날

내버려두란 말이오. 제발……..'

묵오는 싫다고 화를 내다가 제발 내버려두라며 애원하길 반복
했다. 식은땀에 온몸이 젖어갔다. 악야는 깊고 끝없었다.

이럴 수는 없다. 뿔이 정말 필요했다면 일찍이 되가져갔어야 한
다. 그가 제 뿔을 주워 삼켰다는 것을 마주친 그 순간 알았을 테니
까. 그땐 내버려두더니만 지금에야 되돌려달라니, 정말 너무하다.

이미 소중한 게 생겨버렸는데. 함께 시간 나누고픈 이를 만나버
렸는데.

없었다면, 몰랐다면 미련 없었을 삶.

뿔을 빼앗기면 모든 힘을 잃게 된다. 말 모르게 되어 어떤 마음
도 전할 수 없게 된다.

'래하, 래하 소저…….'

요괴에 비하면 더없이 생 짧은 그 익족 계집애. 이지도 감정도
없는 일개 까마귀 요괴 되면 그녀와 아무것도 함께할 수가 없다.
그것이 두렵다. 너무나도. 울음 터지게도.

– 네 소중한 것은 아무도 대신 지켜주지 않는단다, 어린 까마귀
야.

'그래! 그러니까 내가 지켜줘야…….'

울컥 항변하던 묵오가 번쩍 눈을 떴다.

쿠구궁!

지반이 위험하게 뒤흔들렸다. 잠도 고통도 순식간에 몰려났다.
바짝 예민해진 육신이 저절로 움직였다. 그가 웅크리고 있던 곳으
로 천장이 와르르 무너졌다. 황급히 동굴 밖으로 몸을 날렸다.

"이게 무슨……."

땅이 춤추고 있었다. 거칠게 오르락내리락하며 모든 것을 뒤집었다.

"래하 소저."

심장이 쿵 내려앉았다. 그녀를 찾아 날개를 펼쳤다.

공부에는 백리가 있다. 백리와 마주치면 필시 뿔을 빼앗길 것이다. 뿔을 빼앗기면 그는 미물이 된다. 익족 계집에게 아무것도 해줄 수 없게 된다.

그 모든 것을 안다. 두려움이 날개조차 옴짝달싹 못 하게 옭아맸다. 그래도 묵오는 날개를 움직였다. 처음 날았던 그날처럼 절박하게 날갯짓했다.

높이 날자 시야가 트였다. 아주 넓은 면적을 동시에 눈에 담았다. 온 지면이 너울처럼 흔들렸고 새파란 하늘엔 검은 금이 갔다.

실체 없던 두려움이 실체를 얻는다. 천변을 늦춰야 한다는 뿔의 속삭임을 비로소 이해했다.

이래하를 지켜야 한다. 그 누구도 그녀를 대신 지켜줄 수는 없다. 오직 제 선택만이 그녀를 지킬 수 있다. 묵오는 선택을 했다. 모두가 천변 앞에서 선택을 해야 할 것이다.

탁무경은 높이 날았다. 대사냥전 기간에는 익족의 비행이 금지되었기에 실로 오랜만에 날면서 아래를 조망하는 것이었다.

난리에는 천지 구분이 없었다.

"저리 큰 틈이 대체 언제……."

저 멀리, 자상처럼 길고 깊은 검은 틈이 보였다. 처음 지원군으로 도착했을 때엔 없었다. 필시 대사냥전 도중에 생겼을 터.

불과 며칠이었다. 틈이 다시 아가리 벌리기엔 너무 이르다. 하지만 두 눈으로 본 진실을 부정할 수도 없다.

'대장군 양세계가 목숨 바쳐 번 시간이 고작 며칠이었다고?'

탁무경과 비슷한 생각을 했는지 그의 목깃을 잡은 섭성의 손에 힘이 들어갔다. 그 참혹한 마음을 헤아릴 수 없다.

한리민은 비명을 지르다 기절했는지 잠잠했다. 젊은 공자를 떨어뜨리지 않으려고 손아귀에 힘을 주며 탁무경이 물었다.

"어찌하겠소?"

저 어딘가에 폐주가 있는 것은 분명하되, 현북의 땅주인이 목숨 걸고 데리러 갈 필요가 없는 상대였다. 가족과 친지를 모두 빼앗아간 원수다. 거대한 나락의 틈을 막아서다 죽어도 인과응보일 뿐이다.

"……까지 데려 ……습니까?"

섭성의 목소리는 탁무경의 날갯짓 소리에 묻혀 드문드문 끊어졌다.

그러나 탁무경의 뛰어난 청력은 그 말을 이해했다.

저기 요괴가 몰려드는 곳까지 데려다주시겠습니까.

탁무경은 말로써 대답하는 대신 섭성이 가리킨 방향을 향해 몸을 틀었다. 불에 이끌리는 벌레처럼 줄지어 이동하는 요괴들이 보였다. 그 끝은 요괴지옥이라서 죽은 요괴의 살덩이가 산을 이루고 역겨운 피가 강을 이루고 있었다.

폐주는 분명 그곳에 있을 터였다. 제 요력이 그녀의 발밑에도 못 미치는 것을 빤히 알면서도 요괴들은 불구덩이 속으로 몸을 던졌다. 폐주를 죽이라는 우두머리의 명을 받들어 끝없이 산화했다.

"현북공, 그댄 내게 빚을 진 거요."

꿈에 나올까 끔찍한 모습에 탁무경이 투덜거렸다.

"이 빚은 천 번의 내생이 지나도 잊지 않을 겁니다."

"내생은 의미 없고 현생에 갚으시오."

"저는 은원을 잊지 않습니다."

"그렇다고 들었소. 누이가 그대 칭찬을 입에 침이 마르도록 하더이다."

꿈틀, 순간 지면이 크게 비틀렸다.

나락의 틈이 요란하게 진동했다. 갈라진 땅 조각이 아래로, 더 깊은 나락으로 떨어졌다. 귀를 먹먹하게 하는 굉음이 중첩되며 지상을 집어삼켰다.

"별 미친……."

말도 안 되는 광경에 탁무경은 작게 욕설을 내뱉었다.

"한리민 공자를 데리고 유적으로 가십시오."

제 목소리가 바람 소리에 묻힐까 섭성이 탁무경의 귀에 대고 속삭였다. 이 난장판에도 그의 목소리는 차분했다. 탁무경은 저도 모르게 고개를 끄덕였다. 확실히 혼절한 한리민을 끌어안고 싸울 수는 없는 노릇이다. 일단은 그가 정신을 차릴 때까지 안전한 곳에 모셔놔야 했다.

"현북공, 그대는……."

탁무경이 말을 다 하기도 전에 섭성이 그를 잡고 있던 손을 놓더니 아래로 몸을 던졌다. 별 미친, 이라고 탁무경은 다시 한 번 짓씹었다.

인간이 제아무리 튼튼한들 고공에서 뛰어내리면 온몸이 부서진다. 치유술사라 해서 다치지 않는 것은 아니다. 치유가 빠를 뿐 다치면 아픔은 똑같이 느낀다.

사지가 부서지는 고통은 죽음보다 더할 텐데, 그 고통을 기꺼이 감수하며 원수를 데리러 가는 심중을 가늠할 수 없었다. 고개를 절레절레 흔든 탁무경이 서둘러 유적을 향해 날았다. 양섭성을 계속 걱정하고 있기엔 상황이 여의치 않았다.

❉ • ❉

청유는 틈을 비집었다.

조금 더. 조금만 더.

그녀는 서두르지 않았다. 천천히, 하지만 확실하게 제 본체가 지나갈 만큼 크게 틈을 벌렸다.

ㅡ 기해를 죽여라. 그 계집을 찢어 죽여.

청유는 끝없이 명령했다. 명에 사로잡힌 요괴들은 지상으로 기어 올라가 기해에게 달려들었다. 속절없이 죽어갔으나 상관없었다. 제가 지상으로 나갈 때까지 기해를 붙들어놓기만 하면 된다.

ㅡ 절대로 놓치지 마라. 그 계집의 살점 하나, 뼛조각 하나, 머리

카락 한 올이라도 내게 바쳐라.

형제 빼앗긴 울분은 그리 깊었다. 버림받은 상처가 소금물에 닿은 듯 쓰렸다.

쩌적, 틈이 크게 한 번 벌어졌다. 청유는 포효했다. 그녀의 매끄러운 청색 몸체가 마침내 틈을 빠져나갔다. 금이 간 하늘에서 사나운 천둥번개가 내려쳤다.

❊ · ❊

갑작스러운 지진에, 천둥번개에 공부는 아수라장이었다. 겁먹은 이들이 우왕좌왕하며 비명 질러댔다. 그들을 어떻게든 진정시켜보려던 이래하도 이젠 체념했다. 대체 무슨 일이 일어나고 있는 것인지 그녀도 슬슬 무서워지려는 찰나였다. 그때 까마귀 한 마리가 날아왔다.

"묵오?"

반가운 마음은 잠깐이었다. 더럭 겁이 났다.

"여기 오면 어떡해? 백리 님이랑 마주치기라도 하면!"

이래하는 묵오를 끌고서 나무 사이로 숨었다. 인적 드문 데다 나무가 빼곡해서 웬만해선 눈에 띄지 않을 것이다.

묵오는 잔잔한 미소 머금고서 이래하를 응시했다. 이래하는 너무도 차분한 까마귀가 불현듯 낯설고 두려워졌다.

전날 찾아갔을 때만 해도 겁에 질려 벌벌 떨던 까마귀다. 그에게 조금이라도 도움이 되고 싶어서 스승 맹조위를 한참이나 찾아

319

다녔다. 스승의 그림자조차 찾을 수 없어서 결국 아무 치료법도 도전해보지 못했다.

그랬는데 까마귀가 저절로 멀쩡해졌다. 오히려 처음 만났을 때보다 더욱 차분해졌다.

"래하 소저."

"너 뭐야? 왜 그래?"

묵오가 말없이 눈을 접어 웃었다. 늘 어린 동생 같던 그가 처음으로 수컷으로 보였다. 불안은 더 훌쩍 자랐다. 묵오는 잘게 떠는 이래하의 어깨를 감싸 제 품으로 당겨 안았다.

그 순간 땅이 뒤흔들렸다.

"지진? 왜 자꾸 땅이……."

"지진 같은 것이 아니오. 소저도 알고 있잖아. 모두들 알고 있었지."

이래하의 두 눈이 커졌다.

지진이 아니다. 모두가 알고 있다. 그 평온한 말투에 소름이 돋았다. 턱 끝까지 차오른 불안감이 폭발했다.

"아니 돼! 싫어!"

이래하를 품에서 놓아준 묵오는 여전히 부드러운 표정을 짓고 있었다. 하지만 다시 보니 바늘 하나 안 들어갈 것처럼 단단해 보였다.

결심한 자의 얼굴이다.

뜻을 굳혀서, 결코 돌이키지 않을 자의 평온이다.

"안 돼."

이래하는 연신 세차게 고개를 내저었다. 그녀의 어깨를 양손으로 꽉 쥔 묵오가 한 음절, 한 음절 힘주어 속삭였다.

　"천계가 무너지고 나락이 솟아나니 모든 것이 전복될 거요. 그것이 천칙이오."

　"하지 마! 뭘 하려는 건지 몰라도 그거 하지 마, 제발. 응?"

　"누구도 상전벽해로부터 살아남지 못할 거요. 그 모든 자가 의미 없되 그대만은 의미 없을 수 없으니……."

　이래하의 두 눈에 눈물이 차올랐다. 묵오는 묵묵히 그 슬픔을 가슴에 담았다.

　"하지 말라고 하잖아, 흐윽."

　"줄곧 뿔이 말을 걸어왔소."

　묵오는 내처 뿔의 소리를 들었다. 제 것인 양 일곱 해 동안 몸속에 간직해온 것. 인간의 태를 입게 해주고 인간의 말을 배우게 해준 그 신묘한 것.

　뿔은 백 년 난 어린 까마귀가 결코 이룰 수 없는 경지로 데려다주었다. 배우고 느끼고 생각하며, 끝내는 사랑 알게 만들었다.

　하여 다 잊을까 두려웠다. 그 모든 두려움이 무의미하다. 더 중한 위기 앞에 덜 중한 위기는 아무것도 아니게 되었다.

　"세상 모든 일엔 인과가 있소. 이 뿔은 본디 내 것이 아니나, 내 것이 되는 결과를 얻었지. 그렇다면 이 뿔을 얻게 된 원인 또한 있을 터. 지금부터 그 원인을 행할 거요."

　묵오는 소리 죽여 흐느끼는 이래하를 바라보았다. 제 눈에, 기억에 담았다.

"백리를 만나야겠소."

"싫어! 네가 사라지잖아."

고집 피우는 이래하의 뺨을 감싸 쥐어 저를 보게끔 한 묵오가 다정히 얼렀다.

"나는 사라지지 않소."

"아니, 사라지는 거야. 평범한 까마귀 요괴가 될 거잖아. 날아다니면서 깍깍대는 것밖에 할 줄 모르게 될 거라고! 그런 건 싫어. 정말 싫단 말이야……."

묵오는 아주 다정한 계집을 두 눈에 아로새겼다. 처음 만난 다정은 그의 가슴 깊이 뿌리박았다.

제 벗을 위해서라면 기꺼이 목숨 내던지고, 약자를 위해 망설임 없이 손 내미는 이.

잊고 싶지 않다. 잃고 싶지도 않다. 발그레해진 그녀의 눈시울에 가슴이 미어진다. 애처롭고 애틋하여 숨 쉬는 것조차 고통스럽다.

다가올 이별을 무서워하는 이 사랑스러운 이를 두고서 끝내 떠나야 할 것을 안다. 천하가 뒤바뀌면 황야는 무사할 수 없고, 황야에 발 딛고 살아야 하는 그녀 또한 살아남을 수 없다. 잊고 잃어야만 지킬 수 있다.

"백리를 만나고 나면 나는 아주 평범한 까마귀가 될 거요. 말 모르는 미물 되어 날아다닐 뿐이겠지. 그것이 두려워 줄곧 도망치고 숨기에 바빴지. 하지만 그 모두 순간이오."

세상이 무너지듯 이래하의 표정이 무너졌다.

"그래서, 기어이 백리 님을 만나겠다고?"

"애초에 이 뿔은 내 것이 아니라서 내게는 그다지 유용하지 못하였소. 진짜 주인에게 돌아가면 훨씬 쓸모 있게 될 거요."

미물 된 백리가 이지를 되찾으면 천계의 붕괴를 늦추는 것도 헛된 희망만은 아닐 터다. 이래하를 지킬 시간을 벌 수 있다. 그녀를 지키고 싶었다. 처음부터 줄곧. 언제나.

"우리는? 나는?"

"우린 다시 만나게 될 거요. 오백 년쯤 지나면 깨달음을 얻어 인간화를 깨치고 더듬더듬 말도 할 수 있게 되겠지."

"오백 년?"

이래하가 헛웃음 지었다.

"그게 얼마나 긴 시간인 줄 알고나 있어? 그래, 너는 모르겠지. 요력만 있으면 수천수만 년을 살아가니까! 익족에게 오백 년은 정말 길어. 아주 긴 시간이라고!"

안다. 그래서 묵오도 줄곧 도망쳐왔다. 이래하의 곁을 지키고 싶어서. 그 짧은 생을 함께하고 싶어서.

그러나 도망만 치다가는 짧은 생을 함께하기는커녕 그 짧은 생마저 누리지 못하게 될 터였다.

"기다려달라는 말이 아니오. 그저 지금처럼 살아가주오. 울고 웃고 화내고 기뻐하며……. 그리 평범하고 행복하게 살다 보면 문득 내 생각이 날 때도 있을 거요."

묵오가 감싸 쥐고 있던 이래하의 뺨을 문질렀다. 펑펑 흘러나오는 눈물에 엄지가 젖었다.

작고 어린 계집. 이제 겨우 백 년 난, 인간도 요괴도 아닌 계집. 어디에도 속하지 못한 채 떠돌아야 하는 운명의 어여쁜 이. 도움 필요한 자를 결코 지나치지 못하고, 두렵고 무서워도 해야 하는 일이라면 결코 물러서지 않는 강한 여인.

그녀를 지킬 수만 있다면 망설일 것도 주저할 것도 없다. 이래하는 늘 묵오를 강하게 만들었다. 어떤 풍파에도 흔들리지 않게 해준다.

"잊어버려도 괜찮소. 하지만, 그래도 혹여 가끔 내 생각이 난다면……."

두 입술이 포개졌다. 찰나였다. 이래하의 동공이 커다래졌다.

곧 입술을 스쳤던 온기도, 뺨을 감싸주던 온기도 사라졌다. 묵오의 마지막 말이 날갯짓 소리에 묻혀 흩어졌다.

"사과열매 하나 들고 만나러 와주오, 이래하."

"묵오!"

이래하가 소리쳤다. 따라가고자 했지만 가벼운 결계가 그녀를 튕겨냈다.

"아!"

바닥에 부딪힌 이래하가 기어이 큰 소리로 울음을 터트렸다. 야, 이 나쁜 자식아. 이 새 새끼야. 못됐어, 못됐어. 두서없는 욕설을 함께 토해냈다.

상실감, 외로움, 다신 이야기할 수 없을지도 모른다는 절망. 마음 가득 소리 없는 균열이 생겼다. 이내 와장창 무너져 내렸다. 가슴이 너덜너덜했다. 이래하는 기나긴 이별을 절감했다.

"바보, 멍청이, 새대가리……."

만남은 짧았다. 우연이었고 필연이었는데, 정신 차려보니 어느새 운명이 되었다.

래하 소저, 소저…….

그 조잘거리던 목소리. 커다란 덩치에 어울리지 않게 겁 많고 순진했던 어린 까마귀.

지상에서 태어난 그 까마귀는 악의 몰라서, 스치듯 베푼 호의에 전력으로 부딪혀왔다. 숨김없이 돌진하는 진심 앞에 숨이 턱턱 막혀서 달아나다가도 어느덧 뒤돌아서 그를 찾았다. 가족 아닌 누군가에게 그토록 진한 애정을 받은 것은 처음이었다. 섭성도, 스승도 주지 못한 농도의 감정이었다.

"기다리란 말이 아니라고? 잊어도 괜찮다고? 그게 진심이라면, 정말 진심이라면……."

이래하…….

마지막 순간, 비로소 그가 제대로 불러준 이름이 귓가에서 흩어진다.

"사과열매 들고 만나러 오란 말, 하지 말았어야지! 그런 소릴 마지막 말로 남기지 말았어야지!"

잊혀도 상관없다면서, 제발 잊지 말라고 두 눈으로 애원하는 건 비겁하다.

"익족에게 오백 년은 정말, 정말로 긴 시간이란 말이야……."

차라리 잊지 말라고 하지. 기다려달라고 하지. 긴 기다림이 되겠지만, 매일 만나러 와달라고 하지. 그랬다면 못 이기는 척 들어주

325

었을 텐데. 새침하게 찾아가 구박이라도 할 수 있었을 텐데.

"이제 난 기다릴 필요 없다는 사내를 기다리는 미련퉁이가 되어
야 하는 거야?"

천지는 쉴 새 없이 갈라지며 뒤흔들렸다. 갑자기 온몸이 조각났
다 다시 맞춰지듯 고통스러웠다. 이래하는 비명을 참으며 몸을 웅
크렸다. 온몸에 비늘이 돋았다 사라지길 반복했다. 정신이 혼미해
졌다. 변화기가 시작되었음을 깨달았다. 더는 황야에 남아 있을
수 없다.

한리민은 무너진 성벽에 다리가 깔리는 통에 정신을 차렸다.

"아악! 무, 무어야? 이게 다 무슨……."

도력을 날려 돌무더기를 치워낸 한리민이 겨우 다리를 끄집어
냈다. 제가 타고나길 강골이라 부러진 정도로 끝났지, 평것이었다
면 다리뼈가 완전히 박살났을 거라고 투덜대며 귀를 막았다. 창공
에서 황제의 권속들이 뿔피리를 불어대고 있었다. 한 번, 두 번, 세
번, 네 번. 다시 한 번, 두 번, 세 번, 네 번. 그 소리가 요란해서 골이
다 띵했다.

"네 번?"

막은 귀를 뚫고 들리는 뿔피리 소리에 한리민이 중얼거렸다. 한
번은 대사냥전의 시작, 두 번은 대사냥전의 끝, 세 번의 참여자의
죽음. 그리고 네 번은…….

"해산하라고?"

황당해서 인상이 홱 찌푸려졌다. 권속들은 뿔피리를 네 번씩 이

어 불기를 반복했다. 분명히 해산령이다.

평해 폐주를 찾아오라 할 땐 언제고 돌아가라니! 아직 우승한 보상을 받지도 못했는데!

기가 막혔다. 억울해서 이대로는 못 돌아간다. 당장 현북으로 돌아가서 황제께 재차 청을 올릴 것이다.

씩씩거리며 한리민은 절뚝절뚝 걸었다. 천지가 와르르 뒤흔들렸다. 온갖 바위산이 무너지며 굉음을 냈다. 몇 발자국 가지도 못한 채 한리민은 인정했다. 지금은 아주 좆같은 상황이다. 포상이고 뭐고, 평해 폐주와 혼인이고 뭐고 다 상관없을 정도로 생난리가 났다.

"염병, 권속 새끼들이 다 앓아누웠는데 복귀를 어찌하라고!"

이가 득득 갈렸다. 대사냥전에 참가하는 게 아니었다. 미쳤다고 주남을 떠났다. 후회와 후회가 겹쳤다. 한리민은 야심가였지만, 제 목숨을 끔찍이도 귀하게 여겼다. 야심 넘치는 아우를 주남공이 용납한 이유 또한 그가 제 목숨을 위험하게 만들 일은 결단코 꾸미지 않을 성정임을 아는 까닭이었다.

"한 공자."

한리민이 고개를 들었다. 그를 짐짝 들듯 들고 날았던 익족 전사 탁무경이 무너진 성벽을 밟고 서 있었다. 높은 곳은 싫다고 소리를 빽빽 지른 기억이 떠올라 얼굴이 화끈거렸다. 한리민이 탁무경을 원망스럽게 노려보았다.

"뭐요?"

"주남의 술사들은 추적술에 능하지. 핏줄을 찾아내는 비술이

전해온다 들었소. 다른 땅주인가문에 비해 후손이 늘 넘쳐나는 것
도 그 비술 덕택이라지."

"한데?"

"내 누이를 찾아주시오."

한리민은 재빨리 머리를 굴렸다. 그는 탐욕스럽지만 영리하다.
탁무경의 누이라면 스치듯이 본 적 있다. 변화기를 거치지 않았
던 어린 익족. 지금 그녀를 찾아달라는 건, 그녀가 익족의 집결령
을 이행할 수 없는 상태라는 뜻이다. 변화기가 시작된 것이다. 황
제의 해산령이 떨어졌고, 포상이고 뭐고 차후로 미뤄졌다. 일단은
살아남아 주남으로 돌아가는 게 급선무다. 탁무경을 이용해야 한
다.

"당신 누이를 찾아주면 내게 무얼 해줄 거요?"

턱을 치켜들며 한리민이 오만하게 물었다.

"주남까지 데려다주겠소."

솔깃한 제안이었다. 대사냥전에 마구 투입시켰던 권속들은 휴
식 중이었다. 회복되기까지 사흘은 걸릴 터다. 천지가 뒤흔들리는
꼴을 보면 그때까지 주남으로 이어진 길이 무사하리라 낙관할 수
없었다.

"난 높은 곳이 끔찍하게 싫소."

"지상에 최대한 붙어서 날아보겠소."

익족은 높이 나는 것을 긍지로 삼으며, 탈것 취급받는 것을 혐오
한다. 그런 익족이 자존심을 굽히고 도와달라 청하고 있다.

한리민은 또 머리를 굴렸다. 이 멀리 현북까지 와서 고생이란 고

생은 다 했는데 빈손으로 돌아갈 수는 없었다. 저도 아쉬운 처지이긴 했지만, 저보다 더 아쉬워 보이는 익족에게서 최대한 단물을 빨아먹어야 했다.

"좋소. 그리고 또."

"또?"

"훗날 주남에서 도움을 청한다면 아무 조건 없이 한 번은 도와주시오. 이번에 청동의 부탁으로 움직였던 것처럼 말이오."

탁무경은 생각하는 것 같더니 이내 고개를 끄덕였다.

"내 명예를 걸고 맹세하오."

한리민이 씩 웃었다. 좋다. 평해 폐주와의 혼인은 불투명해졌으나 이 정도 수확이라면 만족할 만하다. 무조건적인 익족의 도움이라니. 언젠가 쓸모가 있을 터다.

"진짜 낮게 날아야 하오."

열 번은 신신당부를 한 뒤에야 한리민은 탁무경의 등에 올라탔다. 그의 깃털을 하나 뽑아 주술을 걸었다. 붉은빛으로 물든 깃털이 팔랑팔랑 날기 시작했다.

"한 공자, 전사들을 불러야 하니 잠깐만 높게 날겠소."

"무, 무어? 야, 약조가 다르잖아!"

한리민이 소리쳤다. 탁무경의 깃을 다 뽑을 기세로 움켜쥐었다. 탁무경은 인상을 쓰면서도 더 높이 올랐다. 그를 발견한 익족 전사들이 사방에서 날아올랐다. 그 수는 점점 더 늘었다. 그중 한 익족 전사에게 혼절한 한리민을 맡겼다. 모든 전사가 신호를 받은 걸 확인한 탁무경은 주술 걸린 깃털이 안내하는 방향을 향해 날았다.

현북공부의 호젓한 후원. 우거진 나무 사이, 이래하가 쓰러져 있었다. 돋았다 사라지길 반복하는 비늘을 보며 까마귀 한 마리가 애처롭게 울었다.

"따라와."

까마귀에게 명령조로 말하고서 이래하를 안아 들었다. 그녀는 끙끙 앓으며 탁무경에게 매달렸다.

"누이, 이만 돌아가자."

많은 것이 뒤바뀔 터다. 그 변화가 지나갈 때까지 가장 익숙한 곳에서 안전을 도모하는 게 상책이다. 징금으로 되돌아오는 것은 지금의 이 폭풍이 지나간 후.

익족 전사들은 남쪽으로, 다시 동쪽으로 날았다.

❊ • ❊

"화선녀 님, 이것 좀 드셔보시렵니까?"

화선녀는 눈을 떴다. 맹조위가 웃으며 붉은 열매를 내밀고 있었다. 수줍은 듯 붉게 물든 뺨을 물끄러미 응시했다. 오래도록 미워하며 연모한 사내였다.

위급한 환자가 정리되면 즉시 떠나라는 양섭성의 명에 따라 맹조위를 데리고 길을 나섰다. 이제 와 선량한 의원인 척하며 환자를 신경 쓰기엔 염치없었는지 맹조위는 군말 없이 화선녀를 따랐다.

십 수 년을 손수 가르친 어린 익족에게 본심을 들키지 않은 것이 맹조위가 유일하게 잘한 일이다. 그는 이기적이고 못돼 처먹은 인간이지만, 순수하게 그를 따르던 아이에게 실체를 밝혀 굳이 상처 줄 필요는 없었다.

"화선녀 님?"

화선녀가 쳐다보기만 할 뿐 나무열매를 받지 않자 맹조위가 소심하게 눈꼬리를 말았다.

"너나 먹어라. 별로 먹고 싶지 않다."

퉁명스레 내뱉은 화선녀가 고개를 돌렸다. 머쓱해진 맹조위가 얼굴을 붉혔다. 그 기죽은 모습이 싫어서, 화선녀는 못마땅한 표정으로 나무열매 두어 개를 집어 먹었다. 맹조위의 표정이 활짝 피었다.

"멍청한 것."

"맛이 괜찮지요? 섭성이 요만할 땐……."

맹조위가 재잘거렸다. 신이 난 말투로 양섭성의 어린 시절을 이야기했다. 그리 어여삐 여기면서 배신할 계획을 세웠느냐고, 너의 애정과 신의는 어찌 함께이지 않은 것이냐고, 화선녀는 비난하지 않았다.

이제는 제 주인이 된 현북공 양섭성을 생각했다. 인간이 천인의 반열에 오르는 것은 요괴가 신수나 신목이 되는 것보다 훨씬 어렵다. 인간의 삶은 깨달음을 얻기엔 너무도 짧으니까. 그 모든 한계를 뛰어넘어 황야의 인간 중 천인이 될 자가 있다면, 그자는 필시 양섭성일 것이다.

어떤 괴로움도 비참함도 그를 꺾지 못했다. 어떤 악의도 적의도 그를 타락시킬 수 없었다. 그는 천신이 빚어낸 영혼 중 가장 선량하며 올곧다. 나락의 꽃밭에 그를 붙잡아두고 그 심연 깊숙이 헤집어보았기에 확신할 수 있다.

반면 눈앞의 이 사내는 어떠한가. 천 년이 지났으나 여전히 철없고 이기적이고 탐욕스럽다.

그런데도 그를 사랑한다. 미련하게도. 가엾게도.

"그땐 정말 어찌나 까다로웠던지 무얼 먹여도 잘 먹지도 않고, 고집만 왕고집에……."

화선녀가 갑자기 몸을 일으켰다. 그 순간, 땅이 마치 수면처럼 파동 쳤다. 나뭇잎이 우수수 떨어졌고 돌멩이가 우르르 뒹굴었다.

"어?"

맹조위가 비틀거렸다. 균형 잃은 그의 손이 허공을 더듬었다. 놀라 허우적대면서도 맹조위는 화선녀를 향해 손을 뻗었다.

"저, 저만 믿으십시오!"

맹조위가 소리쳤다.

"제가 지켜드릴 겁니다!"

화선녀는 어이가 없어 조소했다. 믿을 구석 하나 없는 몸짓으로 믿으라니.

"어어, 어!"

제 몸 하나 지키지 못할 것이.

"조심! 조심하세요, 화선녀 님!"

화선녀의 연분홍 눈동자가 가라앉았다. 맹조위의 모습을 하나

하나 뜯어 눈에 새겼다. 저를 향해 필사적으로 손 내뻗는 이를 마음에 새겼다.

저것은 가시다. 목구멍에 박힌 가시. 손톱 밑을 파고든 가시. 그 온갖 가시. 거슬리고 신경 쓰이고 아프기 짝이 없는 것.

맹조위 때문에 신목의 자격을 잃었다. 태초부터 꾸어온 꿈을 이루지 못하게 됐고, 무수히 많은 죄를 지었다. 무고한 생을 빼앗았다. 신령했던 영혼은 타락하여 영겁 동안 고통받을 흉목이 되었다. 그 무엇으로도 속죄할 수 없을 것이다. 그 누구에게도 사죄받지 못할 것이다.

억겁을 벌받아 마땅하다. 지옥에 처박혀도 어쩔 수 없다. 혼백이 갈가리 찢겨 끝없는 고통에 내동댕이쳐져도 변명의 여지가 없다. 그간 지은 죄는 실로 크니 화선녀는 언제고 그 모든 업보가 제게 되돌아오리란 것을 알았다.

당장 천벌이 떨어진들 미련은 없어야 할 터였다. 죄 알고 있으니 무한히 썩어들어가는 고통 속에서 영원히 사죄함이 옳을 것이다. 그런데 단 하나. 단 한 사람. 맹조위가 마음에 걸렸다.

"조심은 네가 해야 할 것 같구나."

허공에서 허우적대는 그의 손을 꽉 잡아 끌어당겼다.

"조위야."

맹조위의 두 눈이 커지며 귓불이 새빨개졌다. 울컥 흔들리는 그 눈동자를 응시했다.

"천계가 무너지고 나락이 솟아날 것이다. 모든 것의 끝이라는 천변이 시작되면 황야의 어디도 안전하지 못해."

틈이 벌어지고 있다. 청유는 포기하지 않는다. 요괴대군을 이끄는 건 불가해도 그 한 몸 승천하는 것은 여전히 가능할 터. 진즉 고여 부패한 천계는 청유를 받아들일 여력이 없다.

결국 그 무게를 지탱하지 못해 자격 없는 것들을 토해내며 무너져버릴 것이다. 천지가 변화하는 와중, 천계 중에서도 가장 높은 상천계만 무사할 터.

그 거대한 물결에 내던져진다면 맹조위는 어찌 될까.

"......예?"

흔들림이 조금 잦아들었다. 맹조위의 얼굴 가득 의문이 피어올랐다. 그의 말간 얼굴. 인간이 누릴 수 없는 긴 수명을 누리고도 젊음을 유지하는 것은 축복이 아니다.

제가 살아 있는 한 맹조위가 죽어 자유로워지지 못하도록 화선녀는 그의 영혼에 속박을 걸었다. 죄 쌓은 그의 혼백이 정화되지 못한 채, 흉목으로 전락한 저와 같이 천계의 자격을 얻지 못하도록 맹렬히 저주하였다. 억겁을 팔고(八苦)로부터 벗어나지 못하고 세상을 헤매게 만들었다.

이제 와 어리석게도 그의 죄를 가늠해본다. 저와 죄를 나누어 짊어진 사내를 마주해본다. 그녀가 놓아주지 않는다면 삼계의 질서가 사라지고 혼돈만 남는 와중에도 맹조위는 죽지 못한 채 고통받을 것이다.

맹조위는 양섭성과 다르다. 강하지 않다. 선하지도 않다. 그의 마음은 쉽게 부서지고, 타락하고, 자격 없는 원망에 사로잡힐 것이다. 종래엔 인간이라면 누구나 할 수 있는 배신 한번 했다고 억겁을 괴로워해야 하느냐며 화선녀를 증오하게 될 것이다.

"인간에게 천 년은 긴 시간이겠지."

"아무래도, 그렇지요?"

급박한 와중에 무슨 뚱딴지같은 소리냐는 듯 맹조위가 화선녀를 바라보았다. 그 두 눈에 원망이 서리고 증오가 스미는 미래가 보였다. 화선녀는 숨을 참았다. 이미 넝마 된 마음이 또다시 갈기갈기 찢기듯 고통스럽다.

오래도록 원망하고 그리워한 이. 미워하나 온전히 미워할 수도 없고, 그리웠으나 온 마음으로 그리워할 수도 없던 이. 어리석고 이기적인 그 사내가 지금 이 순간 그녀의 곁에 있다.

"네 늙어 죽는 삶을 생각해본 적 있느냐?"

그는 인간이다. 죽고 다시 태어나, 짧고도 찬란한 시간을 살아야 하는 인간이다. 죽은 시간에 발목 붙잡혀 썩어 문드러지는 삶을 보내서는 안 된다.

"갑자기 그 무슨……."

맹조위가 인상을 썼다. 화선녀는 흐리게 웃었다. 기어이 맹조위를 먼저 생각하고 마는 제 마음이 안쓰러웠다. 참으로 미련하구나. 정녕 어리석구나. 아무도 연민해주지 않는 자신을 연민했다.

"그런 생각을 해봐야 합니까? 저는 화선녀 님께서 계시는 한 늙지도 죽지도 못할 텐데요."

불퉁하게 중얼거리는 맹조위의 얼굴에 불안이 서렸다. 불길한 앞날을 피하려는 듯 그는 서둘렀다.

"그보다는 화선녀 님, 어서 피해야 합니다. 안전한 곳으로 가요.

언제 또 땅이 흔들릴지 모르잖습니까?"

화선녀는 꽉 붙잡고 있던 그의 손을 슬며시 놓았다. 한 발짝 물러났다.

"뭘 모르는 자는 불로불사가 축복이라 하지. 하지만 너의 불로불사는 저주일 뿐이다. 너는 신목을 추락시켰다. 죽어 다시 태어나지 않는 한 결코 정화되지 못할 대죄지. 그 죄로 말미암아 너는 인간이 누려 마땅한 행복을 누릴 수 없다. 가족도 벗도 아이도 갖지 못해. 이 생에서는 천인이 될 수도 없으니, 영영 죽지 못한 채 삼계를 떠도는 게 네 운명이다."

맹조위는 잠시 생각을 정리하듯 미간을 모으더니 문득 웃었다.

"천인이 되지 못한들 그게 대관절 무슨 상관입니까? 그런 것은 이미 오래전부터 의미가 없었어요. 불로불사가 천벌이라고, 저주라고 하셨습니까. 알고 있습니다. 죽지 못하니 화선녀 님을 배신한 제 죄는 영원히 낙인 되어 제 영혼에 새겨지겠지요. 고통은 제 천겁의 숙명 되어 저를 따라다닐 겁니다. 하지만 상관없습니다. 저는…… 상관없어요."

많은 말이 생략되었으나 그것은 거짓 없는 진심이었다. 제 앞길이 지옥이든 가시밭이든 화선녀의 곁이라면 개의치 않겠다는 애틋한 고백이었다.

화선녀는 가만히 맹조위를 응시했다. 연분홍 눈동자가 침잠했다. 이른 봄날 서리처럼 금세 녹아 사라지는 연약한 미소가 얼굴을 스쳤다.

그녀는 맹조위를 안다. 그는 아주 나약하며 이기적이다. 당장은 제 마음의 불변을 맹세해도 막상 고통 속에 내던져지면 언제든 그녀를 배신할 것이다. 사랑하는 것과 믿는 것은 별개의 문제다. 여전히 그에 대한 사랑을 놓지 못할 만큼 미련했지만, 오롯이 그를 믿을 만큼 사리분별 없진 않았다.

그러나 그의 고백에 마음이 풀린다. 그의 나약함과 비겁함마저 사랑하여 이내 용서하게 된다. 줄곧 그랬다. 그를 용서하고 싶었다. 나는 괜찮다고, 더 이상 너를 원망하지 않는다고 말하고 싶었다. 그래야 끝이 날 것 같았다.

용서할 기회조차 주지 않는 그가 미워서 긴 시간 원통함에 몸부림쳤다. 이제 비로소 끝낼 수 있게 되었다.

"조위야."

영원히 속죄해도 그녀의 죄는 사라지지 않는다. 맹조위는 다르다. 그는 다시 시작할 수 있는 인간이다. 그가 행복하길 바란다. 불로불사의 저주에 갇혀 죽음도 삶도 아닌 시간을 방황하기를 원치 않는다.

"예, 화선녀 님."

화선녀의 입에서 나올 말을 듣기 싫다는 듯 맹조위가 머뭇머뭇 대답했다. 처진 그의 눈꼬리에 화선녀는 달래듯 말을 이었다.

"그래도 생각해보아라. 늙을 수 있다면 기분이 어떻겠느냐?"

맹조위의 미간이 주름졌다. 입을 꾹 다문 채 화선녀를 노려보았다. 화선녀가 온전한 용서를 말하고 있음을 알았다.

"저 혼자 늙어 죽어버리라고요? 그랬다간 화선녀 님 혼자 남겨질 텐데요. 싫습니다. 절대로 싫어요."

"나와 함께라면?"

뜻밖의 선택지에 맹조위가 두 눈을 끔뻑거렸다. 곰곰 생각에 잠긴 눈동자가 작은 기대를 품는다.

"함께……요? 그런 것이라면, 물론 좋지요. 연모하는 이와 세월 따라 늙어가며, 주름진 손을 마주 잡고 석양 진 길을 걸어가는 게 제 일생의 소원입니……. 으악!"

땅이 또 흔들렸다.

"지진? 역시 지진이지요? 당장 피해요, 화선녀 님. 여긴 위험하니까. 빨리 안전한 곳으로……."

맹조위가 초조하게 화선녀에게 다가왔다. 내뻗는 그의 손을 화선녀가 가볍게 뿌리쳤다. 맹조위의 표정이 무너졌다. 인간 치곤 긴 세월을 살아온 그다. 애써 부정하고 있으나 단순한 지진이 아니라는 걸 진작 알았을 터다.

"부정하지 마라, 조위야. 외면하지 마라. 네가 아무리 지진이라 믿고 싶어 해도 그것은 본질일 수 없다."

삼계로 이루어진 세상. 구름 위의 천계, 하늘과 땅 사이의 지상, 땅 밑의 나락. 완벽하게 맞물린 균형이 무너지고 천하가 뒤바뀐다.

"천하의 균형의 뒤집어진다. 모든 천칙이 무너지면 황야는 무사하지 못할 터."

화선녀가 고개를 들었다. 무심한 눈동자가 하늘을 담았다. 푸른 하늘을 어지럽히는 검은 금이 선명했다.

"애초에 인간이 살 수 없는 곳에 나라가 섰다. 천계의 것들이 주도했지. 그 까닭이 짐작되느냐?"

"모르겠습니다. 제가 그런 것을 왜 알아야 합니까? 화선녀 님, 그냥 어서 저와 함께 피해요."

맹조위가 불안한 얼굴로 화선녀에게 매달려왔다. 이상한 일이다. 아무리 다가가도 화선녀가 가까워지지 않았다. 한 걸음이 결코 좁혀지질 않는다. 마음 한구석이, 또 다른 한구석이 차례로 와르르 무너졌다.

"천계로 올라가는 길목에 들어선 황야는 많은 요괴를 좌절시켰다. 우여곡절 끝에 틈을 기어올라도 천계에 바로 닿을 수 없게 되었지."

화선녀는 고대의 일을 바로 어제 일처럼 이야기했다. 맹조위는 아주 오랜만에 그녀가 겁을 살아온 꽃나무임을 실감했다.

"황야가 없을 적, 만에 하나가 천계에 올랐다. 황야가 생긴 후로는 어떠했겠느냐? 억에 하나? 조에 하나? 글쎄, 그조차도 천계에 오르지 못했지. 그렇게 황야는 오직 천계의 것들에게 도움이 돼. 설령 천하가 뒤집어져도 마찬가지야."

세상이 어지러웠다. 천변은 시작되었으니 잠시 유예할 수는 있어도 영영 미룰 수는 없을 터다.

화선녀는 하늘에서 시선을 뗐다. 고개를 내려 맹조위와 두 눈을 마주했다. 불안 감추지 않는 눈동자를 가만히 들여다보며 두어 걸음 물러섰다. 맹조위가 아무리 좁히려 해도 좁혀지지 않던 거리가 너무나 쉽게 벌어졌다.

발 디딘 곳은 양지바른 땅이었다. 뿌리박기에 좋은 곳이다. 작별하기 좋은 날이다.

"천계가 무너지면 자격 잃은 하늘의 것들이 추락하지. 추락해 마땅한 것들이 저 구름 위엔 널렸다. 그것들은 자격 얻은 자에게 제자리를 빼앗길까 아예 천계로 올라오는 길목을 틀어막았다. 그뿐인 줄 아느냐? 혹여 추락하더라도 빠르게 도력을 키워 자격 되찾을 수 있도록 수작을 부려두었지. 추잡하기 이를 데 없어."

화선녀의 풍성한 머리카락이 연분홍 꽃으로 변해갔다. 햇살 가득한 땅 위에 꽃잎이 살랑살랑 떨어졌다.

"그게 무슨……. 저 지금 무서운 생각이 들었습니다."

맹조위의 안색이 창백해졌다. 화선녀와 안전한 곳으로 도망가는 것만 생각하고 싶었는데, 화선녀의 말이 길어질수록 소름 돋는 가정이 끼어드는 것을 막을 수가 없었다. 오한이 든 듯 온몸이 덜덜 떨렸다.

화선녀는 여전히 햇살 아래 서 있었다. 그녀가 꿈꾸듯 평온한 목소리로 말을 잇는다.

"천계의 것들은 사실 선량하지 않아. 자비롭지도 않지. 그것들은 요괴와 똑같이 사악하고 못돼먹었다. 선량하고 자비롭다고 스스로 속이고 있을 뿐 그 근본은 다를 것 없이 추악해. 단지 저 풍요로운 천계를 누구에게도 빼앗기고 싶지 않은 것뿐이지 않으냐?"

요력을 쌓는 방법은 여러 가지가 있다. 그중 가장 손쉬운 것은 생기 넘치는 자를 먹는 것. 하여 그 생기를 제 것으로 취하는 것.

그러나 모든 요괴가 살육광이 되지는 않는다. 살아온 시간이 길어질수록 생을 해쳐 얻는 득보다 실이 더 커지는 까닭이다. 이지 없던 때와 이지 깨우친 때의 업의 크기는 곱절은 차이가 나니, 깨우친 요괴가 잘못 업을 쌓으면 용서받기까지 아주 긴 시간이 걸린다.

결계 안의 무방비한 인간을 해하는 것은 모든 업보 중 가장 무겁다. 오직 결계 밖의 인간만 업보 없이 해할 수 있다. 그러한 연유로 결계를 뚫고 인간을 해하는 요괴 중 상급 이상은 극히 적다. 기껏해야 유적을 중심으로 지지부진한 전쟁을 벌일 뿐이다.

그러나 갓 태어난 것은 어떠할까. 도리 모르고 선악 모르며, 오로지 요력을 채우고자 하는 허기를 지녔을 뿐이라면 그 무지한 것들에게 누가 죄 물을 수 있을까.

"갓 추락한 것들은 갓 태어난 요괴와 같다. 선악 모르고 도리 모른 채 황야의 모두를 해한들 누가 벌주겠느냐?"

맹조위는 부들부들 떨었다. 역겨워서 토악질이 났다. 그사이 화선녀는 제 두 다리를 땅 깊숙이 뿌리박았다.

"화선녀 님?"

뒤늦게 그녀가 이상하다는 것을 알아챈 맹조위가 힘겹게 그녀에게 다가갔다. 아무리 걸어도 가까워지지 않았다. 굳게 입술을 깨물어보았지만 자꾸만 마음이 무너졌다. 불길한 예감은 들불처럼 커져 그를 활활 태웠다.

"애쓰지 마라."

화선녀가 작게 속삭였다. 홀가분한 미소가 고운 얼굴에 번졌다.

"나는 많은 죄를 지었다. 무고한 인간을 수없이 죽이고 희생시켰지. 당장 갈가리 찢겨 마땅할진대 그 멍청한 양섭성은 기어이 내

어리석은 사랑을 이룰 기회를 주었다. 그 아이는 죄 없이 태어나 누구보다 많이 잃었지."

화선녀의 근본은 거대한 꽃나무였다. 천계에 닿을 만큼 크게 자란 나무 요괴였다. 그녀의 몸이 차츰 나무로 변해갔다. 맹조위가 절규했다. 속박을 깨뜨리며 화선녀를 향해 달려들었다.

"화선녀 님!"

화선녀는 요력을 뿌려 그를 밀어냈다. 더 이상 접근할 수 없도록 결계를 쳤다.

"그는 그리 잔인한 대접을 받아선 안 돼. 누구도 그를 그리 함부로 대해서는 안 되었어."

"안 돼요! 안 됩니다! 그러지 마십시오!"

화선녀는 멈추지 않았다. 제 모든 것을 내바치면 찰나라도 시간을 벌 수 있다.

"나는 나만의 방식으로 사죄하겠다. 이 땅의 인간들에게 기회를 주겠다. 그릇된 땅에서 벗어나 인간의 세상으로 돌아가라. 이로써 내 모든 요력을 잃을 테니 너 또한 불로불사의 저주로부터 해방될 것이다."

화선녀는 천변이 잠시 멈춘 사이 맹조위가 멀리 떠나기를 바랐다. 이 저주받은 땅을 달아나 인간의 세상으로 가길 원했다. 그곳에서 부디 행복해지기를 소망했다.

그녀의 뿌리는 넓고 빠르게 퍼졌다. 뒤흔들리며 갈라지고 무너지는 땅을 넓게 붙잡으며 끝없이 퍼져나갔다.

지상의 바닥은 나락의 하늘이라, 이 바닥이 쪼개어지면 나락이 솟아날 것이다. 땅을 지켜야 했다. 양섭성이 살아가고 맹조위가 살아가는 땅이다.

"하지 마세요! 제발, 제발요. 그냥 저와 둘이서 멀리 달아나요. 화선녀 님, 제발……."

맹조위가 애원했다. 화선녀는 속으로 고개 저었다.

그녀는 죄 많다. 아주 많은 죄를 지었다. 이 희생조차 죄의 연장일지도 모른다. 저 홀로 편해지려고 남은 자들에게 짐을 떠넘기는 짓일 수도 있다.

그래도 그녀는 한때 신목이었고 자비로웠고 선량하였다. 그 옛날 모든 생명에게 다정했던 마음의 티끌이 여적 남아서, 천하가 뒤집어지는 틈새에 끼일 인간을 외면치 못하게 한다. 그 마음만은 진실되었다.

"나는 모든 것에 다정하고 싶었다."

"어차피 황야의 인간은 부패한 천인이 예비해둔 제물일 뿐이라면서요! 피차 스러질 것들을 위해 왜 당신이 희생합니까? 그럴 필요가 없습니다. 아무도 알아주지 않을 것인데! 그냥 달아나요, 화선녀 님. 황야 밖으로 저와 함께……."

화선녀의 얼굴에서 점점 표정이 사라졌다. 울부짖는 저 약한 이를 위해 해줄 수 있는 것이 없었다.

"그 말은 네 본심이 아닐 것이다."

옥처럼 곱던 목소리가 갈라졌다. 음절이 찢기고 짓이겨져 알아듣기 힘들었다. 그래도 화선녀는 남은 모든 힘을 끌어모아 한 음절, 한 음절 내뱉었다.

"내 사랑이, 그리 욕될 리 없다."

혀가 굳었다. 더 이상 소리 낼 수 없었다. 나뭇결이 하얀 얼굴을 뒤덮었다. 화선녀는 두 눈만은 똑바로 뜬 채 맹조위를 보았다. 결계를 더 단단히 했다.

"아악, 안 돼! 안 돼요. 안 됩니다. 제발, 제발요. 가지 마세요. 저를 두고 가지 말아요……."

맹조위는 투명한 벽에 가로막혀 통곡했다.

나락을 빠져나와 처음으로 만난 이. 의술을 천직으로 삼았던 다정한 이. 그 마음 약해서 쉽게 변하고 현혹됐다 한들 그가 내민 온기는 진실이었다.

그가 좋았다. 그의 큰 손이 좋았고 낮게 깔리는 웃음소리가 좋았다. 짧은 생을 치열하게 살아가는 그 집념이, 주제 모르고 더 높은 곳을 갈망하는 그 탐욕이 좋았다.

자포자기의 심정으로 죄악을 반복했다. 그것은 화선녀의 본성이 아니었다. 다른 것들을 위해 제 모든 것을 기꺼이 희생하는 지금에야 그녀는 오롯이 자기 자신일 수 있었다.

온몸이 나무로 화하고 마지막으로 손을 뻗었다. 손끝에서 뻗어나간 나뭇가지는 하늘 높은 줄 모르고 솟았다. 뿌리는 땅을 지탱하겠지만, 가지가 천계의 붕괴를 막아내리라 장담할 수 없었다. 부디 찰나나마 시간을 벌어줄 수 있기를 바란다. 맹조위와 양섭성이 몸 피할 정도는 되었으면 좋겠다.

"화선녀 님, 화선녀 님!"

맹조위는 보이지 않는 결계에 매달려 울부짖었다. 다 괜찮다고 화선녀는 속으로 속삭였다.

줄곧 사죄하고 싶었다. 제 잘못을 용서받고 싶었다. 인간의 배신 때문에 흉목으로 추락했다는 것은 핑계에 불과하다. 배신당했다고, 버림받았다고 모두가 악해지는 것은 아니니까. 결국엔 그녀가 나약했기 때문이다. 제 잘못으로 신목의 길을 잃어버리고 스스로 더럽혀졌다. 그 실수를 조금이라도 만회할 수 있기를 바랐다.

마침내 화선녀는 완전한 꽃나무로 변했다. 인간화된 그 어떤 부분도 남지 않았다. 연분홍 눈동자도, 다정한 입매도, 백옥 같던 손가락도 살구꽃나무의 일부가 되었다.

나무는 그 뒤에도 쉴 새 없이 자라났다. 뿌리는 현북 모든 곳을 지나갔다. 무너지며 흔들리는 땅 깊숙이 퍼져, 떨어져나가는 조각들을 붙들었다. 그 가지는 저 하늘 높이 뻗어올랐다. 하늘 전부를 덮을 듯이 연분홍 꽃잎이 무성해졌다. 뿌리보다 가지는 연약하니 시간을 많이 벌지는 못할 것이다. 그래도 아주 조금이라도 의미 있을 터다.

이토록 명백한 이변을 알아채지 못할 우두머리는 없다. 현명한 위정자는 제 백성을 피난시킬 것이다. 전부는 지키지 못해도 희망은 남겨둘 것이다.

투둑.

꽃잎을 떨어뜨리며 마침내 화선녀의 움직임이 멈추었다. 더는 막아설 필요 없다는 듯 결계가 부서졌다. 맹조위가 비틀거리며 달려 나갔다. 말 없는 나무기둥에 미치광이처럼 매달렸다.

"안 돼, 안 돼……. 흉목이라지 않았느냐? 네 입으로 너는 더럽혀져 더는 그 어떤 것도 연민되지 않는다며? 그 무엇도 사랑스럽지 않다며? 한데 이게 무어냐? 대체 웬 신목 흉내더냐? 인간이 죽든 말든 무슨 상관이라고! 황야가 망하든 말든, 대관절 그게 무어 어쨌다고! 천인이든 요괴든, 그깟 인간 수천수만 명 제물 삼는 게 도대체 무슨 큰일이라고! 그런데 네가 왜? 대체 왜!"

터져나온 오열이 맹조위를 집어삼켰다. 화선녀가 희생해도 인간은 알지 못한다. 이지마저 포기한 채 모든 요력을 쏟아붓고 힘겹게 천하를 지탱해도 멍청한 인간은 터럭만큼도 고마워하지 않는다.

"가지 마. 가지 마라. 제발 나를 두고 가지 마. 화선녀, 이 멍청한 나무야. 흐윽……."

더 이상 온기 느껴지지 않는 나무기둥을 끌어안고서 흐느꼈다.

겨우 다시 만났는데.

이제야 사죄할 기회를 얻었는데.

전부 끝이었다. 너무 이른 작별이다. 그의 죄에 걸맞은 벌이다.

三

내가 지켜줄게.

백리는 꿈에서 깼다. 돌아온 뿔이 돋아났다. 인간의 태를 입었다. 짧은 꿈이었다. 그의 생 중 가장 평안하고 충족되었던 때. 일장춘몽의 덧없는 행복.

'해야.'

동공이 가늘어졌다. 모든 천칙의 끝, 천변이 시작되었다. 천계는 무너질 터다.

고개를 돌려 눈앞의 까마귀를 응시했다. 이지 잃은 그것은 하등한 까마귀 요괴에 불과했다. 그러나 그 마음만큼은 결코 하등하지 않으니 오랜 시간이 걸려도 기어이 제 소중한 이에게 돌아갈 것이다.

백리가 손을 내밀었다. 파닥파닥 날갯짓한 까마귀가 그 팔뚝에 가만히 내려앉았다. 까맣고 고요한 눈동자가 간절함을 품고 있다.

"네가 바라는 바는 이루어질 것이다."

너도 나도 지키고 싶은 것이 있다. 모든 요력과 이지를 잃어도, 그보다 더 중요한 가치가 있다. 그러니 우리의 바람은 끝내 이루어질 것이다.

"그것이 우리의 의미가 되겠지."

백리가 팔을 뻗어 까마귀를 날려 보냈다. 스스로 택한 연의 주인을 향해 가는 그 날갯짓을 보며 백리는 허물 벗었다. 새하얀 유선형의 이무기는 눈부시게 아름다웠다. 땅에 긴 그림자가 드리워졌다.

"기다려라."

해의 마지막 명은 들어줄 수가 없게 되었다.

하지만 이해할 수 없는, 그래서 잊힐 수도 끝낼 수도 없는 연이 되어 그 마음에 각인 되는 결말도 나쁘진 않으리. 끝내 기억조차 못 될 연을 여태 붙잡아왔는데, 그 기억에 흔적이라도 남길 수 있다면 어찌 기쁘지 않으리.

바라는 것은 그가 가장 사랑하고 아낀 두 영혼의 행복. 해와 섭성의 안온.

'너희는 모르지.'

월선은 가장 바른 것과 가장 강한 것을 천연으로 엮었다. 수천수만 번의 생이 지나도 그 본성만은 변하지 않았다. 그들은 천연 없어도 너무 눈부셔, 누구라도 탐할 만했다.

허무 속에서 태어나, 채워질 수 없는 무언가를 갈구해야 하는 생은 고단했다. 텅 빈 와중에 바라는 어떤 것을 찾고 원하는 누군가를 만날 수 있다면 차라리 복되었다. 처음 찾은 소중한 이를 지키고 보살피는 것만이 살아가는 이유가 되었다. 어둡던 삶에 빛이 들어찼다. 제 연이 아님을 알면서도 놓지 못했다. 아득히 많은 생을 반복하는 한 영혼에 절박하게 매달려왔다.

하여 모든 것이 납득됐다. 지금 이 순간이 그가 살아온 이유가 될 터였다. 신수가 되지 못하여도, 또다시 미물이 되어도 괜찮다. 오직 오늘을 위해서 그 길고 긴 시간 헤매었던 것이다.

'나는 아주 오래도록 너희를 미워하고 사랑하고 질투하고 연민하였다. 그러나 그 많은 생들 중 너희를 만나지 않기를 바랐던 적은 단 한 번도 없었다.'

기억하는 것은 늘 백리였고 잊는 것은 그들이었다. 이제는 그 입장 뒤바뀌어 백리는 망각하고 그들은 기억하게 되리. 그리움도 애틋함도 오직 그들의 몫이 되리. 하염없는 기다림도, 애타는 원망도 모두.

저 멀리 땅이 크게 조각났다. 지상을 집어삼키려 나락이 아가리를 벌렸다. 검은 틈 사이, 청색 이무기가 날아올랐다.

- 청유!

백리는 그 이름을 불렀다.

저 멀리, 나락의 틈이 꿈틀거리며 거듭 커졌다. 섭성은 온몸이 으스러져도 곧바로 치유될 수 있도록 도력을 개방하며 아래로 뛰어내렸다. 탁무경의 비행고도는 높았고, 떨어진 충격은 그의 몸을 깨부쉈다. 울컥 핏덩이가 목구멍을 가득 메우고 부러진 뼈가 살갗을 빠져나왔다. 사지육신이 뭉개진 고통 속에서 섭성은 일어났다.

조각 난 육신이 빠르게 제자리를 찾았다.

"양섭성?"

피칠갑한 해가 보였다. 저에게 달려들던 마지막 요괴를 막 처단한 그녀는 곧 쓰러질 듯 창백했다. 거칠어진 숨을 몰아쉬는 그녀의 두 눈에 의문이 번진다.

"어찌 여기? 위에서 떨어졌어?"

혼잣말을 중얼거린 해가 급히 섭성에게 다가와 그의 몸을 구석구석 살폈다. 그 손길이 너무 간절해서 섭성은 어지러웠다. 가슴 깊은 곳이 욱신거렸고 심장이 저미며 아팠다. 선득한 것이, 온몸을 옴짝달싹 못 하게 옥죈다.

"괜찮은 것이냐? 다친 곳은 없어?"

괜찮으냐고 물을 쪽은 그녀가 아니라 그였다. 온몸이 엉망진창인 것도 당장 쓰러질 듯 창백한 것도 그녀였다. 섭성의 도력은 치유에 기인해, 아무리 큰 부상을 입어도 금방 괜찮아진다. 해의 도력은 근본이 살생이라, 아무리 작은 상처라도 낫게 하질 못한다. 그 살과 피를 깎아 움직이게 할 수는 있어도 상처가 중첩되고 고통이 배가 되는 것은 막지 못한다.

멀쩡한 척 걷고, 괜찮은 척 말하고 있지만 모두 거짓이다. 가녀린 온몸을 뒤덮은 상처와 피. 뜯어진 의복 사이로 드러난 속살 중에 본래의 색을 유지하고 있는 부위는 없다. 지금의 해는 제 생을 대가로 억지로 정신을 붙들고 있다.

지독히 아플 것이다. 끔찍하게 괴로울 것이다. 그 영혼이 천계에 한없이 가깝다 한들 육신은 평범한 인간의 것. 치유력이 없는 해는 각성을 유지하기 위해서 고통을 최대한으로 끌어냈을 것이다. 기절하지 않으려고 맹렬한 고통을 내쳐 감내하고 있을 터다. 제 고통은 아랑곳 않고 오직 그의 고통만을 염려하는 해의 마음을 헤아리고 싶지 않았다.

"괜찮습니다."

섭성이 겨우 대답했다. 명치끝이 답답했다.

"괜찮은 표정이 아니지 않으냐? 혹 내상이라도 입은 것 아니냐? 의원…… 어서 의원을……."

횡설수설하는 해를 보는 섭성의 냉정이 끝내 무너졌다. 염려가 가슴에 멍울졌다. 시간을 끌수록 불리해지는 제 명백한 한계마저 무시한 채 전장에 선 그 무모함이 기어이 섭성의 인내를 거덜 냈다.

"아니, 아니지. 이곳엔 의원이 없지. 그럼 어찌해야……. 아, 도력. 내 도력을 주마. 내 부모도 어릴 적 나를 살리려고 도력을 내게 주셨지. 내 도력과 네 도력이 비록 성질 다르나 네게 줄 수 있을 것이다. 전에 맹조위의 의원에 갔을 때도 비슷한 일이 있지 않았더냐? 더욱이 지금 나는 현북의 수호자이니……."

제 맹목이 제 영혼을 갉아먹고, 말라비틀어지게 하고, 뿌리째 썩게 만드는데 정작 해는 알지 못한다. 넝마 되고 피투성이 되고, 그리 만신창이 되어 네 괜찮으냐고 묻는다.

"저는 괜찮습니다, 군주."

그토록 매달리고 애원하고, 자신을 다 태울 듯이 달려드는 감정은 진짜가 아닐 텐데. 제 선택과 의지가 아니란 것조차 깨닫지 못한 채 또 속고 있는 저 무구한 이.

섭성이 제 몸을 살피는 그녀의 손을 떼어냈다. 해의 아름다운 얼굴이 순식간에 수심에 잠겼다. 자격 없는 걱정을 했다는 자각에 그녀는 얼어붙었다. 애써 표정을 정리한 해가 평정을 가장하여 묻는다. 지나치게 염려하는 것 같지 않게. 주제넘게 간섭하는 것 같지 않게.

"한데 왜 여기에 있느냐? 분명 공부로 돌아갔다고⋯⋯."

돌연 머리 위가 어두워졌다. 해와 섭성이 동시에 고개를 들었다.

거대한 이무기였다. 짙은 푸른색의 이무기. 아니, 그것은 이미 용이었다.

"청유."

섭성이 그 이름을 읊조렸다. 청유가 아가리 벌렸다. 곧 많은 것을 휩쓸 요력이 터져나올 것을 직감했다.

"양섭성, 피해⋯⋯."

해가 소리치는 것과 동시에 섭성이 그녀를 꽉 끌어안았다. 놀란 숨소리가 품 안에 갇혔다. 그녀를 데리러 왔다. 그러니 반드시 데려가겠다.

해는 며칠이나 혼자 틈을 막고 있었다. 그가 밖에 있었으니까. 요괴를 놓치면 어디 있는지도 모를 그가 혹여 다칠까 봐.

참으로 어리석은 사람. 하여 미움조차 덧없는 이. 지칠 대로 지친 그녀는 청유의 공격을 버텨낼 수 없다. 혼백 조각나 스러질 터다. 그리 둘 수 없다.

"피해야 할 사람은 제가 아닙니다, 군주. 저를 믿어보세요."

섭성이 작게 속삭였다. 땅이 뒤흔들렸다. 하늘에서 쏟아진 거대한 요력이 둘을 덮쳤다. 그 순간 섭성의 품에서 푸른 빛이 터져나왔다.

청동후가 제 생명 깎아 완성시킨 보호결계가 발동되었다. 결계는 범위 내의 모든 존재를 보호했다. 섭성은 이미 한 번 모두의 죽음 속에서 살아 돌아왔다. 청동후는 또다시 혼자만 살아남는다면 견디지 못할 그 성정을 안다. 하여 허수아비를 만들 때 섭성 주변의 존재까지 보호하도록 술법을 짰다. 섭성 또한, 저를 그리 잘아는 청동후를 알기에 몸 던질 수 있었다.

곧 빛이 꺼지고 허수아비의 무게감이 사라졌다. 바스러진 허수아비 가루가 흩날렸다.

그 모든 일이 지나가도록 섭성은 해를 품에 안고 있었다. 그녀는 너무 가볍고도 앙상해서, 품안의 허수아비처럼 먼지 되어 사라질까 두려워졌다.

지상을 휩쓴 파동이 잠잠해졌다. 어디선가 뻗어온 거대한 나무뿌리가 흔들리고 조각나던 땅을 붙들었다. 살구꽃 냄새가 났다. 섭성이 입술을 꾹 깨물었다. 혼백에 새겨진 권속의 맹약이 흐릿해지더니 사라졌다.

곧이어 하늘에서 벼락이 쳤다. 고개를 드니 희고 푸른 것이 뒤엉켜 있었다.

"백리?"

해가 망연히 중얼거렸다. 섭성의 표정이 굳었다.

– 너희에게 시간을 주겠다.

머리로 바로 전해져오는 그 목소리는 아주 멀었다. 그러나 백리의 것임은 분명했다.

"안 돼. 안 돼, 백리. 하지 마라. 그러지 마."

해가 넋 나간 듯 고개 내저었다. 백리는 벌써 너무 많은 것을 잃었다. 기실 가졌던 대부분을 잃었다. 무너지는 천계 밑에 있다가는 남은 요력마저 모두 소진하고 사라져버릴 것이다.

– 이젠 내가 잊고 너희가 기억할 차례다.

하얀 빛이 터져나왔다. 용의 본신이 하염없이 커졌다. 하늘 아래 가장 신령한 것이 생 짧은 인간을 사랑하여 제 모든 것을 불태웠다.

숨 쉬듯 당연하게 받아온 애정. 망각에 묻혔어도 영혼에 새겨진 신뢰. 그 모든 것이 불시에 해에게 들이닥쳤다. 아득히 오래 산 것의 마음을 헤아려보고자 했으나 가늠되지 않았다.

"이 멍청한 것아……."

섭성은 갑자기 깨달았다. 천변. 모든 것의 끝이 지척이다. 큰 흐름은 진작 시작되어 돌이킬 수 없으리라.

청유는 드높이 비상했다. 형제를 빼앗아간 인간계집이 보였다. 계집은 결계 밖에 있다. 인간과 요괴의 전장에 있다. 죽여도 죄 되지 않는다. 업보 쌓이지 않는다. 빙그레 웃음이 나왔다.

– 청유!

전음이 머릿속으로 바로 들어왔다. 순간 멈칫했다.

– 백리?

심장이 들끓었다. 역린 뽑힌 자리가 불에 지져지듯 뜨거웠다. 고작 인간 따위에 연연하여 제 우애를 짓밟고 제 애정을 내다 버린 오라비가 미웠다. 저에겐 백리뿐이었는데, 그는 늘 다른 이를 원했다. 동족을 하등하다 비웃는 천계의 것들을 함께 나락에 처박기를 바랐거늘, 그는 도리어 그녀를 나락에 처박아버렸다.

켜켜이 쌓인 원망을 헤아리다 돌연 놀랐다. 이토록 세찬 감정을 느껴본 게 대체 얼마 만인가. 이토록 텅 비지 않은 것은 또 얼마 만인가.

한 박자 늦게 제 안의 모든 악의와 살의를 모아 지상에 요력을 퍼부었다. 계집이 있던 자리다. 틈을 올라오던 요괴들도 피해 입겠지만 범위를 조절할 여유가 없었다. 계집이 죽었는지 죽지 않았는지 확인하려는데, 지척에서 백리의 목소리가 다시 들려왔다.

– 네 바람을 들어주마.

청유는 코웃음 쳤다.

– 백리, 네가 감히 내 바람을 말하느냐?

백리는 천천히 청유를 휘감았다. 용 비늘이 마찰하며 천둥번개를 만들었다.

– 이리 와라, 누이여.

청유의 두 눈에서 불꽃이 튀었다. 이제 와서? 울컥 화가 치밀었다.

간절히 원해도 가질 수 없고, 애타게 애원해도 얻을 수 없던 그의 곁이다. 모든 것이 무가치한 가운데 오직 그의 곁만이 가치 있었는데, 매정한 형제는 한결같이 그녀를 거부해왔다.

- 우리는 하나였지.

그들은 하나의 알에서 태어났다. 백리는 먼저 나와 세상을 보았고, 청유는 뒤늦게 나와 백리를 보았다. 그들은 각기 처음 본 것을 추구하였다. 하여 엇나갔다.

- 그 끝도 하나여야겠지.

그가 속삭였다. 청유는 그에게서 벗어나려 몸부림쳤다. 그러나 안다. 결국 백리의 뜻대로 될 것이다. 억겁의 세월이 흘러도 약자는 늘 청유였다.

- 이제 와서 하나를 말하느냐? 이미 늦었다.

- 늦지 않았다. 뭇 인간이 두 마리가 하나 되었다고 노래한다면 그 자체로 우리는 영원히 함께일 테지.

선택지는 두 개였다. 이대로 백리를 떨쳐내고 천계에 올라 신수가 된다. 아니면 백리의 뜻대로 그와 하나 되어 노래로 남는다. 노래란 무릇 부를 사람이 있어야 유지되는 것. 백리의 말은 함께 저 천계를 떠받들자는 뜻이다. 발밑에 깔린 개미 같은 인간들에게 살아날 구멍을 주자는 뜻이다.

청유의 고민은 짧았다.

- 그거 나쁘지 않네.

온몸으로 백리를 휘감았다.

- 정말로 나쁘지 않아.

역겨운 천계의 것들 사이에서 영겁을 사느니 우리 같이 영원히 노래로 남자. 혼백 없이 스러질 때까지 함께하자. 그것이 천계에 오르는 것보다 억만 배는 행복하겠다.

연리지처럼 얽혀든 두 마리는 하늘 높이 날아올랐다. 공허하던 모든 것이 스러졌다. 외로움도, 고독도 흩어졌다.

하늘이 크게 울었다. 화선녀의 나뭇가지가 미처 지탱하지 못한 세상이 이미 용이 된 두 마리 위로 무너졌다. 아주 긴 세월 후회와 미련을 놓지 못한, 나락에서 가장 신령한 것들이 부서지는 천계를 떠받쳤다.

모든 것의 끝이 잠시 멈추었다. 하늘에서 내리치던 천둥번개도, 땅을 뒤엎을 듯 출렁대던 진동도 거짓말처럼 고요해졌다.

온 하늘을 뒤덮던 신성이 사라졌다. 세상을 짓누르던 요력도 흔적 없었다.

"기다리라고, 내 분명 기다리라고……."

울음의 깊이는 가없었다. 마음 몰라서, 감정에 이름 붙이지 못해서, 아파도 아프다고 말해본 적 없을 이였다. 그 두 눈에서 눈물이 툭툭 떨어져 내렸다. 어디가 왜 아픈지도 알 수 없어 가슴을 쥐어뜯는다. 수천수백 번 잊기만 했던 벗은 이제 영원히 상처 되어 기억될 테니, 그걸로 충분한 것일까.

"어째서……."

육신은 넝마 되고 마음은 만신창이 된 이를 섭성은 눈에 담았다. 가만히 팔 뻗었다. 왜 이토록 마음이 찢기는지 영문 몰라서, 마음껏 울음 울지도 못하는 이를 품에 안았다.

자유롭고 싶었다. 자유롭게 해주고 싶었다. 천계의 간섭 없이 오직 그의 힘으로 이뤄내고 싶었다. 하지만 고집을 버려야 했다.

시간이 없다. 청동으로 가 천계에 오를 정도는 남아 있기를 바랐는데, 모든 것의 끝은 턱밑까지 차올라 있었다.

섭성은 제가 할 수 있는 선택을 가늠했다. 해가 더 이상 천계의 것들에게 농락당하지 않아도 되는 유일한 길. 해가 그들 같은 존재가 되면 된다. 천계에 오르면 된다. 내키지 않았으나 더는 방법 없었다.

"이건 불합리해요."

통제를 벗어난 도력이 제멋대로 날뛰었다. 섭성의 눈앞에서 붉은 선이 넘실댔다. 너무 눈부셨다. 눈멀도록. 기어이 그녀에게 눈멀도록.

그녀는 너무 쉽게 그를 뒤흔든다. 오롯이 제 의지가 아니라면 용서하지 않겠다는 결의도, 신경 쓰지 않겠다는 결심도 모두 무의미하게 만든다.

"양섭성?"

"잠시만. 군주, 잠시만 이대로 있어요."

그녀가 끔찍하다. 뼈저리게 원망한다.

그의 전부를 아무렇지도 않게 망가뜨리고 죄 모르는 얼굴로 사죄 구하는 그녀를 용서해선 안 된다. 죄 몰랐다 하여 그녀에게 죽은 이들이 살아 돌아오는 것은 아니며, 썩어 문드러진 이 마음이 괜찮아질 리도 없다. 멀쩡한 척 서 있어도 사실 멀쩡하지 않고, 다 잊은 척 매일을 살아내도 단 한 순간도 잊지 못했다.

그런데도…….

"양섭……."

"아무 말도 하지 말고, 그냥 가만히요."

그녀가 애틋하다. 사무치게 연민한다.

모두를 앗아간 그녀는 이제 그의 의지와 선택 아닌 것으로 그를 뒤흔든다. 유일하게 제 것인 줄 알았던 이 마음마저 빼앗는다. 천계의 농간일 뿐일 텐데 그 웃음, 그 울음, 그 손짓, 그 몸짓. 그 모든 것이 선하게 눈에 박히는 까닭을 납득할 수 없다.

이게 사랑일 리 없는데.

사랑이어서는 아니 되는 것인데.

"미안하다면 기억하세요, 군주. 용서받고 싶다면 절대 잊지 마세요. 그 무엇에도 눈멀지 말고 휘둘리지 마세요."

참 미운 사람. 정녕 나쁜 사람.

그럼에도 소중해져서, 슬픔도 아픔도 배우지 못하여 제 가슴 찢기는 것도 모른 채 살아온 삶이 안타까워서.

"그걸로 저는 괜찮습니다."

그녀로 인해 사위어진 이가 괜찮을 것이라고는 감히 단언하지 않겠다. 그에겐 그럴 자격이 없다. 그러나 그와 그녀의 관계에서, 섭섭은 괜찮아졌다. 그 자신만은 괜찮아졌다.

젖은 뺨을 어루만졌다. 해의 뒤로 오색찬란한 하늘길이 뻗어 내려왔다.

해가 우뚝 얼어붙었다. 저 빛은 보지 않으려 애써도 아롱거릴 터다. 그럼에는 해는 꼿꼿하게 뒤쪽으로 고개 돌리지 않았다. 제 뒤에서 일어난 일을 확인하려는 시늉조차 하지 않는다.

커다랗게 동요하는 까만 눈동자를 응시했다. 그 눈을 보니 분명히 알겠다. 그녀는 뒤에 하늘길이 열렸다는 걸 안다. 그게 누굴 위해 열렸는지도 안다.

"어디에서든 부디 그 몸을 가장 소중히 여기세요."

섭성이 작게 속삭였다.

천연이 이루어졌다. 서로가 서로를 받아들였다. 천계의 간섭으로부터 벗어나 천계에 오를 권한을 얻었다. 둘 모두 그 사실을 알았지만, 둘 중 누구도 입 밖으로 꺼내지 않았다.

현우는 굴에 처박혀 있었다. 요괴에게 당한 상처가 너무 심해 꿈쩍하기도 힘들었다. 그러는 사이 땅은 뒤흔들렸다가, 고막을 찢을 듯한 벼락이 내려쳤다가, 다시 아무 일도 없던 듯이 잠잠해졌다.

무슨 생난리가 벌어지고 있는지 보지 않아도 눈에 선했다. 나가 봤자 도력 하나 없는 이 몸으론 개죽음당하기 십상이라 얌전히 지혈이나 하고 있으려고 했다. 하지만 제가 만든 허수아비가 발동된 순간, 현우는 더 이상 굴에 숨어 있을 수가 없게 되었다.

그는 찢어진 몸을 이끌고 겨우 밖으로 나왔다. 필요하다면 섭성을 위해 이 망가진 몸이라도 바칠 생각이었다. 다행히도 위기는 한 발 물러난 뒤였다. 천계에서 내려온 오색찬란한 하늘길이 눈부셨다. 살아생전 볼 수 있으리라 생각한 적 없던 아름다운 광경이었다.

"할아버지?"

넋 나가 있던 현우가 겨우 정신 차렸다.

"괜찮으십니까? 어쩌다가……."

섭성이 울 것 같은 얼굴로 다가왔다. 그 포근한 치유력에 몸을 맡기며 한숨 내쉬었다.

"정말로 죽는 줄 알았다."

"대체 무슨 짓을 하신 겁니까?"

"보면 알지 않으냐?"

"금기를 행하셨어요. 소손을 속이셨습니다."

"속인 적은 없다. 말하지 않은 것뿐이지. 어쨌든 내 덕에 살지 않았느냐?"

섭성이 화냈지만 현우는 태연히 웃었다.

사실 섭성이 조금만 더 깊게 생각했다면 청동후가 현북에 온 의중을 알아챌 수 있었을 것이다. 그가 정이 깊고 섭성을 아주 아낀다 해도 지금은 위급 시였다. 청동을 비우고 직접 현북으로 온 것은 확실히 지나쳤다. 주남과 백서의 땅주인이 그러했듯 대리인을 보내는 선에서 끝냈어야 했다.

그럼에도 청동후는 대사냥전에 참여했다. 섭성을 보고 싶은 마음도 물론 있었겠지만 땅주인이란 자신의 땅을 가장 우선시한다. 청동후는 청동의 미래를 결정하기에 앞서 현북행이 필요하다 판단했고, 그래서 온 것이다.

"그래서, 원하시던 답은 얻으셨습니까?"

현우가 빙그레 웃었다.

"넓더구나."

짧았지만 충분한 답이었다. 땅에 묶인 제약으로부터 벗어나고

자 현북에 왔고, 인형을 움직여 바깥을 염탐했다.

현우가 고개를 돌려 해를 바라보았다. 그 얼굴엔 어쩐지 넋이 없었다.

"신세를 졌군."

가만히 서 있던 해가 번쩍 정신을 차렸다.

"데려다주겠다."

그녀는 여전히 하늘길을 등지고 선 채였다. 하늘길의 존재를 명백히 부정하는 모양새였다.

"아니, 그럴 필요는……."

당황한 현우가 손을 내저었지만 해는 단호했다.

"말은 이미 죽어 없고 그 몸으로는 도력도 쓸 수가 없지. 모르긴 해도 지금 같은 때에 결계 밖에 머무는 건 좋은 선택이 못 될 터. 두 사람을 한 번에 옮길 수 있으면 좋겠지만 알려졌다시피 내 도력은 살생 외의 방법으로 쓰려면 효율이 형편없다. 다행히도 틈이 잠잠해졌으니, 이 사이에 정신 나간 늙은이부터 옮기는 게 맞겠지."

현우가 미간을 살짝 좁혔다. 소문의 미치광이 폐주는 이제 없다. 사리분별 모르고 시시비비 모르던 폐주는 사라졌다.

"더욱이 한참 전에 황제의 뿔피리가 울렸다. 해산령이 떨어졌어. 다들 제 땅으로 돌아가는 와중에 청동후가 짐을 꾸리지 않는다면 필히 수상하게 보일 터. 금기를 행한 것을 들켜 좋은 게 없다."

말을 마친 해가 더는 현우의 동의를 기다리지 않고 그를 들쳐업었다. 그녀는 고집스레 하늘길을 외면한 채 온몸을 도력으로 휘감고는 현북을 향해 내달렸다. 도망쳤다.

　해는 달리며 생각했다.

　천연. 하늘의 연이며 천생의 연인 것.

　천계는 높고 멀어서 평범한 인간은 결코 닿을 수 없다. 인간의
생은 너무도 짧아서 천계에 오를 만한 깨우침을 얻을 수 없으니
까. 그런 인간을 굽어살핀 천존 하나가 오직 황야의 인간에게 하
늘길이라는 샛길을 열어두었다.

　천존 월선은 천계에 오를 자격이 있다고 생각되는 혼백을 하늘
의 연으로 묶었다. 그렇게 묶인 연이 꽃피우면 하늘길이 열린다.

　해는 자조적으로 웃었다. 천계의 것들은 정말 엉터리다. 눈이
다 어떻게 됐다. 황야의 모든 인간을 통틀어 천계에 가장 어울리
지 않는 자를 꼽으라면 바로 저일 터였다.

　그녀는 그릇된 길을 걸었다. 잘못된 삶을 살았다. 누구도 그녀
에게 올바른 길을 알려주지 않았다. 하여 깨치지 못했다. 하염없
이 뒤쫓는 것 외엔 무엇도 배우지 못했다.

　그녀에게 의미 있는 것은 오로지 장왕 권영뿐이었다. 모든 기준
을 권영으로 삼고서 그에게 해 되는 자, 득 되는 자 나누었다. 그
를 위협하는 자, 위험하게 하는 자, 한 명도 빠짐없이 지옥에 처박
아버리고자 하였다. 권영은 그런 해의 신념을 꾸짖지 않았다. 딱
한 번, 양섭성을 살려둔 일에 분노했을 뿐이다.

　하여 타인의 삶을 망가뜨리는 것이 얼마나 큰 잘못인지 알지 못
했다. 모두 먼지 같고 버러지 같아서, 하룻밤 지나기도 전에 잊어

버렸다. 그것이 죄라는 걸 미처 몰랐다.

양섭성을 만나고 처음으로 제 잘못과 마주했다. 저로 인해 삶이 망가진 이들을 보았다. 무지하여 무구하였던 제 죄를 알았다. 그 처절한 슬픔과 원망과 분노에 처음으로 지난날을 후회했다. 울음을 자격 없어서 그저 무릎 꿇었다.

해는 현북에 와서야 비로소 살아 있었다. 진실로 살아 숨 쉬는 기분이었다. 그런 저를 고른 천계라면 보지 않아도 뻔하다. 아주 엉망진창일 거다.

어느 순간, 해가 우뚝 멈추었다. 순간 머릿속에서 벼락이 쳤다. 어깨에 짐짝처럼 메고 있던 현우는 멀미가 났는지 구역질을 했다. 그를 지면에 내려놓으며 해가 고개를 돌렸다.

"우욱, 이 정신 나간……. 한 번도 아니고 두 번이나, 기어이 이 노인네를 죽이려고……."

"청동후."

해의 시선이 저 멀리 하늘길을 더듬었다. 오색 빛깔이 너울댔다. 길은 아직 눈부셨으나 차츰 흐려질 것이다. 때를 놓치면 천연 이뤄낸 자라도 오를 수 없다.

입가를 닦아낸 현우가 해를 바라보았다.

"그가 왜 현북공의 죽음을 바라지?"

"그?"

"왜 내게 현북공의 죽음을 명하지?"

현우가 미간을 찡그렸다. 그 표정이 서서히 굳었다. 평해의 폐주에게 명 내릴 수 있는 자는 장왕 권영뿐이다. 그는 죽어 영존에 묻혔다. 그는 어린 두 아이의 천연 엉키던 날, 그 곁에 함께 있었다.

그는 정말 죽어 영존에 묻혔는가?

"왜 직접 행하진 않지? 왜 오직 내 손을 통하길 바랐지? 제 죽음마저 가장한 채 현북에 남았으면서, 대사냥전 내내 숨어 있는 까닭은 또 무언데?"

의문은 꼬리에 꼬리를 물었다. 청동후에게 묻고 있으나 커다랗게 흔들리는 두 눈은 이미 답을 아는 눈빛이었다. 참담함을 억누르듯 일그러졌던 해의 표정이 한순간 무너졌다.

"그깟 천연을 바라서?"

하늘길을 더듬던 해의 시선이 마침내 멈추었다. 옷자락을 그러쥔 손아귀가 힘이 들어갔다. 겨울나무처럼 앙상한 손이 가늘게 떨렸다.

"그건 아니 돼. 고작 그것이 모든 것의 원인이라면, 그의 삶이 진창에 처박힌 까닭이 겨우 그런 것이라면……."

두서없는 혼잣말은 이내 끊겼다. 동요하던 새까만 눈동자에 고요가 내려앉는다.

해가 고개 돌렸다. 그 시선이 현우에게 똑바로 날아들었다.

"공부까지 데려다주진 못하겠다. 결계가 지척이니 돌아가는 길이 그리 험하진 않을 것이다."

자신이 도망쳐온 곳을 향해 되돌아가는 해의 뒷모습을 현우는 홀린 듯이 응시했다. 해는 온몸에 새하얀 도력을 휘감고서 멀어졌다. 그녀는 더 이상 길 헤매지 않는다.

천존 월선은 가장 바른 것과 가장 강한 것을 엮었다. 섭성은 매

양 신중하여 가장 선한 길을 골랐다. 무너지고 흔들리며 기어이 다시 일어나 스스로 길잡이별 되었다. 폐주 기해는 제 무지와 실수에 똑바로 부딪치는 성정을 지녔다. 항상 전력으로 부딪힌다. 잘못을 깨우치면 결코 반복하지 않는다.

그들은 그토록 바르고 강하여 서로에게 천연 되었다. 하여 현우는 의문했다. 단지 월선이 천연 엮어 두 아이가 얽혔을까. 월선이 천연 엮지 않았다면 두 아이가 과연 얽히지 않았을까.

✵ · ✵

견은 하늘길을 걸었다. 거짓된 평범이 균열 간 얼굴은 아름다웠다.

아주 긴 시간이었다. 천변이 코앞까지 다가오지 않았다면 거들떠도 안 볼 선택을 했다.

"영아."

그 애타는 목소리.

견은 조소했다. 해는 단 한 번도 그를 부른 적이 없다. 그 눈이 그를 향하고 두 귀는 그에게 열려 있었으나, 실상은 단 한 번도 그를 담은 적 없고 들은 적 없다. 그가 얻은 것은 언제나 빈껍데기. 아니, 그조차도 얻지 못했다.

"해야……"

누구보다 애절히 탐하고 간절히 바랐다. 그녀는 언제나 한결같이 거짓만을 건넸다. 스스로 거짓이라 깨닫지도 못하는 허울뿐인 애정만을 바쳤다.

"넌 너무도 무구하여 잔인하지."

수천수만 생을 좇았다. 오직 그녀를 얻고 싶어서. 천연마저 뛰어넘어 제 존재를 증명하고 싶어서.

불가했다. 아무리 애를 쓰고 매달려도 그 눈길은 언제나 그를 지나쳤다. 늘 다른 이를 담았다. 그러는 동안 시간은 쌓여, 너무 간절히 바란 탓인지 천연에 개입할 수 있는 힘을 얻었다. 천하의 균형은 비틀려 천변의 시작이 가까워졌다.

천계가 무너진다. 수천수만 생의 기회가 있었음에도 천연 이루지 못한 계집은 천계의 죄인으로 낙인찍힐 테다. 영원히, 영겁이 흘러도 다시는 천계에 오를 자격을 얻지 못할 터다.

그의 사랑은 추했지만, 그토록 추악하지는 않았다. 적어도 제 사랑이 이 세상이 끝날 때까지 고통받는 것은 바라지 않았다. 그는 언젠가 해와 함께 천계에 오르고 싶었다. 그 바람을 이루기 위해서라도 해가 죄인이 되게 놔둘 수는 없었다. 마음이 찢겨도, 분노로 심장이 타들어가도, 양섭성과 해의 만남을 인내했다.

지금부터 할 일은 하나다. 갓 맺어진 천연이 이끌어온 하늘길을 타고 올라 천연을 빼앗겠다. 이미 천연 이루었으니 해는 천계의 죄인이 되지 않을 것이고, 그가 천연 빼앗을 테니 섭성과도 영원히 끝이다.

백리와 화선녀의 개입으로 천변은 잠시 멈추었으나, 그뿐이다.

이 질서의 끝은 이미 시작되었다. 지금부터 맺어질 천연은 새롭게 정립될 질서에 속한다. 해는 그의 것이 될 터였다.

"너는 내 것이야. 네 영혼 한 조각, 네 피 한 방울까지도."

한 발 한 발, 견은 하늘길을 올랐다. 천계로 발 내디뎠다. 무너지는 땅을 붙든 어리석은 꽃나무와 무너지는 천계를 떠받든 멍청한 용 두 마리를 비웃었다.

멍청한 것들. 너희가 희생한다 하여 천하를 붙들 수 있는 것은 아니야. 끝은 거대한 흐름 되었으니 제아무리 신령한 것이라 해도 결코 막을 수 없어.

"이제 조금만 더 가면 돼."

견이 작게 중얼거렸다. 눈앞이 어지러웠다. 선명한 붉은 선을 홀린 듯 따라갔다. 손 뻗으면 닿을 것 같고 손에 쥐면 가질 수 있을 것 같은 저것. 저 천연조차 뛰어넘은 연을 억겁 동안 바라왔다. 저걸 뛰어넘어 가질 수 없다면, 저것마저 취해 가져야겠다.

정말 조금만 더. 아주 조금만 더.

벽색으로 변한 눈동자에 환희가 어렸다.

四

현무는 뻗어 내려가는 하늘길을 보았다.

"그 아이가 천계에 올라왔을 때 지켜줄 이가 있어야 하지 않겠니?"

지상의 사정은 알지 못한다. 눈앞에서 가족 잃은 그 아이가 어떤 마음으로 폐주 기해를 용서했는지 또한 짐작할 수 없다.

그러나 이번만큼은 월선이 옳았다고 인정한다. 지상은 몰라도 천계의 사정은 끔찍하게도 잘 안다. 천계의 것들은 역겹다.

"월선 천존, 도와주십시오! 이대로라면 우린 저 나락으로 추락하고 맙니다. 하늘의 격을 잃게 된다 말입니다! 상천계의 문을 열어주십시오! 우리를 데려가세요! 당신은 그래야만 합니다!"

"맞아요! 당신은 박애에서 태어났잖아요. 우리를 이리 외면해서는 안 되는 겁니다. 결국엔 당신의 업보가 될 것이라고요!"

자격 없는 것들이 아우성쳤다. 천변에 놀란 자들은 아직 하늘길의 존재를 눈치채지 못했다. 굳게 닫힌 상천계의 출입문을 두드려대며 울부짖느라 바빴다.

천하가 뒤바뀌는 와중, 천신궁이 있는 상천계만 무사할 것이다. 천신은 자격 있는 천인과 신수만 새 천칙의 주인으로 인정할 것이다. 그 외의 존재는 모두 추락한다. 하늘의 격을 잃고 생사의 고통 속으로 내던져진다. 평생을 안락하게 살아온 천계의 것들은 결코 그 고통을 견딜 수 없다.

모든 생을 사랑하는 월선만이 그들의 희망이었다. 아홉 천존 중 오직 월선만이 하등하고 천한 생까지 사랑했다. 추락할 그들을 연민해줄 자 또한 월선뿐이다.

하지만 그 자애롭다는 월선조차 모두를 구원할 수는 없다. 천변만큼은 그녀도 어찌할 수 없다.

"월선! 월선! 이러실 수는 없습니다! 당신이 이럴 수는 없어!"

"당신은 우릴 사랑해야 해! 우리 모두를 아껴야 한다고! 그게 당신의 존재 이유일 터인데, 어찌 감히 우리를 버리는 것이지?"

애원과 비난이 뒤섞였다. 굳게 닫힌 상천계 앞에서 희망은 절망으로 변모했다. 절망은 곧 저주 되고 증오 되어 월선에게 퍼부어질 터다.

운 좋게 천계에서 태어난 점만 빼면 지상의 것들보다 하등 나을 것 없는 치들이었다. 그 심성은 부패했고 천박하다. 탐욕스럽고 추악하다. 그들은 천계에 부담을 주는 새 천인을 용납하지 않을 것이다. 단 하루라도 더 이 천계에 머물고 싶어서, 그리 악다구니 쓰다 보면 추락이 번복될까 봐.

현무는 질린 얼굴로 그곳을 빠져나왔다. 그래, 차라리 잘됐다. 열리지 않을 상천계 앞에서 밤낮으로 울부짖어라. 그리 발악하다 무력하게 나락에 처박혀버려라. 하늘의 격을 잃고 끝없는 윤회 속에서 고통스러워해라. 그 선량한 네 천인을 천옥에 처박아버린 대죄의 벌을 이제라도 받아라.

저 한심한 치들보다 천옥에 갇힌 태초의 네 땅주인이 더 고결하다. 그들이 몇만 배는 더 가치 있다. 그 신령하고 선량한 네 천인은 대다수와 의견 달리했다는 이유로 죄인이라 낙인찍혔다. 그 핏줄은 오랜 시간 고통받으며 제가 무엇을 지키는지도 모른 채 죄인의 땅에 얽매여 있다.

천하가 뒤집히는 작금에 이르러 그 연좌의 죄로부터 벗어날 유일한 기회가 열렸다. 사실상 섭성에겐 마지막 기회다. 현무는 누구의 시선도 끌지 않도록 조심히 움직였다.

'섭아.'

그 아이를 지키고 싶었다. 양윤계와 약속했고 스스로 맹세했다. 한순간의 실수로 허무하게 죽어 그 곁을 비우게 되었다. 눈앞에서 갈가리 찢긴 양윤계의 육신에 넋이 나가 저를 향해 날아오는 살의의 깊이를 가늠하지 못했다.

인간의 도력이라 얕잡아 보고 대충 펼친 결계는 속절없이 뚫려 현무의 육신을 동강 냈다. 산산조각 난 혼백은 월선에 의해 겨우 수습되었다. 월선은 현무의 혼백을 누덕누덕 기워 어렵게 새 육신에 안착시켰다. 그러는 동안 일곱 해가 흘렀다.

하늘과 땅이 통째로 뒤흔들린다. 모든 것이 뒤바뀌고 많은 것이 흔적조차 없이 사라질 터. 하늘길을 오른 섭성을 데리고 상천계로 가야 했다. 두 눈 벌게진 천계의 것들로부터 그를 보호해야 한다.

천계에 대해 고문서로만 배우고 익힌 섭성은 그들의 추악함을 알지 못하니, 그녀의 도움이 없다면 천계에 발 딛는 순간 속수무책으로 당할 것이다.

섭성은 가만히 고개 들었다. 제 앞까지 뻗어 내려온 하늘길이 옅어지고 있었다.

해가 천계의 간섭에서 벗어나 자유로워지길 바랐다. 그녀가 하늘길을 올라 천인이 되는 것이 시도할 수 있는 마지막 방법이었다. 하지만 해는 하늘길을 외면한 채 현우를 업고 현북으로 달아났다.

그 혼란스럽고 복잡한 마음이 가늠되지 않는바 아니나 도망은 능사가 아니다. 때를 놓치면 천연 이룬 자라도 천계에 오르지 못하게 되니 서둘러 해를 찾아 설득해야 했다.

"저건……."

그런데 하늘길의 주인보다 먼저 올라선 이가 있었다. 섭성의 표정이 굳었다. 두 눈에 도력이 몰렸다. 안광이 번뜩였다.

"견이?"

문득 열린 입이 이름 하나를 내뱉었다.

견이. 장왕 권영이 전사한 전투에서 가족 모두를 잃고 공부에 몸종으로 들어왔던 아이. 견은 만 가지 연이 나부끼는 와중 고독한 섬처럼 혼자였다.

그리고 견과 마찬가지로 아무 연 없던 현우. 혼백전이를 위해 청동후가 만들어낸 그 인형은 어떤 연도 맺지 못했다.

그렇다. 오직 인형만이 연 없었다.

머릿속에서 섬광이 일었다. 섭성의 손끝이 떨렸다. 인형을 만들어 제 혼백을 전이시킬 수 있는 자. 제 것이 아닌 하늘길을 밟고도 땅으로 추락하지 않을 도력의 소유자.

"장왕."

그 죽음은 거짓이었다. 열네 해 전, 천연 꼬아놓은 어린 황자는 무지하지 않았다. 도력을 감추고 존재감을 지워 서서히 섭성의 일상 속으로 파고들었다. 순박하고 순종적인 가면을 쓰고 그를 농락하였다.

"너였구나."

일곱 해 전 해는 현북에 왔다. 많은 이가 죽었다. 해가 그리 눈이 뒤집혀 날뛰도록 종용할 수 있는 자는 장왕 권영뿐이었다. 그러나 그 직후 지극히 분노한 장왕이 해를 철옥에 유폐했으니, 모두 현북의 불행과 장왕은 무관하다 여겼다. 그게 아니었다.

장왕은 현북의 불행에 분노한 것이 아니다. 정작 죽음 바랐던 이는 죽지 않아서, 죽이라 명하였던 이는 죽이지 않아서 분노했던 것이다.

열네 해 전의 일도, 일곱 해 전의 일도 모두 한 가지로 귀결된다. 장왕 권영은 기해를 원했다. 천연 뛰어넘어 그녀의 모든 것을 갖기를 갈망했다.

그것이 불가하여 마지막으로 그 천연 빼앗을 계략을 꾸몄다. 섭성을 찾아와 해에 대한 이야기를 늘어놓았다. 그녀에 대해 생각하고 고민하게 만들었다. 마침내 하늘길 열리니 누구보다 먼저 그

위에 올랐다.

그는 월선궁으로 향할 것이다. 모든 천연이 점지되는 그곳에서 해와 섭성의 천연을 가로챌 것이다.

섭성의 표정이 일그러졌다. 원망도 분노도 일지 않았다. 해가 가여웠다. 이번 생이 처음이 아니었다. 흩어지는 백리의 기억 속에서 분명 보았다. 수천수만 번의 생 동안 반복된 불행. 해는 영문 모른 채 그에게 휘둘려왔다. 망각했어도 전생의 상처는 그 영혼에 흉터 남겼다.

그토록 추악한 자가 해와의 천연을 탐낸다. 아니 될 일이다. 세상 모든 자가 해와 연 맺을 수 있어도 저자만은 안 된다.

섭성은 하늘길로 뛰어올랐다. 견의 뒷모습을 노려보며 달렸다. 발밑이 어지럽게 뒤흔들렸다. 넘어지고 구르면서도 다시 일어나 끝없어 보이는 하늘길의 끝을 갈망했다. 사람이, 가옥이, 현북이 점점 작아졌다.

쿠웅. 천계가 한 자쯤 가라앉았다. 상천계 출입문을 두드려대던 자들도 느꼈을 터다. 현무는 인상을 쓰며 더 빠르게 움직였다.

'섭성이 아닌데?'

현무는 현북공과 수호의 맹약으로 묶여 있다. 비록 천계에 있어도 맹약은 유효하니 섭성의 기운을 구분치 못했을 리가 없다. 그러나 천계에 발 디딘 자는 섭성이 아니었다.

섭성은 아직 천계에 닿지 못했다. 상황이 나쁘다. 이상을 감지한 천계의 것들이 하늘길의 존재를 알아챘을 터. 곧 그 하늘길이

374

월선이 각별히 공들인 천연의 결과라는 걸 알게 될 텐데, 그럼 벌떼처럼 달려가 섭성을 막아설 것이다. 바라지 않는 바다.

현무는 내달렸다. 검은 그림자가 길게 늘어졌다. 빠르게, 더 빠르게. 방해되는 것들은 모조리 멱살 잡아 내던졌다. 천계의 존재를 해하는 것은 큰 죄다. 점점 죄가 쌓인다. 무게 더한 업보가 현무의 발을 잡아끌었다.

현무는 그 모든 제약을 떠안고서 계속 달렸다. 마침내 하늘길 앞에 멈추어 섰다.

"섭아."

하늘길부터는 천계가 아니다. 하늘길에 발 딛는 순간 천신의 규칙을 어기고 천계를 벗어난 셈이 된다. 현무가 픽 싱겁게 웃었다. 이제 와서 천계가 다 뭐라고. 죄가 뭐 어쨌다고.

그녀는 하늘길로 뛰어내렸다. 하늘길을 거슬렀다. 마침내 장성한 현북의 땅주인과 마주 섰다.

전생의 현무는 양윤계의 세 아이가 자라는 걸 지켜보았다. 이따금 목말 태웠고, 등에 업었고, 손잡고 함께 거닐었다. 그 어렸던 양섭성은 훌쩍 자라버렸고 그를 누이처럼 보살피던 현무는 되레 어린 신수가 되었다. 현무는 예상치 못한 조우에 놀란 섭성을 다짜고짜 둘러멨다.

"현무 님?"

입을 벙긋대던 그가 겨우 현무를 불렀다. 현무가 부드럽게 웃었다.

검은 구름이 현무를 휘감았다. 안전한 곳에 도달해서야 현무는 섭성을 내려주었다. 새로운 천인을 거부하며 악을 쓰는 몇몇 무리를 지나친 뒤였다.

섭성이 천계에 왔을 때 그를 보호해줄 누군가가 있어야 할 거라던 월선의 말을 듣기를 잘했다.

"어서 와, 섭아."

홀로 남겨진 지 일곱 해. 겁을 살아가는 존재에게는 짧은 시간이어도 어린 인간에게는 아주 긴 시간이었다. 그 외롭고 고독한 시간을 견뎌 소년은 청년이 되고 땅주인이 되었다.

"애썼다."

손 뻗어 그 머리를 토닥였다. 그는 훌륭히 자랐다. 언제나 바르게, 올곧게, 아주 애써왔다.

"마음 같아선 그간 고생한 일들에 대해 하나하나 칭찬해주고 싶지만 안타깝게도 지금은 회포를 풀기에 썩 적절한 때가 아니구나. 일단 상천계로 안내해주마. 그곳에서 좀 쉬면서……."

"틀리셨습니다."

상천계로 갈 길을 궁리하고 있던 현무가 입을 다물었다. 그녀의 눈매가 가늘어졌다.

"틀려?"

"천인이 되려고 온 것이 아닙니다."

섭성의 말을 곱씹은 현무의 미간이 팩 구겨졌다.

"무어?"

"월선궁이 어디 있는지 알려주십시오. 매듭지어야 하는 일이 있습니다."

섭성이 간청했다. 양윤계를 닮은 얼굴로, 태초의 현북공을 닮은 얼굴로, 현무가 절대 거부할 수 없는 표정을 지으며.

현무가 두 눈을 질끈 감았다.

섭성이 천계에 대해 아는 것은 고문서에 기록된 몇 줄이 전부다. 소식이 오갈 수 없는 곳이니 일곱 해 전 사라진 현무가 무사한지 늘 걱정했었다. 작고 어려지긴 했지만 멀쩡한 현무를 만나니 비로소 안심되었다.

나락만큼 난장판일 게 분명한 천계에서 아는 이 하나 없이 견을 찾아내는 건 쉽지 않았을 터다. 하지만 다행히 현무를 만나 어려움의 반절이 해결되었다.

"천인이 되고 되지 않고는 네 의지가 아니야. 천존 월선이 네게 자격을 부여했고 너는 천계에 들어섰어. 그걸로 넌 이미 천인이다."

근본적인 무언가가 달라졌다는 건 섭성도 느꼈다. 제 안의 그릇. 치유력 외의 어떤 도력도 담지 못했던 그릇이 말끔히 붙었다. 아주 오랫동안 잊어버리고 있던 감각이 되살아났다. 도력이 넘치고 전부 해낼 수 있을 것 같은 자신감이 샘솟았다.

하지만 천인이 되는 것은 섭성이 바라는 바가 아니었다.

"제 소중한 모든 것이 저 아래에 있습니다."

섭성이 부드럽게 웃었다.

"네게 소중한 것이 어디 있어? 다 죽고 흩어져 버렸는데!"

답답해진 현무가 가슴을 쳤다.

"설령 아무것도 없다 해도 천인이 되고 싶지 않습니다. 저는 마음 가진 인간을 유희거리인 양 내려다보고, 그 고통과 슬픔을 천계의 시련이라며 방관하는 존재로는 살아갈 수가 없어요. 모든 천칙이 새로이 정립되는 와중 힘없는 이는 무수히 죽겠지요. 그 죽음들을 관조하지 않을 겁니다. 모두와 함께 죽으면 죽었지, 또다시 혼자 살아남는 것만큼은 견딜 수 없습니다."

현무의 표정이 일그러졌다. 섭성이 위기에 처한 사람들을 버려두고 제 안위만 꾀할 리 없는 성정이라는 것쯤은 진작 알고 있었다. 그런 섭성이 현북을 위기 속에 남겨둔 채 천계에 올랐다.

매듭짓고 싶다는 그 일이 끝나면 섭성은 다시 황야로 돌아갈 것이다. 아홉 천존의 만장일치 없이 황야로 내려가는 것은 죄가 된다. 하늘의 격은 박탈되고 윤회의 굴레에 처박힌다. 그 고통을 자초하는 이유가 선명하다.

천계의 간섭으로부터 벗어나고 싶어서. 자유롭게 살고 싶어서. 제 마음은 오롯이 제 것으로, 제 연 또한 다만 제 뜻으로.

현무는 직감했다. 설득은 무용할 터.

"좋다."

두 눈을 굳게 감았다 뜬 현무가 고개를 끄덕였다. 가슴이 갈기갈기 찢기듯 아팠다. 동시에 뭉클하고 뿌듯했다.

"가서 네가 끝내고자 하는 것을 전부 끝내. 그것은 곧 죄 되어 네게 낙인찍히겠지. 네가 그것으로 족하다면, 나 역시 그걸로 되었다."

세대를 반복하여 땅주인의 핏줄을 수호했다. 천옥에 갇혀 제 핏줄을 지키지 못하는 벗을 대신하여 그들을 지키기로 맹약했다. 그 맹세의 끝이 보였다.

"섭아, 약조 하나만 해다오."

현무가 손을 들었다. 허공에 진을 그렸다.

"돌아가면 언제가 됐든 현북을 떠나라."

"왜 그런 것을 약조하라 하십니까?"

현무가 흐리게 웃었다.

죄인의 방관자 또한 죄인이 된다. 이미 천존의 허락 없이 하늘길을 밟는 순간 각오한 일이다. 그러니 몇 마디 더 지껄여도 상관없을 터다. 어차피 천옥에 갇히는 결과는 같을 테니까. 더는 지킬 수 없을 테니까.

"너는 이미 그 뜻을 알 것이다."

검은 운무가 둘을 감쌌다.

이윽고 운무가 걷혔다. 섭성의 두 눈이 커졌다. 온갖 연들이 보였다. 무수히 많은 선들이 허공을 헤엄쳐 다녔다. 붉고 푸른 그 찬란한 빛에 눈멀 것 같았다.

섭성은 멍하니 손 뻗어 그중 가장 아름다운 것을 붙잡았다. 제 심장까지 연결된 천연이 너울거렸다.

❋ · ❋

복사꽃 만발한 월선궁은 아름다웠다. 달콤한 향기가 가득해서 걸음마다 어지러웠다.

견은 천연을 따라 걸었다. 진을 그려 침입자를 막는 결계를 부수었다. 결계의 일부였던 복사나무는 떨면서 헐벗었다.

월선궁 안으로 들어섰다. 겉보기와 달리 그 안은 하염없이 넓었다. 수천수만의 연이 얽히고설킨 곳.

"웬 놈이냐? 월선의 허가 없이 들어온 자는 신분고하를 막론하고 곧장 선 대를 칠 것이다!"

견이 고개 돌렸다. 월선궁의 파수꾼인 땅딸막한 꼬마가 붓을 들고 있었다. 견은 그 무력함을 비웃으며 도력을 날렸다. 흉포한 도력이 파수꾼의 목을 사정없이 물어뜯었다. 죽지는 않겠지만 신력 손실이 엄청날 것이다.

파수꾼을 쓰러뜨리며 견은 더 깊숙이 들어갔다. 무수히 많은 명패가 허공에 도열해 있었다. 인세를 윤회하는 모든 영혼은 그 혼의 일부를 월선궁에 남겨둔다. 남겨진 혼은 명패의 모습이 되어 월선의 선택을 기다렸다. 천연의 주인이 되길 염원하면서.

명패 중에는 기해의 것도 있다. 바라 마지않던 그녀의 명패를 찾기란 아주 쉬웠다. 가장 아름다운 붉은 선을 따라 걷기만 하면 되었다.

"해야."

그 이름을 간절히 읊조리며 견은 손을 뻗었다. 붉은 선을 붙잡았다. 이 천연 뛰어넘어 그녀를 갖고 싶었으나 불가했다. 하나 상관없다. 천연을 뛰어넘을 수 없다면 그 천연마저 제 것으로 삼으면 되니까.

막 맺어져 그 존재 드러낸 천연을 가로채 제 심장에 잇기만 하면 모두 끝난다. 해의 천연은 그의 것이 되고, 해 또한 마침내 그의 것이 될 것이다.

손아귀에 도력을 쏟아붓는 견의 두 눈에서 푸른 안광이 번뜩였다. 동시에 엄청난 반동이 일었다.

"헉!"

순간적으로 튕겨나간 견이 바닥을 뒹굴었다. 입가에 흐른 피를 닦아내며 일어섰다. 과연 월선이 각별히 신경 쓴 천연이라 쉽게 뜯어지지 않았다.

그렇다면 온 힘을 다해 빼앗으면 그뿐. 견이 손에 재차 도력을 모았다. 맹렬히 저항하던 천연은 조금씩, 조금씩 뜯겼다. 명패는 강하게 진동하며 몸부림쳤다.

조금 더. 조금만 더.

견의 두 눈이 번뜩였다. 뚜둑, 마지막 한 가닥이 뜯기기 직전 뒤에서 살기가 날아왔다. 반사적으로 몸을 튼 견이 결계를 쳐 공격을 막아냈다.

가장 중요한 때에 훼방당한 견은 분노해 뒤돌아보았다. 순간, 입매가 굳었다. 익히 아는 자였다. 마지막의 마지막까지 저주하는 이였다.

견은 비로소 충실한 종복의 탈을 벗어던졌다.

"양섭성."

"처음부터 날 속였구나."

"알아채지 못한 것이 내 탓이더냐?"

견이 조소했다.

아주 긴 염원이었다. 끈질기고 지독한 꿈이었다. 어느 한 천존이 버린 질투와 허무 속에서 태어나 영겁 동안 가장 강한 것을 탐했다.

인간으로 태어났으되 천존의 큰 편애를 받는 자. 존재하는 것만으로도 기억되고 각인되는 강한 자. 그 곁에 서고 싶었다.

아무리 발버둥 쳐도 견은 흔히 잊혔다. 수천수만 번 마주치는 동안 그 대단하다는 백리조차 그를 똑바로 기억하지 못했다. 어리석은 그의 형제는 그를 보호하기 위해 자신이 그의 존재감을 지운 줄로 알지만, 아니다. 틀렸다. 형제의 술법이 아니더라도 형제를 제외한 그 누구도 견을 기억하지 못했다.

그는 이 세상에 흔적 남길 수 없었다. 존재를 인정받지 못했으니까.

모두 코앞에 그를 두고도 알아보지 못했다. 백리도, 섭성도, 해도. 인간이란 무릇 죽어 다시 태어날 때마다 전생의 모든 것을 망각하는 치들. 그러나 수천수만 생을 방해받는다면 그 충격은 혼백에라도 흔적 남아야 한다. 기억하지 못해도 적대감 정도는 품어야 한다.

견은 그들에게 아무런 감정도 남기지 못했다. 그것이 견을 더욱 분노하고 절망케 했다.

점점 더 해에게 매달렸다. 그 맹목적 애정과 충절이 온전히 제것 되길 바랐다. 가장 강하다는 영혼. 그 어떤 것에도 꺾이지 않는다는 영혼.

그녀만 있으면, 제 존재를 부정하는 천계마저 뛰어넘을 수 있으리라. 약해빠진 천인들을 이 발밑에 꿇릴 수 있으리라.

하지만 그녀의 애정도 충절도 늘 견의 것이 아니었다.

"천연이 없어도 너는 아무 상관 없잖아. 지금껏 별로 소중히 여기지도 않았잖아. 오히려 잘라내고 싶어 안달해왔잖아."

물러서는 척하며 견은 다시 천연을 노렸다. 섭성이 가까이 있으니 그들의 천연은 더욱 눈에 띄었다. 찬란하게 반짝여서 도저히 못 볼 수가 없었다.

"네가 무슨 짓을 저질렀는지 모른다고 하지는 않겠군."

섭성의 두 눈이 분노로 타올랐다. 만물에 다정한 그가 쉬이 드러내지 않는 종류의 감정이다. 견이 웃었다. 어처구니없게도 그 분노가 만족스러웠다.

지금껏 수많은 생을 반복하면서 그를 수없이 진창에 처박았다. 그러는 내내 단 한 번도 받지 못한 농도의 분노다. 미움받는다는 게 기꺼웠다. 미움받을 수 있는 존재가 되었다는 게 즐거웠다.

"내가 죄를 알고 모르고가 중요한가, 네겐?"

"고작 그 천연이 탐나서!"

"그래, 너에겐 고작이겠지! 너는 태어나면서부터 전부 갖고 있었을 테니! 단 한 생도 갖지 못한 적이 없을 테니!"

견이 버럭 언성 높였다. 거센 파동이 주변을 휩쓸었다. 도력에 휘말린 섭성이 밀려났다.

그 틈에 견이 천연을 움켜쥐었다. 푸르게 변한 안광이 번들거렸다.

"나도 월선궁까지 오고 싶지는 않았다. 천계는 내게도 부담이 거든. 한데 어찌할까. 수없이 반복해도 해가 내 뜻을 따라주지 않았다. 너 하나만 죽이면 되었는데. 그럼 진즉 천연을 넘어 그녀를 내 것으로 삼을 수 있었을 텐데. 참 미련하지 않으냐?"

견이 도력을 내뿜었다. 밀도 높아서 섭성이 재차 밀렸다.

"이 연도, 해도 이제 내 것이다."

견이 입술 끝을 길게 끌어올리며 웃었다.

뚝, 천연의 마지막 한 가닥이 떨어졌다.

뭇 사람들은 해를 미치광이라 불렀다. 악귀가 있다면 그녀와 같을 거라고도 했다. 섭성은 이를 사리물었다. 모두 틀렸다. 진짜 미치광이는, 악귀는 해가 아니다. 그건 바로 이자다.

만약 여기서 천연 빼앗긴다면 해는 언젠가의 생에서 저 원수를 사랑하게 될 것이다. 제 영혼이 타들어가는 것도 모르고 그를 위해 제 모든 것을 내던질 터다. 그가 제 앞날을 망치고 제 부모를 죽게 한 것은 꿈에도 모른 채.

섭성이 견을 노려보았다. 기어이 한 발 한 발, 나아갔다.

"분수를 모르는구나. 네가 내 상대가 되겠느냐?"

"상대가 되고, 되지 않고……. 그런 게 왜 중요하지? 그런 것이 중요했던 때가 내게 있었겠느냐?"

비로소 진짜 원수를 마주한다. 사랑하는 가족을 빼앗고 꿈꾸던 미래를 박살낸 자. 탐욕에 눈멀어 남의 고통은 아랑곳하지 않는 사악한 자. 해를 불행으로 내몰고 그것이 불행인지도 모르게 했던 잔악한 자.

길 잃었던 원망과 증오와 복수심이 제 방향을 찾았다. 제 것 아닌 자를 탐해서 그의 인생을 지옥에 처박고 해의 행복을 송두리째 뽑아 내던진 자다.

결코 용서하지 않으리. 죽어 다 잊어도 저자만큼은 용서하지 않으리.

한 발. 다시 또 한 발. 섭성은 나아갔다. 질식할 듯 무겁던 도력이 차츰 가벼워졌다.

견의 표정이 구겨졌다.

"네가 발버둥 쳐도 소용없다. 이미 늦었으니까."

그와 해의 천연은 이미 끊어냈다. 마지막으로 그 천연을 심장에 잇기만 하면 견의 계획은 성공이다.

견이 손아귀에 쥐고 있던 천연을 끌어당기는 것과 동시에 섭성이 도약했다. 누구 마음대로 늦었다는 것인지 알 수 없었다. 그가 아직 포기하지 않았으니, 아무도 늦었다고 단언해선 안 된다.

섭성은 칼을 휘둘렀다. 그가 결코 가까이 다가올 수 없을 것이라고 방심했던 견의 두 눈이 흔들렸다. 도력조차 덧입히지 않는 칼은 명백히 견을 노리고 날았다. 그 뺨을 스쳤다. 새파란 두 눈이 분노로 타올랐다.

"감히!"

견이 흠칫한 사이 천연은 그의 손아귀에서 스르르 빠져나갔다. 섭성의 표정이 살짝 피었다. 다가갈 수 있고 공격할 수 있으며 닿을 수도 있다. 그 말인즉 견을 막을 수 있다는 뜻이다.

섭성은 집요하게 급소를 노렸다. 처음엔 심장을. 다음엔 목을.

견은 날벌레처럼 들러붙는 섭성이 짜증나는지 일그러진 얼굴로 도력을 내쏘았다. 그러나 몇 번 도력을 내쏘다가 멈칫거렸다. 섭성은 빠르게 주변을 둘러보았다. 견이 공격을 머뭇대는 이유가 분명히 보였다.

견이 놓친 천연이 허공에 나부끼고 있었다. 자칫 실수로 천연의 반대쪽마저 잘라내면 지금까지의 인내가 물거품이 될 것이다.

본디 무언가 지키며 싸우는 게 배는 어렵다. 반쪽짜리 저 천연이 완전히 사라지든 말든 섭성은 상관없지만, 끝없이 해를 갈망했던 견에게는 문제가 된다. 혹여 천연이 망가질까 신중할 수밖에 없다. 여기까지 와서 천연을 얻지 못하면 기나긴 인내는 전부 물거품이 된다. 다음 질서 때 해가 저 아닌 다른 자와 천연 엮이는 것도 두려울 것이다.

섭성은 끊어진 천연을 향해 몸을 날렸다.

"비열한 놈!"

그 수를 읽은 견이 분노해서 소리쳤다. 섭성은 급소를 노리고 날아오는 공격을 피하지 않았다. 찢기고 너덜거린들 치유하면 된다. 고통은 그를 주저하게 만들지 못했다. 천연이 손에 잡혔다. 그것을 방패 삼아 둘렀다. 견처럼 천연을 뜯어낼 힘은 없어도, 제게 유리하게 이용할 머리 정도는 있었다.

"너, 죽여버리겠다! 이 생엔 반드시!"

견이 살기를 내뿜었다.

견의 질투는 오래됐다. 처음부터 눈에 거슬렸다. 자신은 겁을 바라도 갖지 못할 것을 날 때부터 갖고 태어나는 저것이 미웠다. 끝내 그의 욕망을 짓밟고 그의 꿈을 가로막는 저것을 용서할 수 없다. 저것을 죽이겠다.

"죽어!"

맹렬히 공격을 퍼부었으나 양섭성은 점점 더 상대하기 어려워졌다. 그는 쉴 새 없이 회복하며 부상을 두려워하지 않고 달려들었다. 죽음 모르는 맹수 같았다. 이 정도 공격이면 피하겠지, 예상한 것들이 모두 빗나갔다. 흔히 살을 내어주고 뼈를 취할 터인데, 양섭성은 살이라도 취할 수 있다면 뼈도 얼마든지 빼다 바칠 기세였다.

"왜, 죽여버리겠다고 하지 않았나?"

섭성이 도발하며 웃었다. 견의 두 눈에서 불꽃이 튀었다. 긴 악연이었다. 그가 소망해온 모든 것을 날 때부터 가지고 있던 자. 노력하지 않아도 기억되고 매달리지 않아도 사랑받는 자. 그가 밉다. 그를 저주하고 증오한다.

잠시 멈춰 선 채 견은 생각을 정리했다. 양섭성은 해의 천연을 그에게 내어주지 않겠다는 목적이 있다. 그 목적을 위해서라면 제 몸 던질 준비가 되어 있다.

견이 소리 없이 웃었다. 그것은 그 또한 마찬가지다. 해를 얻을 수만 있다면 이깟 육신이 무어 중요할까. 굳이 이 생에 집착할 필요도 없다.

"죽어라!"

고지가 코앞이었다. 천연만 빼앗으면 된다. 잠시 멈추었을 뿐,

낡은 질서의 끝은 시작되었다. 지금 해의 천연을 얻는다면 그것은 새 세상의 천연으로 간주될 것이다. 천하가 전복된 후 계속해서 해의 천연 자리를 꿰차고 있을 수 있다. 그렇다면 다음 생에, 아니면 그 다음 생에, 그것도 아니라면 그 언젠가의 생에서 그들은 이뤄질 것이다. 마침내 해의 전부를 얻을 것이다.

견은 곧장 섭성을 향해 달렸다. 천연을 방패 삼은 양섭성에게 그대로 가슴을 내어주었다. 섭성의 손에 들려 있던 칼끝이 심장을 파고들었다.

"컥!"

무슨 짓이냐는 듯 한껏 커진 그 두 눈을 보며 견은 승리의 미소를 지었다. 섭성이 쥐고 있던 천연의 끝자락을 붙잡아 그대로 제 심장에 이었다.

"내가 이겼다, 양섭성."

마침내 빼앗았다. 드디어 얻었다. 언제부터였는지 기억도 나지 않는 옛날, 겁이 지나도록 오래도록 바라고 또 바랐던 것. 이대로 죽는다 해도 상관없다. 인간은 어차피 다시 태어난다. 피를 토하며 기쁨에 떨었다.

"해야, 드디어……."

환희가 견의 얼굴에 번지는 순간, 섭성의 두 눈이 커졌다. 날카로운 검이 견의 목을 뚫고 나왔다. 견의 육신이 스르륵 무너졌다. 그의 심장에 비로소 이어진 천연이 순식간에 빛깔 잃었다.

"군주?"

견은 당황한 섭성의 목소리와 칼 떨어지는 쨍한 소리가 아득히 멀다고 느꼈다.

"영아. 왜 그랬느냐?"

빛 꺼지기 직전인 견의 눈동자가 가까스로 해를 찾았다. 그 창백한 뺨을 타고 끝없이 흐르는 눈물을 보았다. 입을 벙긋거려 소리를 내고자 하였으나, 그가 내뱉고자 하였던 말들은 모두 피 끓는 소리에 묻혀 사라졌다.

"내게 그럴 가치가 있었느냐?"

원망, 원망, 또 원망.

견은 입술을 달싹거리다가 체념했다. 내뱉을 수 없는 소리 대신 손을 드는 것으로 대답했다. 눈물 젖은 해의 뺨을 어루만졌다.

너는 단 한 번도, 어떤 생에서도 나를 위해 울지 않았지. 내가 네 주인이라 믿었던 이번 생에서조차 너는 내 죽음에 분노할지언정 울지 않았어. 네 눈물은 세상 만물에 허락될지언정 오직 나에게만큼은 허락되지 않았지.

그럴 가치가 있었느냐고?

견이 피 묻은 입술로 웃었다.

있었다. 그럴 가치가, 분명 있었다. 선한 길도 옳은 길도 아니었다. 바람직한 길도 이해받을 길도 역시 아니었다. 겁을 바라고 욕망했음에도 가차 없이 끝나버릴 춘몽이었다.

그러나 찰나라도, 아주 순간이라도 얻었으니까. 그러니까, 가치는…… 있었다. 너는 이해 못 하겠지만. 영원히 알지 못하겠지만.

해의 눈물을 닦아내던 견의 손이 툭 떨어졌다.

억지로라도 천연을 제 혼백에 이었으니 그것은 이미 견의 것이 되었다. 그러나 상대에게 부정당하고 죽임당하니, 천연은 완전히 힘을 잃었다. 먼지 되어 바스스 흩어졌다.

견. 천존 이효의 아우이며 한때는 장왕 권영이었던 자.

꿰뚫린 목에서 피 쏟는 그 주검 뒤로 누군가 섰다. 그림자가 드리워졌다. 고개 든 섭성이 그림자의 주인을 발견했다.

"폐하?"

"나는 항상 이 아이가 안쓰러웠다. 언제나 내 죄라 여겼지. 누구보다 이 아이를 편애하였고 하염없이 총애하였다."

고저 없는 음성이 나직이 흘러나왔다. 섭성은 멍하니 그를 바라보았다.

"이 아이는 늘 갖지 못할 것을 탐하니 그것마저 애틋하였다. 그릇된 길을 가는 것도, 악한 욕망을 품는 것도 말리지 못하였다. 바르지 않다 여기면서도 이 아이가 제 성에 찰 때까지 날뛰도록 비호하였지. 뭇 천인들은 내게 천존의 자격이 없다 손가락질하였으나, 나는 이 아이를 지킬 수 있음에 족하였다."

태황자 권운. 오황자 권영이 태어난 후, 어느 날 갑자기 황제의 아들이라며 나타났던 자. 누구도 넘볼 수 없는 도력과 강한 존재감으로 당당히 용상에 오른 자. 그의 어미는 끝내 밝혀지지 않았고, 선황의 명으로 그 출신에 대한 의문조차 영원히 금기되었다. 일련의 과정이 섭성은 비로소 납득되었다.

황야의 황족은 천존의 후예다. 그 천존이 직접 강림해 황제가 되겠다는데 어느 누가 마다하겠는가. 감히 누가 영광스럽게 여기지 않을 수 있겠는가.

허탈감이 몰려들었다. 섭성이 떨리는 몸을 가까스로 진정시켰다. 이를 악물었다.

"폐하까지 저희를 가지고 노셨군요."

결국 처음부터 끝까지 천계에 놀아난 꼴이었다. 기이하게도 더는 분노도 역겨움도 일지 않았다.

"그래, 내가 너희를 속였다. 내 아우를 위하여 너희 모두를 이용하였다."

이효는 서글픈 눈으로 차게 식은 제 아우를 바라보았다. 꿰뚫린 목에서 여전히 피가 쏟아지고 있었다. 손을 뻗어 피를 멎게 하였다.

"그것이 잘못되었느냐?"

애초에 무엇 하나 얻지 못한 아우였다. 존재조차 부정당한 아이였다.

"누군가는 있어야지. 아무리 잘못하고 큰 죄 지어도 편들어줄 누군가가 한 사람은 있어야 하는 것 아니더냐?"

깊게 깔린 책망에 섭성은 순간 말문이 막혔다. 겨우 입을 열어 반박했다.

"지금 그게 할 소리이십니까?"

이효는 두 눈을 내리감았다. 한숨 쉬듯 청했다.

"이 아이를 용서해라."

"용서는 죄 모르는 자를 위한 것이 아닙니다."

"어차피 죽어 빚 꺼진 아이다. 원망해서 네게 남을 것이 있더냐?"

지금까지 이효는 모든 것을 바쳐 아우를 보호해왔다. 아우의 죄를 천계가 눈치 못 채게 줄곧 손을 써왔다. 하지만 천연에 손을 대고, 그것으로 모자라 천연 잃고 목숨까지 잃었다. 더 이상은 감출 수 없다. 그를 제외한 모든 천존이 만장일치로 혼백의 소멸을 명할 것이다.

"정말 너무하시군요."

이효가 쓰게 웃었다.

"그래, 내가 네겐 너무하겠지. 그래도 청 하나만 하지, 현북공."

섭성이 주먹을 꽉 움켜쥐었다. 섭성은 땅주인이었고 눈앞의 사내는 여전히 그의 황제였다. 충정은 오랫동안 몸에 배어 습관 되었다. 주군의 청을 듣지도 않고 거절할 수 있는 신하는 없다.

"먼 훗날 내 아우와 다시 악연 얽힌다면, 그래도 이 형님이 있었다고 전해주어라."

이효가 죽은 아우의 뺨을 어루만지며 읊조렸다.

"다신 얽히고 싶지 않습니다."

이효는 상관없다는 듯 웃었다.

"그러니 청이라 하지 않았느냐? 싫어도 들어달란 뜻이다."

그들은 처음부터 그릇되었다. 애초에 둘로 나뉘어선 안 되는 존재였다. 형제의 모든 부정적인 면을 긁어모아 태어난 아우가 보통의 천인이 될 수 없는 것은 너무도 자명했다. 당장의 괴로움이 버거워 던져버린 것들로부터 아우가 탄생했으니, 이효는 늘 그가 안쓰러웠다. 아우의 모든 투정을 받아줄 수밖에 없었다.

그들이 함께 올바른 천인의 길을 걸을 기회는 무수히 많이 있었을 터다. 그 많은 갈림길에서 모조리 잘못 들어선 것이 뼈아프다.

바람이 불었다. 이효의 몸이 점점 흐릿해졌다. 단호하던 섭성의 표정에 균열이 갔다.

"죄를 대신 받으시는 겁니까?"

"내 아우는 이미 너무 많은 죄 지었으니, 어찌하겠느냐? 그 가련한 영혼이 소멸되는 것은 바라지 않고, 영원히 축생으로 태어나는 것을 방관할 수도 없다."

이효에게서 천존의 힘이 사라져갔다. 섭성은 점점 더 모르게 되었다. 이미 곁에 이토록 소중한 연을 두고서 그는 왜 그걸 알지 못했을까. 그 어떤 천연보다 큰 사랑을 진작 얻었으면서.

"정녕 미련하십니다."

"안다. 그러니 너무 미워하지 마라."

이효는 모래 되어 부서졌다. 견도 마찬가지였다. 풍화되는 어리석은 형제 위로 눈물이 툭툭 떨어졌다.

미워하지 말라고? 부디 용서하라고?

그것은 가능하지 않다. 그러나 미워하는 것도, 용서하지 않는 것도 버겁다. 원망과 증오에도 의지가 필요하다. 그 의지가 섭성에겐 더 이상 남지 않았다. 그에게 남은 것은 어서 현북으로 돌아가고 싶다는 마음뿐이다.

"양섭성……. 네 괜찮으냐?"

차가운 손이 뺨에 닿았다. 섭성이 고개 돌렸다. 제 애정과 충절이 그릇되었다는 걸 알아버린 계집이 거기 있었다.

평해의 폐주, 기해. 그 말간 얼굴. 걱정을 숨기지 않는 눈동자가 섭성을 살핀다. 저는 만신창이가 되고서, 그 심신 모두 사위어지면서, 오직 섭성의 상처에 억장 무너진 얼굴이 된다. 괜찮으냐는 물음은 그녀의 몫이 아닐 텐데.

"군주."

섭성은 줄곧 의심했다. 용서하지 않겠다고 버티던 때에도, 이해하지 않겠다고 외면하던 때에도, 그것이 정말 제 의지일까, 아닐까. 그녀가 안쓰러운 것도, 애타는 것도 단지 천연 때문인 것은 아닐까. 엉망진창인 이 관계에서 제 마음과 의지는 단 한 순간도 없던 것은 아닐까.

그 모든 의심과 불신을 마음 깊이 묻고서 그녀를 용서하자 마음먹었다. 그녀가 더 이상 천계에 농락당하지 않기를 바라서 과거의 원한은 전부 묻기로 결심했다. 천연 때문이든 아니든 더는 상관없다 여겼다.

이제 하늘의 연은 끊어졌다. 견이 빼앗았고 해가 끊어냈다. 남은 것은 그와 그녀, 연 없는 두 사람뿐이다. 천계의 간섭 없이 오직 그들의 마음만 선명하다.

섭성이 제 뺨을 감싼 해의 손을 덮어 잡았다. 이 작고 마른 손으로 무수히 많은 생을 짓밟고도 괴로움 몰랐을 터다. 그것이 안타까워서, 연민되어서 숱한 감정이 밀물처럼 밀려들었다. 그의 울음을 살피느라 제 마음 살필 겨를은 잊은 이를 힘껏 끌어안았다.

이젠 천연 없으니 적어도 이 마음은 내 선택이구나. 내 뜻이겠구나.

겨우 끝이었다. 천계도, 천연도. 지긋지긋한 하늘 것들, 전부.

"돌아가자."

그래, 돌아가자.

이 끔찍한 곳은 남겨두고서. 슬프고 아프고 괴로운 기억 역시 남겨두고서.

第九章

바람은 감은 눈 위로

一

　이효가 모래 되어 부서졌다. 질기고도 오래된 악연이 끝났다. 천계를 감싸고 있는 그의 신력이 사라졌으니, 곧 천계의 모두가 알아챌 것이다. 그러잖아도 천변의 징조 때문에 겁먹은 천인들은 더 난폭해질 터.

　현무는 초토화된 거리를 걸었다. 하늘길을 타고 천계에 오른 평해의 폐주는 제 앞을 가로막는 이라면 천인, 신수 가리지 않고 패대기쳤다. 혹시나 뒤늦게 천계에 도착한 해가 천계의 것들에게 위협을 당할까, 함께 월선궁에 들어가겠다는 현무를 등 떠밀어 해에게 보낸 섭성이 본다면 무척 머쓱할 것이다.

　비식 웃으며 현무는 월선궁으로 발길을 돌렸다. 모든 연의 시작이며 끝인 곳. 죄 없이 벌받아온 가엾은 아이가 보였다.

　"섭아."

　"현무 님."

　"돌아갈 것이지?"

　그사이 대답이 변했을 리도 없는데 현무는 작은 기대를 품어보았다.

　"예."

섭성의 답은 너무 짧고 명료해서 조금 웃음이 났다.

"괜한 것을 물었구나. 따라와라."

현무가 앞장섰다. 현북의 수호수로서 주인을 위해 할 수 있는 마지막 임무를 행했다. 이미 천계를 벗어나는 죄를 지었으니, 천옥에 갇히게 될 것은 기정사실이다. 그 기간의 장단은 있겠으나, 길든 짧든 이젠 상관없다. 현북에 더는 그녀가 필요 없으니 아주 오래도록 천옥에 갇혀도 괜찮다. 오래된 벗과 벽을 사이에 두고 도란도란 이야기하는 것도 나쁘지 않을 터.

현무는 한 우물 앞에 섰다. 지상으로 연결된 우물이다. 천존의 허락 없이 강하하면 죄인의 낙인이 찍힌다. 돌아가기로 결심한 이들이니 그런 건 의미 없겠지만.

"내게 묻고 싶은 것이 있지?"

작별에 앞서 현무가 물었다. 섭성이 두 눈을 크게 뜨더니 살짝 입술을 물었다.

"태초의 현북공이 어디 있는지 궁금하겠지."

태초의 네 땅주인은 언제나 제 핏줄을 굽어살피고 있다고 전해진다. 황야의 건국 이래 땅주인의 핏줄이 끊기지 않은 것이 그 증좌다.

그렇기에 의문은 자연스럽게 따라온다. 제 후손이 하늘길에 오른 것을 태초의 현북공이 몰랐을 리 없다. 천인의 자격을 얻은 제 핏줄을 만나고 싶지 않았을 리도 없다. 섭성은 그를 몰라도, 그는 늘 섭성을 지켜보고 있었을 테니까. 그런데 이 난리가 나도록 태초의 현북공은 코빼기도 내비치지 않고 있다.

"그분은 죄인이십니까?"

"그래."

이제 와 부정은 의미 없다.

"황야는 죄인의 땅이었군요."

섭성이 착잡한 표정을 지었다. 인간이 살 수 없는 곳에 황야가 세워진 까닭을 비로소 이해했다.

"백성도 연좌의 죄로 묶였겠지요. 죄인의 목숨이니 귀하게 여기지 않은 겁니다. 천계는 황야인 수십만이 죽든 수백만이 죽든 개의치 않겠지요."

"맞아. 하지만 전부가 연좌제에 묶인 건 아니야. 황경과 평해는 감시자의 땅. 변방의 사주와는 다르지. 황경은 황야의 모든 땅을 지배하고 평해는 오직 황경을 수호해."

현무가 섭성의 추론에 덧붙였다.

"그래서 평해의 기씨 왕가가 다른 땅주인의 핏줄과 혼인하길 거부했던 거군요."

평해는 순혈을 고집하였다. 황족은 주인이라며 혼인으로 맺어지길 거부하였고, 다른 땅주인 가문은 알려지지 않은 이유로 배척하였다. 작금에 이르러 평해왕부에는 오직 기해 혼자 남았으니, 어린 시절 양친 잃은 그녀는 오래된 일들을 모를 것이다.

섭성이 현무를 똑바로 바라보았다.

"우리의 죄는 무엇이었습니까?"

무슨 죄로 천계에서 쫓겨나 모든 사실을 망각당했나? 어쩌다 무지렁이 되어 땅을 수호한다는 착각 속에 살게 되었나? 천계에서 내려다보기에 그 얼마나 우스웠을까.

"너희의 죄는……."

불현듯 섭성이 고개를 내저었다. 옛날의 죄를 알게 된들 달라질 것은 없다. 더 경멸할 힘도 없고, 그렇다고 이해할 마음도 들지 않는다.

"그냥 묻지 않은 걸로 하겠습니다. 이제는 아무 상관 없는 일입니다."

"아니, 들어라."

그러나 더 듣지 않겠다는 섭성의 말에도 현무는 입을 열었다. 여기까지 온 이상 섭성은 알아야 했다. 그에게는 들을 자격이 있었다. 제 최초의 선조가 무슨 죄를 지었는지, 희석되지도 못한 채 지금까지 그 핏줄들을 속박하는 그 죄란 게 대체 무엇인지.

천계를 떠나 황야로 돌아가기로 마음먹은 순간부터 그 옛날의 뜻은 섭성의 뜻이 되었다. 선조의 의지는 대대손손 이어져 기어이 꽃피었다. 살아갈 날이 험하고 고통스러워도 그 사실만 기억하면 앞으로 나아갈 수 있다. 섭성을 버티게 하는 긍지의 근간이 될 것이다.

"너희의 죄는 인간을 사랑한 것. 동류인 천인보다, 만물의 근본인 천신보다도 인간의 찰나를 소중히 여긴 것. 하여 천신께 항명한 것. 그것이 태초부터 너희를 속박하고 억압하고 고통스럽게 만들었지."

신념을 지킨 죄로 추락한 그들의 후손은 모든 것을 잊은 채, 오직 백성을 지키는 땅주인으로 살아왔다. 태초의 땅주인은 천궁의 깊은 옥에 갇혀 그 어떤 자유도 허락받지 못하고서 겁에 이르도록 제 땅을 보살피고 있다.

그들의 후예가 땅주인의 책무를 훌륭히 해내면 죽는 인간은 수만 명, 그들의 후예가 실패하면 죽는 인간은 수억 명.

"세상을 지탱하는 것은 사소하고도 작은 걸음걸음이야. 모두가 각자의 자리에서 선택을 하고 최선을 다해. 그것은 사실 작지 않아. 사소하지도 않지. 그 작은 마음이 모여서 위대해져. 천계를 떠받든 용의 한 걸음도, 지상을 지탱하는 꽃나무의 한 걸음도 외따로는 무력했겠지. 하지만 모이더니 기어이 천변을 늦추었어. 시간을 벌어주었어. 그러니 돌아가서 네 백성을 지켜라, 섭성. 시간이 많지 않으니 남은 시간을 귀하게 써. 알겠지?"

섭성이 살짝 고개를 끄덕였다. 현무가 다정히 그를 눈에 담았다.

"그럼 이제 작별이구나."

"무척 그리울 겁니다."

"연못에 검은 거북을 키워라. 내가 그리울 때마다 보러 가."

현무가 살짝 웃고는 섭성의 등을 밀었다. 그가 우물 속으로 사라졌다.

이제 한 사람 남았다. 말없이 서 있는 해에게로 현무가 고개 돌렸다.

"양섭성에게 시간이 많지 않다고?"

해가 멍하니 중얼거렸다. 그 충격받은 얼굴을 보고 현무는 살짝 입을 벌렸다가 다물었다. 커다랗게 흔들리는 두 눈을 노려보았다. 현무가 말한 '시간이 많지 않다'는 천변에 대한 것이었다. 백리와 화선녀가 늦추었다 해도 조만간 다시 시작될 것이니 서두르란 뜻이었다. 하지만 해는 섭성의 남은 수명에 대한 문제로 들은 게 분명했다.

천인이 되면서 잠시나마 그들은 유한한 삶으로부터 벗어났다. 지금까지 내바친 수명은 아무 문제 아니게 되었다. 다시 천인의 격을 잃고 인간이 된들 남들만큼 천수를 누리는 데는 문제가 없을 것이다.

천계와 천인에 대해 대충은 알고 있지만 자세히는 배우지 못했을 것이다. 더욱이 원래 천인이 되면 인간은 여러 변화를 느끼지만, 기해는 당초 천인과 너무 흡사했다. 딱히 변화를 느끼지 못했을 것이다.

하여 오해했다. 현무는 그 오해를 굳이 풀어주지 않았다. 이러니저러니 해도 양윤계와 그 아내를 죽이고, 차성과 섭성을 죽인 자다. 그것이 오롯이 기해만의 죄악은 아닐지라도 더 처절히 후회했으면 좋겠다.

"그래."

잃어버릴까 불안에 떨어라. 무지하고 무심했던 과거를 괴로워해라.

그럴수록 찰나찰나 소중해질 터다. 함께할 수 있는 시간의 유한함을 알아서 더 절박해질 것이다. 매일 후회하고, 매일 아까워하며, 매일 귀하게 여기겠지. 엇갈릴 틈도 다툴 여유도 없이 약자가 되겠지. 그렇게 섭성의 발밑에 꿇어앉아 참회해라. 언젠가 섭성의 수명에 문제없다는 것을 알게 되겠지만, 그 전까지 실컷 마음 고생해라.

"제 그릇 이상의 도력을 쓰려면 대가가 필요하지. 수호수도 없던 섭성이 얼마나 많은 대가를 바쳤을지는 깊게 생각해보지 않아도 알 것이다."

현무가 냉랭히 일갈했다. 섭성이 많은 걸 바친 것은 사실이니 거짓말은 아니다. 이 약간의 은폐가 사랑하던 이들을 잃은 현무가 해에게 가할 수 있는 유일한 복수다.

"어쨌든, 정말 갈 것이냐? 말했다시피 너희 일족은 연좌의 죄로부터 자유롭다. 사주의 땅주인과는 애초에 달라. 굳이 불구덩이 속으로 갈 필요가 없다."

해가 얼어붙은 얼굴로 현무를 쳐다보았다. 한때 제 손으로 두 동강 냈던 신수를 응시했다. 그때의 기해라면 절대 관심 두지 않았을, 그러나 더 이상 그때의 무지했던 기해가 아니기에 할 수 있는 물음을 대답 대신 건넸다.

"땅주인의 죄가 인간을 사랑한 것이라면 네 죄는 뭐지?"

"내 죄?"

현무가 잠시 생각에 잠겼다. 해는 그녀의 대답을 기다리지 않고 우물 속으로 뛰어내렸다.

현무가 탄식하듯 작게 중얼거렸다.

"네가 불구덩이 속으로 가는 것과 같은 이유였지."

그녀는 태초의 현북공을 사랑했다. 그것이 그녀의 죄였다.

우물 속 두 사람이 아주 작아질 때까지 현무는 그 뒷모습을 눈에 담았다. 안녕, 잘 가. 마지막 인사를 읊조렸다.

이제 그녀도 오래된 벗을 만나러 갈 시간이다. 제 핏줄을 보살펴 달라는 부탁 때문에 너무 오랫동안 보지 못했다. 이쯤 했으면 천옥으로 끌려가도 뭐라 못 할 것이다. 염치 있다면 고생했다고 맞이해주겠지.

홀가분해진 얼굴로 현무가 돌아섰다.

※ · ※

황제가 사라졌다. 선황의 황자들 중 가장 자질이 뛰어난 삼황자에게 양위한다는 황명만이 유언처럼 남았다. 삼황자 수왕이 곧장 즉위했다.

바야흐로 천변의 때. 황야는 전례 없는 위기에 내던져졌다. 사라진 황제를 찾느라 낭비할 시간은 없었다.

새 황제는 자신이 천계의 첩자가 아닌 황야의 수호자임을 공고히 하고, 그 어떤 것보다 백성을 우선시하겠다 맹세하였다. 천변이 일시적으로 멈춘 지금, 모든 것을 희생해서라도 바깥으로 천도할 것을 공표하였다. 황제가 언제고 사라질 것을 대비해서 계획 짜놓은 것처럼 모든 것이 일사천리였다.

공동대책을 세우기 위해 황제가 땅주인 소환령을 내렸다. 모두 모이기까지는 아직 시간이 남았다. 그사이에도 사주는 제각각 방법을 모색하느라 바빴다.

준비는 청동이 가장 빨랐다. 청동후는 영민하고 용맹한 자들을 추려 바깥으로 내보냈다. 주남과 백서도 곧 동참하였다. 땅주인이란 본디 그렇다. 제 땅백성을 지키기 위해서라면 얼마든지 무모해지고 대담해질 수 있는 자들이다.

소중한 이를 지키기 위한 작은 걸음걸음이 모여 천변의 시작을 유예시켰다. 길어봤자 삼사십 년에 불과할 시간. 시계는 빠르게 움직이니 여유 부릴 틈은 없다. 수십, 수백만 백성을 이끌고 터를 옮기는 것은 쉬운 일이 아니며, 제국의 이동에 바깥 인간들이 어찌 반응할지 알 수 없다. 최악의 경우 전쟁이 발발할 수도 있다.

섭성은 지도를 펼쳐놓고 생각에 잠겼다.

'바깥으로 나갈 길을 정해야 해.'

한 사람을 보내든 백 사람을 보내든 길이 필요하다. 바깥까지 이어진 안전한 길. 혹여나 바깥 인간과 무력으로 맞부딪혀야 할 때, 군수물자를 안정적으로 보급할 수 있는 군수로를 확보해야 한다. 또한 싸움이 시작되면 힘을 합쳐야 하니 각 권역이 함께 움직이는 게 낫다.

섭성은 기본적으로 다툼을 싫어한다. 그는 다친 사람을 고치는 의원으로 자랐다. 사람을 다치게 하는 전쟁의 참혹함을 아주 잘 알고 있다. 그러나 그는 땅주인이라서 제 땅백성을 지키기 위해서라면 얼마든지 전쟁을 감수할 수 있다. 섭성은 평화를 사랑했지만 냉철하였다.

회의 때 더 자세히 논의하겠지만, 섭성은 가능성 있는 경로 몇을 머릿속에 기억해두었다. 청동으로 돌아간 청동후를 조만간 또 만날 수 있겠구나 생각하니 빙긋이 미소가 그려졌다.

아무도 제 곁에 남지 않았다고 생각했던 때도 있었다. 하지만 돌이켜보면 정말로 혼자였던 적은 한순간도 없었다. 양세계가 있었고, 소경희와 양유성이 있었다. 청동후가 있었고 명재신, 재명 형제가 있었다. 류준이 있었고, 현북을 위해 기꺼이 목숨 내어놓을 병사들이 있었다.

그 모두가 있어 섭성은 살아남았다. 혼자라는 생각에 이따금 괴로워졌지만, 그의 등을 떠받친 많은 이들이 있었다. 그가 손 내 밀면 기꺼이 그 손 잡아줄 이들이 너무도 많이 있었다.

문득 해를 생각했다. 아무도 없었던 사람. 사랑도 외로움도 고통도 슬픔도 배우지 못하여 그 길이 가시밭길인 줄도 모르고 내쳐 걸었던 이. 오래된 벗을 잃고, 오랫동안 애정과 충절 바쳤던 이도 잃었다. 그 마음 괜찮은지 염려되었다.

뿌우우, 뿌우.

바깥에서 울리는 뿔피리 소리에 섭성은 해에 대한 생각을 잠시 접었다. 급히 밖으로 나갔다.

흰수리 요괴가 하늘을 빙빙 날아다니고 있었다. 전서로 쓰기에 썩 적절하지 않은 놈이다. 섭성을 발견한 요괴가 발에 쥐고 있던 것을 떨어뜨렸다. 돌돌 말린 붉은색의 칙서는 척 보기에도 황룡 자수가 무척 화려했다.

섭성은 민첩하게 몸을 날려 칙서를 받아냈다.

"현북의 양섭성, 황제 폐하의 명을 받드옵니다."

황경을 향해 꿇어앉았다. 태초의 그들은 죄인과 감시자로 이 땅에 내려왔다. 그러나 그 오래된 관계는 이미 잊혔다. 현 황제는 황야 모든 이의 주군. 오직 백성만을 생각하는 현명한 자. 땅주인 되어 충심으로 받들 뿐이다.

여덟 번을 깊게 엎드려 예를 갖춘 섭성이 칙서를 펼쳤다. 고요하던 눈동자가 차츰 흔들렸다.

해는 머리 위에서 떨어지는 칙서를 가만히 바라보았다. 툭, 바닥에 떨어져 두어 바퀴 나뒹구는 것을 방관했다. 황제의 권속이 화가 나서 머리 위에서 빽빽거렸으나 개의치 않았다. 흙 묻은 칙서를 집어서 대충 펼쳤다.

[땅주인 가문은 황명을 받들라. 작금의 평온은 살얼음 같은 것. 머지않아 천변이 다시 시작됨을 다들 알 것이다. 천계의 것이 추락하고 나락의 것이 상승할 때, 황야가 자강하여야 백성을 지킬 수 있을 것이니 땅주인의 핏줄들에게 혼인을 명한다. 미혼인 자는 모두 혼인하여 핏줄을 늘리라. 술사를 늘려 천변에 대비토록 하라.]

혼인령은 지당했다. 태초의 땅주인은 여전히 제 후손들을 살피고 있으니, 위급한 때에 제 모든 것을 도려내서라도 술사를 안배할 것이다. 황야의 단 한 사람이라도 더 보호하기 위하여 가늠할 수 없이 긴 세월 벌을 받고 있는 자들이니까.

다음 장을 보았다.

[황제 되어 공과를 가리는 것은 치세의 시작이다. 폐주 기해는

현북을 수호하여 지당한 공을 세운 바 금일부로 평해왕으로 봉한
다. 또한, 대사냥전 우승자에 대한 보상은 태초 이래 이루어져온
신뢰의 증표이니, 황야가 존속하는 한 결코 유야무야되어서는 아
니 될 것이다……]

대사냥전에 대한 보상이 끝맺음되지 못한 것은 황야의 건국 이
래 단 한 번도 없던 일이다. 새로이 즉위한 황제는 그 오명을 바로
잡고자 한다.

그녀가 없는 사이에 한리민과 양섭성이 그녀와의 혼인을 청했
다는 사실은 이미 들었다. 사라진 황제는 둘 중 그녀가 간택한 자
를 평해왕의 부군으로 삼겠다고 약조했고, 아직 유효하다.

"멍청한 것."

해가 작게 읊조리며 쓸쓸히 웃었다.

한리민이 그녀와의 혼인을 청한 이유는 명명백백했다. 그는 평
해의 땅주인에 버금가는 지위를 원했다. 그녀가 좋아서, 그녀와
행복해지고 싶어서 혼인을 청한 것은 결코 아니다.

섭성은 당사자가 없는 자리에서 곧장 혼인이 결정되는 것을 막
기 위해 나섰을 것이다. 그런 자였다. 다정하고 심성 곧고, 남을 불
구덩이 속에 처넣느니 스스로 짚을 지고 불지옥에 뛰어들 성정이
었다.

"가족의 철천지원수를 곁에 두면 네 마음은 어찌 되는데? 너는
그날의 기억 속에서 말라갈 것이냐?"

남은 생이 짧다면, 짧은 만큼 더 찬란하고 행복하게 살아야 한

다. 양섭성에겐 그럴 자격이 있다. 자신이 가까이 머물면 결코 그럴 수 없음을 안다.

그녀가 그의 가족을 죽였다. 아비를, 어미를, 형을, 누이를 죽였다. 그의 앞에서 참혹하게 목숨 앗아 결코 잊지 못하게 만들었다. 생각하지 않으려 해도 생각날 것이다. 떨쳐내려 해도, 그때의 기억은 이따금 망령되어 되살아날 것이다. 그녀가 가까이 있는 한 섭성의 악몽은 끝나지 않는다.

"내가 네 고통이고 슬픔이지. 그러니까……."

숨만 쉰다고 살아가는 것이 아니다. 눈만 뜨고 있다고 괜찮은 것도 아니다. 그 몸과 마음 전부 지켜주고 싶어졌다. 그가 소중히 여기는 것들마저 모두 소중해졌다.

"그렇게는 아니해."

평해로 돌아갈 때가 되었다.

해는 오래된 벗이 보이는 곳에 앉았다. 하늘을 보며 청주를 뿌렸다. 그가 술을 좋아했는지 싫어했는지 기억나지 않는다. 아니, 애초에 알지 못했겠지. 스스로를 비웃었다.

제 무심과 무지를 후회했다. 망각된 기억들을 헤집어도 떠오르는 것은 없었다. 아득한 세월은 반복되는 생사 아래 묻혔다.

묻고 싶은 것이 아주 많았는데, 백리는 그 기회를 주지 않았다. 하지만 안다. 사실 기회는 무수히도 있었다. 모든 기회를 내다 버린 건 그녀다.

미련은 흉터 되었다. 가슴 깊이 흔적 남았다. 잊지 말라는 마지막 청만큼은 들어줄 수 있을 것 같으니 그나마 다행이다. 못돼 처먹은 벗을 주인으로 모시느라 그간 정말 고생 많았다. 울컥 울음을 참았다. 속으로 작별을 고하고 자리에서 일어났다.

다음으론 성깔 더러운 폐주를 모시느라 고생했던 종비들을 찾아갔다. 그녀의 눈치를 보느라 하나같이 홀쭉해진 계집종들이 깜짝 놀라 그녀를 맞았다. 가지곤 온 패물이 거의 없어서 온몸을 탈탈 턴 후에야 겨우 하나씩 손에 뭔가 쥐여줄 수 있었다.

"아, 아씨……."

"쇤네들에게 어찌 이 귀한 걸……."

고생했다, 잘 지내라. 그 말 몇 마디 건네기가 멋쩍어서 해는 어색하게 웃고는 돌아 나왔다.

다음으로 소경희와 양유성을 찾았다. 만나지 않겠다는 소경희의 처소 앞에서 한 시진을 꿇어앉아 있었다. 어미의 눈치를 보며 슬금슬금 밖으로 나온 유성이 해의 손을 잡아 일으켜 세웠다. 사촌을 닮은 다갈색 눈동자에 걱정이 어렸다.

"너는 양섭성을 닮았어."

유성이 배시시 웃었다.

"다들 그리 말해요."

그 모습에 어린 섭성이 겹쳐 보였다. 잘 웃고 잘 울고, 세상 모든 것에 다정했을 그 아이.

"한번 안아봐도 되느냐?"

유성이 두 눈을 크게 뜨더니 팔을 벌렸다. 안아봐도 되겠느냐는 해의 물음에 되레 그녀를 꽉 안아주었다.

"아씨께서 잘못을 많이 한 걸 알아요. 그래도 유가 안아줄게 요."

해가 두 눈을 질끈 감았다. 양섭성이 왜 그렇게 다정해빠졌는 지 너무 잘 알겠다. 그의 부모도, 형제도 아마 양유성과 닮았겠지. 더없이 다정한 그 품에서 자랐으니 성정 모나게 될 틈이 없었겠지. 그들은 그렇게 모두에게 따뜻했겠지. 모든 것을 사랑했겠지.

양유성과 헤어진 후, 해는 마지막으로 섭성을 찾았다. 황제의 칙서는 그에게도 도착했을 터.

"양섭성."

문밖에 서서 그를 불렀다. 들어와도 좋다는 허락 대신 그의 발 소리가 들렸다. 벌컥 문이 열렸다.

"군주."

해가 그를 올려다보았다. 그 다정다감한 눈동자를 응시했다. 가슴이 쩌릿해서 입술을 살짝 깨물었다.

어떻게 과거에는 그를 상처 낼 수 있었을까. 어떻게 그 마음을 난도질하고도 후회 몰랐을까. 이렇게 소중한데. 이렇게 애틋한데. 그 몸도 마음도 상처 하나 없이 지켜주고 싶은데. 세상이라도 주 고 싶어졌는데.

"내일 기시……."

목소리가 떨렸다. 잠시 말을 끊었다가 겨우 평정을 가장했다.

"기시가 열린다지? 내게 안내해다오."

평해로 돌아갈 것이다. 남은 평생을 후회와 고통 속에 살 것이 다. 그가 그녀 없는 곳에서 좋은 배필을 만나 행복해지길 바라고 또 바라면서.

하지만 그래도 좋은 기억 하나 정도는 갖고 싶었다. 찰나라도 어리석고 잔악하고 무도한 평해의 폐주가 아니라, 순탄한 삶이었다면 그와 미래를 함께했을지도 모르는 연이고 싶었다.

二

해는 하룻밤을 꼬박 지새우고 낮도 흘려보냈다. 잠이 오지 않았다. 기시에 가는 것이 처음이라 어린애처럼 마음 들뜬 까닭은 아니다. 철옥에 유폐되었던 동안 바깥은커녕 왕부조차 돌아다니지 못해서, 싸움이 아닌 목적으로 바깥에 나가는 것이 낯선 까닭도 아니었다.

마지막이기 때문이다. 어느새 익숙해진 현북의 공기를 들이켰다. 지금은 조금만 걸어가도 볼 수 있는 양섭성을 생각했다. 고요한 말투와 바람처럼 흐릿한 웃음소리. 그 모두 멀어질 것이다. 다신 가까울 수 없게 될 것이다. 결국엔 멀리서 뒷모습조차, 그 그림자조차 볼 수 없게 되겠지.

흘러가는 모든 것이 속절없어서 잠자는 시간조차 아까웠다. 같은 공간 안에서 숨 쉴 수 있는 지금 순간이 소중했다. 그래도 잠깐이라도 눈을 붙여야겠지 싶어 침상에 누웠다. 한참을 뒤척이다 결국 일어나 앉은 해가 면경을 들고서 제 얼굴을 들여다보았다.

마지막이니까 조금은 나은 모습으로 기억되고 싶어서 천천히 머리를 빗었다. 엉킨 머리카락을 정성스럽게 풀어내고 두 줄기로 가지런히 땋아 올렸다. 활동하기 좋은 품 넓은 의복을 벗고서 맵

415

시가 잘 드러나는 옷을 입었다. 색 잃은 입술에 연지를 발라 생기를 불어넣었다.

면경 속 그녀는 아름다웠다. 긴 속눈썹이 도드라졌고 새까만 눈동자는 밤처럼 깊었다. 살결은 백옥처럼 깨끗하였고 단정한 콧날과 우아한 입매가 조화로웠다. 해는 제 얼굴을 빤히 들여다보며 웃는 연습을 해보았다. 어떻게 웃었는지 웃어본 적이 있긴 했는지 잘 기억이 나지 않았다.

두 눈을 꾹 감아버렸다. 해 질 무렵 섭성이 찾아올 때까지 그 상태로 미동도 하지 않았다.

"군주."

귓가를 파고드는 낮은 음성에 해가 두 눈을 번쩍 떴다. 뒤로 넘어갈 뻔한 머리를 단단한 손이 받쳐주었다.

"양섭성?"

"피곤하십니까?"

"아니, 괜찮다."

해가 고개를 내저었지만 그 부정이 무용하게도 섭성이 그녀 안으로 도력을 흘려넣었다. 온몸 구석구석 번지는 따뜻한 기운에 피로가 눈 녹듯 사라졌다.

"소제가 누이를 지켜드릴게요."

"평해의 핏줄은 받은 만큼 되돌려주지. 그러니 네가 나를 지키는 한 나 역시 너를 지켜주마. 그 약조를 어기지 마."

기억은 주인 바뀐 맹세 사이를 헤맸다. 온 영혼을 불살라 바친 맹세는 거짓 속에 처박혔다. 그것이 원망스럽지는 않다. 영을 향했던 충절과 애정은 진실했으니, 그로 인한 선택 모두 그녀의 책임이었다. 그녀의 죄였고, 그녀가 감당해야 할 벌이었다.

그러나 양섭성의 인생을 망치게 한 것은 원망스럽다. 지켜주겠다는 약조를, 맹세를 어겼다. 그의 모든 것을 짓밟고서 뻔뻔하게 그 다정에 기대어 매달리고 싶은 욕심이 역겹다.

"괜찮다는 말은 지금 들은 걸로 치지요."

섭성의 입가에 부드러운 미소가 걸렸다. 해는 말없이 입술을 꾹 깨물며 몸을 일으켰다. 밖으로 나가는 섭성을 뒤따랐다.

이른 어둠 아래 섭성이 서 있었다. 홀린 듯 그 뒷모습을 좇았다. 하염없이 눈에 담았다.

흐트러짐 없는 걸음걸이가 그의 성정을 닮았다. 흔들림 없이 똑바로 걸어가는 그 모습이 그의 삶을 닮았다. 어둠 속에서도 섭성은 빛이 났다.

그 어떤 어둠도 그를 길 잃게 하지 못할 것이다. 그 어떤 빛도 그녀를 길 잃게 하지 못한 것과 반대로.

만약, 아주 만약에.

이미 일어난 일들이 일어나지 않았다면, 하고 바랐다.

영에게 눈멀었던 때에도 조금이라도 이성적인 구석이 남아 있어서 네 가족을 죽이지 않았다면. 땅을 수호하는 땅주인 일가를 몰살하는 것이 종래엔 모두에게 해로울 것이라는 당연한 이치를 알아서 끝내 영의 명을 따르지 않았다면…….

그랬다면 우리 관계는 아주 많이 달라졌겠지. 너와 나는 하늘이 정해준 대로 어쩌면 이루어졌을지도 모르지. 내 마음은 너의 것이 되고 네 마음은 나의 것이 되어, 같은 것을 보고 같은 꿈을 꾸었을지도 모르지.

이루지 못한 연이다. 닿지 못할 마음이다. 감히 바랄 수 없게 된 그와의 내일을 해는 마음 깊이 묻었다.

"마구간은 저쪽 아니더냐?"

마구간과 반대쪽으로 걷는 섭성에게 물었다. 그녀를 돌아본 섭성이 살짝 웃었다.

"별이 쏟아질 것처럼 아름다워서 걷기 좋은 날이잖습니까."

사실 쏟아질 것 같은 것은 내 마음이라고, 별보다 더 아름다운 것은 바로 너라고, 걷기 좋은 것은 날 때문이 아니라 너와 함께이기 때문이라고. 차마 내뱉을 수 없는 말들을 해는 목구멍 깊이 삼켰다.

"그래."

짧게 고개 끄덕였다.

마지막일 테니까. 뒷모습이나마 마음껏 볼 수 있는 마지막 날이니까. 그러니까 부질없고 염치없는 욕심이라도 괜찮다. 오늘까진 괜찮다.

눈앞에 있어도 허상을 보듯 흐릿했다. 손 뻗어 잡을 수 있는데도 실체를 확신할 수 없었다. 섭성은 불안한 마음으로 해를 살폈다.

지금껏 평해의 기해는 분명 알기 쉬운 상대였다. 오직 장왕 권영을 위해 온몸 불사르니, 그 행동의 의미를 고민할 필요 없었다.

그런데 오늘의 기해는 달랐다. 그 무심한 얼굴 아래 무슨 생각을 감추고 있는지 짐작되지 않는다.

황제의 혼인령은 그녀에게도 닿았을 것이다. 한리민과 그가 그녀와의 혼인을 청한 것 역시 알고 있을 터. 하지만 그에 대해 일언반구도 없었다. 저 작은 머리통을 열어 속을 들여다볼 수 있으면 좋으련만.

"특별히 찾으시는 것이 있으십니까?"

해가 살짝 고개를 내저었다.

"그럼 요괴 상인부터 찾아도 되겠습니까? 그러잖아도 전서로 쓸 날개 달린 요괴가 좀 필요한데, 요즘 시국이 시국인지라 그것들 콧대가 하늘을 찌른다더군요. 평해왕쯤 되는 술사를 봐야 당장 콧대를 꺾고 자기를 데려가라 줄을 설 겁니다."

섭성이 일부러 해를 치켜세웠다. 그녀가 필요하다는 뜻이었다. 다른 무엇도 생각하지 말고 내가 당신을 필요로 한다는 사실만 기억해달라는 청이었다.

해가 미세하게 미간을 접었다. 반히 섭성을 보다가 고개를 돌렸다.

"요괴 상점은 이쪽이다."

섭성의 눈빛이 가라앉았다. 해의 시선이 스쳐간 순간, 그는 해가 내린 답을 알았다.

해는 떠날 것이다. 죄 알아서, 염치 알아서 차마 그의 곁에 있을 수 없게 되었다. 괜찮다는 말도, 용서했다는 말도 그녀에겐 닿지 않는다. 그녀가 괜찮지 않을 테니까. 스스로 결코 용서 못 할 테니까.

가슴에 구멍이 난 듯 쓸쓸해져도 그 뜻을 존중한다.

요괴 상인을 찾는 건 어렵지 않았다. 요력을 따라가면 되는 일이라 평범한 물건을 찾는 것보다 훨씬 쉬웠다.

요괴 상인은 호리병을 쭉 늘어놓고서 꾸벅꾸벅 졸고 있었다. 하급에, 최하급에, 최하급조차 되지 못한 것들이 호리병마다 담겨 있었다.

"날개 달린 것이 있느냐?"

해가 묻자 화들짝 눈을 뜬 상인이 입가에 묻은 침을 훔치면서 대답했다. 목소리에서 졸음이 뚝뚝 떨어졌다.

"예, 아씨. 날개 달린 것들도 있지요. 이것은 최근에 잡은 매 요괴인데, 아직 최하급에도 이르지도 못했으나 잘 키우면 필시 쓸 만해질 겁니다. 바깥의 인간들은 매를 길들여 매사냥을 한다던데, 이놈은 그런 평범한 매보다 몇 배는 효용이 높지요."

해가 고개를 내저었다. 섭성은 전서에 쓸 놈이 필요하다고 했다.

"비둘기는 없느냐?"

상인이 말도 마라는 듯 손사래 쳤다.

"아씨, 요즘 비둘기는 값이 아주, 아아주 비쌉니다. 상황이 상황인지라 식솔들 안위를 수시로 확인하고 싶어 하는 술사들이 못 구해서 안달이지요. 호리병 속에서 그 소문은 어찌 들은 것인지, 비둘기 놈들 콧대, 아니, 부리가 하늘 높은 줄 모르고 높아졌습지요."

"값이 얼마든 지불할 수 있다."

"돈이 문제가 아니라 부리가 높아진 게 문제입지요."

상인이 질린다는 듯 표정을 핵 찌푸렸다.

"그래서 있느냐, 없느냐?"

해가 거두절미하고 다시 물었다. 하암, 하품을 하던 상인은 눈가를 쓱 문지르더니 겨우 잠이 깬 얼굴로 해를 쳐다보았다. 무심코 뒤편을 본 그가 깜짝 놀라 벌떡 일어났다.

"혀, 현북공 나리?"

검은 비단에 황금 현무가 수놓아진 의복은 북쪽 땅주인의 것이다. 현북공 외엔 그 누구도 그와 같은 옷을 입지 못한다.

"아이고, 소인이 귀한 분을 미리 알아보지 못하고 결례를 범했습니다. 용서해주십시오. 비둘기 요괴라……. 있지요. 물론 있지요. 가만, 어디 두었더라? 분명 여기 두었는데……."

상인이 허둥지둥 나무상자에 처박아놨던 호리병을 꺼냈다.

"한데, 나리. 이놈은 정말 부리가 높습니다. 소인은 본디 주남 출신이라, 이곳에 오기 전 주남에도 들렀는데 말이지요. 글쎄, 한리민 공자께서 권속으로 삼아주겠다고 하는데도 부리를 팩 돌리더랍니다. 아주 건방지다며 작살을 내려는 것을 소인이 겨우겨우 말려 예까지 데려왔지요. 또 한 번만 건방지게 굴면 꽁지깃을 다

뽑아버리겠다고 으름장을 놓아도 당최 알아듣지를 않아요. 근본
이 최하급이라 그런지, 뭔지……."

상인이 구시렁거렸다.

"한리민 공자는 무탈하게 도착한 모양이구나."

"예? 아, 무탈하십니다. 운 하나는 타고났다고 그리 자랑을 하
시더이다. 운이 좋기는 개뿔. 그 익족 전사에게 안겨 오는 모습을
보셨어야 합니다. 소인 같았으면 창피해서 혀를 콱 깨물었을 것인
데, 한 공자께서 그런 면에서는 철면피시지요."

상인이 조잘조잘 떠들며 웃었다. 한리민에게 친밀함을 드러내
는 말투에 섭성은 그 얼굴을 가만히 들여다보았다. 자세히 보니
한리민과 닮은 구석이 많다.

요괴를 잡는 상인들은 기본적으로 술사이니 어떤 식으로는 땅
주인 일가와 연관되어 있다. 상인은 주남 출신이라 했다. 주남공
의 핏줄일 것이다. 아마 친모의 신분이 천해 밖으로 떠돌게 된 것
일 터.

술사가 귀한 곳이라면 친모의 신분고하를 막론하고 술사인 핏
줄을 본가에서 거두었겠지만 주남의 사정은 달랐다. 전대는 물론
이고, 역대 주남공은 대대로 여성편력이 아주 심했다. 거기다가 핏
줄을 찾는 비술까지 쓸 수 있으니 하룻밤의 유희로 태어난 사생
아들까지 모조리 찾아 거둘 수 있었다. 그 때문에 요괴 상인은 전
부 주남의 핏줄이라는 이야기마저 떠돌았다.

"아무튼 일단 보여드리지요."

상인이 살짝 한숨을 내쉬었다. 현북공은 땅주인인 만큼 아무리

현북이 망했어도 어지간한 재력가보다는 돈이 많을 텐데 그가 얼마를 제공하든 비둘기 요괴를 팔 수 없다면 완전히 무용했다. 그림의 떡과 다를 게 없으니 괜히 아깝기까지 했다.

상인이 호리병을 열었다. 펑! 연기와 함께 흑비둘기가 모습을 드러냈다.

"구, 구구."

새빨간 눈을 번뜩이며 주변을 둘러보던 흑비둘기의 시선이 해에게 딱 꽂혔다.

"구!"

눈이 반짝였다. 전생에 헤어진 부모라도 만난 것처럼 비둘기는 해에게 달려들었다. 상인은 깜짝 놀랐다. 당장 당신의 권속이 되고 싶다며 구애의 춤을 선보이는 요괴의 모습에 기가 찼다. 여태 보여준 부리 높은 모습은 오간 데 없었다.

"이럴 수가!"

상인은 해를 빤히 바라보았다. 땅주인인 현북공을 두고 다른 자에게 권속이 되겠다고 오두방정을 떠는 꼴이 황당했다. 놈이 수컷인 걸 감안해도 과했다. 아무리 현북공에 대한 세간의 평이 박해도 땅주인인 이상 웬만한 술사보단 훨씬 뛰어날 터였다.

"이 부리 높은 녀석이 단번에 권속이 되겠다고 난리를 피우다니……."

비둘기 요괴는 열과 성을 다해 날개를 파닥거렸다. 구애의 춤으로도 모자라 아예 여인의 머리 위로 날아오르려는 것을 상인이 확 붙잡았다. 호리병에 도로 가두며 눈앞의 여인을 빤히 보았다.

현북에 현북공 양섭성보다 뛰어난 술사는 한 사람뿐이다.

"펴, 평해의……."

여인은 눈멀 정도로 아름다웠다. 평해의 폐주를 먼발치서 본 공자 여럿이 앓아누웠다는 소리가 뜬소문만은 아닐 터였다. 그 잔악한 성정에도 불구하고 경국지색이라는 설명이 꼭 덧붙는 이유 또한 납득되었다. 예쁘긴 더럽게 예뻤다.

"값을 치르겠다. 얼마면 되겠느냐?"

섭성이 해와 상인의 사이를 가로막았다. 해를 등으로 가린 채 주머니에서 금전을 꺼냈다. 그제야 정신 차린 상인이 멋쩍게 웃으며 값을 불렀다. 황금이 눈앞에서 짤랑짤랑 떨어졌다.

"조심히 가십시오!"

돌아가는 두 사람의 등에 대고 꾸벅 인사했다. 땀이 흥건해진 손을 옷자락에 쓱쓱 문질렀다.

하마터면 절정의 도력을 느끼게 해주십사, 손끝이라도 스치게 해달라고 평해의 기해에게 청할 뻔했다. 입을 뻥긋거리는 순간 현북공의 눈빛이 너무 차가워져서 저도 모르게 청이 쏙 들어갔다.

상인은 가슴을 쓸어내리며 안도의 한숨을 내쉬었다.

요괴를 산 후, 해와 섭성은 기시를 구석구석 돌아다녔다. 해는 처음 보는 장신구들을 홀린 듯이 구경했다. 평소 싸우는 데 거치적거려서 가락지조차 잘 하지 않는 그녀다. 그나마 가지고 있던 것들도 종비들에게 나눠줘 버렸다.

그런데 자꾸만 눈이 갔다. 특히 거북이 새겨진 옥가락지가 눈에 밟혔다. 양섭성에게 딱 어울릴 것 같았다. 그는 손가락이 길고 예쁘니까 옥가락지 두어 개를 끼어도 좋을 것이다.

"아씨, 한번 해보시지요."

상인이 유혹했다. 퍼뜩 정신 차린 해가 고개를 내저었다.

"되었다."

섭성에게 주고 싶지만 어차피 주지 못할 터다. 자신이 연상될 만한 것은 그에게 남길 수 없었다.

그에게서 잊히는 것. 그의 삶에서 사라져주는 것. 그것이 해가 섭성에게 해줄 수 있는 전부였다.

구경하는 사이 날이 밝았다. 기시가 저물어간다. 밤의 상인들은 요괴가 잠든 낮을 틈타 다음 장소로 옮길 것이다. 그곳에서 또다시 장사를 이어갈 터.

이걸로 충분하다. 죄지은 주제에 과하게 값진 순간을 얻었다. 이 하룻밤을 마음에 품고, 앞으로의 기나긴 형벌을 받을 것이다.

"돌아가자, 양섭성."

해가 미련 없이 일어났다. 돌아서서 섭성을 올려다보았다. 그 얼굴을 가만히 살폈다. 만인에게 공평하고 사려 깊은 자였다. 이 황야에서 해가 유일하게 존경하는 이였고, 존중하는 이였다.

그런 그를 위해 그녀가 내릴 수 있는 단 하나의 결정을 읊조렸다.

"나는 한리민과 혼인할 것이다."

양섭성은 참담해 보이기도, 서글퍼 보이기도 했다. 가슴이 저릿해서 해는 조금 어색하게 웃었다.

"군주께서 원하지 않는다면 그와 혼인할 필요가 없습니다. 그는 권력을 위해 군주를 이용할 생각뿐입니다."

그리 말하는 양섭성의 얼굴에 드러난 무수한 감정으로부터 해는 눈 돌렸다. 그의 다정에 기대어 그를 괴롭게 하는 길은 더 이상 안 된다.

"그가 나를 이용한다? 할 수 있다면 해보라지. 나는 평해의 왕이다."

황야의 땅주인은 중혼이 허락된다. 한리민과 혼인한들 의미 없다. 그녀를 이용해 평해를 꿀꺽하려던 한리민은 머지않아 제가 참 야무진 꿈을 꿨다는 걸 알게 될 터다. 해보다 신분 낮은 그는 해가 아무리 박대해도 처첩을 들일 수 없으니, 결국 저를 내쫓아달라 애걸복걸하게 될 것이다.

"원한다면 언제라도 후군을 들일 수 있지. 누구와 혼인하든 내겐 중요치 않아."

문제는 늘 마음이었다. 그의 마음, 그녀의 마음. 모두의 마음.

누구와 혼인하든 상관없다는 해의 말은 반은 진실이고 반은 거짓이다. 단 한 사람을 제외하고 모두가 똑같았다. 감히 그 한 사람과의 혼인을 요구할 수 없으니 누구라도 상관없어졌다.

"정녕 그걸 바라십니까?"

정말 그걸 바라느냐고? 해는 입술을 달싹여 겨우 대답했다.

"그래."

아니, 내 바람은 이런 게 아니야. 내 바람은 눈 떠도, 눈 감아도 너에게 있어. 하지만 안 되는 건 안 되는 거지.

머리끝부터 발끝까지 소중하다는 게 어떤 의미인지 어렴풋이 알 것 같다. 네가 너무 소중해서, 네가 소중히 여기는 것들마저 소중해졌다.

진심은 속말로 삼켰다. 보면 욕심나고 염치없이 탐하게 되니 차라리 두 눈 감았다.

"그럼 그렇게 하세요."

가라앉은 목소리는 슬픈 것도 같았고 화난 것도 같았다. 해는 그 감정을 헤아리려 들지 않았다.

나들이는 끝났다. 짧은 봄처럼. 다시 오지 않을 봄처럼.

三

　양유성은 현북의 하나뿐인 후계자다. 위로 형제가 셋, 아래로
둘이나 있지만 여섯 남매 중 그녀만 유일하게 도력을 타고났다.

　후계자로 모습 드러낸 후 유성은 벌써 죽을 고비를 여러 번 넘겼
다. 결계는 자비 없어서 그녀의 도력과 수명을 난폭하게 빨아들였
다. 섭성이 왜 그토록 저를 꽁꽁 숨겨두었는지 비로소 알 수 있었
다.

　다정한 오라비는 나어린 제게 고통스러운 일을 맡기고 싶지 않
았던 것이다. 영특한 양유성은 그 다정을 이해했다. 그 배려와 애
정이 그녀를 버티게 했다.

　그녀가 공식적인 후계자가 된 뒤로도 섭성의 일과는 크게 변함
없었다. 그는 여전히 잠들지 않은 채 대부분의 시간 홀로 결계를
감당했다. 어떻게든 오라비에게 힘이 되어주고 싶었던 유성은 아
침저녁으로 섭성을 찾아갔다. 자긴 더 이상 어린애가 아니라고 설
득해보았지만 별 소득은 없었다. 섭성은 때가 되면 도움을 청할
테니 기다리란 말과 함께 그녀의 머리를 토닥여주었다.

　'어머니께 가볼까?'

　산후 몸조리가 끝난 소경희는 이제 주변을 돌아다닐 만큼 회복

되었다. 어미의 품에 안겨 새근새근 자는 막내를 볼 때면 모든 근심걱정이 사라졌다.

"저건……."

상상만으로 절로 기분이 좋아져서, 배시시 웃으며 걷던 유성이 문득 멈춰 섰다. 못생긴 흑비둘기 한 마리가 구구 서글프게 울고 있었다. 흙바닥이 어지럽게 패여 있는 걸 보니 같은 자리를 맴돈 지 한참 된 듯했다. 딱 보기에도 이제 갓 백 살이 넘었을까 싶은 어린 요괴였다.

"너 길을 잃었니?"

"구!"

저를 알아봐주는 유성을 보고 흑비둘기가 와락 달려왔다. 요즘처럼 전서 요괴가 귀한 시대가 아니면 어디서 밥 빌어먹기도 힘든 멍청이 같았다. 흑비둘기는 다짜고짜 유성에게 한쪽 발을 내밀었다. 발목에 서신이 꽉 매어져 있었다.

"이게 뭐야?"

인장은 용무늬였다. 청동의 것이다.

"청동후께서 보냈니?"

대사냥전에 왔던 청동후를 소개받았던 기억이 났다. 유성이 흑비둘기 요괴의 발목에서 서신을 풀어냈다.

"내가 전해줄게."

곧장 섭성에게 가져다주는 것이 도리였으나, 유성은 호기심 왕성한 어린애였다. 더욱이 눈에 보이는 글자 읽기에 한참 빠져 있는 시기였다. 유성은 주변을 두리번거려 보는 눈이 없는 것을 확인하고는 조마조마한 마음으로 서신을 펼쳐보았다. 내용은 지극히 짧았다. 유성도 어렵지 않게 읽을 수 있었다.

"청동후……. 위독……?"

유성이 새하얗게 질렸다. 위독하다는 말이 풍기는 위험한 느낌에 잔뜩 겁을 집어먹었다. 커다란 두 눈에 눈물이 금세 차올랐다.

"흐으윽, 어, 어떡해? 으아앙!"

유성은 울면서 섭성을 찾아 달려갔다.

"오라버니! 오라버니!"

섭성에게 도착한 건 이미 그 조막만 한 얼굴이 눈물과 콧물로 범벅된 후였다. 놀란 섭성이 황급히 유성을 안아 들고는 등을 토닥였다.

"위독……. 흐윽. 위독, 오라버니……."

"괜찮다. 오라비가 있지 않으냐? 무서워할 것 없다. 응?"

후드득 눈물을 쏟으며 겨우 섭성에게 서신을 전했다. 섭성이 유성을 안고 남은 한 팔로 어렵게 서신을 펼쳤다. 유성이 꽉 쥐고 달려온 서신은 꾸깃꾸깃했다. 내용을 확인하는 섭성의 표정이 가라앉았다.

섭성은 서신 내용을 곱씹었다.

'할아버님이 위독하시다? 그럴 리가 없지.'

정정하던 청동후가 갑작스레 위독해졌을 리 없다. 서신은 눈속임이다.

태초의 땅주인은 천계의 죄인이다. 천신은 그들을 황야에 가두었다. 그 후손들이 멋대로 권역을 벗어나 이주를 꿈꾼다면 천신은 극히 분노할 것이다.

천인의 자리마저 걷어찬 마당에 이제 와서 겨우 그 분노가 두려운 것은 아니다. 하지만 평것들은 약해서 천계에서 내리꽂히는 작은 천벌에도 금방 숨 다하고 말 것이다. 그런 불상사를 바라지 않으니 천계에 복종하는 척 시늉할 필요가 있다.

땅주인은 천명에 의해 각 권역에 묶여 있다. 특별한 일이 아니고선 제 권역을 벗어날 수 없다. 섭성의 모친이 살아 있을 적의 청동후도 복잡한 절차를 걸친 후에야 현북에 올 수 있었다. 그들은 천계도 끊어놓을 수 없는 부모자식 사이였던 데다가 청동후의 후계가 탄탄하여 가능했었다.

섭성과 청동후의 관계는 다르다. 첫째로 그들은 부모자식 간이 아니며, 둘째로 섭성의 후계는 지극히 불안정하여 아주 위급한 사항이 아니고선 현북을 벗어날 수 없다. 청동후가 위중한 정도는 되어야 겨우 천계의 눈을 속이고 청동으로 갈 수 있는 것이다.

'나를 불러야 할 이유가 있었을까?'

현북의 주 경계는 불안정해 백성의 피난길로 삼기에 부적합했다. 바깥에서 일어나는 위기에 대비해야 하니, 청동의 길을 함께 이용하는 게 낫겠다고 서신 보냈다. 그랬더니 돌아온 답이 청동후가 위독하다는 내용이다. 섭성이 직접 와서 상황을 확인할 필요가 있다는 뜻이었다.

'할아버님께서 불필요한 일을 요구하실 리가 없다.'

섭성은 결정을 내렸다.

청동으로 가자. 가서 청동후를 만나고 오자.

곧장 황제에게 청동행을 청하는 서신을 썼다.

황제의 답변은 오래 걸리지 않았다. 청동행이 허락되었다.

소경희는 울먹이는 유성을 달랬다. 위독한 청동후를 만나러 섭성이 떠난다는 소식에 아이는 안 좋은 상상을 잔뜩 했다. 커다란 두 눈에서 쏟아지는 눈물은 쉬이 멈추지 않았다.

"괜찮다, 유야."

"오라버니가 가면 괜찮겠지요? 흑흑, 오라버니는 최고의 치유술사이잖아요."

소경희가 염려하는 바는 청동후의 건강이 아니다. 그녀는 제 어린 딸을 걱정했다. 유성이 커갈수록 섭성을 대신해야 하는 날이 많아질 것이 두려웠다. 섭성이 부재할 때마다 현북은 전부 유성의 책임이 된다.

유성은 체질적으로 섭성과 비슷했다. 치유력에 바탕을 둔 도력 덕분에 스스로 피로를 회복할 수 있다. 잠들지 않으며 도력이 허락하는 한 지치지도 않는다. 여러 후계자가 번갈아 결계를 수호할 수 없는 현북의 상황에서 가장 적절한 후계다. 또한 유능한 의원들이 다양한 약재를 이용해 유성을 보필할 터니 걱정할 일은 크게 없을 것이다.

그러나 객관적인 사실은 어미에겐 소용없다. 어미가 되면 남들이 제아무리 괜찮다고 떠들어도 믿을 수 없게 된다. 약재 따위보다 눈에 보이는 확실한 도움을 찾게 된다.

"그래, 다 괜찮을 거란다. 어미가 잠시 어딜 좀 다녀와야겠다."

소경희가 유성의 젖은 뺨을 부드럽게 문질렀다.

평해왕 기해는 마주 보는 게 정녕 내키지 않는 자였다. 복권된 그녀가 곧 평해로 돌아갈 것이라는 소문이 파다했다. 마음 같아서는 쌍수 들고 환영하고 싶었다.

그러나 마음 내키지 않는다는 하찮은 이유로 제 어린 딸을 도울 수 있는 유일한 자를 그냥 보낼 수는 없다.

소경희가 유성을 남겨두고 자리에서 일어났다. 제 발로 결코 찾을 리 없을 것 같던 자를 찾았다.

"군주, 소경희입니다."

놀란 얼굴로 저를 맞는 해의 앞에서 소경희는 무릎 꿇었다.

"왜 그러느냐? 일어나라."

"이리 청합니다. 현북을 떠나지 마십시오. 현북공을, 유성을 도와주십시오."

현북을 망가뜨린 이다. 그러나 동시에 현북을 구원한 이이기도 했다.

"나는……."

"알고 있습니다. 군주께선 떠날 결정을 하셨겠지요. 군주의 존재 자체가 우리에겐 악몽이기에, 멀리 사라져주는 쪽을 택하셨겠지요. 하지만 그건 군주께만 너무 편리한 방법입니다."

평해왕은 변했다. 무자비하던 계집은 더 이상 없다. 죄 알아서 용서 구하고, 염치 알아서 욕심 버린 계집만 남았다. 그러나 그것조차 당신에게만 편리한 방법이라고 소경희는 비난했다. 할 말을 찾지 못해 굳어버린 그 얼굴을 보며 간청했다.

"이곳에 남아 기억하세요. 우리의 고통을 보고 후회하세요. 우리의 슬픔을 보고 절망하세요. 그렇게 한평생 괴로워하십시오. 저 멀리, 우리의 시야 밖으로 벗어나지 마세요. 우리 모르는 곳에서 다 잊고 행복해지실 줄 어찌 압니까? 지금은 그 무엇도 잊지 않겠다고 결심하셨겠지만, 그럴 수 있으리라 단언하시겠지만, 사람의 마음은 너무나도 약하답니다."

그토록 처절히 우리의 삶을 망가뜨리고, 우리의 앞날을 망쳐놓고서 홀로 달아나 다른 이유로 망가지거나 행복해지는 것은 불합리하다.

"군주, 부디 청하옵건대, 현북에 남으소서. 군주의 앞날이 가시밭길이라면 그것은 우리로 인한 것이어야 합니다. 상처받고 가슴 뜯기고 눈물 흘리는 일이 우리로 인한 것이어야 합니다. 다른 누군가가 군주께 의미 되어 군주를 뒤바꾸는 것은 바라지 않습니다. 현북을 위한다는 핑계로 달아나지 마소서. 현북공께서는 그마저도 괜찮다고 하시겠지만, 그 속이 정말로 괜찮겠습니까?"

섭성을 들먹였다. 그를 위한 선택이 결국 그를 위한 것이 아니며, 오직 그녀만을 위한 것이라고 경멸했다. 동요하는 새까만 눈동자를 노려보며 제 딸을 위해 쐐기 박았다.

"군주께는 현북을 떠날 자격이 없습니다."

섭성은 마음 약하여 그녀가 떠난다면 결국 붙잡지 않을 것이다. 해가 생각하고 또 생각해서 내린 결론이니, 그 결정이 옳든 그르든 받아들일 것이다.

하지만 소경희는 아니다. 자식을 위해서라면 얼마든지 못된 말을 지껄여 해를 붙잡아둘 수 있다. 해는 황야 최고의 술사였고, 이용가치는 차고 넘친다. 죄책감 배웠으니 그녀를 현북에 묶어두는 방법은 너무 쉽다.

제 마음만 제외한다면. 해를 보는 것만으로도 미움에 사로잡히는 이 마음만 묻어둘 수 있다면.

"내가…… 내가 또 그릇된 선택을 했느냐? 그를 위한다면서, 결국 그를 괴롭게 했느냐?"

해의 두 눈에서 눈물이 툭툭 떨어졌다.

"예, 군주께서 틀리셨습니다."

"그럼 어찌해야 하느냐? 내가 어찌해야 하는데?"

소경희는 해와 같은 하늘을 지고 살 자신이 없었다. 하지만 유성에겐 해가 필요하다. 그러니까 이리하는 게 옳다.

"저는 곧 떠나야 합니다."

소경희는 평범한 여인으로 살고 싶었다. 평온한 보통의 삶을 꿈꿨는데, 남편의 가문이 풍비박산 나면서 많은 책임을 떠안았다. 어린 딸이 저만 믿으라고 가슴을 팡팡 두드리는 상황에서, 그 딸에게 네가 애쓸 필요 없다는 말조차 할 수 없는 어미였다.

모두가 능력 이상의 일을 해야 하는 때였다. 어린애는 어린애로 남을 수 없고, 평것도 단지 평것으로 남을 수 없다. 소경희 또한 보호받는 약자로 남아선 안 된다. 안방의 화초로 겁에 질려 있는 삶은 끝났다.

같은 하늘 아래 살 수 없는 자의 힘이 필요하다면 자신이 떠나야 한다.

"떠나다니?"

"황야가 당장 오늘 사라진다고 해도 이 땅을 떠날 용기를 갖지 못한 이들이 많습니다. 현북공께선 최후까지 현북을 떠날 수 없으니, 누군가 그분을 대신해서 땅백성을 이끌어야겠지요. 저는 그들과 함께 갈 겁니다."

바깥이 더 안전하다고 떠들어도 행동으로 보이지 않으면 백성은 믿지 못한다. 현북공가를 통틀어 이젠 소경희가 가장 어른이니 의심 많은 백성을 이끄는 것은 그녀의 몫이다. 그녀가 앞장서 바깥으로 나간다면 불신 깊은 이들도 이내 따를 것이다.

"저마저 떠나면 현북공께는 아무도 없습니다. 그러니 군주가 남아, 군주로 인해 삶 망가진 이들을 지키며 평생 후회하소서."

원수의 발밑에 엎드렸다. 섭성을 핑계 삼아 제 여식을 지켜달라 간청했다.

섭성은 난감한 얼굴로 흑비둘기 요괴를 보고 있었다. 곧 청동으로 출발하겠다는 서신을 보내려는데 통 말을 안 들었다. 대추열매를 세 개나 주며 꼬드겨보았지만 소용없었다.

좀 멍청하지만 어쨌든 주인인 해에게는 아주 끔뻑 죽는 녀석이다. 섭성의 명을 잘 따르라는 그녀의 신신당부에 여태 얌전히 심부름을 수행해왔다. 그런데 갑자기 구구 울기만 하니 답답했다.

"왜, 군주께 무슨 일이라도 있느냐?"

그냥 한번 던져본 말인데 흑비둘기가 "구!" 하며 고개를 크게 끄덕였다.

"무슨 일이 있다고?"

"구!"

해에게 무슨 일이 생길 만한 상황이 아니다. 누구와도 왕래하지 않으니 때가 되면 평해로 돌아갈 일만 남아 있었다. 오랫동안 주인이 철옥에 유폐된 까닭에 평해왕궁은 엉망이었고, 수리가 대강 끝나면 해는 곧장 떠날 터였다.

말리지 않았다. 붙잡지도 않았다. 그 누구의 간섭도 없이 해가 생각하고 또 생각해서 내린 결정이었다. 오직 그녀의 뜻이었다. 하여 존중했다. 마음에 구멍 난 듯 휑하여도, 까닭 모를 통증이 심장을 쥐어뜯어도 별수 없다 여겼다.

"잠깐, 그만. 그만하여라."

드디어 섭성과 말이 통했다고 여긴 흑비둘기는 열심히 섭성의 다리를 쪼았다.

섭성은 흑비둘기에게 쫓겨 해의 처소 앞에 도달했다.

홀린 듯이 그 안으로 들어섰다.

해가 침상에 주저앉아 울고 있었다. 제 주인에게 무슨 일이 생겼다며 흑비둘기가 처절히 울부짖도록 깊은 오열이었다. 어디선가 마음 무너지는 소리가 났다.

한 발, 한 발, 섭성이 해를 향해 내디뎠다.

오랫동안 미워한 자. 마음 깊이 원망한 자. 그 미움도 원망도 의미 없어서 제 삶에 가치 없던 자.

"군주."

해가 고개를 들었다.

"내가 어찌해야 하느냐? 내가 떠나는 것도 남는 것도 네게 고통이 된다면, 내가, 내가 무얼 어찌해야……."

그 눈물과 울음이 제게 의미 될 리 없다 믿었던 때가 있다. 깊이 묻어둔 원망과 슬픔은 영영 지울 수 없는 낙인 되어 다른 무엇이 될 수 없으리라 여겼던 때가 있다.

시작부터 비틀리고 엇갈려 도저히 마주할 수 없을 것 같던 연이었다.

"어디서 무슨 이야기를 들으셨습니까? 누가 군주께 무어라 하더이까?"

그녀는 죄 있으나 죄 없어서, 행복을 빌어줄 수도 불행에 처박을 수도 없었다. 마침내 소중해져서 그 모든 뜻을 존중해주고 싶었다.

"내가 남으면 넌 잊지 못하지. 끝없는 악몽을 헤매겠지. 하여 떠나는 게 옳다고 생각했다. 한데 아니야. 그것도 아니야. 내가 떠나면, 그 또한 네게 고통이겠지. 혹여 너 없는 곳에서 내가 다 잊어버릴까, 너는 괴로울 거야. 모르겠다, 양섭성. 모르겠어. 내가 어찌해야 하느냐? 무엇이 널 위한 것이냐? 아니지, 네게 묻는 것도 비겁하다. 넌 모질지 못해서 널 위한 답이 아니라 날 위한 답을 내어놓을 테지."

섭성이 멍하니 손 뻗었다. 해의 뒷머리를 감싸 당기고서 제 품에 얼굴 묻게 했다. 마음이 아득해진다.

이 곁에 남아도 괜찮다는 말도, 저 멀리 떠나도 괜찮다는 말도 해에게는 닿지 않는다. 어떤 결정도 수용하겠다는 이해가 그녀에겐 되레 슬픔이 된다.

모든 것이 결국 과거에서 기인하는 까닭이다. 해의 죄로부터 비롯되었기 때문이다. 용서했다 한들 그녀가 그의 가족을 죽였다는 사실은 변하지 않는다.

"그 무엇도 완전한 답은 될 수 없어요."

섭성이 한숨처럼 속삭였다. 과거에 매여서는 앞으로 나아갈 수 없는데, 나아가기 위해 과거를 묻는 것 또한 할 수 없다.

"군주, 저는 잊을까 두렵고 잊지 못할까 두렵습니다. 죽어 흩어진 이들을 기억하는 것도 마음에 묻는 것도 두려워요."

해가 어디에 있든, 무얼 하고 있든 섭성은 모두가 죽던 그날을 헤맬 것이다. 멀쩡히 잘 지내다가도 이따금 참을 수 없는 그리움에 눈물 참을 것이고, 다 잊은 척 바쁘게 굴다가도 기별 없이 찾아오는 슬픔에 숨죽일 것이다.

제 괴로운 길에 해를 끌어들이는 게 맞는지 알 수 없었다. 현북에 남으면 해는 섭성의 작은 원망, 작은 미움, 작은 부정에도 울음 울게 될 것이다. 그 뼈와 살을 내어주고, 피와 생을 내바치고, 그렇게 온 마음이 너덜너덜해지도록 숭배하면서 말라 죽을 것이다. 아무 감정 없는 한리민을 부군으로 삼는다면 겪지 않아도 되는 고통이다.

"군주가 내릴 그 어떤 결정도 제게는 옳지 않아요. 군주의 존재

자체가 제게는 상처가 됩니다. 군주의 부재도 제겐 슬픔이 돼요. 무엇이 더 나은지 따지는 건 의미가 없어요. 그러니까……."

나직이 중얼거리며 무릎 굽혔다. 젖은 얼굴을 들여다보았다.

제 고통을 감내하고 곁에 있어달라 청하였는데 기어이 그를 위해 떠나겠다던 이 못된 사람. 그것이 당신 선택이라면 그리하라 보내주었더니, 그마저 틀렸다며 무너지는 이 약한 사람.

"그냥 제가 바라는 대로 하세요. 그게 저를 위한 최선의 길은 못 될지라도 적어도 제가 원하는 길은 될 수 있겠지요."

제 모든 것을 빼앗아가더니, 이제는 하나 남은 이 마음마저 빼앗아가는 정녕 나쁜 사람…….

젖은 뺨을 감싸 쥐었다. 제 앞에서 결코 약자 될 리 없다 믿었던 이가, 제 삶에서 결코 소중해질 리 없다 여겼던 이가 너무도 약해지고 소중해져 눈앞에 있다.

"여기에 있어요. 저 없는 곳에서 행복해지지도 불행해지지도 마세요."

어딘지 모르는 곳에서 해가 우는 걸 바라지 않는다. 죄의 수렁에 빠져 질식해 죽어가길 바라지 않는다. 곁에 남아도 고통스럽고, 곁을 떠나도 고통스러울 것이라면 그냥 이 곁에 있으면 좋겠다. 눈앞에서 슬퍼하고 죄 뉘우쳤으면 좋겠다. 우는 그녀를 보면 손 뻗을 수 있도록. 그 작은 몸을 끌어안아 다독일 수 있도록.

섭성은 해의 뺨을 감싸고 있던 손을 움직여 해의 뒷머리를 감싸 당겼다. 부드러운 입술이 스치듯 닿았다 떨어졌다.

"제가 그걸 바랍니다."

용서해선 안 되는 원수를 용서했다. 사랑해선 안 되는 계집을 사랑하여, 곁에 있어달라 애원한다.

"나는……."

스러질 듯 작은 몸을 품에 안고서, 마침내 원하는 답을 강제하였다.

四

　잠시나마 천연 맺어진 덕에 깨졌던 그릇이 회복되었다. 덕분에
섭성은 치유력 외의 도력도 다룰 수 있게 되었다. 아직 능숙하진
않아도 축지는 제법 쓸모 있었다. 말 요괴를 타도 며칠이 걸릴 거
리를 반나절 만에 도착했다. 정오 무렵이었다. 섭성을 버선발로
맞이한 청동후는 어찌 이리 야윈 것이냐며 수선을 떨었다.

　"네 왜 이리 야윈 것이냐?"

　"할아버님께서 위독하다 하시니 밥 한술 넘길 수가 있어야지요.
급히 오느라 좀 야위었습니다."

　"그랬느냐?"

　청동후가 멋쩍게 웃었다. 정정한 그를 보자 마음속에 싹텄던 미
약한 불안감이 씻겨나갔다. 괜찮을 거라 생각하면서도 혹시나 싶
은 걱정은 어쩔 수가 없었다.

　"소손을 예까지 부르신 연유가 있으시지요?"

　"있다마다. 하나 그 연유를 알려주기 전에 네게 뭐라도 좀 먹여
야겠구나. 이럴 줄 알고 연회를 준비해두었다."

　청동후가 섭성을 끌고 갔다.

　'조금?'

섭성은 눈앞에 차려진 음식을 보고 미간을 찡그렸다. 조금 먹일 생각으로 차린 정도가 아니었다. 청동후는 섭성이 더 이상 먹지 못하겠다고 손사래를 세 번은 칠 때까지 먹이고 또 먹였다. 안 되겠다고 사색이 되어 거절을 한 뒤에야 식사는 끝이 났다. 물론 식사가 끝난 것이지, 섭성을 살찌우려는 청동후의 야망이 끝난 것은 아니다.

청동후는 온갖 주전부리를 차려놓고 하나하나 맛보기를 권했다. 손자 되어 외조부의 권유를 연신 거부하는 것도 도리가 아닌지라 섭성이 마지못해 주전부리 몇 개를 욱여넣었다.

그제야 만족한 청동후는 섭성을 불러들인 까닭을 말해주었다. 이야기를 다 들은 섭성이 미간을 좁혔나.

"독기요?"

"그렇다."

청동후가 무거운 표정으로 고개를 끄덕였다.

황야의 바깥으로 향하는 가장 짧은 길. 오랫동안 개척해온 덕에 평범한 이들도 어렵지 않게 지날 수 있으리라 여겼던 그 길에 복병이 있었다. 맹독이 퍼져 있었다. 도력 있는 자들은 스스로 방어할 수 있었지만 평것들이 문제였다.

길에 독기가 퍼져 있는 것을 모르고 선발대로 내보냈던 평것 넷이 죽었고, 일곱이 위급한 상태로 되돌아왔다. 그들은 의원과 의녀가 사흘 밤낮으로 매달린 끝에 겨우 회복되었다.

"네 치유력의 근본은 균형과 정화다. 독이란 본디 불균형하게 치우친 것이지. 땅에 퍼진 독도 중화 가능할 터. 할 수 있겠느냐?"

"물론입니다. 그보다 먼저 중독되었다던 이들을 만나보고 싶군요. 상태가 호전되었다고는 하나 직접 살피고 싶습니다."

청동후가 고개를 끄덕였다.

"그리하여라."

몰래 안도의 한숨을 내쉰 섭성이 급히 일어났다. 끊임없이 무언가를 먹이려 드는 청동후에게서 겨우 벗어날 수 있었다.

다행히 환자들의 상태는 나쁘지 않았다. 앞서 나간 이들이 픽픽 쓰러지는 것을 보고 재빨리 걸음을 멈춘 덕이었다.

"고맙습니다, 나리."

꾸벅꾸벅 인사하는 환자들에게 몸조리 잘하라고 당부한 후 섭성은 청동후부로 향했다.

벌써 날이 어두웠다. 하늘엔 짙은 남색이 깔렸다. 어둠은 위험을 몰고 온다. 맹독 퍼진 길을 살피는 것은 내일에나 가능할 것이다. 피난길 전체를 살펴야 하니 며칠은 족히 걸릴 터. 준비를 단단히 해야 했다.

무엇보다 청동후와 아직 못다 한 이야기가 있다.

"무어라고 말씀드려야……."

세 자식 중 가장 사랑하며 아꼈던 여식을 빼앗아간 계집. 그 원수가 기어이 소중해져 곁에 있어달라 애원했다고, 함께하자 청하였다고 청동후에게 말해야 한다.

어떻게 운을 떼야 좋을지 고민하며 후부(候府)에 들어섰다.

"다녀왔느냐?"

목이 빠져라 그를 기다리고 있던 청동후가 달려 나왔다. 그 뒤편으로 청동후의 두 아들, 명재신과 명재명이 보였다.

"아니, 이게 누구야?"

"현북공 아니신가!"

두 외숙이 너스레를 떨었다. 섭성이 만면 가득 반가운 웃음을 지었다.

"큰외숙, 작은외숙. 그간 무탈하셨습니까?"

"우리야 늘 무탈하지. 무탈하지 못한 것은 오직 너 하나뿐이니라."

재신이 말하며 껄껄 웃었다.

"한데 네 왜 이리 야위었어?"

바짝 다가온 재명이 섭성을 걱정스럽게 쳐다보았다.

"예?"

불길한 한기가 섭성의 등골을 타고 흘렀다.

"일단 밥부터 먹자꾸나. 네가 돌아오기만 기다리고 있었다. 그간 쌓인 회포를 풀어야지."

"저, 외숙, 잠깐……. 잠시만……."

아직 점심때 먹은 음식이 채 소화되지도 않았다. 간단히 요기만 해도 충분했다.

청동후 삼부자는 섭성의 말은 듣는 체도 하지 않았다. 두 아들이 섭성을 끌고 가는 것을 청동후가 흐뭇하게 바라보았다.

오랜만의 재회가 밥만 먹고 끝날 리 없었다. 자리는 술자리로 바뀌어 밤늦게까지 이어졌다.

"혼인령이 떨어졌으니 우리 조카도 이제 혼인을 하겠구나. 이젠 네 혼사를 알아보지 않는 아버님을 닦달할 일도 없어질 터이니 조금 서운하이."

섭성의 표정이 살짝 굳었다. 해와 혼인할 것이라고 알려야 했다. 대사냥전 자리에 청동후도 있었으니 벌써 짐작하고 있을지도 모르지만, 어쨌든 확실하게 말을 해야만 했다.

"한데 네 어려서 모두를 잃었으니 이 외숙은 걱정이 돼. 네 밤일은 알고 있는 것이지?"

"어허! 섭성의 나이가 몇인데 그걸 모르겠소, 형님? 걱정도 팔자요, 팔자."

"아우야말로 뭘 모르는구나! 섭성은 아우와 달리 일밖에 모르는 아이 아니더냐? 매일 일에 파묻혀 밤일 따윈 고민해볼 틈도 없었을 것이다."

"아이라니요? 저리 큰 아이가 어디 있습니까?"

재신과 재명이 투덕거렸다. 굳었던 섭성의 얼굴에 슬며시 웃음이 번졌다.

차성이 생각났다. 늘 다정했던 그의 손길이 그리웠다. 단단한 팔로 안아주던 그 품이 그리웠다. 다리가 아프다고 투정 부리면 두말없이 등을 내어주던 자상함이 그리웠다. 언제나, 언제나 그리울 것이었다.

그리고 설성이 생각났다. 조금 엄해도 언제나 그의 편이 되어준 누이였다. 제 목숨보다 막냇동생을 소중히 여기고, 결국엔 그 막냇동생을 위해 제 모든 걸 태워버린 애틋한 누이. 그녀가 보고 싶었다. 언제나, 언제나 그랬다.

"차성이 있었으면 이런저런 조언을 네게 해주었겠지. 이 외숙이 염려할 것도 없을 것이고……."

주절거리던 재신이 순간 입을 다물었다. 나이 먹고 주책없기는, 하고 재명이 형의 옆구리를 쿡 찔렀다. 순간 정적이 흘렀다. 재신이 짝 소리가 나도록 손바닥을 마주치며 횡설수설했다.

"그, 어떠냐? 이 외숙이 밤일에 대해 좀 알려주랴? 아무래도 그것이 좋겠지? 아무것도 몰랐다간 네 부인이 무척 곤란해질 것이니……. 하하!"

"형님에게 뭐 배울 게 있다고! 밤일에 대해서라면 제가 좀 더 낫지요!"

"형만 한 아우가 어디 있더냐? 아우는 머리가 벗겨질수록 밤일을 잘한다는 속설도 모르느냐?"

재신이 아우를 노려보았다. 섭성이 가볍게 웃었다. 머리숱이 갈수록 줄어드는 걸 심히 심각하게 신경 쓰고 있다더니, 여전한가 보다.

"저는 괜찮습니다. 그러니 그만 싸우시고……."

섭성이 만류해보았지만 두 사람은 계속 다투었다. 내가 잘났네, 너는 못났네, 한참을 실랑이했다. 술기운에 흠씬 취한 두 사람은 벌게진 얼굴로 자신의 무용담을 열심히 늘어놓았다. 귀 기울여 듣지 않으려고 해도 기어이 신경 쓰여서 섭성의 얼굴이 점점 달아올랐다.

"쯧, 저놈들이 여태 철이 없어서. 내일 술이 깨면 한소리 해두어야겠구나."

청동후가 끌끌 혀를 찼다.

"다 소손을 생각해서 그러는 것이니 너무 꾸짖지 마소서."

부드럽게 외숙들의 편을 들던 섭성의 표정이 다시 굳었다. 청동후에게 말을 해야 했다. 직접 얼굴을 맞대고 있는 지금이 그 기회다. 해와 혼인을 할 것이라고. 당신의 여식을 죽인 자를 부인으로 맞아들일 것이라고.

어미를 죽이고, 아비를 죽이고, 차성과 설성을 빼앗아간 그 계집이 기어이 소중해져버렸다고. 가엾고 안쓰러워 더는 외면치 못하겠다고. 그 계집이 앞날의 불행도 행복도 이 곁에서 겪기를 바란다고.

"할아버지, 소손……. 소손……."

차마 입이 떨어지지 않았다. 청동후는 말없이 섭성을 바라보다가 어깨를 다독였다.

"괜찮다, 섭아."

섭성은 왈칵 터지는 울음을 참아냈다. 더럭 안도가 되어 눈물이 났다.

"모두 괜찮아질 것이다, 아가."

"할아버지……."

섭성은 제가 서른이 되고, 마흔이 되고, 쉰이 되고, 백발의 늙은이가 되어도 청동후 앞에서 언제나 어린아이일 것을 알았다.

괜찮다. 다 괜찮아질 것이다.

그 말을 듣고 있으니, 정말로 다 괜찮아진 것 같았다.

그래, 다 괜찮아질 것이다.

늦은 밤, 곯아떨어진 두 아들과 섭성을 처소로 옮겨주고 청동후는 밖으로 나왔다.

"죽음만도 못하다고 했다."

"소중한 모두를 잃고 숨만 붙어 있다고, 눈만 뜨고 있다고 살아 있는 것이 아니라고 했어."

반쪽일지라도 목숨을 빚졌다. 지금 온전한 정신으로 섭성을 맞이할 수 있는 것은 평해의 기해 덕분이다. 은원이 뒤섞여, 원망은 의미 없었다.

"나와라."

이곳은 청동, 그의 권역. 결계 안으로 들어온 낯선 기척은 진즉 알아챘다.

그림자 속에서 계집이 걸어 나왔다. 새하얀 도복보다 더 창백한 얼굴. 밤처럼 검은 눈동자는 아주 많은 말을 품고 있다. 그 많은 말 중 한마디도 제대로 소리 내지 못한 채, 계집은 무너지듯 주저 앉았다.

"청동후, 내가……."

원수였던 자. 여식을 빼앗고, 귀여운 손자들을 죽이고도 죄 몰랐던 자.

그 계집이 제게 인생 짓밟힌 자를 사랑하여 절박하게 무릎 꿇는다. 가치 없던 자가 소중해져서, 그가 사랑하는 모든 것이 결국 소중해져서.

그들의 시작은 분명 그릇되었다. 처음부터 꼬이고 얽혀, 함께하면 필히 괴로울 터다.

섭성이 그 고통마저 감당하겠다고 한다.

"그 아이가 바란다고 하지 않으냐?"

그러니 둘의 혼사는 청동후에게 상처 되지 못한다.

청동후는 섭성이 너무 소중하여 그 피붙이의 마음까지 심려하게 된 계집을 일으켜 세웠다.

"폐하께 혼사를 청해라. 며칠 뒤 돌아갈 현북공을 반려되어 맞아라. 평생을 그 아이에게 사죄하며 살아라."

둘은 함께할 것이다. 그것이 그들의 바람 될 터다.

※ · ※

길을 정화하는 데는 나흘이 걸렸다. 아쉬운 작별을 고하고 섭성은 떠났다.

멀리서 황제의 권속이 뿔피리를 불었다. 칙서에 실린 전언이 황야 곳곳에 퍼졌다.

섭성은 가만히 멈추었다. 현북이 코앞이다. 하늘에서 내려오는 용음에 귀 기울였다. 평시에 황제의 명은 글자를 통해 전해진다.

황제의 권속이 황야를 날아다니며 칙서를 전한다. 그 칙서에 술법을 걸어 용음으로 직접 전하는 경우는 무척 드물다. 도력이 많이 소모되므로 만백성에게 직접 하명해야 하는 상황이 아니면 사용하지 않는다.

[황야의 백성은 들으라. 평해왕 기해와 현북공 양섭성의 혼인을 명한다. 두 땅주인의 연을 축복하여라.]

뿔피리는 몇 번을 더 울렸다. 황야의 모두가 황명을 들을 수 있도록 멀리멀리 퍼졌다.

섭성은 멍하니 고개를 내렸다. 성문 앞, 해가 있었다. 곧장 숨 한 번 쉬지 않은 채 내달려, 그 작은 몸을 끌어안았다.

모두를 잊고 행복해지는 게 두렵다. 모두를 기억하며 행복해질 수 없는 것도 두렵다. 잊는 것도 기억하는 것도 전부 무섭다. 하지만 백번 생각하고, 천번 다시 고민해도 답은 같다. 해가 제 곁에 있기를 바란다. 그녀의 불행도 행복도 후회도 용기도, 그 가장 처음은 저를 위한 것이었으면 좋겠다.

원망도 미움도 이젠 덧없다. 과오를 바로잡고자 제 모든 것을 내던지는 그녀가 소중하다. 너무나 애틋해졌다.

"혼인을 하자, 양섭성."

"정녕…… 정녕 그걸 바라십니까?"

섭성이 떨리는 목소리로 확인하듯 물었다. 해가 살짝 눈을 감았다.

"그래."

꼼지락거린 해가 섭성의 손에 무언가를 쥐여주었다. 기시에서 보았던 거북이 새겨진 옥가락지. 처음으로 그에게 주고 싶었던 것. 염치없어서 넣어두었던 마음을 다시 꺼냈다. 시장을 뒤진 끝에 겨우 같은 것을 찾았다.

"네게 주고 싶었다. 네게, 세상이라도 주고 싶어졌다. 어찌하면 좋으냐?"

의아한 표정으로 제 손에 쥐어진 것을 보던 섭성의 얼굴에 미소가 번졌다. 슬며시 입매를 말아 올리고선 손가락에 가락지를 끼었다. 손가락을 활짝 펼쳐 잘 맞는지 확인한 그가 해의 뺨을 감쌌다.

어떤 것도 두려워하지 않던 과거의 해를 생각했다. 그의 모든 것을 염려하게 된 지금의 해를 마음에 새겼다.

그녀가 그의 모든 것을 빼앗았다. 그의 부모, 형제, 하물며 그의 마음까지도.

"군주는 정말 나쁜 사람입니다. 기어이 제 모든 소중한 것을 빼앗아갔군요."

작게 속삭이는 섭성의 앞섶을 해가 움켜쥐며 끌어당겼다. 입술이 겹쳐지며 숨이 얽혀들었다.

행복해지는 것도 불행해지는 것도 두려웠던 때가 있다. 잊는 것도 기억하는 것도 두려웠던 때가 있다.

이젠 모두 괜찮다. 괜찮아졌다. 행복할 때는 행복한 대로, 불행할 때는 불행한 대로 살아가겠다. 잊었다고 자책할 것도, 기억하고 있다고 괴로워할 것도 없다. 해가 소중하다. 불행도, 행복도, 기억도, 망각도 그 자체로 가치 있다.

마음은 정해졌다. 우리는 분명 서툴고 어긋나며 상처 주겠지. 그래도 결국엔 함께할 거야.

너는 나의 곁에, 나는 너의 곁에. 고통에 입 맞춘 채 저 먼 곳으로⋯⋯.

감은 눈 위로 따뜻한 햇살이 내려앉았다. 오직 스스로 택한 연이 꽃피었다.

❋ • ❋

첫 이주 준비가 끝났다. 사황자 명왕이 지원을 위해 현북으로 왔다. 그는 올바르고 겸손했다. 모두를 휘어잡는 강한 도력은 없었으나 주변을 평안케 했다.

해는 그를 도왔다.

"일은 괜찮습니까?"

"사람들이 명왕을 아주 잘 따르더구나."

기쁜 듯 명왕에 대한 칭찬을 늘어놓는 해를 섭성이 가만히 응시했다. 섭성의 표정이 미묘하게 굳었다.

그녀는 올바른 것을 동경한다. 깨끗한 것을 선망한다. 그녀가 올바르고 깨끗한 방식으로 살지 못했기에 주변의 그 어떤 풍파에도 흔들리지 않는 강인함을 경외한다. 명왕은 그런 해의 이상과 아주 잘 부합하는 자였다.

해가 보고 배울 수 있는 자를 만난 건 분명 기쁜 일이다. 하지만 그 얼굴. 장왕과 판박이인 그 얼굴이 신경 쓰였다.

"내일은 저도 같이 가지요."

"바쁠 텐데 굳이 무리할 것 없다."

두 눈을 크게 뜬 해가 고개를 내저었다.

"내일은 바쁘지 않습니다."

섭성은 해의 만류를 못 들은 척했다.

명왕은 눈부시게 웃을 줄 아는 자였다. 섭성은 실수로라도 장
왕과 꼭 닮은 그 얼굴을 불손하게 노려보지 않으려고 무던히도 애
썼다.

"오셨습니까, 평해왕, 현북공."

부족한 물자를 점검한 참이었는지 수하들에게 이런저런 명을
내린 명왕이 섭성과 해를 막사로 안내했다.

그는 차를 아주 좋아한다고 했다. 황형께 부탁해 특별히 챙겨
온 차라며 손수 잎차를 우려 건넸다. 그 모습을 해는 눈 한번 떼지
않고 지켜보았다. 아주 소중한 것을 보듯. 단 한 순간도 놓치기 싫
은 듯이.

"군주께선 잠깐, 바깥 좀 둘러보고 오시겠습니까?"

불쑥 튀어나간 말에 해가 섭성을 바라보았다. 명왕과 단둘이
할 말이 있다고 이해한 것인지 황급히 고개를 끄덕인 해가 자리에
서 일어났다. 의미심장한 미소가 명왕의 입가에 걸렸다.

"내가 그녀와 함께 있는 것이 싫은 것이로군."

해가 나가자 명왕이 말했다. 그 밑에 깔린 흥미가 예민하게 도

드라졌다.

"왜? 싫을 이유가 있나?"

섭성은 말문이 막혔다. 싫을 이유가 있느냐고? 그럴 이유야 차고 넘친다. 명왕은 장왕을 닮았고, 장왕의 형제며, 장왕을 떠올리게 한다.

"그 이유가 타당하더냐?"

답 못 하는 섭성을 보며 명왕이 느긋하게 웃었다.

그 웃음은 차츰 흐려졌고 이내 사라졌다. 표정 없어진 옥안은 아름다웠다. 짙푸른 하늘을 닮은 눈동자가 섭성을 담는다.

"현북공, 우린 소중한 이를 많이 잃었지. 공도 나도 가장 소중한 이들을 잃었어. 언제나 함께할 것이라 믿어도 그럴 수 없는 세상이지. 늘 서로를 지켜줄 것이라 믿어도 어느 날 혼자 남겨져."

나직하게 흘러나온 음성이 놀랍도록 쓸쓸해서 섭성은 제 실수를 알았다. 그는 장왕과 다른 사람이다. 그에게서 장왕을 겹쳐 보는 건 옳지 않다.

"내 형님과 아우가 네게 어떤 짓을 했는지는 관심 없다. 그들이 기실 무엇이었는지 또한, 내겐 상관없어."

어쩔 줄 몰라 하는 섭성을 본 명왕이 불현듯 짓궂게 눈을 흘겼다.

"그러니 있을 때 잘하는 게 어떠냐? 그 두 눈이 너를 향하고, 그 두 귀가 오직 네게 열려 있을 때. 아무리 바빠도 함께 달구경할 시간 정도는 내야지. 꽃도 보고 말이다. 상관없는 내게 화풀이하는 건 한 번으로 끝내라. 다음부턴 봐주지 않을 터이니."

대꾸할 말을 찾지 못한 섭성이 입을 꾹 다물었다. 명왕의 말은 아직 끝나지 않았다. 섭성의 부끄러움에 쐐기를 박았다.

"무엇보다 나는 이미 부인이 있어. 아무리 황실에 관심이 없기로서니 그런 것도 모르는 것이냐?"

섭성은 낯 뜨거워서 어디론가 사라지고 싶었다.

확실히 알겠다. 명왕은 장왕과 다르다. 장왕을 떠올리게 하는 구석은 하나도 없다.

섭성은 정신없이 차를 마시고 일어나 밖으로 나왔다.

막사 밖에서 기다리고 있던 해가 그를 보고는 환하게 웃으며 다가왔다. 섭성은 멍하니 굳었다. 세상 모든 어지러운 것이 사라지고 오직 그녀만 시야에 남는다.

"명왕과 이야기는 잘 끝냈느냐?"

모든 소음이 사라지고 그 목소리만 들린다.

"섭성?"

섭성의 안색을 살피는 해의 얼굴에서 미소가 사라졌다. 잔뜩 걱정스러운 표정이 된 그녀를 섭성이 살짝 끌어안았다.

해가 명왕을 따르고, 명왕이 그녀와 친밀해 보인다고 해서 속 좁게 질투할 것이 아니었다. 그럴 가치 없는 감정에 낭비할 시간이 없다.

"꽃구경을 갑시다, 군주."

세상은 쉼 없이 변한다. 아무도 안전을 장담할 수 없고 영원을 맹약할 수 없다. 하루가 귀하고 한 시간이 귀하고 매 순간이 귀하다.

"달구경도 가고."

섭성의 품에 안겨 있던 해가 살짝 그를 밀었다. 품에서 벗어나 고개를 들고서 섭성을 바라보며 묻는다.

"언제?"

설렘과 기대를 오롯이 드러낸 물음에 섭성이 웃었다. 제 가슴을 밀어낸 해의 손을 감싸 쥐었다. 그 작은 손등에 입술을 누르며 속삭였다.

"지금이요."

당신을 사랑한다.

그 말만은 할 수 없어도. 차마 그 사랑만은 말할 수 없어도.

❁ · ❁

월선은 월선궁 안에 앉아 있었다. 반짝이며 제 존재 말하는 명패들을 멍하니 바라보았다. 그녀가 태초부터 공들여 엮은 천연은 끝내 망가졌다. 그녀가 쏟았던 애정을 무시한 채 다시 추락해 인간 되었다.

"왜?"

이해할 수 없었다. 천인이 될 수 있도록 하늘길을 열어주었다. 어떤 이는 영겁을 갈망하고도 갖지 못할 귀한 기회를 건넸다. 그 애정을 그들은 저버렸다.

"잘 모르겠구나."

월선이 비틀거리며 일어났다.

"하지만 이건 알아."

그녀가 천연 맺어준 까닭에 두 영혼이 수천수만 생 동안 어긋났다. 천연만 아니었다면 진즉 이루어져 행복했을 그들이 수없이 엇갈리며 서로를 상처 내었다. 무언가 잘못돼도 단단히 잘못되었다.

천연은 저 아래 황야의 인간들을 위한 것. 천계에 오를 자격 갖추지 못할 그들 중 단 한두 사람이라도 구하기 위한 방책. 그런데 그 천연이 인간을 구하기는커녕 불행으로 밀어넣었다. 그런 천연이라면 옳지 않다. 필요치 않다.

월선이 양손을 휘둘렀다. 신력이 사방으로 쏘아져 나가며 명패를 부서뜨렸다. 형체 잃은 혼의 조각들은 곧 제 주인을 찾아 흩어졌다.

"너희는 더 이상 천인의 하수인이 아니야. 천인이 되지 않아도 분명 괜찮을 거야."

어차피 이번 천계는 무너진다. 이 월선궁도 흔적도 없이 사라질 것이다. 그 후 새로운 천척이 확립되고 황야가 텅 비게 되면 더 이상의 천연은 필요 없을 터.

천연을 잘라낸 뒤에야 비로소 완전해진 두 아이를 떠올렸다. 늘 마음의 짐으로 남아 있던 그 아이들이 행복하다면, 더는 불행하지 않다면, 이깟 천연 따위 어찌 되든 더는 상관없으리.

월선은 울며 웃으며 궁을 부수었다. 천연과 관계된 모든 것을 산산조각 냈다.

닫는 장

청동의 깊숙한 곳. 익족의 둥지.

오랜 열병 끝에 이래하는 눈을 떴다. 제 온몸에 돋아난 비늘을 보았다.

"정신이 드느냐?"

오라비를 찾아 고개를 돌렸다. 탁무경이 심려 그득한 눈으로 그녀를 보고 있었다.

"묵오……는요?"

"정신이 들자마자 찾을 만큼 그 어린 까마귀가 소중하더냐?"

목구멍에도 비늘이 났는지 안쪽이 까끌거렸다. 쿨럭 기침을 뱉어낸 이래하가 힘겹게 몸을 일으켰다.

"묵오는 어디에 있어요?"

대답 않는 오라비를 똑바로 바라보며 재차 물었다. 한숨을 내쉰 탁무경이 둥지 밖을 가리켰다.

비틀거리며 일어난 이래하가 날아가려는 것을 탁무경이 붙잡았다. 팔뚝을 꽉 움켜잡아 돌이켜 세웠다.

"잘 생각해라, 누이야."

"생각하고 말 것이 있긴 한가요?"

"그 까마귀에게 비늘을 주면 너는 평생을 약하게 살아야 해."

"상관없어요."

이래하가 힘없이 웃었다.

"오백 년은 긴 시간이에요, 오라버니. 말조차 통하지 않는 상대를, 기다리란 말조차 하지 않은 나쁜 새끼를 기다리기엔 정말 턱없이 긴 시간이에요. 이 누이는 견디지 못할 겁니다."

이래하의 팔뚝을 붙잡고 있던 탁무경의 손아귀에서 힘이 빠졌다. 누이가 정신을 차리면 이리되리라, 어렴풋이 각오는 하였다.

"약해진 너는 다신 인간세상으로 나가지 못할 것이다. 그것만은 명심해."

"알아요."

"네가 그리 좋아하는 현북공도 다신 만날 수 없어."

"그 또한 괜찮아요."

탁무경이 건네는 그 어떤 말에도 이래하의 결정을 되돌릴 힘은 없었다. 결국 체념의 한숨을 내쉰 탁무경이 물러났다.

"그래, 네 뜻대로 하여라."

"고마워요, 오라버니."

"네가 잠들어 있는 동안 현북공이 혼인을 하였다."

묵오를 찾아 날아가려던 이래하가 멈칫했다.

"직접 만나러 가진 못해도 선물 정도는 보내도 되겠지요?"

이래하가 허락을 구하듯 탁무경을 바라보았다.

"그 상대가 누구인지 묻지 않는구나."

"짐작하고 있어요."

"말리지 못했다고 자책하는 것은 아니지?"

탁무경의 걱정에 이래하가 살짝 고개를 저었다.

"오라버니, 섭성은 다정하고 용기 있는 자예요. 생을 사랑하고, 삶을 사랑하고, 추한 것도 악한 것도 그 자체로 연민하지요. 모두가 불행해질 것이라고 염려해도 그가 결코 스스로 불행하게 놔두지 않을 것을 이 누이는 알아요. 그가 어떤 선택을 했든 결국엔 행복해질 것을 이 누이는 믿어요."

그러니까 상대가 누구든, 설령 섭성에게서 모든 것을 빼앗아간 원수라 해도 축복해주겠다.

그는 행복해질 것이다.

그 어떤 것도 그를 망가뜨릴 수 없다.

이래하가 제 어리석은 반려를 찾아 날아올랐다.

❉ · ❉

나는 망가졌다.

옳고 그름을 구분하지 못하고, 해도 되는 것과 해선 안 되는 것의 차이조차 이해하지 못하는 나는, 그저 '기해'란 영혼에 눈멀어 있다.

"영아."

옷깃을 붙잡는 그 하얗고 작은 손을 쳐냈다. 내쳐진 것을 이해할 수 없는 너는 혼란스러운 눈빛으로, 그렇게 간절하게, 더없이 애타게 묻는다.

461

"어찌?"

평해왕부의 군주, 해.

너는 나를 잡은 적 없다는 것조차 이해하지 못하겠지. 네가 눈먼 상대가 내가 아니란 사실조차 오래도록 모를 테지.

지킨다는 것의 의미를 알지 못하고, 아낀다는 것의 참의미조차 깨닫지 못하는 정녕 저 무구한 것⋯⋯.

"네가 그자를 살려두었어."

너에게서 돌아섰다.

"죄인 해의 작위를 박탈하고 평해왕부에 무기한 유폐한다."

한 발 한 발 내딛는다. 끓어오르던 심장이 차츰 얼어붙는다.

"영아!"

그 죄 없는 목소리로부터 귀 닫았다.

나는 결코 네가 원하는 것을 얻지 못하겠지. 천겁이 더 흐르고, 억겁이 더 쌓여도 네가 무엇을 얻지 못했는지조차 깨닫지 못하겠지. 그러고도 영문 모를 마음으로 끝내는 나를 망가뜨리겠지.

나는 그럴 거야.

終.

마치며

　강해서 약한 자와 약해서 강한 자의 이야기를 쓰고 싶었다. 그 모순에 마음 끌렸다. 냉철한 듯하나 감정적이고, 감정적인 듯하나 냉철한 그들이 부디 마음에 흔적 남겼으면 좋겠다.

　잘 모르는 세상을 구체화하는 과정은 즐겁고도 고되다. 점점 더 고되어진다. 그럼에도 불구하고 아직 내 안에 보물 같은 이야기가 남아 있기를 바라는 것은, 잘 읽었다는, 즐거웠다는 그 짧은 한마디가 듣고 싶은 까닭이다.

　언제나 이야기를 쓸 수 있음에 감사드립니다.

한조 드림

숨은 장

"미쳤지, 미쳤어."

"평해왕의 자리를 탐낸 것 아니겠나? 찢어 죽여도 시원찮을 계집을 들이다니!"

"현북공까지 홀린 걸 보니 여간 요사스러운 계집이 아니로군."

사람들은 두셋만 모여도 쑥덕거렸다. 처음 현북공 양섭성이 복권된 평해왕 기해와 혼인한다는 사실이 알려졌을 땐, 모두가 현북공을 동정했다. 아무리 천하가 뒤집혀도 그렇지, 피붙이의 원수와 혼인하여 황야를 지키란 황명은 분명 도가 지나쳤다.

그러나 곧 그 혼사가 황명으로 강제된 것이 아니란 사실이 알려졌다. 현북공에 대한 동정론은 금세 뒤집어졌다. 권력에 눈멀어 죽은 피붙이를 팔아넘겼다며 그를 흔히 손가락질했다.

해가 얼굴을 가리고 외출을 할 때면 사위에서 섭성을 욕하는 소리가 들려왔다. 아무것도 모르면서 그녀 아닌 섭성을 비난했다. 부귀영화를 위해 원한마저 잊고 평해왕의 부군자리를 탐냈다고 흉을 봤다.

왜? 대체 왜?

이 세상 그 누구에게도 섭성을 비난할 자격 없다. 이미 수없이 오욕을 견딘 자다. 세상 모든 영광을 안겨다 줘도 부족할진대 저로 인해 그의 평까지 진창에 처박히는 걸 보고만 있을 수는 없었다.

하여 해는 변하기로 했다. 제 근본부터 뜯어고쳐 더 나은 사람, 더 좋은 사람이 되기를 갈망했다.

아무도 그녀를 흠잡아 섭성을 욕되게 할 수 없게 하고 싶었다. 그 누구도 그녀를 핑계 삼아 섭성을 비난하지 못하게 만들고 싶었다. 현북공 양섭성이 황제조차 어쩌지 못한 오만방자한 평해왕을 개과천선시켰다는 칭송이 뒤따르게 하고 싶었다.

그래서 해는 노력했다. 물론 좋은 사람이 되는 건 쉽지 않았다. 그녀에게 원한 품은 이는 차고 넘치니, 아무것도 이루지 못할지도 모른다. 하지만 아무것도 변하지 않을지도 모른다고 해서 아무것도 하지 않을 수는 없다.

"그래도 그 평해왕이, 현북공 말이라면 끔뻑 죽는다던데?"

"맞소, 맞소. 아주 죽는 시늉도 한다던데?"

"그러다 또 돌변해서 죽이려고 들지 누가 아오?"

미덥지 못해하는 그 의심들을 마음 깊이 새기며 해는 걸었다. 자신이 할 수 있는 일이 있나 꼼꼼히 살피고, 자신의 도움이 필요한 곳이 없나 다시 한 번 더 살피고. 그렇게 한 바퀴 둘러보고 공부로 향했다.

"군주, 어디 다녀오셨습니까?"

섭성이 웃으며 다가왔다. 어떤 날은 영영 변할 수 없을 것 같다가도, 또 어떤 날은 영영 변할 수 있을 것 같은 기분이 든다. 어떤 날은 그에게 어울리는 사람이 결코 될 수 없을 것 같다가도, 또 어떤 날은 그의 곁에 서도 모두가 그럴 만하다고 인정할 수 있는 사람이 될 수 있을 것 같아진다.

"잠깐 이리 와보세요. 꽃이 피었더이다."

원래부터 바닥이던 평판이니 앞으로는 나아질 일밖에 없다고 생각하면 사라진 용기가 다시 생겨났다. 제 손을 잡아끄는 그를 보면 무슨 일이든 해낼 것 같은 자신감이 샘솟는다.

해는 섭성의 손을 꽉 마주 잡았다. 이미 잡아버렸으니, 욕심이라 한들 결코 놓지 않겠다.

해는 미소로 사람을 대했다. 평해의 오만한 군주는 이제 없다고, 오직 현북공 양섭성으로 인해 사람답게 되었다고 모두에게 보여주기 위해 부단히 노력했다. 친절하고 상냥하게 행동했다. 어찌해야 잔악한 미치광이라는 평을 떨쳐낼 수 있을까 수없이 고민했다. 잘 모르겠을 땐 섭성을 생각했다. 그의 행동, 손짓, 눈빛, 말투, 표정, 그 모든 것을 따라 하려 애썼다.

당연히 서툴렀다. 무엇 하나 마음대로 되지 않았다. 결심했지만, 노력하고 있지만, 지난 평생의 성질을 하루아침에 뜯어고치기란 불가능했다. 친절을 베풀다가도 울컥하고, 상냥하게 미소 짓다가도 욱해서 버럭 소리치는 시행착오를 반복했다. 항간엔 평해왕의 정신이 오락가락한다는 소문이 퍼졌다.

그래도 노력을 멈추지는 않았다. 저를 향한 증오, 원망, 멸시를 똑바로 견뎠다. 무수히 부서지고, 깨지고, 마음 무너졌지만 일어났다. 빛으로 가고 싶었다. 섭성의 곁으로 가고 싶었다.

"왕야, 눈을 그리 그리면 어찌합니까?"

갑작스럽게 들려온 타박에 해가 깜짝 놀랐다. 한참 밑그림에 집중하고 있던 터라 누가 다가온 것도 몰랐다. 그 예민한 평해왕이 어쩌다 이런 둔감이가 되었나, 해는 속으로 자조했다. 섭성에 대한 생각에 빠져 있을 때는 누가 곁에서 삼세번은 부르지 않으면 좀체 듣지를 못했다.

고개를 돌려 목소리의 주인을 확인했다. 백희였다. 하얗고 예쁘장한 얼굴. 그 오밀조밀한 얼굴을 보며 해는 잠시 상념에 잠겼다.

백리를 떠올렸다. 백리는 해에게 습관으로 남았다. 그와 이름 비슷한 자, 눈빛 비슷한 자, 말투 비슷한 자, 그냥 아주 사소한 것이라도 닮은 자가 있으면 늘 그가 떠올랐다. 이제는 받지 못할, 숨 쉬듯 받았던 그 애정에 숨 막혔다.

추락하는 천계를 떠받든 그는 이제 다 잊었고, 비로소 자유로워졌으니 그것만은 복되었다. 남겨진 자만이 그를 그리워하며 후회한다.

멍청한 것. 미련한 것.

이름은 왜 백리라서, 왜 이토록 흔히 생각나게 하나? 흰 것만 봐도 마음이 휑해진다.

그래도 불행해지는 말아야지. 잊지도 말고 포기하지도 말아야지. 네가 그랬던 것처럼. 네가 그래준 것처럼.

해는 다짐하며 미간을 살짝 모았다.

"눈이 왜?"

"현무 님의 영롱한 눈빛이 전혀 살아 있지가 않습니다. 누가 보면 옹이구멍인 줄 알겠어요."

백희가 잔소리를 늘어놓았다. 그녀의 품평은 야박하기로 정평
났다. 하나하나 꾸짖는 말에 해의 얼굴이 점점 빨개졌다. 주변에
서 수놓느라 바쁘던 다른 종비들도 슬그머니 해의 곁으로 다가왔
다. 수방에서 일하는 종비들은 하나 같이 자수실력이 뛰어났는데,
아무리 가르쳐도 나아지지 않는 해의 실력에 한숨실력도 점점 뛰
어나졌다.

"왕야, 이건 정말 심각하네요."

"백희가 좀 까다롭긴 해도……. 이건 정말이지……."

지난 몇 달간, 개과천선하고자 하는 해의 피나는 노력을 목도
한 그들은 제법 해에게 친절해졌다.

하지만 현북은 해에게 원한이 많다. 그녀가 이제 와 현북의 구
원자가 되었다 한들 해묵은 원한이 갑자기 깨끗하게 없어질 수는
없다.

하여 공부의 평것들은 간혹 텃세를 부렸는데, 힘없는 평것으로
서 평해왕이자 현북공 부인인 해를 괴롭히기 위해 '역대'라는 말
을 종종 이용했다.

역대. 그 얼마나 위험한 말인가.

대대손손 그래왔다는 것은 현북공 양섭성에게도 그것을 누릴
자격이 있다는 뜻이다. 현북공 양섭성에게 눈먼 계집은 그가 누릴
수 있는 모든 것을 해주고 싶어 했다. 역대 현북공이 정월 초하룻
날 정실부인이 지어준 예복을 입고 새해맞이 의식을 치렀다는 것
을 알게 된 해가 당장 수방에 들이닥친 것은 예상된 일이었다.

그리고 해의 실력은 자수는커녕 바늘귀에 실도 못 꽂을 정도로 엉망이었다. 수방 종비들은 시시때때로 해를 구박했다. 못살게 굴고 엉망이라며 천을 찢어버리기도 여러 번. 섬세함이란 눈곱만큼도 없어서 밑그림조차 제대로 그리지 못하는 해를 보고 모두 한마음으로 혀를 쯧쯧 차댔다.

한마디 반박조차 못 하는 해를 볼 때면 그간의 앙금이 조금은 가라앉았다.

"다리는 또 왜 이리 짧습니까? 현무는 거북이 아닙니다, 왕야. 이런 우스꽝스러운 의복을 정말, 정말로 현북공께 드릴 생각은 아니시지요?"

해의 표정이 굳었다. 울상이 된 그녀를 보며 백희는 고개를 절레절레 내저었다.

"이래가지곤 죽었다 깨어나도 정월까지 완성 못 합니다."

세상이라도 주겠다고 약조했는데, 현실은 멀쩡한 예복 하나 만들어줄 수가 없다.

"그럼 어찌해야 하느냐?"

"포기하세요."

백희가 냉정히 말했다. 해가 절박하게 고개를 내저었다.

"그리는 못 해."

"왕야, 이건 의지의 문제가 아닙니다. 그냥 못하시는 거예요. 그만 인정하세요."

"맞아요. 이건 불가능해요. 다음 정월이 아니라 다다음 정월에도 완성하지 못할 거예요."

맞아요, 맞아요. 새로 태어나는 게 빠를 것 같아요.

모여든 계집들이 백희를 거들었다.

"모든 부인이 해낸 일이지 않으냐?"

풀 죽은 해를 백희가 빤히 들여다보았다. 그 얼음 같던 얼굴에 미세하게 균열이 갔다.

절대로 이해할 수 없을 것 같은 자였다. 현북의 안주인으로 받아들일 일도, 마음 깊이 모시게 될 일도 결코 없으리라 자신했다. 무소불위의 권력을 휘두르며 제 고향을 엉망으로 짓밟은 원수. 괴롭히고 못살게 굴고, 할 수만 있다면 쫓아내버리고 싶었다.

그러나 모르겠다. 백희의 입가에 희미한 미소가 걸렸다.

"그리고 모두들 저희의 도움을 받으셨지요."

해가 번쩍 고개를 들었다.

"도움?"

"제발 도와달라고 말씀해보세요. 그럼 또 모르지요. 마음 약한 저희가 왕야를 조금 도와드릴지."

벌떡 일어난 해가 백희의 손을 꼭 붙잡았다.

"제발 도와다오! 무릎도 꿇으랴?"

당장 꿇을 기세인 해를 백희가 어렵사리 말렸다.

"왕야를 무릎 꿇렸다간 저희가 죽습니다. 그만하세요."

"맞아요. 나리께서 아시면 경을 칠 거예요."

종비들도 서둘러 해를 붙잡아 의자에 앉혔다.

기대에 찬 해의 두 눈을 본 백희가 작게 한숨을 내쉬었다. 함께 하는 시간이 길어질수록 원망은 흐릿해졌다. 미움도 옅어졌다.

현북공 양섭성을 위하는 해의 마음은 진실하다. 그에게 눈멀어 그가 아끼는 모든 것을 아끼고자 한다. 해는 변하고 있다. 노력하고 있다. 용서를 강요하지 않고 달라진 모습을 인정받기 위해 애쓰고 있다. 지금껏 몰랐던 것을 알기 위해 필사적으로 부딪쳐온다.

그 거짓 없는 마음이 너무도 투명하다. 자꾸만 스며들어온다.

"곧 왕야의 탄일이시지요. 사치를 금하는 의미에서 모든 연회가 금지되긴 했지만, 그래도 선물 정도는 드려도 될 겁니다."

"선물?"

해의 두 눈이 반짝였다.

"저희는 가진 것이 없고 왕야께선 이미 온갖 금은보화를 가지셨으니, 형체 있는 것은 저희가 무얼 드려도 흡족 못 하실 겁니다."

"아니, 난 백희가 주는 것이라면 무엇이든……."

"대신 저희의 하루를 드릴게요. 얼마든지 부려먹어 보세요. 다 들어드릴 테니까."

백희의 말뜻을 곰곰 생각한 해가 백희를 와락 껴안았다. 졌다는 듯 미간을 찌푸리는 백희를 보며 수방 자매들이 눈웃음 지었다.

❉ · ❉

희한하게 일이 많은 날들이었다. 한 가지를 처리했다 싶으면 열 가지가 몰려들고, 열 가지를 겨우 해치웠다 싶으면 쉰 가지가 덮쳐오고.

숨 돌릴 틈도 없이 닥쳐오는 일들을 해결하다 보니 어느덧 날이 저물었다. 정오쯤 해가 잠깐 다녀간 것도 같지만 얼굴을 본 기억이 나지 않는다. 서류에 파묻혀서 잠깐만 기다리라고 했던 것도 같은데, 고개를 들어보니 이미 해는 없었다. 한 시진쯤 그를 지켜보다가 돌아갔다는 말에 놀라서 해를 찾아가려고 했지만, 또 한가득 쌓인 보고서에 하는 수 없이 자리에 앉았었다.

일복 터진 삶이긴 했는데 오늘은 정말 심했다. 세상 모든 일이 저에게로 쏟아지는 것 같았다.

"주군, 상황이 상황인 만큼 연회를 여는 것은 불가하겠으나, 그래도 석반 정도는 함께 하심이······."

각지에서 올라온 보고서를 책상에 올려놓는 사내를 섭성이 반히 바라보았다. 평소 과묵한 남자가 연회가 어쩌고, 석반이 어쩌고 불필요한 소릴 하는 게 기이했다. 한데 더 기이한 것은 그 말을 듣는 순간 모골이 송연해진 것이다.

"가만, 오늘 날짜가······."

당황해서 책력을 찾다가 벌떡 일어났다. 어쩐지 요 며칠 이상할 정도로 일이 몰린다 했다. 해를 탐탁지 않게 여기는 자들이 작정하고 그를 괴롭힌 것이다. 혼을 쏙 빼서 다른 생각은 일절 하지 못하도록!

"그걸 왜 이제 말하느냐?"

보고서를 들고 온 사내의 잘못이 아니라는 걸 아는데도 울컥해서 화를 냈다.

"그야 당연히 알고 계신 줄 알고······."

알았으면 일이 아무리 많아도 해가 찾아왔을 때 업무에 파묻혀 있지 않았겠지.

"군주는 어디 있느냐?"

"요즘 수방에 틀어박혀 계신다고 들었습니다."

"수방에?"

해의 처소에 널브러져 있던 천조가리들이 얼핏 떠오른다. 도저히 자수라고 보기 힘든 실밥들이 듬성듬성 박혀 있었다.

황급히 보고서를 한쪽에 쌓아 정리하고서 밖으로 나왔다. 부리나케 수방으로 향했지만, 이미 어두워진 뒤라 수방은 텅 비어 있었다.

다음으론 해의 처소로 향했다. 그곳도 비어 있었다. 지나다니는 이들을 하나하나 붙잡아서 해의 행방을 물었다. 한참을 헤맨 끝에 수방 아이들과 후원으로 가는 것을 보았다는 목격담이 나왔다.

뒤늦게 선물 하나 준비하지 못했다는 데에 생각이 닿았다. 제 무심함과 한심함에 치를 떨면서 후원을 뒤졌다. 그러다 돌연 깨달았다.

그는 해가 무엇을 좋아하는지 전혀 알지 못했다. 좋아하는 음식은 무엇인지, 계절은 또 무엇인지. 서책, 장소, 색깔, 의복…….

아무것도 몰랐다. 오늘이 그녀의 탄일이란 걸 기억했다고 해도 그녀를 기쁘게 해줄 선물 하나 고르지 못했을 것이다. 마음이 참담하고 아득해졌다.

참방참방, 물소리가 들렸다.

섭성은 천천히 후원 깊숙이 들어갔다. 밝은 보름달이 떴고, 바람에 버드나뭇잎이 사각댔다.

해는 그곳에 있었다. 물가의 바위에 앉아 발을 참방대고 있었다. 수방 아이들과 함께 갔다더니 지금은 혼자였다. 텅 빈 술병 두 병이 그 옆을 굴러다녔다.

"군주."

해가 고개를 들었다. 발그레해진 뺨에 미소가 번진다.

"섭성?"

황급히 일어서려는 그녀가 비틀거렸다. 섭성이 겨우 넘어지는 해를 받아냈다. 과일주 냄새가 훅 풍겨왔다.

"꿈?"

섭성의 위에 올라탄 해가 몽롱하게 중얼거렸다. 섭성의 뺨을 문지르며 살짝 웃었다. 눈시울이 붉어지더니 이내 툭툭 물방울이 떨어졌다.

"군주, 미안해요. 제가 잘못했습니다. 제가……."

당황한 섭성이 허둥대며 해를 끌어안았다.

"군주께서 좋아하는 건 뭡니까? 갖고 싶은 것이든, 하고 싶은 것이든 뭐든지 말씀해주세요. 오늘은 준비할 수 없겠지만 최대한 빨리……."

"너."

해가 중얼거렸다. 순간 심장이 쿵 내려앉아 섭성은 굳었다.

"그러니까……. 그게, 사람 말고……."

"네 목소리, 네 눈길, 네 손길, 네 온기, 네 존재."

"그런 것 말고 가질 수 있는……."

"네 입술, 네 품, 네 머리카락, 네 냄새. 양섭성, 네 존재."

웅얼대는 목소리가 점점 작아졌다.

"너…… 안 돼? 그럼 네 하루. 네 하루……."

섭성의 얼굴이 점점 뜨거워졌다. 어느새 잠들었는지 더는 미동 없는 해를 아주 소중히 끌어안았다.

숙취에 끙끙대며 해는 눈을 떴다. 백희 말로는 생각 없이 먹다 보면 골로 가기 딱 좋은 술이라던데, 과연 거짓이 아니었다. 자리 끼를 찾아 머리 위를 더듬다가 저를 보고 있는 두 눈과 마주쳤다.

"섭성?"

잠이 확 달아났다. 깜짝 놀라 벌떡 일어나는 그녀를 보며 섭성 이 빙긋 웃었다.

"왜 여기 있느냐? 요즘 바쁘지 않으냐?"

"아직 새벽입니다. 설마 꼭두새벽부터 일어나 하라고요?"

당황한 해가 입을 다물었다. 하루 종일 저에게 시간을 내주지 않은 섭성이 야속해서 술을 좀 마셨다. 처음엔 그게 서운함인 것 도 몰랐다. 그래도 탄일인데 밥 한 끼 같이 하지 않는 섭성에 대해 말을 하다가 왈칵 서러워졌다. 뭐 그런 놈이 다 있느냐고 백희가 역성을 들어주자, 그땐 또 무슨 생각이었는지 섭성의 잘못이 아니 라고 두둔하다가 백희와 말다툼을 했다. 왕야 마음대로 하라며 백희가 가버렸고, 혼자서도 과일주를 두 병 더 마셨다. 그 뒤에는 어찌 되었는지 도통 기억이 나지 않는다.

"내가, 내가 어제 혹시……."

해의 두 눈이 불안하게 흔들렸다. 섭성의 입가에 걸린 미소가 진해졌다.

"제가 갖고 싶다 하시던데요."

"내가?"

"제 머릿속에 든 것이 궁금하다고, 제 두 눈에 비치는 것이 궁금하다고, 제 심장이 어떨 때 뛰는지 궁금하다고. 할 수만 있다면 머리끝부터 발끝까지 벗겨 알아내고 싶다 하시더군요."

해의 표정이 차츰 굳었다. 들을수록 가관이었다. 거의 협박 수준이다.

"아니 그래! 그런 짓은 생각으로도 하지 않아!"

"압니다."

당황해서 도리질하는 해를 보는 섭성의 눈빛이 짓궂었다.

"제 머리끝부터 발끝까지 벗겨내기는커녕 제 머리털 하나, 손끝 조금조차 다치게 하지 않으시겠죠."

섭성이 침상으로 올라와 팔을 뻗었다. 그 숨이 가까워졌다.

"후회하셨습니까?"

"무얼?"

"다른 놈이랑 혼인해버릴걸, 그랬다면 이 마음 아플 일도 없었을 텐데, 하고."

"내가 아픈 게 나아."

해가 작게 대답했다. 섭성이 미간을 살짝 모았다. 해는 그를 가만히 바라보다가, 요 며칠 조금 야윈 뺨을 감쌌다. 심장이 두근거렸다.

"네가 특별해."

마음이 막을 새 없이 튀어나갔다. 섭성의 두 눈이 놀란 듯 커졌다가 이내 휘어졌다.

"압니다."

"네가 소중해."

"압니다."

"네가⋯⋯. 네가⋯⋯."

네가 내 사랑이야.

차마 내뱉지 못한 마음을 겨우 삼켰다. 아직 입에 담을 수 없는 말이었다. 다 안다는 듯 섭성이 제 뺨을 감싼 해의 손을 부드럽게 덮었다.

"알아요."

그 손을 잡아당겨 손바닥을 살짝 입술로 눌렀다. 손가락 하나하나 입맞춤했다.

"제가⋯⋯. 제가 잘하지 못할지도 모릅니다. 조금 아프게 할지도 몰라요. 그래도 저는 준비가 됐습니다."

내처 평온하던 섭성의 목소리가 살짝 떨렸다. 흔들리는 등불이 붉어진 그의 귓불을 비춘다.

"곰곰이 생각해봤는데, 제가 군주를 소박 맞히는 것처럼 보일 수도 있겠더군요. 그래서 군주의 탄일에 제가 업무에 파묻혀 있는데도 아무도 이상하게 여기지 않은 겁니다."

초야가 차일피일 미뤄진 것은 결코 섭성의 의도가 아니다. 귀한 두 분의 첫 밤이니 가장 좋은 길일을 택해야 한다는 간언을 받아들여 몇 번이고 날을 받았다. 하지만 그날만 되면 기이할 정도로 일이 잔뜩 밀려들어서 도저히 정신을 차릴 수가 없었다. 종일 의자에 앉아 업무를 처리해도 끝나지가 않았다.

그렇게 몇 번 날을 놓치다 오늘에 이르렀다. 그 일을 가지고 누군가 추궁한 적도 없으니, 남들 눈에는 섭성이 해를 소홀히 대하는 걸로 보였대도 변명의 여지가 없다. 이젠 그 일의 홍수가 우연이 아님을, 아랫것들이 다 같이 작당한 결과임을 똑똑히 알겠다.

"거기다가 군주의 그……. 솜씨 있잖습니까. 군주의 자수실력을 본 이들은 하나같이 군주가 저를 몹시 미워하는 줄 알더이다. 오죽 미우면 예복으로 창피를 주려 하느냐며 저를 동정해요."

"누가 그런 헛소리를 해?"

해가 겨우 중얼거렸다. 섭성이 빙긋 웃었다.

"그러게요."

그가 깊게 입맞춤했다. 해는 눈을 감고서 그를 꽉 끌어안았다. 쌓였던 서운함은 이미 흔적 없었다.

그를 사랑하여 그녀는 변할 것이다. 오직 그만이 그녀를 변화하게 한다. 더 나은 사람을 꿈꾸게 한다.

과거는 바꿀 수 없다. 저지른 잘못은 사라지지 않는다.

그래도 노력하고 또 노력하면, 작은 걸음걸음이 모이면 마침내 이 사랑을 말할 수 있게 되겠지. 네 사랑은 듣지 못해도. 그것만은 듣지 못해도.

終.